MW01251693

P L A N E T A ⊗ N Ó M A D E

El camino
de las damas

El camino de las damas

Escritoras viajeras.

De la Mística a la Pasión.

Selección, traducción, notas
y prólogo de **Christian Kupchik**

Diseño de cubierta: Signum
Diseño de interior: Gisela Aguirre

Primera edición: julio de 1999
© 1999, de la selección, notas, traducción y prólogo: Christian Kupchik

© 1988, Ella Maillart: *La voie cruelle*
(Editorial Payot, París, Francia)
© 1997, Annemarie Schwarzenbach: *La mort en Perse*
(Editorial Payot, París, Francia)
© 1994, Annemarie Schwarzenbach: *Orient exiles*
(Editorial Autrement, Francia)
© 1983, Karen Blixen: *Letters from Africa. 1914-1931*
(Editorial Picador)

Derechos exclusivos de edición en lengua castellana:
© 1999, Editorial Planeta Argentina S.A.I.C.
Independencia 1668, 1100, Buenos Aires
Grupo Editorial Planeta

ISBN 950-49-0230-8

Hecho el depósito que prevé la ley 11.723
Impreso en Argentina

INDICE

ELLAS, CAMINOS, EL VIENTO, PALABRAS, VAN

A mi madre,
por ser la primera en mostrarme el camino
A Paula,
porque sin su ayuda este camino nunca habría tenido lugar
A Andrea,
por todos los caminos descubiertos y a descubrir

I. Parte de partida

En el comienzo, como de costumbre, fue el Verbo. Y el Camino. O si se prefiere, el Camino hecho Verbo.

En sus orígenes Yahvé es un *Dios del Camino*: su santuario es el Arca Móvil, su Morada una tienda, Su Altar un catafalco de piedras toscas. Y si bien promete a sus Criaturas una tierra bien irrigada, en secreto les desea el Desierto. A su vez, en su obra *Maqaddimah* (*Historia Universal*) el filósofo Ibn Jaldún[1] escribió: *"Los pueblos del Desierto tienen más posibilidades de ser virtuosos que los pueblos se-*

---

1 Filósofo árabe que concibió la historia humana desde el punto de vista nómada. Su sistema estaba basado en la creencia de que los hombres decaen moral y físicamente a medida que se instalan en ciudades. Sugería que los rigores del desierto habían precedido a la desidia urbana y por lo tanto entendía que sus pueblos aventajaban a los sedentarios.

dentarios, porque están más próximos al estado primigenio y más alejados de todos los malos hábitos que han infectado el corazón de los sedentarios". Hasta no hace mucho, los beduinos que emigraban a un lugar desde donde se podía visualizar La Meca no creían necesario rodear los santuarios ni una única vez. El sentido de esto era que el *Hadj* ("Viaje Sagrado") constituía en sí mismo una migración "ritual": de este modo se arrancaba a los hombres de las tentaciones pecaminosas que ofrecía el sedentarismo, en tanto el Desierto los igualaba a todos ante la mirada de Dios. Un peregrino que muere en el *Hadj* tiene asegurado su ingreso automático al Cielo. Del mismo modo, la acepción original del término *Il Rah* ("El Camino") se utilizaba originalmente para designar la *"Ruta de Migración"*, mucho antes que los místicos lo recogieran para simbolizar el *"Camino hacia Dios"*. Un concepto similar emplean los aborígenes de Australia Central al hablar de *tjurna djugurba*, es decir, *"las huellas de las pisadas del Antepasado"* o bien *"el Camino de la Ley"*, lo cual parece revelar un vínculo común en lo más profundo del ser humano entre el Camino (o Viaje) y lo Sagrado (o la Palabra, la Ley). El antropólogo noruego Frederick Barth, quien vivió hacia 1930 con los *basseri*, una tribu nómada de Irán, describió que *"para ellos el valor supremo residía en la libertad de emigrar, no en las circunstancias que hacían económicamente viables la migración"*. Cuando Barth se vio obligado a explicar la falta de ritual o de cualquier otro tipo de creencia arraigada en la cosmovisión de los *basseri*, llegó a la conclusión de que –al igual que para los antiguos tibetanos– el viaje en sí mismo suplía toda forma de ritual, que el itinerario realizado hasta las altas tierras estivales era el Camino hacia una forma Superior de conocimiento.

Para la mayoría de las culturas del mundo, el *viaje* como una de las dimensiones posibles de lo Divino ha quedado reflejado de modo más que elocuente. En la distancia los hombres dibujan diversas expresiones de lo sagrado prefigurando sus destinos. ¿Los hombres, en sentido genérico? Por supuesto, ya que abarca a toda una comunidad. No obstante, la responsabilidad

del *acto en sí*, del Peregrinar –como asimismo de la magnitud
mística de la Escritura–, parece descansar sobre los hombros
masculinos. Las mujeres también participan de las traslaciones,
pero sólo fundidas en un *ellos*, como otro fragmento del clan.

Bruce Chatwin estima una falacia demasiado extendida
considerar a los hombres como los trashumantes en tanto que *"las
mujeres son las guardianas de la lumbre y el hogar"*. Se opone a esta
idea al juzgar que las mujeres son *"sobre todo, custodias de la continuidad: si la lumbre se desplaza, se desplazan con ella"* [2]. Y para res-
paldar esta idea, afirma que las gitanas estimulan a sus hombres
para que se pongan en marcha. Lo que nos señala es cierto, pero
no por ello las mujeres dejan de ser "custodias" o "estimuladoras";
es decir que el movimiento queda reservado a los hombres y ellas
se moverán en la medida en *"que la lumbre se desplace"*.

Por otra parte, Isabel Fonseca, quien vivió y viajó con
los gitanos del este europeo por Bulgaria, Polonia, Rumania y
Albania, describe con claridad el férreo sistema patriarcal que
desde hace siglos determina su organización interna. Algo
queda claro: no existe peor delito para una gitana que romper
el cerco del clan y hacerse al camino por cuenta propia. Una
decisión de este tipo la declararía automáticamente *mahrime*
(impura), y aun hoy eso podría costarle la vida [3].

No es lo mismo una mujer que "está en camino", en viaje de un punto a otro en compañía de una o más personas, que
aquella que "está en *el* camino". La presencia del artículo deter-
minando al sustantivo implica un extraño riesgo: la inquietud
de una figura *fuera de lugar*, más allá de un hábitat que no le es
propio, libre de *"custodias"*. A lo largo de la historia, esto fue vivido por los hombres como una amenaza a un orden que no con-

---

2 Bruce Chatwin. *Los trazos de la canción*. Muchnik Editores, Barcelona,
1988. Pág. 210.
3 Isabel Fonseca. *Enterradme de pie. El camino de los gitanos*. Península, Barcelona, 1997.

templaba la movilidad femenina como una aptitud propia del
género. *Viajar*, abrirse paso sola por los caminos, significó desde
siempre una ruptura, un acto de rebelión supremo, enfrentarse a
un tabú tan poderoso como sobrenatural.

Escribir, nombrar, darle palabras, contenido y significado
a esa peculiar experiencia, romper con los códigos que regulan
todo lo vivo entre el Cielo y la Tierra, implica un acto de osadía
aún mucho mayor.

II. E*logio de la fuga*

Y sin embargo, aunque el hecho se presenta como un fe-
nómeno por completo anómalo, siempre hubo mujeres dispues-
tas a aceptar el desafío que les proponía la distancia. Una de las
primeras de quien se tiene noticia es la monja Egeria, quien comenzó su viaje desde España hacia Tierra Santa a finales del siglo IV. Además de visitar todos los lugares relacionados con la
vida de Jesús, como el monte de los Olivos, el Carmelo, el Sinaí,
se demoró durante algún tiempo en Nazareth, Belén y Jerusalem. Pero también vagó por el desierto, y se detuvo para sumi-
nistrar atención a eremitas enfermos y ermitaños perdidos. Su
trayecto la llevó también a Egipto, Constantinopla, Tarso y Me-
sopotamia. Durante cuatro años viajó por todo el orbe conocido,
en tanto escribía todas las vivencias de su travesía. Por entonces,
estaba lejos de imaginar que esas cartas dedicadas a sus hermanas del convento acabarían por convertirse en uno de los primeros libros de viaje escritos en español.

*"El placer de viajar es testimonio de inquietud e irresolución, que
no en vano son nuestras cualidades primordiales y predominantes"*, escribió Michel de Montaigne en su *Diario* [4]. Esa *inquietud* a la que
alude el célebre ensayista francés no es más que la expresión de

---

4 Michel de Montaigne. *Journal de Voyage*. París: Arléa, 1998.

una de las materias humanas más inmanentes: la identidad. Hombres, pueblos y naciones lucharon en su nombre a través de los siglos, en muchos casos sin poder defender sus banderas con demasiada convicción.

En definitiva, el viaje no hace más que potenciar el juego de la identidad hasta sus límites más extremos. La pregunta por el *otro* (el recordado *"Je suis une autre"*, de Rimbaud), la necesidad de encontrar una nueva máscara, ese otro yo que nos explique, encuentran en todo viaje la posibilidad de un desarrollo mayor. Un nuevo paisaje, pleno de secretos y pasos desconocidos, otros olores, otra lengua, poco a poco van modificando la percepción del viajero respecto de lo que era y lo que es.

Existe en Milán una agencia especializada en la desaparición voluntaria que se encarga de ofrecer a sus clientes pasaportes con una nueva identidad y pasajes con destinos desconocidos bajo eslóganes tan seductores como: *"Fúguese. Es su derecho"*, o bien *"Parta sin dejar rastros... Y sea Usted"*. El viaje, en última instancia, no es reductible ni a su destino ni a su desplazamiento: consiste, ante todo, en bascular las fronteras de su propia identidad. Lo que nos enseñan los excéntricos, los mitómanos, los espías, pero también los inmigrantes de todo tipo, configura uno de los aspectos más bellos del arte de la peregrinación: pasar desapercibido, escapar a la asignación de los convencionalismos de los cuales se huye para resignificarlos. La domesticación del planeta en el siglo pasado es contemporánea a esta voluntad de fuga, a esta cultura del "no saber" que practican los héroes de doble vida, mudos en la esperanza por acceder a otra existencia, ya sea al precio del escamoteo o bien de la transplantación. Es en el simulacro que desplazamos nuestra libertad, parecen decirnos las viajeras, en la apariencia de lo conocido y aquello por conocer es donde inventamos nuestros espacios, imaginamos nuestros ardides.

A través de estas errancias fabulosas –al estar relacionadas también con la fabulación– es posible comprobar que el objetivo último del viajero es hacer familiar lo extraño, del mismo modo que la entomología nos acerca la cosmovisión de los insectos. Para un nómade volverse invisible es internarse en la piel de otro para ver su sociedad con ojos nuevos. Existe una verdad de la impostura, una nobleza del engaño que nos devuelve las señales de la vida ordinaria.

Muchas viajeras hicieron de estos conceptos una razón de vida que las llevó a confrontarse con límites dolorosos. La francesa Alexandra David-Néel (1868-1969), luego de haber cosechado las mieles del éxito en la ópera, abandonó todo para internarse en Asia, convertirse al budismo y completar una travesía a pie por el Himalaya en pleno invierno. Vestida como una mendiga, llegó a Lhasa —ciudad prohibida para los extranjeros— y a pesar del hambre y el frío no cesó en su búsqueda hasta ser recibida por el Dalai Lama (de hecho, fue la primera mujer occidental en conseguirlo). Bastante antes, la inglesa Mary Wortley Montagu (1689-1762), una aristócrata que se destacó como una de las principales poetas románticas, amiga de Alexander Pope, esperó a reunirse con su marido en Turquía —donde había sido designado embajador— para abandonarlo y pasar el resto de su vida en un desenfrenado exilio por Italia y Francia. La austríaca Ida Pfeiffer (1797-1858) era una señora respetable, de moral intachable, que a los cincuenta años, luego de enviudar y esperar la independencia de sus hijos, salió de viaje, dio la vuelta al mundo y no retornó más: murió en Madagascar.

No es de extrañar que en sociedades de gran rigidez, como la Inglaterra victoriana, al mismo tiempo que se cultiva con obsesividad el recato y la hipocresía, haya una verdadera eclosión en el sentido opuesto. Es precisamente una de las épocas más fecundas en cuanto a escritoras viajeras, que rompían con los convencionalismos de su tiempo y salían por su cuenta a los cuatro puntos cardinales sin detenerse frente a los prejuicios más venenosos ni a los peligros más extremos. Isabella Bird Bishop (1831-1900) es todo un ejemplo de viajera compulsiva: una salud quebradiza (sufría de un tumor en la espina dorsal) no le impidió viajar a Estados Unidos, Hawaii, Japón, todo el sudeste asiático, Corea, China, Irán, Egipto y Tierra Santa, escalar volcanes, dejar libros inolvidables como *A Lady Life in the Rocky Mountains, Journeys in Persia and Kurdistan* o *The Yangtze Valley and Beyond*, entre muchos otros, además de fundar varios hospitales y orfanatos y acabar por convertirse en la primera mujer en ser admitida por la Royal Geographic Society.

Nombrar a cada una de quienes cruzaron la barrera de una cotidianidad mezquina y asumieron el riesgo de liberar su *otredad*, de romper con una seguridad inocua para sumirse en la violencia de lo desconocido y, por si fuera poco, dejar un registro purificador de todo ello, resultaría una tarea tan ardua como insuficiente. Siempre hay alguien más a la vera del camino. Lo mejor es seguir sus huellas.

III. E*xit*

Entre los gitanos es muy popular la siguiente adivinanza: *"Tengo una hermana que corre sin piernas y que silba sin boca. ¿Quién es?"*. La respuesta no exige demasiados cabildeos: *el viento*. Y, no obstante, para los gitanos esta adivinanza encierra una verdad que los refleja: el viento es esa hermana amable que los pone en camino, aunque también puede llegar a ser terrible y hacerlos seguir una ruta equivocada.

El que pone en marcha a las viajeras aquí representadas, también se destaca por sus diversas intensidades. Ni mejor ni peor que otras energías que no han podido ser incluidas, los casos que visitaremos abarcan tiempos, espacios e incluso paisajes interiores diferentes entre sí. Por otra parte, cada una de nuestras cronistas apela a técnicas, géneros y estilos estéticos diversos para brindar su testimonio: habrá cartas, fragmentos de diarios (de viaje e íntimos), relatos, crónicas antropológicas, etcétera.

El viento que mueve a Margery Kempe, obviamente, es el de la fe. No es menor, aunque tal vez menos dramático –y, desde ya, menos exótico– que el de Alexandra David-Néel (para no nombrar el traumático viaje de la periodista francesa Maryse Choysi al Monte Athos: se hizo cortar los senos y colocar una prótesis peneana con el objeto de ser recibida por los monjes que allí moran). Margery Kempe es la autora de uno de los textos medievales más sorprendentes que existen, y su valor ha sido comparado al de los grandes cronistas de las Cruzadas, como Gustave Froissart o John de Monte Corvino. Pero más allá de los méritos literarios de su obra, lo sorprendente de esta mujer analfabeta del siglo XV es la fuerza con que se lanzó a los caminos llevando la palabra de Jesús, siendo ya esposa de un prominente ciudadano y madre de catorce hijos. Esto, sumado a las restricciones que la época imponía a las mujeres, hacen de su caso algo único.

En Flora Tristán las consideraciones de su periplo serán otras. Si bien el viaje que realiza a Perú pretende obtener un rédito personal que la ayude a mejorar su futuro, la realidad que allí conoce habrá de golpearla hasta tal punto que todo lo que produzca a partir de entonces la convertirá en una líder indiscutida tanto en lo que se refiere a la lucha por los derechos de la mujer como por una sociedad más justa e igualitaria. Mary Louise Pratt la llama, junto a Maria Graham Callcott[5], *"exploradoras sociales"*, destacando que *"si la tarea de los hombres era recoger y poseer todo lo demás, estas viajeras buscaban en primer lugar y por sobre todo recoger y poseerse a ellas mismas. Su reclamo territorial fue el espacio privado, un imperio personal del tamaño de una habitación. Desde estos reductos privados del propio yo, Graham y Tristán se descri-*

---

5 Autora de *Journal of a Residence in Chile During the Year 1822*. Londres: Longman et al., y John Murray, 1824.

ben a sí mismas emergiendo para explorar el mundo en expedicio-
nes circulares que las transportan a lo nuevo y a lo público, para
volver después a lo conocido y a lo clausurado"[6].

En el caso de Mary Kingsley vemos el ejemplo de una
viajera perteneciente a la legión victoriana. Creció entre dos
mundos sin olvidar jamás que, aunque su padre fue un médico reconocido por la nobleza, su madre nunca dejó de ser
una cocinera. En menos de seis meses pierde a sus progeni-
tores, y queda sola, con cierta fortuna, y a los 30 años de
edad. Decide viajar al Africa occidental y se interna en zonas inexploradas por el hombre blanco, sin abandonar jamás
sus amplios vestidos ni un sentido del humor exquisito.
Luego de convivir con caníbales, sus contribuciones al estudio de la ictiología y sus reflexiones antropológicas siguen
siendo admirables.

Isabelle Eberhardt es la *nómada* por excelencia. Es imposible rubricar una vida tan plena de sucesos que, a la vez,
fue tan corta. En apenas veintisiete años condensó más experiencias de lo que podrían hacerlo dos o tres vidas juntas. Todo en ella tiene la marca de lo excesivo y al mismo tiempo
fabuloso, una vez más.

Edith Wharton, en cambio, siendo una escritora reconocida cuya intensidad nadie puede poner en duda (como
prueba, véase *La edad de la inocencia, Ethan Fromme* o *Un hijo
en el frente*), en su literatura de viaje mantiene una discreta distancia respecto a lo que ve. Aunque conserva ese gusto por la
palabra, es interesante observar que sus anotaciones contienen
un registro por completo diferente al de otras autoras que no
cultivaban la ficción y, no obstante, le imprimen a sus relatos
una pasión que, si bien no está ausente en Wharton, queda

---

6 Mary Louise Pratt. *Imperial Eyes. Travel Writing and Transculturation* (Rou-
tlege, 1992). Existe una versión castellana: *Ojos imperiales. Literatura de viaje y
transculturización* (Universidad de Quilmes, 1987. Pág. 280).

mediatizada por la precisión obsesiva con que describe cada detalle de sus travesías.

Las suizas Annemarie Schwarzenbach y Ella Maillart, en cambio, simbolizan una época y, aun deteniéndose frente a la vida de forma diametralmente opuesta, expresan el mismo ardor por el Camino. Sólo que mientras Annemarie lo toma como un atajo que la conduce desde su infierno personal a la muerte, Ella será un ejemplo de amor a Eros.

Por último, Isak Dinesen —o, si se prefiere, Karen Blixen— pertenece a un género muy particular de viajeras: inmóvil. Y eso aun cuando se movió bastante. En Europa fue algo que no alcanzaba a definir, en Kenia más que por llegar a ser africana luchó por no ser europea, y de regreso a Dinamarca fue una africana exiliada en sus orígenes.

Los vientos que impulsaron a cada una de estas autoras silban sin boca distintas melodías y corren sin piernas a distintas velocidades. Hoy se detienen para que descubramos sus huellas. Sólo se trata de comenzar a andar...

Christian Kupchik

MARGERY
KEMPE

LA MISTICA

*U*na carta aparecida en el periódico londinense *The Times* el 27 de diciembre de 1934, y firmada por la conocida investigadora medievalista norteamericana Hope Emily Allen, daba cuenta de un hallazgo increíble: el descubrimiento de un documento único al que de inmediato se interpretó como la primera autobiografía escrita en inglés. Los manuscritos en cuestión habían permanecido ocultos por más de cuatrocientos años en la biblioteca de una casa de campo en Yorkshire, perteneciente a una antigua familia católica, los Butler-Bowdon. Este descubrimiento encerraba en sí mismo muchas más sorpresas, pero una en particular fue considerada especialmente notable: el creador de esos textos paradigmáticos de una época tan lejana resultó ser una mujer. *"Hasta entonces"*, escribió Allen, *"los especialistas se vieron forzados a concluir que las antiguas damas medievales por lo general no tenían ninguna inclinación por la escritura, y mucho menos por la redacción de sus memorias".* En realidad, aun cuando se puede coincidir en el concepto general de esta afirmación[1], habría que hacer dos aclaraciones básicas: *The Book of Margery Kempe* –tal su nombre original en homenaje a la autora– no está escrito por una "dama" en su sentido social y, por otra parte, es mucho más que *"un libro de memorias".*

En realidad, la obra revela a una de las más profundas místicas y visionarias del Medioevo, al mismo tiempo que excede la difícil barrera de los géneros. Aparentemente, un conjunto de sus escritos fueron recopilados en 1501 por Wynken de Worde, discípulo y sucesor de William Caxton[2]. Publicado originalmente como *A Short Treatyse of Contemplation*, se lo adjudicaron a Margery Kempe (*"...a devot ancres"*). Muy pronto, Margery se vio en la misma categoría que el grupo de místicos que poblaron la Inglaterra del siglo XV, entre los que sobresalían Richard Rolle y Juliana, la anacoreta de Norwich, su exacta contemporánea y autora de *A Revelation of Love*.

Al conocerse la versión completa de la obra, hubo otros muchos motivos para el asombro, aunque en primer plano aparecía el hecho de que su autora no respondía al modelo estereotípico de mujer santa: no era, en consecuencia, una ermitaña entregada a través de sus votos de castidad a servir a Dios, ni una solitaria con más contactos en el Cielo que en la Tierra,

---

1 Las obras escritas por mujeres en el Medioevo son más que escasas, destacándose apenas las cartas de Eloísa, la trovadora Beatrix de Dies, los lais de Marie de France, pero especialmente *La Cité des Dames* (1404/5), de Christine de Pisan, donde aparece por vez primera el concepto de lo femenino en la literatura.
2 William Caxton (1422?-1491) fue el imprentero responsable del primer libro publicado en Inglaterra (1477).

como lo representa con claridad el caso de Juliana. Por el contrario, Margery era una mujer casada y, por si fuera poco, madre de catorce hijos cuando recibió la Luz Divina. Por otra parte, la primera misión que recibió fue convertirse en una peregrina del mensaje de Dios, y en su nombre viajó completamente sola a Jerusalén, Roma, Santiago de Compostela y Danzig. Claro que su trayecto no resultó nada sencillo, así como tampoco lo fue su vida.

Aunque no es mucho en realidad lo que se sabe sobre ella, se da como cierto que nació en Lynn, una comuna cercana a Norfolk, en 1373, año de la muerte de santa Birgitta (Brígida) de Suecia, una de las figuras más prominentes de la cristiandad del Medioevo. Su padre, John Brunham, fue el primer alcalde mayor que conoció Lynn (había sido electo en 1327), cargo que se le renovó hasta por seis períodos en el curso de veinte años, por lo que incluso hoy se lo recuerda como el "Rey de Lynn". De ello se deduce que haya tenido un rol fundamental en la vida de la pequeña. No obstante, según Louise Collis, ella odió su infancia[3]: al parecer, siendo niña se hizo dueña de un pecado que habría de manchar su vida entera, sin que jamás se pudiera determinar con exactitud la gravedad de su pena. Margery incluso renunció a la absolución por temor a enfrentarse al sacerdote y, a través de él, a un castigo divino: prefería arrodillarse antes que confesar. Declaraba auténtico pánico por una condena a su vida eterna. Fuera de este miedo original, no es mucho más lo que se conoce de sus primeros años.

En 1393 contrae matrimonio con John Kempe, algunos años mayor que ella e hijo de un mercader de cierto éxito, a quien se lo recuerda como un hombre afectuoso y encantador. Recién a partir de su matrimonio empezamos a conocer con ma-

---

3 Collis, Louise. *The Life and the Times of Margery Kempe.* Nueva York: Harper Colophon Books, 1983.

yor profundidad rasgos de la vida de Margery Kempe. Si bien la
Inglaterra de los días en que vivió nuestra heroína estaba considerada como una nación próspera, económica y políticamente
parecía atravesada por la corrupción. Mientras la aristocracia vivía rodeada de un lujo increíble, el país estaba sumergido en la
suciedad y la basura, tanto en su sentido literal como metafóri-
co. Las plagas, las revueltas y los conflictos entre los miembros
de la realeza formaban parte de un mismo y endémico mal que
afectaba a todos. Los reyes de esta etapa, Ricardo II y Enrique V,
no dejaron una impronta demasiado fuerte en sus gobiernos. El
primero, hijo del Príncipe Negro, fue un hombre débil y fácilmente manejable para las conspiraciones de cualquier tipo (así lo
demuestra el drama histórico de Shakespeare), en tanto que los
nueve años de reinado de Enrique V lo revelan como enérgico y
hábil, arrogándose la victoria de Azincourt (1415) sobre los franceses. Sin embargo la Guerra de los Cien Años, que atravesó la
vida de Margery, fue un tema tratado con aire casi festivo. El
único aspecto al que se le concedió importancia era que el enemigo contra el cual luchaban no contaba con riquezas moneta-
rias, de modo que no había mucho que llamara a la excitación.

Por otra parte, la Iglesia circulaba por aguas turbulentas
en aquellos tiempos. Las enseñanzas de John Wycliffe, quien
murió pacíficamente en el interior de una parroquia rural en
1384, sembraron insidiosas críticas en la gente del común para
con la Iglesia y el Estado, anticipando las revueltas de la Refor-
ma. Los *Lollards* (así se hacían llamar) comenzaron a crecer en
número e importancia a partir de la lectura directa de muchos
de sus miembros de la recién traducida Biblia, que permitía
nuevas y revolucionarias interpretaciones. Bajo la guía de su más
prominente líder, sir John Oldcastle (también conocido como
lord Cobham), su movimiento se convirtió en una seria amenaza para el rey e, indirectamente, también para Margery y otros
místicos de la época, quienes rápidamente debían cargar con el
sayo de "brujos", dando lugar a que se multiplicaran los proce-

sos por herejía. Mucho después de su ejecución, Oldcastle fue rehabilitado por los reformistas, convirtiéndose así en uno de los primeros mártires del protestantismo[4].

Existen opiniones variadas y algunos documentos sobre sus relaciones con la comunidad. Aunque Margery se veía a sí misma como una santa que reclamaba estar en buenos términos con Dios, sus escritos demuestran que tenía conversaciones normales con sus vecinos y amigos, cumpliendo un rol social no demasiado alejado de los convencionalismos establecidos para la época. A pesar de su encarnadura como una persona real, de carne y hueso, no faltaban quienes la veían dotada de un don que le aseguraba una posición especial en el Reino de los Cielos. Sin embargo, otras referencias indican que Margery lloraba a los gritos en las sesiones de la iglesia (lo cual ella misma certifica en su obra), provocando por consiguiente sonoros escándalos por no saber guardar el obligado decoro. Asimismo, con frecuencia solía adoptar posiciones radicalmente encontradas a las de sus vecinos.

Fue posiblemente en el otoño de 1412 o a comienzos del invierno del siguiente año cuando a Margery se le presentó Jesús, ataviado de seda púrpura, *"el más atractivo, el más hermoso, y el más amable"*. Se sentó junto a ella y de este modo *"se tranquilizó su ingenio y su razón"*; entonces la instó a peregrinar en su nombre y *"vestida de blanco"*. Al principio, de acuerdo a su propio testimonio, opuso cierta resistencia debido a las particulares circunstancias de su vida, tan alejada a cualquier premisa sacra, pero por lo que deja entrever Jesús no tuvo mayores dificultades en convencerla. *"Os amo con todo Mi corazón, y jamás podré olvidar vuestro amor"*[5], le habría declarado. Por si faltara algún argu-

---

4 De hecho, el nombre original que Shakespeare imaginó para Falstaff fue Oldcastle, pero debido a las objeciones de los protestantes se vio forzado a cambiarlo por el de sir John Fastolf, otro distinguido ciudadano de Norwich, quien sirvió a Enrique V en Francia.
5 *The Book of Margery Kempe*. Nueva York: Image Books, 1998. Pág. 37.

mento, Jesús contó con la ayuda de su Madre, la Virgen, para terminar de convencer a Margery sobre la autenticidad de sus sentimientos. En 1413 (por entonces toda una mujer de cuarenta años) muere su padre, y Margery está decidida a efectuar la peregrinación.

No es difícil imaginar la consternación de John al enterarse del proyecto de su esposa. Agobiado por negocios poco exitosos y deudas, cuando Margery le plantea hacer votos de castidad, el marido exige en recompensa el pago de sus compromisos y observancia en sus actitudes religiosas. Dado que ella no podía aceptar sus condiciones, John (según la versión de Margery) le habría dicho: *"Muy bien, entonces tendré que vérmelas contigo de nuevo"*. Habla con su marido respecto a la irreversibilidad de su decisión y logran llegar a un acuerdo. Es muy probable que en un primer momento John se sintiera algo turbado con las *visiones* de su mujer, pero poco a poco comenzó a creer que ella realmente se encontraba bajo la protección de Dios.

Margery fue a ver al obispo de Lincoln para obtener su bendición, y allí permaneció durante tres semanas sin alcanzar resultado alguno. Finalmente, consiguió ser recibida por el arzobispo de Canterbury y, no sin mostrarle cierta incredulidad, éste le permitió partir. El día del solsticio de 1413 comenzó su peregrinación a Jerusalén. La travesía estuvo llena de contratiempos y Margery, previsiblemente, tuvo no pocas dificultades en ser aceptada por sus ocasionales compañeros de ruta. No obstante, logró desarrollar una sorprendente habilidad para relacionarse con gente de todo tipo y condición, y a través de sus recorridos por Europa consiguió numerosos contactos con hombres notables que le serían vitales en un futuro cercano. Poco a poco, en todo el continente se comenzó a hablar de esta extraña peregrina, de sus visiones y su ideología. Claro que las versiones que circulaban sobre su misión eran tan favorables como negativas, y no tardaron en llegar las acusaciones por herejía.

Margery arribó a Roma en 1414, año del Concilio de Constanza, convocado por el papa Juan XXIII[6] para poner fin al Gran Sismo de Occidente que enfrentaba a tres papas rivales, y donde tiene lugar el proceso al reformista John Hus, quien será condenado a morir en la hoguera. El clima eclesiástico no era en consecuencia muy favorable para una mujer inglesa que se movía por Europa diciendo ser *"una peregrina portadora de la palabra de Dios"*. En todo caso, permaneció en Roma hasta la Semana Santa de 1415 y algunos meses después arribó a Norwich.

No estaría demasiado tiempo quieta: en la primavera de 1417 es vista peregrinando por el camino de Santiago, de donde regresaría en agosto vía Bristol. Pero las dificultades que encontraría a su retorno serían muchas. Su figura provocaba cada vez más desconfianza y comenzaron a sucederse los procesos en su contra, siendo salvada de la hoguera una y otra vez (en York, en Leicester, en Londres) por sus poderosos amigos. El hostigamiento de los campesinos al que Margery se veía sometida y las constantes acusaciones de las autoridades motivaron que durante sus últimos años John y Margery tuvieran que mudarse de un sitio a otro. Para colmo, la situación en su hogar también se había deteriorado: Margery, aunque decía querer a su esposo, sentía una culpa visceral por *"engañar"* a Dios. En una ocasión, según la versión suministrada por la propia autora, amenazó de muerte a John atendiendo a causas supranaturales si él no desistía de tener relaciones sexuales con ella.

La suerte de los Kempe pareció cambiar, paradójicamente, durante el gran incendio de Lynn de 1421. El pueblo

---

6 No confundir con Roncalli (1881-1963), quien fuera declarado Papa en 1958. El llamado Juan XXIII en este caso nació hacia 1370 y llegó a ser Sumo Pontífice en 1410. Cinco años más tarde es destituido al ser considerado ilegítimo, situación sin precedentes en la historia del Vaticano. Por eso se le permite a Roncalli utilizar el nombre de Juan XXIII.

estaba amenazado por una destrucción total, y tanto el sacerdote como otras figuras religiosas dijeron que, si Margery estaba realmente bajo el cuidado de Dios, entonces Lynn debería salvarse. Tres días más tarde una ventisca apagó el fuego, y a partir de este milagro nunca más fue perseguida.

Una década más tarde, en 1431, la vida de Margery debió enfrentarse a una nueva encrucijada. Enterada sobre el proceso que se estaba celebrando contra Juana de Arco, decidió acudir en su ayuda, pese a que en Inglaterra se identificaba a la doncella de Orleáns con el enemigo. La detuvo un accidente sufrido por John una noche al caer de las escaleras de su casa. Por una vez eligió a su marido antes que partir en otra *misión divina*, pero (¿como castigo, quizás?) no pudo evitar la muerte de John a fines de ese mismo año, en que también murió uno de sus hijos.

Aunque es lógico pensar que estos hechos pudieron haber minado la fortaleza de Margery, tanto en lo físico como en el aspecto anímico, no se vieron muestras evidentes de ello. Si bien a lo largo de su vida sufrió períodos de extrema enfermedad, en general se la consideró como una mujer fuerte, de lo contrario no pudo haber llegado a concebir catorce hijos y vivir hasta los sesenta y cinco años. Tal vez debido a sus visiones, se atribuyó a muchos de sus males un origen que tenía más relación con lo psicosomático que con lo físico.

El 20 de julio de 1433 partió hacia La Haya, para venerar las cuatro grandes reliquias, y luego siguió viaje por Alemania hasta Danzig (hoy Gdansk, Polonia), ciudad donde había sido enterrada Birgitta de Suecia y en la que vivía otro hijo suyo. Al ser analfabeta, no llevó un diario ni ningún otro elemento que diera cuenta de su vida hasta el final de ésta. No obstante, poseía una memoria prodigiosa, aun cuando en ciertas oportunidades mezclaba la secuencia de algunos acontecimientos. A instancias de su nuera, Margery comienza el dictado de sus aventuras, pero los problemas para su redacción son múltiples, en gran medida debido a que, siendo la muchacha alemana, su comprensión del inglés era bastante rudimentaria. De todas formas, se logra un original que llega a Inglaterra y es sometido a un nuevo examen. Por entonces, predominaba como lengua escrita un inglés coloquial, debido a que su estructura sintáctica y gramatical aún estaba en gestación.

Si bien los días de Margery Kempe coincidieron con los de Geoffrey Chaucer y algunos de los mejores cronistas de las Cruzadas, como por ejemplo Gustave Froissart, dada su condición de iletrada desconocía por completo ese tipo de literatura y no puede relacionársela con su obra. No obstante, esto que ella quiso describir como *"un diario del alma"* muestra en muchos de sus fragmentos la misma pureza y sofistificación que las *Confesiones* de san Agustín, en tanto que otras partes del relato recuerdan al viaje espiritual de santa Catalina a Siena. Tal vez en buena medida el mérito sea obra del último copista del original, quien se ocupó del manuscrito probablemente algo antes de 1450 (Margery murió en 1440), dejando testimonio de su trabajo al añadir la palabra *"Salthows"*[7]. Una vez que su vida fue debidamente documentada, sus escritos comenzaron a iluminar con valiosos detalles elementos poco conocidos de la vida cotidiana de la mujer en la Europa medieval.

Margery Kempe sintetizó a través de sus viajes la búsqueda de lo sagrado y la palabra, algo por completo fuera de todo alcance para la mujer de su tiempo.

$$* \quad * \quad *$$

---

7 Salthouse es un pequeño pueblo costero de Norfolk.

"No existe la dicha para el hombre que no viaja. El mejor de los hombres se convierte en pecador cuando vive en compañía de otros hombres. ¡Vagabundead, pues! Indra es amigo del viajero." De este modo Aitareya Brahmana alentaba a sus fieles a hacerse al camino como una forma de acercamiento a la Verdad. En términos semejantes se expresan los máximos representantes de casi todas las religiones. *"No podéis discurrir por el camino antes de haberos convertido en el Camino mismo"*, advirtió Gautama Buda, y las últimas palabras a sus discípulos fueron: *"¡Seguid la marcha!"*. Un manual sufí, el *Kashf-al-Mahjub*, afirma en términos muy similares que, al aproximarse al final de su viaje, el derviche se convierte en el camino y no en el caminante, o sea, en un lugar sobre el cual transita alguien, no en un viajero que sigue su propio y libre albedrío. En el Islam, la *siyahat* o "deambulación" se utiliza como una técnica apropiada para disolver los vínculos del mundo y para permitir que el hombre se pierda en Dios. Es desde esta perspectiva como pueden ser interpretadas las peregrinaciones a Medina y La Meca. En síntesis: el viaje como motor de lo sagrado responde, con sus peculiaridades, a una suerte de premisa universal que ha trascendido eras y culturas.

Para la primitiva Iglesia cristiana existían dos categorías de peregrinación. La primera era el *ambulare pro Deo*, "peregrinar por Dios", imitando a Cristo o al padre Abraham cuando abandonó la ciudad de Ur y fue al desierto a vivir en una tienda. La segunda era la "peregrinación penitencial" por la cual los culpables de *pecatia enormia* ("crímenes enormes") tenían la obligación de convertirse, de acuerdo con una tabla estipulada de tarifas, en mendigos ambulantes para ganarse la salvación en el camino. La idea de que la marcha exculpaba los crímenes violentos se remontaba a las deambulaciones que se vio obligado a realizar Caín como forma de expiar el asesinato de su hermano.

¿En cuál de estas categorías se puede inscribir la gesta

de Margery Kempe? Sin duda, en la primera. Ella se reivindica a sí misma como *"una peregrina al servicio de Dios obligada a viajar por países extranjeros"*. No obstante, aquel oscuro suceso de la infancia también hace sospechar que a través de sus itinerarios estaba purgando una suerte de culpa por algún horrible e inconfesable pecado, y buscaba en el camino una vía hacia la salvación. De cualquier forma, su caso adquiere una dimensión particular por el simple hecho de ser mujer. La peregrinación era, siempre, patrimonio exclusivo de los hombres, o bien de las mujeres que acompañaban a sus hombres, pero aun así es extraño.

En efecto, para justipreciar en su medida el sentido del viaje en Kempe es preciso observar las condiciones de vida de la mujer en la Baja Edad Media. Ante todo, las mujeres son cuerpos destinados a la Iglesia o la familia: vírgenes incontaminadas e íntegramente dedicadas a la vida del alma, féminas fecundas que garantizan la continuidad del núcleo familiar y de la comunidad, o bien viudas capaces de olvidar las exigencias de la carne para vivir la plenitud del espíritu. A este público, aparentemente ordenado y tranquilizador, inmóvil e insensible a los cambios de la historia, dirigen sus sermones, consejos, admoniciones y enseñanzas los predicadores, clérigos, monjes, maridos y padres. El discurso, en consecuencia, es eminentemente masculino, en tanto que la mujer, quieta y sumisa, lo absorbe como una marca indeleble de su destino. El bien más preciado de cualquier mujer, su don supremo, es la castidad, y cualquier movimiento que realice, aun el más insignificante, se convertirá de inmediato en una amenaza contra su cualidad esencial. En las plazas y en las calles, en el recorrido que va de la puerta de la casa a la iglesia, la mujer puede ser vista y, al decir de predicadores y moralistas, provocar en los hombres —en particular si son jóvenes— imprudentes deseos de lujuria. Un versículo bíblico describe a esta mujer que desafía el exterior como *"habladora y callejera, voluntario-*

sa, sus pies no pueden parar en casa, al acecho, ya fuera, ya en las plazas, ya en las esquinas"[8]. Según Egidio Romano, la doncella habituada a andar de aquí para allá y a tener relaciones sociales ya no puede contar con aquella vergüenza natural que protege de los hombres su castidad y entonces, perdida toda timidez, se convierte en uno de *"esos animales salvajes que, una vez habituados a la compañía del hombre, se vuelven domésticos y se dejan tocar y acariciar"*[9]. En consecuencia, toda salida es peligrosa, incluso a una iglesia para asistir a misa o a una plaza a escuchar la Palabra de Dios por boca de algún predicador. Es cierto que en estos casos los riesgos de la *vagatio* pueden ser compensados por las ventajas espirituales que la práctica religiosa implica, pero el juego de miradas del que toda mujer puede ser sujeto y objeto durante una ceremonia, implica un riesgo enorme, por cuanto une la insolencia de la lujuria a la temeridad de la profanación: además de ser vagabundas inquietas e impúdicas, las mujeres se convierten aquí, escribe Peraldo, en auténticas *"incendiarias de los lugares sagrados"*[10].

El escarnio de mostrarse en el *"afuera"* no pasaba simplemente por los espacios públicos sino que alcanzaba incluso a las ventanas, que llegaron a ser consideradas fuentes de malignas provocaciones. Incautas, inquietas y curiosas, la sociedad medieval sólo puede asimilar a la mujer en custodia. Toda prescripción dirigida a ellas (sobriedad en el alimento, modestia del gesto, parquedad en la palabra, restricción en los movimientos) esconde un doble proceso de reducción del exterior y valorización del interior. Por un lado, la mujer se aleja de la *polis* —de la vida pública, comunitaria— para esconderse en el espacio privado e interior de las casas y monasterios.

---

8 Proverbios, 7, 11-12.
9 Egidio Romano, *De Regimine Principum*, Libri III. Roma, 1607. Pág. 342.
10 Guglielmo Peraldo, *Summa de Virtutibus et Vitiis*. Venecia, 1427.

Por otro, se separa de la exterioridad de su cuerpo para consagrarse a la interioridad del alma. Para la mujer casada, en última instancia, queda el recurso de encontrar una serie de compromisos, una vida común, asociada a las exigencias externas de la comunidad.

¿Qué hacer, en consecuencia, con un personaje como Margery Kempe, que desafió el concepto de *custodia* que regulaba el adentro y el afuera en la vida de las mujeres? Podemos adivinar la turbación de los hombres al encontrar por los caminos de Europa a esta dama que dice saberse *"santa"*, vestida totalmente de blanco como prueba de libertad y castidad a pesar de estar casada y ser responsable de una cuantiosa prole.

A través de su obra, Margery fija una posición clara respecto del impulso que la convierte en una peregrina: es la energía mística la que hace del viaje un ritual de fe. En este sentido, su trashumancia en mucho se asemeja al contenido de la sentencia de Buda. Intenta convertirse *en camino* haciendo camino por Dios. El estilo directo de sus pláticas con el Ser Supremo que utiliza en su libro muestra además una vocación por transmitir esta peculiar experiencia religiosa del viaje.

Anteriormente se ha afirmado que *The Book of Margery...* era mucho más que *"un libro de memorias"*. ¿Podemos entenderlo también como un libro de viaje? Por supuesto, dado que su autora establece con claridad que sus viajes forman parte de un exilio (la vida terrenal) propiciatorio para el viaje definitivo (celestial). Por consiguiente, articula en su narración fragmentos de uno y otro, para describirlos en consecuencia. Nos da detalles de las vicisitudes de sus travesías, señala particularidades de los lugares que visita, comenta costumbres de la gente que se cruza, en tanto va tejiendo su diálogo supremo. Aunque su interlocutor inmediato siempre será Dios, no olvida al mundo de los hombres; es más, los tiene muy en cuenta en función de los posibles peligros que puede sufrir, como al confesar cómo debe pasar noches en vela por temor a ser violada. De allí que su obra sea ejemplar: tipifica y potencia a través del viaje real el verdadero significado del viaje místico. Tarea nada sencilla, ya que ni siquiera las visionarias y otras mujeres religiosas lograron mejorar su situación dentro de la institución eclesiástica. Exceptuando algunos casos aislados, como el de Birgitta de Suecia o Catalina de Siena, que adoptaron una actitud más prudente al buscar la protección de la curia para difundir sus ideas. En el transcurso del siglo XV la desconfianza frente a la *"vocación milagrera femenina"* fue creciendo progresivamente, y no sólo en el círculo de los teólogos. Una y otra vez se llegó a perseguir a mujeres, a ciertas místicas y visionarias consideradas como "falsas profetas" (entre ellas, a Juana de Arco, a quien Roma se negó a canonizar).

El descubrimiento de la obra de Margery Kempe contribuyó entonces a iluminar a un mismo tiempo varios géneros literarios: el religioso (incluso creó un nuevo método para los ruegos basado en un largo circunloquio), la autobiografía o memoria, y también como fuente original del relato de viaje ligado a la fe.

*L*IBRO 1

15

*A*hora que por fin supe, como ya les he narrado, que nuestro Dios ha perdonado todos mis pecados, sentí un enorme deseo por ver con mis propios ojos el lugar donde El nació. Y deseé especialmente visitar el lugar en la Tierra donde había sufrido su Pasión y donde había muerto. Y también quise ver todos esos lugares sagrados donde El vivió en la Tierra, así como aquellos a los que fue tras su Resurrección. Y mientras ansiaba tanto hacer este viaje hacia Jerusalén, nuestro Dios me ordenó también ir a Roma y Santiago de Compostela. Durante dos años completos esperé a partir alegremente, pero no tenía el dinero para realizar ninguno de estos viajes. Por eso le recé a nuestro Dios y le pregunté: "¿Dónde puedo conseguir el dinero suficiente para hacer estos viajes a esos Lugares Sagrados?".

Nuestro Dios respondió: "Te enviaré suficientes amigos desde diversas partes de Europa para ayudarte. Y recuerda, hija mía, viajaré contigo a cualquier país que vayas y allí yo mismo

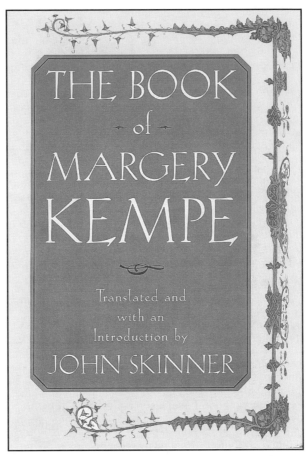

Cubierta de El libro de Margery Kempe, *edición de mayo de 1998*

cuidaré de ti. Te llevaré hasta allí y te traeré de vuelta al hogar sana y salva: Ningún inglés morirá en un barco que tú tomes. Te resguardaré del poder de todos los hombres malvados. E, hija mía, quiero que vistas toda de blanco, ningún otro color. Ese es mi deseo especial".

Me quejé por esto, diciendo: "Dios querido, ¿acaso no te das cuenta que si me visto en forma diferente al resto de las mujeres decentes, la gente comenzará a hablar de mí diciendo que soy una hipócrita, y se reirán de mí todo el tiempo?"

"Eso es cierto, hija mía. Sin embargo, cuanto más ridícula te veas por respeto a mí, más satisfecho estaré." (…)

21[11]

Cuando comencé a tener revelaciones, nuestro Señor simplemente me dijo: "Hija mía, vas a tener un hijo".

A lo que respondí: "¿Pero qué haré para cuidarlo?".

Nuestro Señor me respondió: "Hija mía, no te preocupes por eso; yo me ocuparé de que tu bebé sea bien cuidado".

"Señor, soy indigna de escucharte hablarme a mí directamente de este modo: todavía hago el amor con mi marido y eso me perturba en gran medida y me hace sentir culpable."

"Pero ese es el porqué: no sólo no es pecaminoso, sino que te otorga retribuciones y mérito puro. Te aseguro que no tendrás ningún don menos por ello, ya que yo quiero que florezcas con cada fruto espiritual."

"¡Pero ese estilo de vida es sólo para vírgenes sagradas!"

---

11 Aunque en el original el presente capítulo figura con este número, algunos estudiosos convienen en incluirlo entre el 16 y el 17. Esto es debido a que el sentido cronológico de Margery no parecía ser el más aguzado, y los hechos que se relatan aquí coinciden mejor entre los capítulos mencionados.

"Es verdad, hija, pero yo amo a las mujeres casadas por igual; especialmente a una esposa que, si pudiera, viviría en castidad y que siempre trata de hacer mi voluntad. Ser una virgen puede ser más perfecto y sagrado que ser una viuda; sin embargo, te amo, hija mía, tanto como a cualquier virgen viviente. Nadie puede evitar que ame a quien yo quiera y tanto como quiera. Y recuerda, hija, el amor vence cualquier pecado. Por eso pídeme simplemente que te dé amor. Ningún don es tan sagrado como el don del amor; nada debe ser más deseado que el amor, ya que el amor puede vencer cualquier cosa. Y así, hija, no puedes satisfacer en mayor medida a Dios más que morando continuamente en Su amor."

Y así comencé preguntándole a nuestro Señor Jesucristo cuál era la mejor manera de amarlo. El contestó: "Recuerda tu maldad y piensa en mi bondad".

Le respondí: "Soy más indigna que cualquiera a quien le hubieras ofrecido tu Gracia".

"Hija, no temas. No le presto atención a lo que una persona fue sino a lo que ella será. Puesto que tú te desprecias a ti misma, Dios nunca te despreciará. Piensa en la historia de María Magdalena o la vida de María de Egipto[12], y de San Pablo y de muchos otros santos, y todos ellos ahora están en el Paraíso. A aquellos que son indignos, yo los hago dignos; a aquellos que pecan, yo los santifico. Del mismo modo, te he hecho digna de

---

12 La leyenda de María de Egipto, muy popular en la Edad Media, cuenta la historia de una adolescente que dejó su hogar para convertirse en una prostituta en Alejandría. Después de diecisiete años, le sugirieron hacer un viaje de peregrinaje a Jerusalén. Para pagarlo, debía alternar con los marineros. Sin atreverse a ingresar en los santuarios sagrados, un icono de la Virgen le dijo que fuera al desierto, "donde encontraría paz". Allí vivió durante muchos años haciendo penitencia; y cuando sus ropas se gastaron, su cabello cubrió todo su cuerpo. Fue descubierta por el monje Zosimus, quien la tapó con su manto y prometió darle la comunión al día siguiente. Pero al volver, ya estaba muerta.

mí, de manera tal que te amo de una vez y para siempre. Y no olvides lo siguiente: no existe santo en el cielo con el que quieras hablar y que no te responda. Ya que a aquel que Dios ama, ellos también protegen. Y cuando tú complaces a Dios, también complaces a su Madre y a todos los santos en el Paraíso. Hija, llamo a mi madre y a todos los ángeles y santos en los cielos para que sean testigos de cuánto te amo con todo mi corazón, y que nunca dejaré escapar mi amor por ti."

Luego nuestro Señor le habló a su madre: "Madre Bendita, dile tú misma a mi hija cuánto la amo".

Mientras yacía muy quieta, no podía evitar llorar y sollozar, como si mi corazón fuera a explotar al oír estas dulces palabras que nuestro Señor había susurrado a mi alma.

Y de inmediato, la Reina de la Misericordia, la propia madre de Dios, también le habló íntimamente a mi alma: "Mi querida hija, te traigo buenas noticias que son la verdad exacta. Vengo a atestiguar ante todos los ángeles y santos de los cielos que mi dulce hijo Jesús te ama mucho. Ya que, hija, soy tu Madre, tu Anunciación y tu Ama, te enseñaré la mejor manera de complacer a Dios de todas las formas posibles".

Y así fue cómo Ella me enseñó y me instruyó; en realidad, tan maravillosamente, y en detalle de forma tan sublime y sagrada, que sentí miedo de contarle esto a cualquiera, excepto a mi confesor, el ermitaño. El me había obligado bajo juramento de obediencia a manifestar todo, incluso mis pensamientos más secretos; y yo hice lo que me pedía.

28

Para incrementar mi angustia, mis compañeros no sólo me excluyeron de su mesa sino que siguieron adelante tranquilamente con sus planes de navegación. Adquirieron toneles para su aprovisionamiento de vino y compraron sus camas, sin siquiera pensar en mí. Tan pronto como supe lo que estaban tramando a mis espaldas, yo también fui al mismo mercader y compré mi cama. Luego volví y les hice saber que tenía intenciones de navegar en el mismo barco que ellos.

Pero esa misma noche más tarde, mientras rezaba, nuestro Dios me advirtió que debía evitar ese barco. En cambio, El me indicó otra nave –que resultó ser un galeón–, y dijo que debería usar ese para tener una travesía segura[13]. Cuando casualmente mencioné mi cambio de planes a alguien de la compañía, se lo fue comunicando al resto de la tripulación. Consecuentemente, no se atrevieron a navegar en el barco que habían determinado en primer término. Enseguida vendieron sus toneles de vino; y de improviso parecían felices de unirse a mí en el galeón. Contra mi sano juicio, decidí permanecer entre su tripulación; y ahora, por su parte, no se atrevían a hacer otra cosa que viajar conmigo.

Cuando llegó la hora de preparar nuestras camas, descubrí que habían guardado con candado mi colchón y ropa de cama; y luego un sacerdote que viajaba con nosotros se llevó una de mis sábanas diciendo que le pertenecía. Entonces hice un llamado a Dios para que fuera testigo de que era mía. Pero, ante esto, el sacerdote juró solemnemente sobre el libro que llevaba en su mano que yo estaba mintiendo; dijo que despreciaba mi naturaleza y siguió despotricando en mi contra.

Tuve que soportar maltratos similares durante todo el viaje a Jerusalén. Al fin, justo antes de llegar, intenté reconciliarme con ellos diciendo: "Caballeros, les ruego a su caridad que hagan

---

13 El viaje de los peregrinos desde Venecia seguía una antigua ruta comercial que abrazaba la costa. Con frecuencia se detenía, tanto para obtener provisiones como por precaución contra tormentas repentinas e inesperadas. Una vez que ingresaban en la costa de Dalmacia y a través de las islas griegas, se demoraban en Creta; desde allí pasaban a Rodas y Chipre, hasta llegar a Haifa, el puerto más cercano a Jerusalén. El viaje podía durar un mes o algo más.

las paces conmigo, dado que yo me siento en paz con ustedes. Por favor, discúlpenme si los molesté durante la travesía. Y si alguien me hubiera ofendido de algún modo, Dios lo perdone como también lo hago yo".

Al arribar a Tierra Santa, nos condujeron en burros hasta Jerusalén. Y así fue que cuando puse mis ojos sobre Jerusalén por primera vez, estaba a horcajadas sobre un burro. Me sentí tan emocionada que agradecí a Dios desde lo más profundo de mi corazón, y recé por su Misericordia para que, del mismo modo que Él me había traído hasta aquí sana y salva para ver la terrenal ciudad de Jerusalén, me otorgara el don de poder ver la ciudad de la dicha, la Jerusalén celestial. Y en ese momento supe en mi corazón que nuestro Señor Jesucristo un día me concedería mi deseo.

Tan llena de felicidad y alivio me sentía por poder hablar de ese modo con nuestro Señor, que estuve en peligro de caer de mi burro, tal era la dulzura y gracia que experimentaba en mi alma. Pero dos peregrinos, que luego supe venían de Alemania, vinieron a mi rescate y se aseguraron de que no cayera. Uno de ellos era un sacerdote, y fue él quien puso especias en mis labios para reconfortarme, ya que creyó que estaba enfermándome. Así fue como me ayudaron tan amablemente durante mi viaje hacia Jerusalén; por lo tanto cuando llegamos sentí que debía explicarles. "Señores", les dije, "no se enojen por mis lágrimas aquí en este lugar sagrado; ya que esta es la verdadera tierra donde nuestro Señor Jesucristo vivió y murió[14]".

---

14 Margery resume de modo simple los motivos tradicionales que inspiraban a la peregrinación: ver el lugar real donde ocurrió todo. A su manera, la peregrinación es una afirmación y renovación de la fe en la encarnación de la Palabra hecha Carne. Algo más complejas resultaron las motivaciones detrás de las incursiones bélicas de los Cruzados que se remontaban a doscientos años antes. Los recuerdos de los musulmanes todavía estaban frescos y eran amargos. Como consecuencia, en los días medievales los peregrinos cristianos aún eran admitidos en Jerusalén sólo mediante controles estrictos. Los peregrinos eran literalmente encerrados en la iglesia del Santo Sepulcro, sesión tras sesión.

Visitamos la Iglesia del Santo Sepulcro, el verdadero epicentro de Jerusalén. Nos permitieron ingresar a escuchar las oraciones vespertinas ese primer día, y permanecimos rezando hasta las oraciones vespertinas del día siguiente. Había frailes cuidando la iglesia[15]; y una vez que todos estuvieron ubicados, de inmediato levantaron una cruz y caminaron en procesión de un lugar sagrado a otro. Y así, nosotros los peregrinos fuimos conducidos por todos los lugares donde nuestro Señor había sufrido sus dolores y su pasión, cada hombre y cada mujer llevando una vela, y los frailes nos hacían un comentario continuo sobre lo que nuestro Dios había sufrido en cada punto. Y empecé a lagrimear y sollozar; era como si estuviera viendo a nuestro Señor con mis propios ojos sufriendo su pasión a cada momento. Al mismo tiempo, en mi alma pude concebirlo en forma más realista que en mi contemplación; ver todo esto me provocó gran compasión por El. Y cuando por fin llegamos al Monte Calvario caí, ya sin poder levantarme y ni siquiera arrodillarme; y allí permanecí, retorciéndome y luchando con mi cuerpo. Alargué mis brazos y lloré tan fuerte que parecía que mi corazón fuera a explotar: en la ciudad de mi alma pude ver verdaderamente, como si fuera la primera vez, el modo en que nuestro Señor fue crucificado. Pude escuchar, y también ver cara a cara —es decir, con discernimiento espiritual— el sufrimiento de nuestra Virgen. La pena de San Juan y María Magdalena, junto con la de todos aquellos innumerables amantes de nuestro Señor.

Tan grande era mi compasión, que se convirtió en una amarga sensación de pérdida al no poder compartir plenamente con nuestro Señor su propio y verdadero dolor. No podía hacer nada para evitar llorar tan fuerte: era un tipo de rugido,

---

15 Los franciscanos fueron celosos guardianes de los lugares santos desde que el propio san Francisco permaneció en Jerusalén por más de un año, en 1220.

Trabajos de costura en una miniatura
del siglo XVI

aunque podría haber significado mi propia muerte. Esta era la primera vez que experimentaba esta clase de llanto agudo en contemplación. Y permaneció dentro mío durante muchos años; y no habría nada que pudiera hacer para evitarlo, a pesar del desprecio y la censura que sufriría por ello. Mis gritos eran tan ensordecedores, tan repentinos, que a la gente tomó de improviso, salvo aquellos que me habían escuchado gritar antes y sabían de qué se trataba....

...Una vez que hube experimentado estos primeros llantos fuertes en Jerusalén, se repitieron constantemente; también aparecieron cuando estaba en Roma. Pero cuando volví a casa por primera vez, en Inglaterra se espaciaron a, digamos, quizás una vez por mes. Después de un tiempo, se hicieron cada vez más frecuentes, una vez por semana, para acabar siendo una presencia diaria. Un día en particular recuerdo haberlos tenido catorce veces; otro día, siete. Ocurrían cuando Dios se complacía en visitarme de ese modo; así algunas veces el llanto me asaltaría en la iglesia, otras mientras caminaba por la calle, y otras cuando estaba en mi habitación o afuera, en los campos. Siempre era cuando Dios elegía enviarlos; nunca podía adivinar el momento o el lugar. Pero nunca llegaban sin una sensación abrumadora de la gran dulzura del consuelo y la contemplación máxima.

Tan pronto como tuviera el primer indicio de que estaba por llorar, trataba con toda la fuerza posible de ahogarlo, para que la gente no me escuchara ni se enojara. Esto era porque algunas personas manifestaban abiertamente que un espíritu maldito me atormentaba; otros pensaban que estaba borracha; algunos simplemente me maldecían; otros deseaban que me hundiera en el puerto, o decían que deberían empujarme al mar desde un barco sin fondo. Todos parecían tener la misma idea. Pero había otros, más compenetrados espiritualmente, que me amaban y me admiraban. Algunos hombres muy instruidos opinaban que nuestra Virgen nunca hubiera llorado tan fuerte, ni ningún santo en el cielo; pero poco podían saber ellos cuáles eran mis sentimientos, ni podían adivinar cuánto luchaba contra mí misma para evitar realizar esos ruidos.

Después de un tiempo, ideé mi propio sistema. Cuando sabía que estaba por llorar, lo retenía tanto como podía, haciendo todo lo posible por resistir o evitar el alarido que estaba por salir. Pero todo el tiempo trataría de surgir, cada vez más, hasta el momento en que simplemente brotaba desde el interior de mis entrañas. Me pareció que cuando mi cuerpo ya no podía continuar aguantando esa presión interna y se veía oprimido por el amor incondicional que se gestaba dentro de mi verdadera alma, entonces a veces caía y dejaba escapar un alarido increíblemente fuerte. Sentí que cuanto más luchaba por retenerlo, más fuerte resultaría el grito cuando saliera a la superficie.

Y eso fue lo que ocurrió por primera vez en el Monte Calvario: tuve una visión interna muy real, como si Cristo colgara delante de mis ojos, visible en su virilidad. Y cuando, dotada de esta gracia por la gran misericordia bondadosa de nuestro soberano Redentor Jesucristo, vi tan claramente su precioso y tierno cuerpo todo desgarrado y despedazado por los azotes, más lleno de heridas que un palomar lleno de agujeros, colgando en la cruz, su cabeza coronada con espinas, sus manos benditas, sus pies frágiles clavados contra la madera áspera, los ríos de sangre manando abundantemente de cada uno de sus miembros, la herida espeluznante y dolorosa en su precioso costado de donde fluía sangre y agua por amor a mí y por mi propia salvación, entonces caí y lloré muy fuerte, mi cuerpo retorciéndose y girando en forma fantástica en todas las direcciones, mis brazos estirados como si hubiera muerto. ¿Cómo podía evitar gritar o sostener mi cuerpo en un momento tal, mientras el fuego del amor ardía así en mi alma con la más pura pena y compasión?

¿Por qué debería sorprender que llorase de ese modo y que me comportara de esa manera tan extraordinaria, cuando uno puede ver con sus propios ojos todos los días de la semana tanto a hombres como a mujeres gritando, rabiando, retorciéndose las manos, actuando como si hubieran perdido la razón? Y sin embargo ellos saben muy bien cuánto disgustan a Dios. ¿Y por qué se comportan de esa forma? Algunos porque han perdido sus riquezas materiales, otros por el amor de su familia o porque están concentrados en sus amigos mundanos, pero la mayoría porque son esclavos de la codicia licenciosa y del amor ilícito.

Si alguien les aconseja detener su lloriqueo y sus lamentos, simplemente responden que no pueden. Te dirán que amaban tanto a su amigo, ya que él era tan amable y agradable para con ellos, que quizás nunca lo olvidarán. ¿Cuánto más fuerte llorarían si este amigo fuera arrestado violentamente ante sus propios ojos, y llevado ante un juez que ordenara abusarse de él en todas las formas imaginables antes de ser injustamente condenado a muerte, como ocurrió con la vergonzosa ejecución pública que nuestro Señor Misericordioso sufrió por nosotros? ¿Cómo harían para soportar semejante cosa? No tengo dudas de que llorarían y bramarían y buscarían revancha como pudieran; de lo contrario la gente pensaría que han abandonado a su amigo.

¿Cómo se puede sentir ese grado de pena excesiva por la muerte de alguien que ha pecado con frecuencia y ofendido a su Creador? Esto ofende a Dios y provoca un escándalo para todas las almas cristianas verdaderas. Pero a la vez, permitimos que la muerte de nuestro Redentor –por la cual se nos restituye a una vida nueva– se nos olvide. ¡Tan canallas indignos y desagradecidos somos! Ni siquiera podemos apoyar a aquellos que conocen los secretos de nuestro Señor y están colmados con su amor; en cambio preferimos burlarnos y oponernos a ellos a cada paso.

42

Las Pascuas así como habían llegado, pasaron. Fue entonces cuando mis compañeros y yo comenzamos a hacer planes para retornar a nuestra Inglaterra natal. Pero nos alarmamos mucho al escuchar incontables rumores sobre la existencia de ladrones en nuestra ruta señalada; dichos rumores afirmaban que no sólo le quitaban todas las pertenencias a los peregrinos, sino que también a veces los asesinaban.

Recé a nuestro Señor, con mis ojos velados por las lágrimas, diciéndole: "Jesucristo, deposito toda mi confianza en Ti. En repetidas oportunidades me has prometido que nadie que formase parte de mi expedición sufriría daño alguno. Y que tus promesas nunca me desilusionarían ni me decepcionarían mientras continuara depositando toda mi fe y confianza en Ti. Por eso, escucha los ruegos de esta inmerecida servidora que cree plenamente en tu misericordia, y asegúrame que yo y todos mis compañeros podremos proseguir nuestro camino sin sufrir daño alguno en nuestros cuerpos ni en nuestras pertenencias (sobre nuestras almas, Señor, yo sé que no ostentan autoridad alguna), pudiendo así regresar a nuestros hogares sanos y salvos como vinimos, y eso fue por amor a Ti. Y no permitas que ninguno de nuestros enemigos nos domine, Señor, si así lo deseas. Y como es tu voluntad, así sea."

Por toda respuesta, nuestro Señor Jesucristo puso estas palabras en mi mente: "No temas, hija, tú y todos tus compañeros regresarán tan seguros como si aún estuvieran en la iglesia de San Pedro."

Luego le agradecí a Dios con todo mi corazón y mi alma. Ahora tenía el valor suficiente como para partir de acuerdo con su voluntad. Y entonces llegó el momento de separarme de todos mis amigos en Roma. En especial, debía dejar a mi confesor, quien por amor a Dios me había apoyado y ayudado con tanta ternura durante las horribles peleas entabladas por mis envidiosos enemigos. La despedida resultó algo muy triste, tal como pudieron atestiguarlo las lágrimas que rodaban por nuestras mejillas. Me arrodillé ante él para recibir una última bendición. Y así nos separamos, los dos unidos en uno gracias a la caridad; y basados en ese mismo amor confiamos en que nos encontraríamos nuevamente, cuando nuestro Señor así lo quisiera, en esa tierra natal tan próspera que sería nuestra para siempre una vez que dejemos el exilio en este mundo cruel.

Entonces nuestro grupo partió hacia Inglaterra. Pero sólo habíamos recorrido una corta distancia desde Roma, cuando el sacerdote inglés (a quien había recibido como a mi propio hijo) tuvo tanto miedo al peligro del viaje que se animó a confesarme: "Madre, tengo mucho temor a ser asesinado por hombres crueles". A esto yo le respondí: "No, hijo mío, irás mejorando día a día y llegarás a tu hogar sano y salvo, por gracia de Dios".

Mis palabras fueron de gran consuelo, ya que él confiaba plenamente en lo que yo sentía en mi interior. Durante todo el viaje me trató con tanta calidez y amor que podría haber sido uno de mis verdaderos hijos.

Por fin llegamos a la ciudad de Middelburg (en Holanda), y desde ahí nuestro grupo planeó tomar un barco al otro día, que era domingo. Allí, mi buen amigo el sacerdote me preguntó: "¿Madre, te vas a embarcar con tus amigos en este magnífico día?".

A lo que contesté: "No, hijo, no es la voluntad de Dios que yo regrese a casa tan pronto".

Por lo tanto, el buen sacerdote, yo y otros pocos del mismo grupo que habíamos viajado desde Roma nos quedamos hasta el sábado siguiente, mientras que la mayoría se embarcó el domingo tal como habían planeado. El viernes de esa semana, fui al campo junto con algunos de mis amigos ingleses para hacer ejercicio. Hice lo mejor que pude para enseñarles los caminos de Dios, ya que tendían a maldecir con frecuencia y a no respetar sus mandamientos. Les hablé sobre esto muy simplemente. Pero mientras lo hacía, nuestro Señor Jesucristo me indicó volver a casa tan pronto como fuera posible, ya que se estaba gestando una tormenta fuerte y peligrosa. Y entonces nos apuramos; tan pronto como escuché esto partimos, y apenas llegamos a nuestra residencia se desató la tormenta. Muchas veces antes, mientras estábamos en viaje y cruzando planicies expuestas, había visto los reflejos de los relámpagos y escuchado a esos tremendos truenos que me aterrorizaban, por no mencionar las lluvias torrenciales que tuvimos que soportar y que siempre me causaban pánico y temblores.

Pero luego, nuestro Señor Jesucristo me decía: "¿Por qué tienes miedo, si yo estoy contigo? Soy tan capaz de mantenerte segura aquí afuera como en la iglesia más sólida del mundo".

Por sus palabras, nunca volví a tener miedo, porque pude creer en su misericordia: Bendito sea El, que me consuela en todas mis angustias.

Más tarde, aunque ese mismo día, un hombre inglés que pasaba por ahí lanzó una horrible maldición. Cuando escuché lo que dijo, me afectó tanto que comencé a llorar y a lamentarme y me envolvió una profunda tristeza. No podía contener mis lágrimas ni mi pena. ¿Cómo podría, si mi hermano era tan descuidado en sus ofensas contra nuestro Señor Dios Todopoderoso?

43

Temprano al día siguiente, mi buen amigo el sacerdote (que era como un hijo para mí) vino y me anunció: "Madre, ¡traigo buenas noticias! Hoy tenemos un viento benigno, gracias a Dios".

Recé a nuestro Señor de inmediato, alabándolo por estas buenas nuevas y rogándole que en su misericordia permita que el viento benigno y el buen tiempo nos acompañe hasta que llegáramos a nuestro hogar sanos y salvos; y sentí dentro de mi alma que debíamos retomar nuestro camino en nombre de Jesús. Pero cuando el sacerdote se dio cuenta de que estábamos por partir, me dijo de repente: "Madre, no hay ningún barco apropiado en el puerto, sólo un pequeño bote pesquero".

Le respondí: "Hijo, Dios es tan todopoderoso en un bote pequeño como en el barco más grande. Navegaré en este bote, si Él lo permite".

Y así partimos, pero casi de inmediato el clima comenzó a empeorar y el cielo se puso negro. Luego, todos juntos arriba del barco comenzaron a llorar fuerte y a pedirle a Dios que fuera misericordioso; entonces esas mismas tormentas cesaron, y el buen tiempo nos bendijo. Y así navegamos, hacia la noche, y de nuevo al otro día, desde las primeras luces hasta la hora de las oraciones vespertinas; luego divisamos tierra. Y tan pronto como desembarcamos, caí de rodillas y besé el suelo; agradecí a Dios desde el fondo de mi corazón por traernos sanos y salvos a nuestro hogar.

Para ese entonces no tenía ni un centavo. No tenía siquiera medio penique. Pero ocurrió que nos encontramos con otro grupo de peregrinos; comencé entonces a contarles una o dos historias edificantes y a cambio me ofrecieron tres medio peniques. Estaba muy contenta y agradecida, ya que ahora tenía algo de dinero para hacer una ofrenda en honor a la Trinidad una vez que llegara a Norwich. Había hecho lo mismo cuando partí de Inglaterra tanto tiempo atrás[16]. Entonces, al llegar a Norwich hice mi ofrenda totalmente feliz;

16 Margery estuvo fuera de su hogar durante dieciocho meses completos; el presente relato corresponde presumiblemente a mayo de 1415.

y luego fui con mis compañeros a visitar al maestro Richard Caister, a quien afortunadamente encontré vivo y saludable. Se puso muy contento al vernos, y nos llevó directamente a su casa para ofrecernos su hospitalidad.

"Margery", me dijo, "me sorprende que puedas estar tan contenta cuando has tenido que soportar tanto después de un viaje tan largo y extenuante".

"Señor", le respondí, "eso es porque tengo muy buenos motivos para estar tan alegre y contenta con nuestro Señor; es Él quien me ha ayudado y cuidado todo este tiempo y es Él quien me trajo a casa sana y salva. ¡Bendito sea!".

En este punto, seguimos hablando de nuestro Señor por un buen rato; y tuvimos una comida de lo más alegre todos juntos.

Cuando dejamos al maestro Caister, fui a visitar a un anacoreta, un monje Benedictino que había venido a Norwich desde el exterior y ahora vivía en Chapel-in-the-Fields[17]. Tenía fama de perseguir la perfección máxima; y antes de esto, mostró gran generosidad para conmigo. Pero se habló muy mal de mí, y entonces él se puso totalmente en mi contra. Estaba decidida a encontrarlo una vez más; en caso contrario, me sentiría humillada; si lograba volver a verlo, tal vez, pensaba yo, podría persuadirlo para que se convierta en mi amigo nuevamente.

Resultó que cuando nos encontramos me dio la bienvenida con pocas palabras. Luego fue directo al grano y quiso saber qué había hecho con mi hijo, quien, según sabía, había sido concebido y nacido mientras yo estaba en el extranjero.

Mi respuesta fue tan directa como su pregunta: "Señor, he traído a casa al único hijo que Dios me dio. Como Dios es mi tes-

---

17 Chapel-in-the-Fields era un hospital colegiado que creció rápidamente a partir de una donación de tierra concedida en el sudeste de Norwich (alrededor de 1250). El anacoreta es mencionado por Meech y Allen como Thomas Brackley, un monje benedictino que murió dos años más tarde, en 1417.

Magdalena según Roger van Weiden

tigo, no hay nada que haya hecho mientras estaba en el extranjero que pudiera hacerme quedar embarazada".

Pero nada de lo que le dijera podría convencerlo de que decía la verdad. A pesar de esto, y porque todavía confiaba en él, le
dije de manera simple y sencilla que era la voluntad de nuestro
Señor que yo me vista de blanco. En este punto dijo: "Dios no lo
permita" y agregó que en su opinión todos se sorprenderían al
verme así. Yo respondí: "Señor, eso no me interesa; todo lo que
quiero es complacer a Dios".

Allí él pareció cambiar, ya que me invitó a venir a verlo
nuevamente para que él me guíe. Y mencionó el nombre de otro
capellán, sir Edward Hunt. Le dije que averiguaría si Dios aceptaba dicho acuerdo o no; y que partiría. Pero mientras me iba,
nuestro Señor habló a mi alma, diciendo: "No quiero que él te
guíe". Y por lo tanto, puse en palabras la respuesta que había recibido de Dios.

LIBRO 2

4

*P*ermanecí en la ciudad alemana de Danzig durante cinco o seis semanas. Y allí me recibieron con calidez muchas personas diferentes, todas inspiradas por el amor de nuestro Señor. Empero, no había nadie tan en contra mía como mi propia nuera, en entera oposición a su correcta obligación filial que indicaba que me debía los correspondientes respetos y cuidados. A pesar de esto, me sentía agradecida a nuestro Señor por la bienvenida que me dieron tantas personas inspiradas por su amor, y por lo tanto me sentía con ganas de quedarme con ellos. Sin embargo, al mismo tiempo, nuestro Señor me instaba a dejar su país.

En consecuencia, me sentía perdida sobre cómo seguir el mandato de nuestro Señor, al cual en ningún momento intentaba desobedecer. Pero el problema era que no tenía ni una sola compañía para el viaje, ni hombre ni mujer. Y cuando veía el océano, me daba vuelta por el miedo, recordando todo lo que había tenido que tolerar en nuestra travesía. Todavía peor, se había desatado una guerra para ese entonces, de manera tal que viajar por tierra era muy arriesgado. Considerando todos esos problemas, me puse muy triste y no sabía a quién acudir.

Por fin encontré una iglesia y fui allí para rezar; le pregunté a nuestro Señor, ya que Él había sido quien me había indicado partir, si ahora me enviaría ayuda y compañeros de viaje. De inmediato, un hombre se me acercó y me invitó a hacer un peregrinaje a Wilsnack. Me dijo que aparentemente, algunos años antes, se había incendiado la iglesia pero en las ruinas habían encontrado tres hostias, conservadas pero sangrantes. Por eso ahora mucha gente venía desde lejos para venerar la preciosa sangre de nuestro Señor Jesucristo.

Respondí que estaría más que feliz de ir con él siempre y

cuando pudiera encontrar una persona que quisiera acompañarme desde Wilsnack hasta Inglaterra. Aceptó guiarme sana y salva él mismo hasta la costa para emprender el viaje a Inglaterra una vez que hubiéramos concluido el peregrinaje hacia Wilsnack. Allí seguro encontraría algunos compatriotas confiables. También acordamos, al mismo tiempo, que pagaría sus gastos durante esta segunda parte de nuestro viaje.

Luego él se las arregló para alquilar un bote pequeño que nos llevaría a nuestro destino de peregrinación. Dado que era inglesa, me dijeron que no podría partir del puerto hasta no tener la autorización de los Caballeros Teutones[18], pero todo lo que conseguí fueron obstáculos y dificultades interminables. Por último, nuestro Señor hizo que un mercader de Lynn escuchara mi promesa. Me encontró y prometió que haría todo lo posible por ayudarme a partir, con permiso o en secreto. Eventualmente, después de muchos problemas, obtuvo el permiso para mi viaje.

Gracias a esta gestión, por fin pude subir al barco que había alquilado mi nuevo compañero. Y Dios nos envió sólo una suave brisa, y por lo tanto me sentí aliviada al notar que apenas si había olas. Pero la tripulación del barco declaró que éstas no le daban impulso y comenzaron a protestar y quejarse. Oré a nuestro Señor, quien después envió una brisa más fuerte para que continuáramos nuestro camino; pero noté que las olas comenzaban a subir y bajar en forma alarmante. Mis compañeros ahora estaban encantados, pero yo la estaba pasando mal. Luego nuestro Señor habló a mi alma y me dijo que me recostara para que no pudiera ver las olas. Y eso hice. Pero incluso enton-

---

18 Los Caballeros Teutones fueron originalmente una orden religiosa-militar formada por los Cruzados alemanes. En los días en que Margery pasó por allí, esta orden devino parte de la Liga Hanseática, una poderosa alianza político-mercantil integrada por las ciudades/estados del norte de Europa (en la cual Danzig jugaba un rol fundamental).

ces estaba recelosa, y todos me culpaban por tener miedo. Hasta que, por último, llegamos a un lugar al que ellos llamaron Strawissownd (Stralsund).

(A nadie debe importarle si los nombres de estos lugares están mal deletreados. Estaba más preocupada por decir mis oraciones que por anotar los nombres de cada lugar al que llegábamos. Y no se puede responsabilizar a mi calígrafo por dichas inexactitudes, ya que él nunca estuvo ni siquiera cerca de esos lugares.)

7

Cuando finalmente llegamos a Aachen, encontré a un monje en camino de Inglaterra a Roma; era un gran consuelo hablar, después de tanto tiempo, con alguien que hablaba mi mismo idioma. Nos quedamos juntos durante aproximadamente diez o doce días, para ver la túnica de nuestra Virgen y algunas otras reliquias sagradas que se exhibían durante la festividad de santa Margarita[19].

Mientras esperábamos, una mujer respetable se arriesgó a llegar desde Londres. Era una viuda y estaba acompañada por varios sirvientes; también había venido para ver y venerar las reliquias. Entonces la llamé y le hablé de mi dificultad para encontrar a alguien con quien pudiera emprender el viaje de regreso. Se mostró amable y prometió

---

19 Se decía que las llamadas Cuatro Grandes Reliquias eran el manto de nuestra Virgen utilizado durante el nacimiento de Jesús; sus propias ropas enrolladas; la tela que recibió la cabeza de Juan el Bautista; y el taparrabo que vistió Cristo en su cruz. El santuario de plata donde todavía se conservan data del año 1238. Margery fue afortunada al llegar a Aachen en ese preciso momento, ya que las reliquias sólo eran exhibidas públicamente cada siete años durante dos semanas, después de la festividad de santa Margarita, celebrada entonces el 20 de julio de 1433.

darme todo lo que necesitara; también me invitó a comer y beber con ella y fue muy cordial.

Pero una vez que comenzó y terminó la festividad de Santa Margarita y que hubieran visto las reliquias sagradas, la buena mujer partió inesperadamente de Aachen con su grupo. Sentí que de improviso todos mis planes habían fracasado, porque contaba en viajar con ella, y como resultado de esto me deprimí mucho. Por lo tanto me despedí con rapidez del monje que mencioné anteriormente, el que iba a Roma; y viajando en un carro con algunos otros peregrinos partí de modo tan veloz como pude. Esperaba que de esta forma quizá pudiera alcanzar a esta buena mujer, pero no fue así.

Luego me encontré con dos londinenses quienes estaban volviendo a sus hogares. Me dijeron que me cuidarían, pero como estaban apurados, insistieron en que debería adaptarme a su ritmo. Y así fue que me apuré detrás de ellos con gran dificultad, hasta que llegamos a la siguiente ciudad grande. Aquí nos reunimos con otro grupo de peregrinos ingleses que habían visitado las cortes romanas y también volvían a Inglaterra. Les rogué que me dejaran unirme a ellos; pero me confesaron que dado que les habían robado y apenas si tenían el dinero suficiente para volver a sus hogares, debían aprovechar el tiempo y no querían atarse a nadie. No obstante, eventualmente aceptaron que me uniera a ellos, siempre y cuando siguiera su ritmo.

No tenía muchas otras alternativas, salvo unirme a ellos y ver cuánto tiempo duraba a su ritmo, así que dejé a los dos londinenses y me reuní con este nuevo grupo. Cuando paramos para comer por primera vez, todos lo hicieron abundantemente. Pero noté que había un hombre acostado al final de un banco. Cuando pregunté quién era, me dijeron que se trataba de un fraile que también pertenecía al grupo.

"¿Y entonces por qué no come con ustedes?"

"Nos robaron a todos y a él también. Ahora cada uno debe hacerse cargo de sí mismo."

"Bueno", respondí, "él compartirá el dinero que Dios ponga en mi camino".

Sabía que Dios proveería para las necesidades de ambos. Y entonces le pedí que comiera y bebiera conmigo, lo cual lo animó en gran manera. Pero una vez que retomamos nuestro viaje, me di cuenta enseguida de que no podría seguir su ritmo. Era demasiado vieja y débil para hacerlo; intenté trotar para ir un poco más rápido, pero simplemente no tenía la energía para seguir.

Entonces decidí pedirle al fraile sin un peso con el que había comido si quería viajar conmigo hasta Calais. Agregué que pagaría sus gastos y además le daría una dádiva. Estaba más que contento con mi ofrecimiento y aceptó. Habiendo acordado este plan, dejamos que los otros viajeros siguieran, mientras que nosotros establecimos nuestro propio ritmo.

De inmediato, el fraile dijo que tenía mucha sed y explicó: "Conozco este camino muy bien, ya que a menudo he pasado por aquí en mis viajes hacia Roma. Hay una buena posada no muy lejos de aquí. Podríamos detenernos allí y tomar algo".

Me alegré ante esta sugerencia. Y cuando llegamos, la buena mujer de la casa se mostró muy comprensiva con nosotros. Pero en su opinión, declaró, yo debería estar viajando en un carro con otros peregrinos en vez de caminar sola con un fraile. Entonces, le expliqué que había planeado viajar con cierta buena dama todo el trayecto hasta Londres, y cómo me habían engañado. Una vez que hubiéramos descansado y que esta conversación llegara a su fin, seguramente pasaría un carro de peregrinos. La buena mujer, que conocía al conductor, lo corrió aunque ya había pasado por su casa. Les pidió si yo podía ir con ellos y de esa manera agilizar mi viaje. Y aceptaron y pude subirme. Y cuando llegamos a la siguiente ciudad, de repente vi a la buena mujer de Londres.

Entonces les pedí a los buenos peregrinos que me disculparan y que me dejaran pagarles por mi parte del viaje. Les conté todo sobre la mujer inglesa que había visto y el arreglo que habíamos hecho cuando nos encontramos por primera vez en Aachen por el cual viajaríamos juntas a Inglaterra. Y así los dejé, y ellos continuaron su viaje.

Me acerqué a la mujer inglesa esperando que me saludara con alegría. Pero, por el contrario, fue muy dura y fría conmigo: "¿Quién te crees que eres? No quiero que vengas conmigo, no quiero conocerte".

Ante esta declaración me sentí perdida y no sabía qué hacer a continuación. No conocía a nadie y nadie me conocía a mí. No tenía adónde ir. No sabía qué había sido del fraile que había aceptado ser mi acompañante, y si pronto pasaría por donde yo me encontraba o no. Estaba muy confundida y terriblemente contrariada. Sentí que era el peor momento desde que partí de Inglaterra.

Pero igualmente, confié en la promesa de Dios y me quedé en la ciudad hasta que me envió ayuda. Era casi la noche cuando vi que llegaba el fraile. Me apuré hacia él y le conté cómo la mujer en la que había confiado me había despreciado. El fraile hizo lo mejor que pudo para consolarme, diciendo que no tendríamos ni mejor ni peor suerte que la que Dios ordenara. Pero agregó que no quería pasar la noche en la ciudad porque sabía que la gente de allí no era muy confiable. Entonces partimos en la oscuridad, con la mente colmada por nuestros problemas; y el principal de entre todos ellos era dónde pasaríamos la noche.

Llegamos a una selva y tomamos por un camino al borde de la misma, todo el tiempo con nuestros ojos bien abiertos buscando un lugar donde pasar la noche. Y, exactamente como nuestro Señor lo dispuso, de inmediato encontramos una o dos cabañas. Nos acercamos rápidamente y descubrimos que un hombre vivía allí con su esposa y sus dos hijos. Pero no trabajaban en una posada ni alojaban gente por la noche.

Sin embargo, pude observar una pila de helechos en una dependencia anexa y convencí a esta gente, aunque debo admitir que no sin cierta dificultad, de que me permitiera dormir allí por la noche. El fraile, tras ulteriores negociaciones, consiguió un granero, y nos sentimos bien por el solo hecho de tener techo sobre nuestras cabezas por esa noche. A la mañana siguiente, les pagamos por el refugio y emprendimos el viaje hacia Calais nuevamente.

El camino se tornaba más y más duro, ya que ahora nos encontrábamos luchando a través de médanos de arena profundos y cambiantes; más aún: la senda parecía subir y bajar todo el tiempo. Nos llevó otros dos días completos llegar a destino, y sufrimos mucha sed y debilidad porque había pocos pueblos y sólo pudimos encontrar alojamientos de los más pobres.

Era de noche cuando más miedo tenía, sobre todo de mi enemigo espiritual; sentía el temor constante de ser ultrajada o violada. No me atrevía a confiar en nadie; con motivos o sin ellos, vivía constantemente asustada. Apenas si me atrevía a dormir a la noche por temor a que algún hombre me violara. Y como resultado, casi no cerraba los ojos a menos que encontrara una mujer o dos para que durmieran a mi lado. Sin embargo, por gracia de Dios, casi siempre había una o dos muchachas en los sitios donde me detenía a descansar que querían dormir a mi lado, lo que de algún modo me ayudó a aliviar mi mente.

Como resultado de todo esto, cuando nos acercábamos a Calais estaba tan cansada y agotada que mientras caminábamos pesadamente, creía que cada paso sería el último. Y así, por fin, el buen fraile y yo llegamos a Calais. Había sido tan amable y gentil conmigo durante nuestra travesía que lo recompensé por su generosidad tanto como pude; y él se mostró conforme. Tras ello, intercambiamos despedidas.

FLORA TRISTAN

EL *I*TINERARIO DE LA *P*ARIA

*E*s extraño. En 1903 un hombre muere en la Polinesia y, al ser evocada su desaparición en París, alguien recuerda que exactamente cien años atrás nacía su abuela. Aunque tal vez esta curiosidad de un siglo no revista mayor significado, dada la entidad de sus personajes. Aun sin llegar a conocerse (la mujer nunca llegará siquiera a enterarse de la existencia de este nieto), no fueron personalidades que pasaron desapercibidas para sus respectivas épocas. El se llamó Paul Gauguin y fue uno de los mayores revolucionarios que conoció la pintura moderna. Ella, la abuela, fue Flora Tristán, la primera mujer no sólo en tratar de conceptualizar e imponer los derechos inherentes al género femenino (como por ejemplo, la legalización del divorcio, lo cual la enfrentó a no pocos problemas), sino también en defender los intereses de la clase obrera, lo que la convertirá en un antecedente valioso de la teoría de Marx y Engels[1]. Por si fuera poco, al igual que su nieto, Flora estuvo atenta a una mirada que rompía con la insularidad de su realidad y se arriesgó a viajar sola hasta el Perú, en parte para rescatar sus orígenes dormidos, pero también como un viaje de iniciación que será fundamental tanto para su vida como para su obra. Ella, una *paria* de acuerdo a la visión que tenía de sí misma, decide identificarse con los parias del mundo.

En las puertas del siglo XIX, un militar español llamado Mariano Tristán conoce casualmente en Bilbao a una hermosa francesa, Thérèse Laisney. La muchacha huye de los excesos revolucionarios de París y cae bajo los encantos de ese cuarentón con quien no puede contraer nupcias, ya que para ello sería necesario un permiso real. Un cura francés también exiliado consiente en unir secretamente a los enamorados con la esperanza de que la situación aclarase y con el tiempo la pareja pueda regularizar su situación. En Bilbao, Mariano y Thérèse son frecuentados por un joven teniente venezolano, nacido en Caracas en el seno de una acomodada familia de origen vasco: Simón Bolívar. Existen varias versiones sobre los intereses del joven Bolívar en relación a los Tristán, en particular respecto a Thérèse, por quien, según la propia Flora, sentía algo más que afecto amical[2].

La pareja se instalará en París, donde Mariano Tristán se establece en calidad de agregado de la embajada de España. El

---

1 Y ellos le retribuyen citándola en *La Sagrada Familia*.
2 En 1838 Flora Tristán comenzará una curiosa colaboración con la revista *Le Voleur de París* publicando una serie de cartas atribuidas a Simón Bolívar, aunque su autoría es por demás incierta y no se descarta que pertenezca a la propia Flora. Luego fueron recopiladas en forma de libro bajo el título de *Lettres de Bolívar*.

7 de abril de 1803, bajo el signo de Aries, nace Flora-Célesti-
ne Teresa Enriqueta Tristán Moscoso. La niña es reconocida
por su padre, aunque la pareja, un tanto abúlicamente, sigue
sin regularizar su situación. Además del sueldo que recibía
por su cargo militar, el tío de Mariano, arzobispo de Granada,
le remitía anualmente unos 600 francos como titular del Ma-
yorazgo de los Tristán. Por si fuera poco, su hermano menor,
el también coronel Pío Tristán, había retornado a la colonia
del Perú (de donde era nativo), donde ocupaba un alto cargo
en la Administración y enviaba asimismo frecuentes giros a su
hermano. Con todo esto, Mariano y su familia vivían con cierto desahogo en el París napoleónico. Una vez nacida Flora, adquirió una amplia casa dotada de parque/huerto en Vaugirard,
a donde asistían con regularidad diversos personajes criollos,
entre los que por supuesto no podía faltar Simón Bolívar.

En 1807, sin embargo, esta idílica vida familiar culmi-
na en forma abrupta. Primero llega la noticia del naufragio
del *Minerva*, y arrastra consigo al fondo del mar una importante suma en metálico para Mariano procedente de ultramar.
El 14 de junio la catástrofe se hace definitiva: el coronel Tristán muere de forma imprevista sin dejar testamento ni haber
legalizado su matrimonio canónico. La embajada de España en
París reivindica como propio su patrimonio y confisca la casa
de Vaugirard, al ser propiedad de un súbdito del reino con
que el Imperio se encuentra en guerra. Para mayor infortunio,
Thérèse da luz a un segundo niño en el otoño y Simón Bolívar, quien podría ayudarla, tras una estancia en Estados Unidos ha retornado a Caracas.

Un año más tarde será Francia quien, por un decreto de
Napoleón, decide confiscar los bienes de los españoles. El sueño de la vida acomodada terminó de modo repentino: Thérèse, súbitamente empobrecida y olvidada por la opulenta familia Tristán del Perú, se ve obligada a vivir casi sin medios en
la campaña francesa junto a sus dos hijos pequeños. En 1817,

el hermano menor de Flora también muere, sin siquiera traspasar el umbral de la infancia. Todos estos golpes sin duda
afectarían para siempre el desarrollo de la niña. Al cumplir su
hija los quince años, Thérèse decide volver a París y ambas se
instalan en el barrio de Maubert, una zona de obreros y artesanos muy alejada de la atmósfera que conocieran en la rue
Vaugirard. La exótica belleza de Flora no logra ser aceptada en
ningún medio, y sufre esta suerte de desarraigo social como el
peor de los castigos. Es rechazada con crudeza por la familia
de su primer amor, ya que ante los ojos de la Ley está marcada como una "bastarda". Este rasgo será doblemente traumático, pues a pesar de contar con antecedentes parentales de
cierto linaje, ella no puede (ni podrá jamás) dejar de verse como realmente la ven los otros: una *paria*, una descastada que
sólo merece el rechazo de los demás. Aquel muchacho, cuya
familia le negó su amor, también muere, aunque no se pueden
establecer las causas. A partir de su pérdida, Flora comprende
que hay algo en la sociedad en que le ha tocado vivir que no
funciona como debiera.

En 1820, mientras diversas revoluciones liberales en Europa se enfrentan a los Borbones, en España se decreta la abolición de la Inquisición y en Francia muere asesinado el Duque
de Berry, las necesidades económicas impulsan a Flora a ingresar al atelier del artista y grabador André Chazal, donde trabajará como colorista en su taller de litografía. Por entonces sólo
contaba diecisiete años y su madre ve en este empleo una suerte de liberación ya que temía, dado los acontecimientos vivi-
dos y el sórdido ambiente en el que se movía, que las malas in-
fluencias operaran en ella demoníacamente. Pero el trabajo no
le trajo mejor suerte. De modo consciente o no, Flora acabará
entregándose a Chazal, por quien en un principio sintió una
tempestuosa pasión y con quien se casará el 3 de febrero de
1821, siendo aún menor de edad. No pasaría mucho antes de
que Flora se sintiera asqueada de su marido. Pertenecían a

mundos por completo diferentes: ella era soñadora, llena de fantasías, con una energía sobrenatural, en tanto él era un rudo artesano, con excesiva debilidad por el juego y la bebida, que no terminaba de comprender a su mujer. Ni siquiera el nacimiento de dos niños logró salvar la situación. La vulgaridad de André sublevaba a Flora, que con su sensibilidad refinada y romántica vive en un mundo ajeno. *"El único sentimiento que hubiera podido hacerme feliz, habría sido el vivir un amor apasionado con uno de esos hombres a los que sus grandes empeños sólo procuran desgracias y que tanto engrandecen y ennoblecen a la víctima que los padece"*, escribiría más tarde. ¿Estaba pensando en el ya inasible Simón Bolívar por entonces? Es probable, aunque lo concreto es que esta confesión parece adecuarse con el nuevo modelo de mujer surgido tras la Revolución Francesa, que nutrirá el llamado *"síndrome de la mujer insatisfecha"* heredado del romanticismo y que hará, con el tiempo, que Flora busque y no encuentre una salida más gloriosa que el suicidio[3].

Finalmente, en 1825 decide abandonar a su marido, a su vez cercado por las deudas, y allí comenzaría un nuevo infierno personal. Por entonces, acaba de alumbrar a su tercer hijo, una niña que se llamará Aline y que con el tiempo logrará notoriedad como la madre de Gauguin. Para poder ganarse la vida, Flora deja al cuidado de su madre Thérèse a los tres niños y emprende a partir de allí un duro camino, viéndose obligada a desempeñarse en los más diversos trabajos; en ocasiones se hace pasar por soltera y otras por viuda. En 1826 viaja a Londres por primera vez, donde se ocupará en una familia de emigrados como gobernanta, ama de llaves y dama de compañía. Este período le permitirá formarse inte-

---

3 Dentro del material que existe sobre el tema, conviene destacar el ensayo de Birute C. Kaite, *La mujer insatisfecha. El adulterio en la novela realista* (Barcelona: Edhasa, 1984).

lectual y estéticamente, y en poco tiempo se traducirá en la
materialización de los contenidos de algunas ideas sobre las
que comienza a adquirir mayor conciencia. Por un lado,
siente la necesidad de nuevos tipos de organización frente a
las desigualdades sociales, y por otra proclama la urgencia
del restablecimiento del divorcio como herramienta impres-
cindible para el avance institucional[4]. Retornará a Inglaterra
en tres oportunidades e irá compilando los datos necesarios
para reflexionar sobre la vida británica y comprender que la
pobreza no constituía un elemento privativo de su existencia ni del barrio parisino donde creció, sino que se uniforma-
ba a lo largo y ancho del planeta. Subyugada por lo que fue
la primera Revolución Industrial, por la vanguardia londinense y la "ciudad monstruo", hogar del capitalismo y la miseria, Flora Tristán irá tomando nota para lo que se convertirá en uno de los mejores libros de viaje de su tiempo, *Promenades dans Londres*. Por un lado, se destaca aquí la descripción social (la autora se revelará como una observadora más
que sagaz) y por otro la vehemente denuncia social, en donde se conjugan la reivindicación femenina, el utopismo so-
cialista y el estilo literario de algunos románticos como Hugo, Sue, Vigny o Georges Sand, que más tarde habrían de
reivindicarla como a una igual. Además de analizar los me-
canismos de desigualdad entre clases y sexos, de denunciar
los abusos de las clases dirigentes, Flora ubica también en la
primera escena de su prosa a los marginados, los excluidos,
en definitiva, la vida de sus pares, los *parias*. Para ello no duda en visitar hospicios, cárceles, asilos, prostíbulos, ofreciendo una pintura que excede el pintoresquismo y se acerca a un

---

4 Dicha preocupación, casi obsesiva dada su complicada situación personal, motiva la redacción de su documento "Pétition pour le Rétablisse-
ment du Divorce á Messieurs les Députés".

documento fundamental para comprender muchas de las claves de la vida cotidiana de su tiempo.

De todos modos, *Promenades dans Londres* se publicará recién en 1840 y a Flora le restaba aún mucho por vivir. Al regresar de su primer viaje a Londres, Flora habita un tiempo en Burdeos y luego se traslada a París para llevar a la práctica sus ideas: en un acto pleno de audacia para la época, demanda la separación legal de bienes y cuerpos con André Chazal. En París se hospeda en una pensión que alberga asimismo a numerosos viajeros y allí, por casualidad, conoce a uno de sus huéspedes, el capitán Zacarías Chabrié. Al ser presentada, el capitán le pregunta si tiene algún parentesco con los acaudalados Tristán de Arequipa y Lima. Flora reflexiona sobre su infeliz existencia y ve allí una posibilidad de cambiar el rumbo de su destino. Decide informarse por Chabrié sobre la suerte de sus parientes y entonces se entera de que su tío, el poderoso don Pío Tristán (quien al parecer desconoció a Thérèse como mujer de su hermano mayor) era el gobernador de Cuzco. En consecuencia, resuelve escribirle una carta llena de fuerza y dramatismo, donde con toda honestidad Flora declara sentirse incapaz de probar por medio de documentos el vínculo de su difunto padre con Thérèse, aunque adjuntó lo único que podía presentar: su partida legal de bautismo. También invocó el posible testimonio de su existencia por boca del ya entonces famoso Simón Bolívar. A finales de 1830 recibió la respuesta de don Pío y su contenido resultó algo ambiguo para las expectativas de Flora. Por una parte, desde un primer momento se mostró dispuesto a reconocer (o por lo menos, a *"prodigar afecto"*) a la hija de Mariano, de la que, efectivamente, decía tener noticias por el propio Bolívar. Pero al mismo tiempo, en la misma carta se muestra remiso respecto de realizar cualquier concesión que pudiera afectar el patrimonio de la familia, dado que Flora carecía de todo título legal que avalase la legitimidad de sus pretensiones. Aclarada la situación, accedía a enviarle 2.500 francos y la novedad de que su abuela (la madre de don Mariano y suya) consentía en legarle 3.000 pesos como pensión vitalicia, suma por demás exigua en la época.

Con seguridad Flora debió sentirse muy desanimada por los términos de aquella misiva. En su carta, sin embargo, ocultó todo respecto a su presente y pasado inmediato. No les dijo a los peruanos que su matrimonio había fracasado, que tenía tres vástagos al cuidado de su madre Thérèse y que corría el riesgo de ser despojada de ellos; tampoco les hizo saber sobre sus deseos de viajar a Perú y ser aceptada allí. ¿Hubiese tenido otra respuesta de haber dicho la verdad? Es difícil saberlo, pero lo que se le presentaba resultaba incierto. Viajar a Perú se convirtió en una obsesión, y para ello diseñó una particular estrategia. Para comenzar, se presentó en Burdeos ante Mariano de Goyeneche, primo de su padre, para ponerlo al tanto de sus planes. Este la presentó en sociedad como su sobrina, y a través de él Flora llegó también a tomar contacto con Felipe Bertera, apoderado de Pío Tristán en Francia y cónsul del Perú en Burdeos. Fue Goyeneche también quien le consiguió sitio en el flamante bergantín *Le Mexicain*, al mando del ya conocido capitán Chabrié. Fueron tiempos sumamente difíciles para Flora, y la posibilidad de comenzar una nueva vida en Perú la llena de energía. En 1831 murió su hijo menor, y el 1° de abril del siguiente año. André Chazal armó un auténtico escándalo en la casa que Flora arrendaba en Bel Air. A raíz de las amenazas de su marido, abandona París con su hija Aline y durante unos cuantos meses lleva una vida errante. El clima social no era mucho mejor. París se sacudía con frecuentes manifestaciones anticlericales y en noviembre se produce la llamada revuelta de los *canuts* (obreros textiles) lyoneses, en reclamo de un aumento a los míseros veinte céntimos diarios. El padre Enfantin publica editoriales en *Le Globe* defendiendo las asociaciones laborales; a la vez, la policía clausura bajo el pretexto de "asociación ilegítima y ultraje a la moral y las buenas costumbres" el parisino Hotel de Geesvres, tras la publicación de un artículo de Duveyrier en defensa de la libertad sexual. Por si faltara algo, una epidemia de cólera se cobra en París 18.000 víctimas.

Era demasiado. La *Paria* necesita paz, y esa paz está al otro lado del océano, en un punto lejano, oscuro y anhelado. El 7 de abril de 1833, exactamente el día en que Flora cumple treinta años, *Le Mexicain* zarpa del puerto de Burdeos. Los primeros veinticinco días de navegación ofrecen a Flora diversos alicientes. Habla con la tripulación y los pasajeros, interesándose en particular por las candentes problemáticas de Europa y América. Chabrié la interesa en la lectura de Lamartine, Victor Hugo, Walter Scott y Rousseau, a la vez que un pasajero la inicia en Byron y Voltaire. La primera escala será en La Praya (actual Praia), capital de la isla de Santiago y una de las mayores del archipiélago que forma Cabo Verde, entonces colonia portuguesa. En un primer momento el paisaje decepciona a nuestra viajera, ya que no encuentra el verdor que su nombre parece sugerir. Pero hay algo más: atestigua en toda su dimensión el horror de la esclavitud, cuya abolición será desde entonces uno de sus objetivos más preciados. Su condena es sincera, y no duda en calificar al esclavista como *"antropófago"*, ya que revela la significación simbólica de una práctica inhumana. Más tarde, al rememorar la situación esclavista en *Promenades dans Londres*, la comparará con la de los obreros ingleses antes de 1840.

Le Mexicain anclará en Valparaíso, y a partir de allí se cierra más de una etapa. En Chile se entera de que su abuela paterna, de quien esperaba cierta complicidad, murió el mismo día en que ella se embarcó en Burdeos. Por otra parte, también se despide del capitán Chabrié, quien se había enamorado ciegamente de Flora. Aun cuando él no le resultaba indiferente, decide rechazarlo en una emotiva y romántica escena pensando en el *"bien de ambos"* (Chabrié, aunque sospechaba algo, desconocía que Flora era madre de dos hijos y huía de un marido peligroso). El primer día de septiembre de 1833 embarca en el velero de tres palos *Leónidas* rumbo a Islay, y desde allí cruza el desierto a lomo de burro hasta Arequipa, en un viaje tan exótico como agotador. La nueva travesía le permite conocer nuevas gentes y paisajes, que irá absorbiendo con suma avidez, pero sobre todo, imponerse a la extraña realidad sociopolítica de las Indias en trance de independizarse de la corona de Fernando VII[5]. Era el choque entre la Europa adulta, con la miseria de sus luchas sociales y lastres del pasado, frente a una América virgen y algo desorientada, donde siempre era pronto para alentar esperanzas de ningún tipo. Flora aprendió con rapidez a moverse entre los distintos estratos sociales de esta nueva sociedad. No se asustaba con facilidad ante los supuestos peligros que acechaban en el Perú colonial: la temida "barbarie" no se diferenciaba en mucho de la que había conocido en la parisina y sórdida rue Fouarre. Penetró con agudeza en el espíritu tanto del pueblo como de la alta sociedad arequipeña, con la que tendría frecuente contacto gracias a los lazos de sus parientes.

Ante la ausencia de su tío, es recibida por sus sobrinos, en especial por Manuela Florez, quien le brinda los honores correspondientes a su llegada en el imponente palacio de los Tristán y la trata como a una más. A don Pío lo conocerá recién en enero de 1834, cuando éste retorne de Cuzco. Hombre de edad, experimentado y pragmático, vive inmerso en el devenir político de la naciente república[6]. Aunque su tío la trata con

5 En realidad, cuando Flora Tristán llega al país en septiembre de 1833, Perú ya existe como Estado gracias a las gestas de San Martín y Bolívar. Sin embargo, ese Estado resultaba un tanto espectral y se encontraba dividido por las luchas fraticidas entre "orbegozistas" y "bermudistas".
6 Gracia a don Pío, Flora conocerá a muchas de las principales figuras políticas, como el general Nieto o el atrabiliario deán Valdivia. Sin embargo, quien atrae su especial atención será doña Pancha Gamarra de Zubiaga, la "Mariscala", mujer de enorme energía y ambición que despierta en nuestra autora gran admiración. Recuerda con especial regocijo cuando en El Callao ordenó a cuatro negros azotar a un oficial demasiado lenguaraz frente a sus camaradas.

sincero afecto, muy pronto se encargará de hacerle saber sus límites. *"Cuando se trata de negocios"*, le habría dicho, *"no conozco
más que leyes… Me enseñas una partida de bautismo que demuestra
que eres una hija ilegítima, pero no me enseñas el acta matrimonial de
tu madre. En cuanto a la herencia de nuestra madre, has de saber que
los hijos naturales carecen de todo derecho sobre los bienes de los ascendientes de sus padres. Así pues, nada tengo tuyo, a menos que me presentes un acta legal formalizada que demuestre el matrimonio de tu
madre con mi hermano"*. En otras palabras, Flora, hija del pecado
y sin credenciales, no puede aspirar a otra cosa que las migajas
asignadas por su tío. Por otra parte, éste no tenía inconvenientes en que su sobrina viviera con ellos… como un adorno y sin
contraer obligaciones de ninguna especie.

Desengañada, permanecerá un tiempo más con los Tristán hasta que toma cabal conciencia de que, aun en el Nuevo
Mundo, no puede modificar su condición de *paria*. La dorada
leyenda de ultramar llega a su fin, el sueño romántico de re-
tar al destino se hace añicos, pero uno nuevo arriba en su
reemplazo: traducir en palabras la distancia que existe entre
un mundo y otro, dar contenido a su dolorosa travesía por los
márgenes. El resultado será *Les Peregrinations d'une Paria*, un
texto fundamental que se desprende de la crónica pura de viaje para ingresar en el terreno de la mejor narrativa, a la vez que
da cuenta de aspectos antropológicos, etnográficos y psicoló-
gicos de esa patria adoptiva que pudo haber sido suya y terminó por escapársele de las manos, aun cuando sentía su dolor como propio. Desde ahora Perú será para Flora un mundo
que le servirá incluso como paradigma al compararlo con el
Londres que años después le inspirará sus reflexiones sociales:
un país irredento, en el que la angustia de la miseria se con-
funde con los valores de una legalidad que intuye tan insuficiente como injusta.

El viaje a Perú marcará un antes y un después en su vida, y aunque al volver a Europa en un primer momento se sien-

te desorientada, pronto se dará cuenta del real valor de su experiencia: Perú equivale a tomar la palabra. Por primera vez en su vida, Flora se siente "autorizada" a hablar, se siente solicitada, escuchada atentamente. Perú le facilita su *"liberación por la palabra"*[7], cuando hasta entonces su voz en el mundo era tan fértil como un páramo yermo. De poder manejar la palabra a poder manejar la pluma hay apenas un paso. Perú le descubre su vocación de escritora al tiempo que le suministra el tema de su primer libro y también su primer éxito literario. Es también allí donde descubre su pasión por la investigación social y, en consecuencia, el compromiso: ésta será la ruta de su nuevo viaje. En Arequipa pierde sus últimas ilusiones de tranquilidad económica y consideración social, pero es tentada por un nuevo sueño: la acción política en favor de los marginados, los oprimidos, los desprotegidos y, muy en particular, de la mujer. Para ello, asume con serenidad su condición de paria: así había dejado Francia y así vuelve de Perú. Pero algo ha cambiado y para siempre: ahora se trata de una *paria liberada*, que lleva en sí el poder de la palabra. Perú le permitirá declararse, sin ambigüedades, *"solidaria de todos los parias del mundo"*. De allí que les dedique Les Peregrinations... a los peruanos, aun cuando sabe que su contenido habrá de irritar a muchos de quienes ella llama *"mis compatriotas"*, entre otros, a los Tristán y a sus delegados en Francia, Goyeneche y Bertera. La mirada que ofrece está despojada de toda artificiosidad, y aun cuando en ocasiones puede pecar de cierta ingenuidad, no puede dejar de reconocerse su absoluta falta de obsecuencia.

El París que encuentra a su regreso no será nada fácil. Decidida a escribir su experiencia peruana, lee y relee a una

---

7 Esta idea es manejada por Denys Cuche en su ensayo "Le pérou de Flora Tristán: Du rêve a la réalite", leído en el I Coloquio Internacional Flora Tristán, que tuvo lugar en Dijon durante los días 3 y 4 de mayo de 1984.

mujer inquieta, contemporánea suya, llamada Aurore Dupin
pero que firma como George Sand. La forma en que Sand de-
fiende la liberación de la mujer ante la servidumbre conyugal
seduce a Flora. Además de narrativa, consume obras de contenido social entre las que no faltan tesis de los utopistas. La
Tristán se anima y llega a entrevistarse con el filósofo y soció-
logo Charles Fourier[8], a quien previamente le escribe: *"Me*
atrevo a pediros, señor, que os acordéis de mí en todo momento en que
podáis necesitar una persona que se entregue, *y puedo aseguraros*
que encontraréis en mí una fuerza *poco corriente en mi sexo, una ne-*
cesidad de hacer el bien y un reconocimiento profundo para todos
aquellos que me procuren los medios de ser útil". Es casi seguro que
Flora se presentó a este encuentro con un folleto de unas treinta páginas titulado *La necessité de faire un bon accueil aux femmes*
êtrangères, donde proclama la necesidad de una buena acogida
a toda mujer extranjera. El impreso, redactado de modo para-
lelo a las *Pérégrinations…*, fue la primera publicación de Flora, pero pasó inadvertido para el público.

Sin embargo, tenía problemas más urgentes que atender. André Chazal, cada vez más fuera de sí ante las continuas
desapariciones de su mujer (quien en ese entonces vivía bajo
el nombre falso de Mme. Duclos), no tuvo mejor idea que se-
cuestrar a Aline. Flora pidió ayuda judicial y la niña fue internada en un orferinato hasta que el Tribunal tomara una decisión definitiva para determinar la custodia. Aline se fuga y
una orden –al regreso de otro viaje de Flora a Inglaterra– determina que la niña debe ser entregada a su padre. Por esos
días comienzan a aparecer colaboraciones de la Tristán en el

---

8 Charles Fourier (1772-1837) se hizo conocido por ser el creador de una
teoría que preconiza la asociación de los individuos en falansterios, grupos
humanos organizados con objeto de proporcionar el bienestar a cada uno
de sus miembros mediante el trabajo libremente consentido. Hoy se lo
considera un utopista.

periódico *Phalange*, así como el primer volumen de *Les Pérégrinations d'une Paria*, que, esta vez sí, comienza a conferirle cierto prestigio en el mundo de las letras. Esto exaspera aún más a Chazal, que apenas se ocupa de Aline, confinada en una miserable habitación en la casa de su abuelo. En los primeros días de abril de 1837, Flora recibe un mensaje de Aline acusando al padre de haber querido violarla. La pequeña se fuga y el asunto vuelve a tribunales, que de modo insólito dictamina *"No ha lugar"* basándose en la falta de pruebas contra la acusación. Chazal queda liberado así de la prisión preventiva.

Ya todo había salido por completo de su cauce natural. El odio entre los esposos llega hasta el punto de que Chazal escribe desde la cárcel un furioso y patético libelo contra su mujer. La creciente fama de Flora, así como su libertad de acción, lo vuelven literalmente loco. Pero el asunto no queda ahí. A finales de 1837 la escritora presenta ante la Cámara de Diputados una *Petition pour le retablissement du divorce*, que será sobreseída y archivada. El 1° de enero de 1838 Herbinot de Mauchamps, director de *La Gazette des Femmes*, publica un elogioso artículo sobre *Pérégrinations...*, y los artículos de Flora se repiten en *L'Artiste* y otros periódicos de París que se disputan su firma. Luego de una vida de padecimientos, el futuro parece asomar. El 7 de abril del mismo año, para mayor felicidad, los tribunales acceden con todos los pronunciamientos favorables a una petición de Flora pidiendo la separación de cuerpos. Al enterarse Chazal, manifiesta los rasgos patológicos de su encono: llega a bocetar un sepulcro sobre cuya lápida escribe *La Paria*. Finalmente, el 30 de agosto expone en público su locura: cuando Flora desciende de un carruaje, le dispara a quemarropa. En plena vía pública, la escritora se desmorona al grito de: *"¡Detened a ese hombre! ¡Me ha matado! ¡Es mi marido!"*.

André Chazal fue detenido y juzgado al año siguiente, el 31 de enero de 1839, proceso que fue ampliamente cubierto por los medios parisinos. Fue condenado a veinte años de trabajos forzados y exposición pública, pena conmutada luego por una prisión mayor. El destino siguió jugando a las paradojas con Flora. Luego de seis semanas de convalecencia por el atentado, se recupera. Estimada por sus trabajos y libre ya de Chazal, se entrega de lleno a sus pasiones. Toma contacto con el reformista inglés Robert Owen y profundiza el camino de la reivindicación social. Eleva a la Cámara de Diputados una petición para abolir la pena de muerte y publica una novela folletinesca en dos tomos, *Mephis ou le proletaire*, donde narra con rasgos autobiográficos las tribulaciones de un obrero.

Viaja a Londres para realizar una encuesta con fines sociológicos (será una precursora en este método), y también a Amberes. En 1842 plantea las bases para la creación de la *Union Ouvrière*, recibiendo múltiples adhesiones. Dos años más tarde comienza su *Tour de France*: recorre todo el país y recoge las impresiones en un fresco social imponente. No obstante, tanto exceso de energía la desgasta. El 24 de septiembre es obligada a guardar reposo en Bordeaux, gravemente enferma, y es cuidada por los esposos Lemonier, dos compañeros de ruta ideológica. El 12 de octubre, el Día de la Raza, el mismo que se recuerda en América, Flora Tristán expira a las diez de la noche. Huelgas de mineros estallan en toda Francia y, ese mismo año, Eugenio Sue publica *El judío errante*. Flora, *la Paria*, contaba apenas 41 años.

Pauline Roland, George Sand y otras intelectuales de primera línea se ocupan de la educación de la pobre Aline Chazal, quien de todos modos en 1846 se casará con el periodista Clovis Gauguin. Su segundo hijo se llamará Paul, quien tendrá palabras de cariño en *Avant et Après*, una obra publicada el año de su muerte, para aquella abuela desconocida de quien su madre tanto le había hablado los días en que el mundo carecía de color. Se llamaba Flora, *la Paria*.

Retrato de Flora Tristán publicado
en París en 1839

A LOS PERUANOS

Peruanos:

He creído que mi relato podría resultar provechoso para vosotros. Por eso os lo dedico. Sin duda se sorprenderán de que una persona tan parca en lisonjas al hablar de vosotros haya pensado en ofreceros su obra. Hay pueblos que se asemejan a ciertas personas: mientras más atrasados, más susceptibles. Aquellos de vosotros que lean mi relación sentirán primero animosidad contra mí y, sólo después quizás de un esfuerzo por comprender, consentirán en hacerme justicia. La censura a medias siempre está de más. Cuando es fundada, irrita, pese a ser una de las más grandes pruebas de amistad. He recibido de vosotros una acogida tan benévola que sería necesario que yo fuese un monstruo lleno de ingratitud para alimentar contra el Perú sentimientos hostiles de cualquier naturaleza. No existe nadie en la Tierra quien desee más sinceramente que yo vuestra prosperidad actual y progresos en el futuro. Ese deseo de mi corazón domina mi pensamiento, y al sentir que andáis errados y que no pensáis, sobre todo, en adecuar vuestras costumbres con el sistema político que habéis adoptado, he tenido el valor de decirlo, con riesgo de ofender vuestro orgullo nacional.

He dicho, después de haberlo comprobado, que en el Perú la clase alta está profundamente corrompida, y que su egoísmo la lleva –para satisfacer su afán de lucro, su amor al poder y sus otras pasiones– a las más antisociales iniciativas. He dicho también que el embrutecimiento del pueblo es extremo en todas las castas que lo componen. Ambas situaciones se han enfrentado siempre, una a otra, en todos los países. El embrutecimiento de un pueblo hace nacer la inmoralidad en las clases altas, y esta inmoralidad se propaga y se llega, con toda la prepotencia lograda durante su carrera, a los últimos peldaños de la jerarquía social. Cuando la totalidad de los individuos pueda leer y escribir, cuando los periódicos lleguen hasta la choza del indio, entonces, encontrando en el pueblo jueces cuya censura habréis de temer y cuyos sufragios deberéis buscar, adquiriréis las virtudes que os faltan. Entonces el clero, para conservar su predicamento sobre ese pueblo, reconocerá que los medios que utiliza en la actualidad no pueden ya servirle. Las procesiones grotescas y todos los oropeles del paganismo serán reemplazados por prédicas instructivas, porque después que la imprenta haya iluminado la razón de las masas, será a esta nueva facultad a la que habrá que dirigirse si se pretende ser escuchado. Instruid, pues, al pueblo. Es por allí donde hay que comenzar para ingresar a la vía de la prosperidad. Estableced escuelas en las aldeas más humildes: esto es lo urgente ahora. Emplead en ello todos nuestros recursos. Consagrad a esto los bienes de los conventos, pues no podríais darles un destino más elevado. Tomad medidas para facilitar el aprendizaje. El hombre que tiene un oficio no es ya un proletario[9]. A menos que le hieran calamidades públicas, no tiene ya necesidad de acudir a

---

9 El sustantivo, en este caso, acepta varias acepciones (incluso algunas peyorativas), pero lo importante aquí es advertir que Flora Tristán lo utiliza para definir al "hombre de clase indigente", en su concepción premarxista.

la caridad de sus conciudadanos. Conserva así esta independencia de carácter tan necesaria para el desarrollo de un pueblo libre. El porvenir es de América. Los prejuicios no pueden tener lugar en ella al igual que en nuestra vieja Europa. Las poblaciones no son lo bastante homogéneas como para que este obstáculo retarde el progreso. Algún día, cuando el trabajo cese de ser considerado como patrimonio del siervo y de las clases ínfimas de la población, todos harán mérito de él. Y la ociosidad, lejos de ser un título a la consideración, no será ya mirada como un delito de la escoria de la sociedad.

En toda América, el Perú es el país de la civilización más avanzada. Esta circunstancia hace presumir favorablemente acerca de las disposiciones connaturales de sus habitantes y de los recursos que ofrecen. ¡Que un gobierno progresista llame en su ayuda a los logros de Asia y Europa, y pueda hacer que los peruanos ocupen aquel rango entre las naciones del Nuevo Mundo! Este es el deseo muy sincero que me anima.

Vuestra compatriota y amiga,

FLORA TRISTÁN
París, agosto de 1836

EL DESIERTO

El estado en que me encontraba dependía de mi temperamento nervioso. Después de grandes fatigas siempre he sentido los mismos efectos. Los dos días pasados en Islay me habían cansado en extremo. La emoción de verme en ese país después de tantas fatigas para llegar, la multitud de visitas que tuve que recibir, las noches febriles causadas por las malditas pulgas, la cantidad de café que bebí, todo eso acabó por excitar sobremanera mi sistema nervioso.

En un principio creí que las lágrimas vertidas me aliviarían. Pero muy pronto sentí un fuerte dolor de cabeza. El calor comenzaba a ser excesivo. El polvo blanco y espeso levantado por los cascos de nuestras caballerías aumentaba aún más mi sufrimiento. Necesitaba todas las fuerzas de mi ánimo para mantenerme en la silla. Don Baltasar sostenía mi valor moral asegurándome que una vez que nos halláramos fuera de las gargantas de la montaña, entraríamos en campo abierto, donde habríamos de encontrar aire puro y fresco. Sentía una sed devoradora. A cada instante bebía agua con vino del país. Esta mezcla, tan saludable por lo general, redobló mi jaqueca, pues el vino era muy fuerte, de cierta graduación. Por fin salimos de aquellas gargantas agobiantes, donde jamás sentí el más ligero soplo de brisa y un sol ardiente caldeaba la arena como un horno. Ascendimos la última montaña. Al llegar a la cima, la inmensidad del desierto, la cadena de las cordilleras y los tres gigantescos volcanes de Arequipa ante nuestras miradas. A la vista de aquel magnífico espectáculo, perdí el sentido de mis males. No vivía sino para admirar, o antes bien: mi vida no bastaba a la admiración. ¿Era éste el atrio celestial que un poder desconocido me hacía contemplar? (...)

Nuestros acompañantes no nos habían advertido. Tal vez, prefirieron gozar del efecto que producía sobre mí la vista de aquellas grandes obras de la creación. Don Baltasar gozaba de mi admiración y me expresó con cierto orgullo nacionalista:

–Señorita, ¿qué piensa usted de esta vista? ¿Tienen ustedes algo parecido en su hermosa Europa?

–Don Baltasar, la Creación revela en cualquier lugar la alta y poderosa inteligencia de su Autor, pero aquí se manifiesta en toda su gloria y vale la pena contemplar este espectáculo solemne desde cualquier lugar del mundo.

Mientras admiraba todas aquellas maravillas, el doctor y don José, en vez de emplear el tiempo en extasiarse contemplando aquellas nieves eternas y esas arenas ardientes, me habían preparado un lecho sobre algunas mantas y *ponchos*, y levantaron una tienda para preservarnos del sol. Me tendí sobre la improvisada cama e hicimos una comida en la que había de todo en abundancia. La esposa de don Justo le había dado al doctor una canasta bien provista de carnes asadas, legumbres, bizcochos y frutas. Los dos españoles estaban asimismo muy bien aprovisionados: traían salchichones, queso, chocolate, azúcar y fruta. De bebidas había leche, vino y ron. Nuestro refrigerio se prolongó un tanto. No me cansaba de admirar el paisaje. Después de la comida le tocó el turno al doctor. Al fin fue preciso partir. Teníamos que recorrer treinta y cuatro leguas sin encontrar vestigios de agua. Sólo habíamos avanzado seis y ya eran las diez.

Don José me cedió su yegua, mejor que la mía, y nos pusimos en marcha. El magnífico panorama que colmó mi alma me tuvo algún tiempo fascinada bajo el poder de su encanto. Mis sentidos estaban cautivados, y desde hacía cerca de media hora avanzábamos penosamente por el horroroso desierto sin que me hubiese producido ninguna impresión. El sufrimiento físico vino a sacarme de mi éxtasis intelectual. Hubo un momento en que mis ojos se abrieron y me creí en medio de un mar límpido y azul como el cielo que reflejaba. Veía a las olas ondularse con suavidad, pero debido al ardor que se desprendía, la atmósfera sofocante que me rodeaba y ese polvo fino, imperceptible y picante como la ortiga que se adhería a mi piel, me sentía engañada por una visión que veía fuego líquido bajo el aspecto de agua. Y al dirigir la mirada hacia la cordillera, sufría el tormento del ángel caído, expulsado del cielo.

—Don Baltasar —pregunté espantada—, ¿estamos sobre metal fundido? ¿Tendremos que caminar mucho tiempo sobre este mar de fuego?

—Tiene razón, señorita. La arena es tan caliente que se la puede tomar por vidrio en fusión.

—Pero, ¿cómo es posible que se vea como si estuviese líquida?

—Señorita, es efecto del espejismo lo que le hace parecer así. Mire, nuestras mulas de carga se hunden ahora hasta los corvejones, están jadeantes, la arena quema sus patas, creen ver a la distancia una capa de agua. Véalas redoblar sus esfuerzos por alcanzar aquella inmensidad líquida fugitiva. Su sed ardiente las irrita. Las pobres bestias no podrían resistir por largo tiempo el suplicio de esta decepción.

—¿Tenemos agua para abrevarlas?

—Nunca se les da agua en el camino. El propietario del *tambo*[10] tiene siempre provisión de ella para los viajeros.

—Don Baltasar, a pesar de su explicación creo ver con claridad ondas de agua.

—Esta pampa está cubierta por pequeños montículos de arena semejantes a estos que el viento acumula. Usted ve que, en efecto, tienen la forma de olas de mar, y el espejismo a la distancia le presta su agitación. Por lo demás, no son más estables que las olas del océano; los vientos los mueven sin cesar.

—Entonces, ¿debe haber muchos peligros al encontrarse en la pampa cuando el viento sopla con violencia?

—¡Oh, sí! Hace algunos años unos arrieros que iban de Islay a Arequipa fueron sepultados con sus mulas por una tempestad. Pero esos acontecimientos son raros.

No cesamos de hablar. Pensaba en la debilidad del hombre, en los peligros a los que se ve expuesto en estas vastas soledades, y una sombra de terror se apoderó de mí. La

---

10 En castellano, en el original (las palabras así escritas aparecerán en itálica). En realidad, en la América andina de la época se denomina de esta forma a cualquier mesón o posada ubicada a un costado de los caminos reales. Asimismo, estos lugares servían para reacondicionamiento de carruajes, caballerías y postas. De tradición incaica, aún siguen existiendo en distintos parajes del norte de Chile, Perú y Bolivia.

tempestad del desierto, me decía, es más temible que la del océano. La sed y el hambre amenazan de continuo al hombre en medio de estas arenas sin límites. Si se extravía o se detiene, muere. En vano se agita, mira en todas direcciones: ni la menor brizna de hierba se ofrece a su vista. Ni una sombra de esperanza puede nacer en él, rodeado por todas partes por una naturaleza muerta. Una inmensidad que ningún esfuerzo podrá franquear lo separa de sus semejantes...

Hacia las doce el calor se hizo tan fuerte que mi jaqueca se agudizó hasta el punto que casi no podía sostenerme en mi montura. El sol y la reverberación de la arena me quemaban la cara y me secaban la garganta. Una laxitud general, invencible a mi voluntad, hacía que yo cayera como muerta. Dos veces me sentí en peligro de perder el conocimiento. Mis tres compañeros estaban desesperados. El doctor quiso sangrarme. Felizmente don Baltasar se opuso, pues sin duda, de dejarlo actuar habría significado mi fin. Me recliné sobre el caballo y, estoy tentada de decir, que una mano invisible me sostuvo. No caí ni una sola vez. Por fin el sol desapareció detrás de los altos volcanes y poco a poco el fresco de la tarde me reanimó. Don Baltasar, para excitar mi valor, empleó un medio muy utilizado en semejantes circunstancias: engañar al viajero con la distancia que lo separa del *tambo*. Me decía que sólo estábamos a tres leguas.

—Consuélese, mi querida señorita, muy pronto usted va a ver brillar la luz del farol sobre la puerta de esa bendita posada.

El astuto Baltasar sabía muy bien que estábamos a más de seis leguas. Contaba con la primera estrella que apareciera sobre la cordillera para dar verosimilitud a su superchería. Pero la noche se hizo completamente sombría y nuestra inquietud mayor. No hay camino trazado a través del desierto, y como en la oscuridad no teníamos más guía que las estrellas para guiarnos, corríamos el peligro de perdernos, morir de hambre y sed en medio de aquellas vastas soledades. El doctor se deshizo en lamentaciones lastimosas y don Baltasar, de carácter muy alegre, trataba de bromear con él para animarlo. Nos abandonamos al instinto de nuestras cabalgaduras. En circunstancias semejantes, los arrieros no saben de mejores brújulas y, en definitiva, es lo más seguro.

En esta pampa, así como los días son ardientes por el calor del sol y las reverberaciones de la arena, las noches resultan frías debido a la influencia de la brisa que ha atravesado las nieves de las montañas. El frío me hizo mucho bien. Me sentí más fuerte. El dolor de cabeza disminuyó y apuré mi cabalgadura con un ímpetu que asombró a mis acompañantes. Dos horas antes estaba al borde de la muerte y ahora me sentía nueva, con fuerzas. No caí víctima de don Baltasar, quien pretendió engañarme indicándome una estrella como el farol del *tambo*; por el contrario, fui yo quien distinguió antes que nadie la verdadera linterna. ¡Ah, qué inefable sensación de alegría me hizo sentir su vista! Semejante a la que puede experimentar el desgraciado náufrago que, a punto de perecer, divisa un navío en su ayuda. Lancé un grito e hice trotar mi caballo. La distancia era todavía demasiado grande, pero la visión de ese pequeño fanal sostuvo mi valor. A medianoche, por fin arribamos. Don Baltasar se había adelantado con su criado para hacerme preparar un caldo y una cama. Al llegar tomé mi caldo y me acosté, pero no pude dormir. Tres cosas me lo impidieron: las pulgas, que encontré en número aún más abundante que en Islay, el continuo ruido que había en la posada y, en fin, la preocupación de que me llegasen a flaquear las fuerzas y no pudiese continuar el camino.

Esta posada se había instalado hacía un año. Antes había que resignarse a pasar la noche en medio del desierto. La casa constaba de tres piezas separadas por divisiones hechas de caña: la primera de estas piezas estaba destinada a los arrieros y sus bestias y servía al mismo tiempo de cocina y almacén. Los viajeros de uno y otro sexo se acostaban por lo general en la pieza del centro; pero los señores De la Fuente tuvieron para mí, desde el instante de nuestro primer encuentro hasta el final del viaje, las atenciones más delicadas y no quisieron, a pesar de mis instancias, permanecer en ese cuarto, por lo cual me lo cedieron por entero. Se retiraron con el doctor a la cocina, en donde estuvieron muy incómodos en todo sentido y no durmieron mejor que yo. Aunque su conversación fuese en voz muy baja, oía lo suficiente para asustarme respecto a mi situación. Don Baltasar le decía al doctor:

—Yo no creo prudente, le aseguro, llevar con nosotros a esa pobre señorita. Está en tal estado de debilidad que temo que pueda morir en el camino, tanto más que el trecho que nos falta por hacer es mucho más penoso que el ya hecho. Soy de la opinión de dejarla aquí y mañana pasarla a recoger en una litera.

A este propósito, el dueño de la posada intervino observando que no estaba seguro de poseer agua, pues su provisión se le había agotado y, en caso de no llegarle, yo podría morir de sed. Estas palabras me hicieron estremecer de horror. La idea de que pensaran abandonarme en aquel desierto y que las gentes agrestes a quien quedaría confiada podían tornarse crueles por la sed y quizá dejarme perecer por un sorbo de agua, reanimó mis fuerzas y, a pesar de lo que pudiera ocurrirme, preferí morir de fatiga y no de sed. En estas circunstancias sentí qué poderoso es en nosotros el instinto vital. El temor de una muerte tan espantosa me excitó a tal punto que a las tres de la mañana ya estaba lista. Había arreglado mis cabellos y aflojado en lo posible mis borceguíes para que mis pies hinchados estuviesen más cómodos. Habiéndome vestido convenientemente y puesto en orden todas mis cosas, llamé al doctor y le rogué que me hiciese preparar una taza de chocolate. Aquellos señores se sorprendieron al verme tan bien. Les dije que había dormido y que me sentía repuesta por completo. Apuré los preparativos y a las cuatro de la mañana abandonamos el *tambo*.

Hacía mucho frío. Don Baltasar me prestó un *poncho* forrado en franela. Me envolví las dos manos en un pañuelo y gracias a todas estas precauciones pude avanzar sin sufrir mucho a causa de la temperatura.

El paisaje más allá del *tambo* cambiaba por completo. Allí se terminaba la pampa para entrar en una región montañosa que tampoco presenta vestigio alguno de vegetación. No hay nada más triste que este paisaje que parece muerto. Ningún pájaro surca el cielo, ni el más pequeño animal corre sobre la tierra, nada existe fuera de la arena negra y pedregosa. El hombre, a su paso, no ha hecho más que aumentar el horror de estos lugares. Esta tierra de desolación está sembrada de esqueletos de animales, muertos de hambre o sed en este horrible desierto: son mulas, caballos, asnos o bueyes. En cuanto a las *llamas*, no son expuestas a estas travesías porque no podrían resistir debido a su constitución. Necesitan mucha agua y una temperatura fría.

La visión de aquellos esqueletos me entristeció profundamente. Los animales que viven en el mismo planeta, en el mismo suelo, ¿no son acaso nuestros compañeros? No es por autocompasión por lo que sufro con las penas de mis semejantes. El dolor excita mi compasión, cualquiera sea el ser que lo soporte, y considero un deber preservar de él a los animales que se encuentran bajo nuestro dominio. Ninguna de las osamentas de estas víctimas de la codicia humana aparecía ante mis miradas, sin que mi imaginación se representara la cruel agonía del ser que había animado aquel esqueleto. Veía a esos pobres animales agotados de cansancio, sedientos, agonizar en un estado lastimoso. Ante esta espantosa imagen, la conversación de la noche anterior volvió a mi espíritu. Entonces, sentí con terror lo débil que estaba para sobrellevar todavía la fatiga de una jornada tan ruda, y temblé ante la idea de que quizás también yo fuese a quedar abandonada en el desierto…

AREQUIPA

(…) *E*l origen de esta ciudad es bastante fabuloso. Sin embargo, se lee en una crónica que se encuentra en el Cuzco y que contiene tradiciones indígenas, que hacia el siglo XVII de nuestra era Mayta Cápac, soberano de la ciudad del Sol, fue destronado. Se libró de sus enemigos mediante la fuga y erró por las selvas y las cimas heladas de la cordillera acompañado por algunos de los suyos. El cuarto día, rendido de fatiga, muerto de hambre y sed, se detuvo al pie del volcán. De pronto, cediendo a una inspiración divina, Maita plantó su dardo y exclamó: *"¡Arequipa!"*, palabra que significa *"Aquí me quedo"*. Luego, al volverse, vio sólo a cinco de sus compañeros que le habían seguido, pero el Inca confiaba únicamente en la voz de Dios. Persistió y en torno a su dardo, sobre los flancos de un volcán rodeado de desiertos por todos sus lados, los hombres agruparon sus habitaciones. Así como los conquistadores y los fundadores de sus imperios, Mayta no fue sino el ciego instrumento de los secretos designios de la Providencia[11]. Las ciudades que se han desarrollado en el mundo y los hombres que se han distinguido debieron muchas veces su grandeza a su mérito; pero a menudo también a causas fortuitas e injustificables a los ojos de la razón.

…El volcán de Arequipa es una de las más altas cum-

---

11 La crónica de Cuzco a la que consultó Flora no da una versión demasiado exacta del hecho: Mayta Cápac nunca fue destronado ni se vio obligado a huir. Por el contrario, las crónicas señalan que cierto día, tras arribar al valle de Chili y regresar al Cuzco luego de una victoriosa campaña, encontró un paraje de gran riqueza natural y clima templado. Entonces, se detuvo con su comitiva a descansar; sus acompañantes, ganados por el idílico lugar, le rogaron que les dejase permanecer allí, a lo que el soberano accedió exclamando: Ariquepay, expresión que según el padre Calancha puede traducirse como "Está bien, quedáos".

bres de la cadena de los Andes. Por completo aislado, presenta un cono perfecto. La uniformidad de su color gris le da un aire de tristeza. La cima está casi totalmente cubierta por nieve, y esta nieve, más o menos densa, disminuye desde la salida hasta la puesta del sol. A veces el volcán arroja humo y esto sucede en especial por la tarde. Algunas veces, en ese humo he visto llamas. Cuando ha estado mucho tiempo sin humear, se espera un temblor. Las nubes envuelven casi siempre la cima de la montaña, parecen cortarla y se distinguen a la perfección las zonas matizadas. Esta masa aérea de todos los tonos, posada sobre aquel cono de un solo color, sobre aquel gigante que oculta entre sus nubes su cabeza amenazadora, es uno de los espectáculos más magníficos que puede ofrecer la tierra a los ojos del hombre.

Mi primo Althaus ha trepado hasta la cumbre del volcán, ha visitado su cráter y ha descendido en el abismo hasta la tercera chimenea. Tiene algunas notas y dibujos muy curiosos sobre su viaje volcánico, que siento no poseer para poder comunicarlos al lector. Realizó esta ascensión acompañado por diez indios armados de garfios. Sólo cinco fueron lo bastante fuertes como para seguirlo. Tres quedaron en el camino y dos perecieron al caer. Tardaron tres días en ascender a la cima y no pudieron permanecer allí más que algunas horas, tan intenso era el frío. Las dificultades del descenso superaron con mucho a las de la subida. Todos llegaron lesionados o heridos. Althaus estuvo a punto de perecer. El volcán (no se designa por otro nombre), está a doce mil pies de altura sobre el nivel del mar[12]. Los dos montes vecinos, cubiertos de nieves perpetuas, brillan con mil reflejos bajo los rayos del sol, se encuentran a gran distancia de él y son más gigantescos aún. El primero se llama *Pichu-Pichu*,

---

12 Extraña omisión de Flora: el volcán es conocido desde siempre por su nombre indígena: Misti.

Palacio de la familia Tristán
en Arequipa

el segundo *Cachani* y ambos están completamente extinguidos.

A raíz de la conquista, Francisco Pizarro estableció en Arequipa un obispado y una de las sedes de gobierno. Los temblores han causado en esta ciudad desastres espantosos a lo largo de diversas épocas: los de 1582 y 1600 la destruyeron casi por completo, y los de 1687 y 1785 no fueron menos funestos[13].

Las calles de Arequipa son anchas, cortadas en ángulos rectos y están regularmente pavimentadas. En el centro de cada una de ellas corre una acequia. Las principales tienen aceras de gruesas losas blancas. Están todas más o menos alumbradas, pues cada propietario está obligado, bajo pena de multa, a colocar una linterna debajo de su puerta. La Plaza de Ar-

---

13 El último terremoto producido por el Misti tuvo lugar en realidad en 1784 (y no en 1785) y de acuerdo a los historiadores ha sido el que mayores daños ocasionó a la ciudad.

mas es espaciosa. La catedral ocupa el lado norte, la Munici-
palidad y la prisión militar están al frente, y casas particulares forman los otros dos lados. A excepción de la catedral, todas estas construcciones tienen arcos. Bajo las galerías se ven
tiendas con diversas mercaderías. Esta plaza sirve como mercado de la ciudad, para las fiestas, revistas, etcétera.

...Los arequipeños son muy aficionados a la buena mesa y, sin embargo, poco hábiles para procurarse un placer. Su
cocina es detestable. Los alimentos no son buenos y el arte cu-
linario está aún en la barbarie. El valle de Arequipa es muy
fértil, pero las legumbres son malas, las papas no son harino-
sas, las coles y arvejas duras y sin sabor. La carne no es jugosa:
hasta las aves de corral tienen la carne coriácea y parecen sufrir la influencia volcánica. La mantequilla y el queso se traen
de lejos y jamás llegan frescos. Lo mismo sucede con la fruta
y el pescado que llegan de la costa. El aceite que se usa es ran-
cio, mal purificado; el azúcar groseramente refinado; el pan
mal hecho. En definitiva, nada es bueno.

Se desayuna a las nueve de la mañana. Esta colación se
compone de arroz con cebollas (cocidas o crudas, no importa:
se pone cebolla a todo) y carnero asado, aunque tan mal preparado que nunca se puede comer. En seguida viene el chocolate. A las tres se sirve una *olla podrida* (o *puchero*, como también se la suele llamar), que se compone de una mezcla confusa de diversos elementos: carne de vaca, tocino y carnero her-
vidos con arroz, siete u ocho especies de legumbres y todas las
frutas que les caen a la mano, como manzanas, peras, duraznos, ciruelas, uvas, etc. Un concierto de voces falsas o de instrumentos discordantes no capaces de sublevar a tal punto la
vista, el olfato y el gusto como sí lo logra esta bárbara amal-
gama. Vienen después camarones preparados con tomates,
arroz, cebollas crudas y ají; carne con uvas, durazno y azúcar;
pescado con ají; ensalada con cebollas crudas y huevos con ají.
Este último ingrediente lo emplean con profusión en todos

sus guisos, junto con una cantidad de otras especias. La boca queda cauterizada y para soportarlo, el paladar debe haber perdido su sensibilidad. El agua es la bebida ordinaria. La cena se toma a las ocho de la noche y los guisos son de la misma calidad que los del almuerzo[14].

...A los arequipeños les gusta toda clase de espectáculos. Acuden con igual complacencia a las representaciones teatrales que a las religiosas. La falta total de instrucción suscita esta necesidad y los convierte en espectadores fáciles de satisfacer. La sala de espectáculos, construida de madera, está tan mal hecha que no protege de la lluvia. Demasiado pequeña para la población, a menudo no se puede encontrar sitio en ella. La compañía teatral era muy mala. Se componía de siete u ocho actores, hez de los teatros de Europa, reforzada en el país por dos o tres indios. Representaba todo tipo de piezas: comedias, tragedias y óperas. Estropeaba a Lope de Vega y a Calderón, destrozaba la música al punto de verdaderos ataques de nervios, y todo esto ante los aplausos del público. Fui cuatro o cinco veces al teatro. En una ocasión, se representaba una tragedia, y como faltaban mantos para el vestuario, los cómicos se envolvían en viejos chales de seda. Las peleas de gallos, los bailarines de cuerda, las pruebas de los indios, todos estos espectáculos atraen a la multitud. Un acróbata francés ganó junto a su esposa en el Perú *treinta mil pesos*.

La iglesia peruana explota, en provecho de su influencia, el gusto de la población. Independientemente de las grandes procesiones reservadas para las fiestas solemnes, no pasa un mes

---

14 La dureza de Flora respecto a las artes culinarias criollas e indígenas parece algo excesiva. Es poco probable que haya probado a fondo su cocina. Y, por otra parte, desconocía por completo la gastronomía hispana —en buena medida adaptada a los recursos del país— por lo que sólo contaba como parámetros para establecer alguna comparación a la cocina francesa y, quizás, la inglesa.

sin salir por las calles de Arequipa. Pueden ser los franciscanos quienes por la tarde sacan una procesión por los *muertos* y piden para los *muertos* y se les da para los *muertos*. Otra vez serán los dominicos quienes hacen en honor a la Virgen su paseo religioso. En seguida, será para el Niño Jesús. Después viene una retahíla de santos. Es la de nunca acabar. He descrito la procesión de las fiestas solemnes y no fatigaré al lector con la descripción de aquellas en que los santos sirven de pretexto. Se hace gala de menos lujo y pompa que en las primeras, pero el trasfondo es igualmente burlesco y las escenas (indecentes bufonadas que tanto divierten a este pueblo) no menos escandalosas. Todas estas procesiones tienen un rasgo semejante: los *buenos* sacerdotes siempre piden. Y siempre se les da.

...El grado de civilización alcanzado por un pueblo se refleja en todo. Las diversiones del carnaval no son más decentes en Arequipa que las farsas y bufonadas de la Semana Santa. Hay gentes que durante todo el año se ocupan en vaciar cáscaras de huevo para hacer negocio con ellas. Cuando llega el carnaval, llenan esos cascarones con aguas de distintos colores: rosa, azul, verde, roja, y después pegan las aberturas con cera. Las señoras se proveen de una canasta con esos huevos y vestidas de blanco se sientan en lo alto de sus casas y desde allí se divierten lanzándolos sobre las personas que pasan por la calle. Los transeúntes, ya sean de a pie o a caballo, están igualmente provistos de los mismos proyectiles y responden a sus agresoras. Para hacer el juego aún más simpático, en ocasiones llenan esos huevos con tinta, miel, aceite y hasta con líquidos más asquerosos. Muchos individuos han perdido un ojo en estos combates de nuevo género. Me han mostrado a tres o cuatro a quienes ha sucedido este accidente y a pesar de aquellos ejemplos, los arequipeños conservan por este juego un gusto que raya en el furor. Las jóvenes hacen alarde de las numerosas manchas de sus vestidos y se muestran orgullosas de estas extrañas marcas de galantería. Los esclavos participan también en estas diversiones arrojándose harina. Este modo de atacar es muy cómico y lo emplean muchas personas. Por la tarde asisten a bailes en donde se ejecutan danzas aún más indecentes. Muchas personas lucen disfraces extraños, pero ningún vestido de carácter. Estas diversiones duran una semana.

La población de Arequipa, comprendiendo los arrabales, se eleva a treinta o cuarenta mil almas. Puede considerarse que está compuesta más o menos por una cuarta parte de blancos, otro tanto de negros o mestizos, y la mitad indios. En el Perú, como en el resto de América, el origen europeo es *el gran título de nobleza*. En el lenguaje aristocrático del país se llama blancos a aquellos cuyos ascendientes no son indios ni negros. He visto varias señoras que pasan por blancas, aunque su piel sea de color canela, ya que su padre pudo ser nativo de Andalucía o del reino de Valencia. La población libre forma, pues, tres clases provenientes de tres razas muy distintas: europea, india y negra. En la última clase, bajo la denominación de *gentes de color* se confunden los negros y los mestizos de las tres razas. En cuanto a los esclavos, sin importar a qué raza pertenezcan, la privación de libertad establece entre ellos la igualdad en la desgracia.

Desde hace cuatro o cinco años se han operado grandes cambios en los usos y costumbres del Perú. La moda de París va tomando el cetro y no quedan sino algunas ricas y antiguas familias que se muestran rebeldes a su imperio: viejos árboles a los que la savia abandona y subsisten todavía, como los calabozos de la Inquisición, para indicar el punto del que se ha partido. Las costumbres de las clases altas no difieren en nada de las de Europa. Hombres y mujeres se visten de acuerdo al dictado de París. Las señoras siguen las modas con una exactitud escrupulosa, salvo que van a la iglesia con la cabeza descubierta. El uso les exige siempre el negro, con la mantilla y toda la severidad del vestido español. Los bailes franceses sustituyen el fandango, el bolero y las danzas del país reprobadas por la decencia. Las partituras de nuestras óperas se cantan en los salones y, en fin, se llega hasta a leer novelas. Dentro de un tiempo ya no irán a misa sino cuando se les haga oír buena música. Las gentes acomodadas pasan el tiempo fumando, leyendo periódicos y jugando al *farón*. Los hombres se arruinan con el juego y las mujeres con la toilette.

Por lo general, los arequipeños son naturales y poseen gran facilidad de palabra, memoria feliz, carácter alegre y maneras distinguidas. Son agradables para convivir con ellos y esencialmente apropiados para las intrigas. Las mujeres de Arequipa no son tan bonitas como las de Lima, tienen otras costumbres y su carácter también es diferente. Su porte digno y orgulloso, impone. A primera vista, se podría suponer que son frías y desdeñosas; pero cuando se las conoce, la fineza de su espíritu y la delicadeza de sus sentimientos, encajados en este grave exterior, realza su valor e impresiona más vivamente. Son sedentarias, trabajadoras, no se parecen en absoluto a las limeñas, a quienes la intriga o el placer las atraen con mucha frecuencia fuera de sus casas. Las señoras de Arequipa cosen sus vestidos ellas mismas y esto con una perfección que sorprendería a las mismas modistas. Bailan con gracia y decencia, les gusta mucho la música y la cultivan con éxito. Conozco a cuatro o cinco cuyas voces frescas y melodiosas serían admiradas en los salones de París.

El clima de Arequipa no es saludable. Las disenterías, las jaquecas, las afecciones nerviosas y sobre todo los catarros son muy frecuentes. Los habitantes tienen la manía además de creerse siempre enfermos. Es el pretexto dado para sus viajes perpetuos. La actividad de su imaginación, unida a la falta de instrucción, explica ese furor del movimiento. Sólo cambiando de lugar pueden alimentar su pensamiento, tener nuevas ideas y experimentar otras emociones. Las señoras, en especial, van y vienen a los pueblos de la costa, tales como Islay, Camaná y Arica, donde toman baños de mar o las fuentes de aguas termales. Hay muchas de esas fuentes en las cercanías de Arequipa y sus propieda-

Una tapada *con las características descritas*
por Flora Tristán

des curativas son muy renombradas. La de Yura opera curaciones maravillosas. El agua es verde y surge caliente hasta quemar. No hay nada más sucio ni más incómodo que los lugares de la costa y del interior a donde se dirige la buena sociedad para tomar baños. Sin embargo, todos son muy frecuentados y se gasta mucho dinero en vivir allí tres semanas.

Las mujeres de Arequipa aceptan con entusiasmo todas las ocasiones de viajar en cualquier dirección: Bolivia, Cuzco, Lima o Chile, y los gastos o las excesivas fatigas jamás son motivo para detenerlas. Estoy tentada de atribuir este gusto por los viajes a las preferencias que sienten las jóvenes por los extranjeros. Al casarse con uno, esperan conocer el país donde nació: Francia, Inglaterra o Italia, y realizar así un viaje cuya ilusión desde mucho tiempo atrás ha venido sonriendo a su imaginación. Esta perspectiva da a aquellas uniones un encanto muy particular, cuando a menudo no lo tienen por sí mismas. Las ideas de viaje ponen a la lengua francesa de moda entre las señoras. Muchas la aprenden con la esperanza de necesitarla algún día y en espera de ello, gozan de la lectura de algunas de nuestras mejores obras y al desarrollar su inteligencia, soportan con menos tedio la monotonía que ofrece el país. Todos los hombres bien educados también saben francés…

MI PARTIDA
DE AREQUIPA

*M*r. Smith tenía por sirviente a un chileno muy inteligente y mi tío me había dado un hombre de confianza para acompañarme y servirme hasta el momento de mi embarque. Además, debía a la graciosa galantería del coronel Escudero una guardia de seguridad. El teniente Mansilla con dos lanceros estaban encargados por él de mi defensa.

…Cuando llegamos a la cima de la primera montaña, nos detuvimos. Bajé del caballo y fui a sentarme en el mismo sitio donde meses antes me había depositado moribunda. Permanecí allí largo rato, admirando el delicioso valle de Arequipa. Le di mis últimos adioses. Contemplé la extraña forma en que aparecía la ciudad y, al sucederse mis pensamientos, soñé que libre y dueña de poder asociarme a un hombre de mi agrado, hubiese podido gozar allí de una vida tan feliz como en cualquier país de Europa. Esas reflexiones me entristecían y estaba emocionada.

—Señorita —me dijo Mr. Smith, quien recorría el mundo desde los diecisiete años y no concebía que se pudiese echar de menos Arequipa—, ésta sin duda es una bonita ciudad, pero aquélla donde vamos es un auténtico paraíso. Ese volcán es soberbio y ya me gustaría ver uno semejante en Dublín. La cordillera es magnífica… Sin embargo, convendrá usted conmigo en que debe atribuirse a esa vecindad el viento frío y volcánico, y eso puede atrabiliar al carácter más alegre y más dulce de toda Inglaterra. ¡Ah, viva Lima! Cuando no se puede ser miembro del Parlamento con diez mil libras esterlinas, hay que vivir en Lima.

Fue así como la alegría natural y llena de espíritu de Mr. Smith me alejó de mis pensamientos.

Al ir de Arequipa a Islay se tiene el sol por detrás y el viento de frente. Por consiguiente, se sufre mucho menos el calor que al realizar el recorrido inverso. Hice el camino muy bien y sin gran fatiga; como mi salud había mejorado, me encontré más fuerte para soportarlo que en el primer viaje. A las doce de la noche llegamos al *tambo*. Me eché vestida sobre la cama mientras preparaban la comida. Mr. Smith poseía un talento milagroso para salir de apuros durante la travesía. Se ocupaba de todo, de la cocina, de los arrieros, de los animales, y todo esto con una ligereza y un tacto admirables. Ese inglés, un joven elegante de treinta años, ponía la misma distinción de modales en todo lo que hacía, y hasta en el desierto era posible reconocerlo como un verdadero *dandy* de salón. Gracias a sus cuidados, pudimos hacer una excelente comida luego de la cual nos dedicamos a conversar, pues ninguno de nosotros podía dormir. El frío era tan fuerte que me cubrí con tres ponchos. Al sobrevenir la aurora me sentí dominada por un sueño invencible y rogué a Mr. Smith que me dejara dormir tan sólo media hora. Me apeé y sin siquiera desplegar la alfombra, quedé tan profundamente dormida que no se atrevieron a molestarme para acomodarme mejor. Me dejaron así una hora. Me sentí muy bien después de este sueño. Nos hallábamos entonces en una pampa rasa y me preparé para atravesar esta inmensidad a todo galope.

Mr. Smith dudaba mucho que yo pudiese seguirle y para animarme, no cesaba de desafiarme. Yo aceptaba el desafío y tenía como honra ir siempre delante de él, a unos quince o veinte pasos. Con esa manera de estimularme obtuvo el resultado que esperaba. Pronto me convertí en una excelente amazona. Hice galopar tan bien mi caballo, cuidándolo al mismo tiempo, que el oficial Mansilla no pudo seguirme y menos aún los dos lanceros. Por fin, Mr. Smith se vio obligado a pedirme gracia para su hermosa yegua chilena, a la cual temía fatigar demasiado.

A las doce del mediodía llegamos a Guerrera e hicimos alto. Comimos bajo la fresca sombra de los árboles; luego arreglamos lechos en el suelo y dormimos hasta las cinco. Ascendimos a paso lento la montaña y llegamos a Islay a las siete. Grande fue la sorpresa de don Justo cuando me vio. Este hombre, que es de una bondad y una hospitalidad extrema con todos los extranjeros, me prodigó muchas atenciones. Islay había cambiado mucho de aspecto desde mi última estancia allí. Esta vez no me invitaron a ningún baile. Nieto y sus valientes soldados habían devastado todo durante las veinticuatro horas que permanecieron en la población[15]. Además de la requisa de víveres, cometieron extorsiones de toda clase a fin de arrebatar dinero a los desgraciados habitantes. El pueblo estaba en la desolación y el bueno de don Justo no cesaba de repetirme:

—¡Ah, señorita! Si no estuviese tan viejo, me iría con usted. Las guerras continuas que destrozan este país lo han hecho inhabitable. He perdido ya a dos de mis hijos y espero en cualquier momento tener noticia de la muerte del tercero, que sirve en el ejército de Gamarra.

Me quedé tres días en Islay en espera de la salida de

---

15 El general Domingo Nieto fue una figura controversial de la historia peruana de primera mitad del siglo XIX. Al asumir muchas veces causas perdidas, se ganó el mote de "El Quijote de la Ley". No obstante, su culto a los héroes de la antigüedad greco-romana hizo que ese sobrenombre se transformara (ya en plena campaña, cuando había alcanzado el más alto rango militar), en "El Mariscal greco-romano". Hombre rígido, duro y de una marcada marcialidad, hizo que sus métodos en el arte de la guerra hayan sido duramente cuestionados tanto por adversarios como por observadores más objetivos.

nuestra embarcación, y los habría pasado muy tristes de no ser
por la compañía de Mr. Smith y los oficiales de una fragata inglesa anclada en la bahía, con quienes trabé amistad. Nunca
había encontrado, y me complazco en recordarlo, oficiales tan
distinguidos por sus maneras y espíritu como los de la fragata *The Challenger*. El comandante era un hombre soberbio, de
una hermosura ideal. Sólo tenía treinta y dos años, pero una
profunda melancolía pesaba sobre él. Sus actos y sus palabras
tenían un sello de tristeza que me daba pena. Pregunté la causa a uno de sus oficiales, y me respondió:

—¡Ah sí, señorita! Su tristeza es muy grande. El pesar
que la origina debe ser el más doloroso del mundo. Desde hace siete años está casado con la mujer más hermosa de Inglaterra. La ama con locura, es igualmente correspondido y, sin
embargo, debe vivir separado de ella.

—¿Quién le impone esa separación?

—Su condición de marino. Como es uno de los capitanes
de fragata más jóvenes, lo mandan constantemente a lugares
lejanos en viajes que duran tres o cuatro años. Ahora llevamos
tres por estos parajes y tendrán que pasar otros quince meses
antes de regresar a Inglaterra. Juzgue el cruel dolor que debe
sentir por tan larga ausencia…

—¡¿Que *debe* sentir…?! ¿No tiene acaso fortuna para tener que seguir una carrera que lo tortura, a él y a aquella a
quien tanto dice amar?

—¡Fortuna! Tiene 3.000 libras esterlinas de renta y su
esposa, la más rica heredera de Inglaterra, le ha llevado
200.000 libras de dote. Es hija única y tendrá aún dos veces
más a la muerte de su padre.

Quedé admirada.

—Entonces, señor, explíqueme: ¿qué poder obliga a su
comandante a estar alejado de su esposa durante tres o cuatro
años, a morir de consunción a bordo de una fragata y a conde-
nar a tan hermosa criatura al dolor y las lágrimas?

APPEL AUX FEMMES

DE TOUS LES RANGS, DE TOUS LES AGES, DE TOUTES LES OPINIONS, DE TOUS LES PAYS.

Femmes,

Vous dont l'âme, le cœur, l'esprit, les sens, sont doués d'une impressionnabilité telle qu'à votre insu vous avez une larme pour toutes les douleurs, — un cri pour tous les gémissements, — un élan sublime pour toute action généreuse, — un dévouement pour toutes les souffrances, — une parole consolante pour tous les affligés ; — femmes, vous qui êtes dévorées du besoin d'aimer, d'agir, de vivre ; vous qui *cherchez partout* un but à cette brûlante et incessante activité de l'âme qui vous vivifie et vous mine, vous ronge, vous tue ; — femmes, resterez-vous silencieuses et toujours cachées, lorsque la classe la *plus nombreuse* et la *plus utile*, vos frères et vos sœurs les prolétaires, ceux qui travaillent, souffrent, pleurent et gémissent, viennent vous demander, les mains suppliantes, de les aider à sortir de la misère et de l'ignorance !

Femmes, L'UNION OUVRIÈRE a jeté les yeux sur vous. — Elle a compris qu'elle ne pouvait pas avoir d'auxiliaires plus dévoués, plus intelligents, plus puissants. — Femmes, L'UNION OUVRIÈRE a droit à votre gratitude. C'est elle la *première* qui a reconnu *en principe* les droits de la femme. Aujourd'hui *votre cause* et la sienne deviennent donc communes. — Femmes de la classe riche, vous qui êtes instruites, intelligentes, qui jouissez du pouvoir que donnent l'éducation, le mérite, le rang, la fortune ; vous qui pouvez influencer les hommes dont vous êtes entourées, vos enfants, vos domestiques et les travailleurs vos subordonnés, prêtez votre puissante protection aux hommes qui n'ont pour eux que la force du *nombre* et du *droit*. — A leur tour, les hommes aux bras nus vous prêteront *leur appui*. — Vous êtes opprimées par les lois, les préjugés ; UNISSEZ-VOUS aux opprimés, et, au moyen de cette légitime et sainte alliance, nous pourrons lutter légalement, loyalement, contre les lois et les préjugés qui nous oppriment.

Femmes, quelle mission remplissez-vous dans la société ? — Aucune. — Eh bien, voulez-vous occuper dignement votre vie : consacrez-la au triomphe de la plus sainte des causes : L'UNION OUVRIÈRE.

Femmes, qui sentez en vous le feu sacré qu'on nomme foi, amour, dévouement, intelligence, activité, faites-vous les *prédicatrices* de L'UNION OUVRIÈRE.

Femmes écrivains, poètes, artistes, écrivez pour instruire le peuple, et que L'UNION soit le texte de vos chants.

Femmes riches, supprimez toutes ces frivolités de toilette qui absorbent des sommes énormes, et sachez employer plus *utilement* et plus magnifiquement votre fortune. Faites des dons à L'UNION OUVRIÈRE.

Femmes du peuple, faites-vous membres de L'UNION OUVRIÈRE. Engagez vos filles, vos fils à s'inscrire sur le livre de L'UNION.

Femmes de toute la France, de toute la terre, mettez votre gloire à vous faire hautement et publiquement les *défenseurs* de L'UNION.

Oh ! femmes, nos sœurs, ne restez pas sourdes à notre appel ! — Venez à nous, nous avons besoin de votre secours, de votre *aide*, de votre *protection*.

Femmes, c'est au nom de vos *souffrances* et des nôtres que nous vous demandons votre coopération pour notre grande œuvre.

Proclama de Flora Tristán promoviendo
la creación de L'Union Ouvriere

—Es preciso que llegue a una alta posición. Nuestro comandante obtuvo de su padre su mano sólo a condición de seguir su profesión hasta que sea almirante. Ambos jóvenes con-
sintieron, y para cumplir esta promesa él debe recorrer los mares durante diez años más, por lo menos, pues es en la ancia-
nidad cuando, entre nosotros, se hacen las promociones.

—¿Así es que el comandante se cree obligado a vivir todavía durante otros diez años separado de la mujer que ama?

—Sí, para cumplir su promesa. Pero transcurrido ese
tiempo será almirante, llegará a la Cámara de los Lores, quizás al ministerio, en fin, será uno de los primeros del Estado.
Me parece, señorita, que para arribar a tan hermosa situación
muy bien se puede sufrir algunos años.

¡Ah!, pensé. Por estas malditas grandezas los hombres
pisotean lo que hay de más sagrado. Dios mismo se ha com-
placido en dotar a estos dos seres: belleza, espíritu, riqueza,
todo les ha sido concedido, y el amor que sienten el uno por
el otro debería asegurarles una felicidad tan grande como es
capaz de gozar nuestra naturaleza. La felicidad aspira a comunicarse. En torno a ella, todo trasciende su dulce influencia y,
dichosos, ambos seres habrían podido hacer gozar a sus semejantes. Pero el orgullo de un viejo imbécil destruye este porvenir de felicidad terrestre. Quiere que veinte años estén con-
sagrados a la tristeza, el dolor y los tormentos de todo género
que hace nacer la separación. Cuando al fin estén reunidos, la
esposa habrá perdido la belleza y el hombre sus ilusiones. Su
corazón estará sin amor y su espíritu sin frescura, pues veinte
años de disgustos, de temores y de celos, desfloran las almas
más hermosas. Pero, ¡será almirante! ¡Par del reino! ¡Ministro!
Absurda vanidad...

MARY KINGSLEY

LA REINA AFRICANA

"El *soplo del viento es tan poco humano como yo. Siempre he debido preocuparme por las necesidades de los demás. He visitado sus alegrías, sus pesadumbres y tormentos. Siempre he debido luchar por el derecho a sentarme a su lado y aprovechar un poco de calor humano. Les estoy muy agradecida por aceptarme en torno al fuego, y si bien los amo mucho, no espero reciprocidad.*"

¿Amarga confesión de una mujer resignada? De ninguna manera. En todo caso, sí de alguien que luchó con toda su alma por sostener su lugar en el mundo. La confidencia encierra la marca singular de Mary Henrietta Kingsley, vinculada a su condición femenina, pero al mismo tiempo a la búsqueda de un destino que procuraba huir de las cargas y exigencias que le caían encima como una herencia no deseada ni asumida. Esta *extranjeridad* que la acompañó toda su vida como una fatalidad tiene su origen en la condición social de Mary. Hija bastarda de un médico con su cocinera, sus padres debieron casarse por obligación, lo que concretaron apenas cuatro días antes de que ella llegara al mundo, lo cual aconteció en Islington, Londres, el 3 de octubre de 1862. Si en el universo victoriano esto significaba en sí mismo una grave afrenta social, el hecho de que George, su padre, perteneciera a la burguesía intelectual londinense no ayudaba demasiado a mejorar las cosas. El ensayista y novelista Charles Kingsley, tío de Mary, era por entonces una célebre figura en los ambientes literarios, un cristiano militante conocido por sus radicales ideas socialistas, pero también por cierto talento para el cinismo, habilidad que utilizaba con agudeza en sus obras, lo que le valió la amistad y la admiración de Dickens. Un *"casamiento desigual"*, una *"unión desafortunada"*, se rumoreaba en los corrillos cultos de Londres al referirse al "otro Kingsley", y para peor, *esa niña…*

Mary crecerá y desarrollará su vida adulta en la tensión entre estos dos polos: un día gozará de cierto renombre, pero nunca habrá de perder el más puro acento *cockney*, lo que le valdrá las burlas del pequeño mundo bienpensante.

Fue una niña tímida y hogareña, una suerte de pequeña *Cenicienta*, aunque en verdad esta condición es más el resultado de una fastidiosa obligación que por naturaleza de su temperamento. Ella se embarca en las tareas domésticas a la sombra de su madre, clavada en su lecho de miseria por ese endémico nerviosismo que se abate sobre las amas de casa victorianas. Y luego tendrá que ocuparse también de su hermano menor, a quien la familia le encargará por su bondad natural.

La única escapatoria se encontraba en el cuarto de los sueños: la nutrida biblioteca paterna era especialmente rica en crónicas de viajes. George Kingsley había encontrado la fórmula perfecta para huir de su asfixiante situación: acompañaba en sus recorridos por el mundo, como médico de cabecera, a aristócratas aventureros, tan afortunados como intrépidos. De este modo pudo conocer la cuenca del Mediterráneo, el Pacífico sur, Estados Unidos... Entre dos ausencias, por las noches narra en las veladas familiares mil anécdotas que, ya en sus muy extrañas cartas, habían echado a volar toda la fantasía de Mary.

Ella encuentra por sí misma los medios para ir desarrollando sus ambiciones. Como no tiene a nadie que le enseñe nada, aprenderá sola a leer y a descubrir las maravillas de la literatura, como más tarde emprenderá también conocimientos de latín, química y física, entre otras disciplinas. Su insustancial hermano será enviado a Cambridge, mientras sus padres no consideran que se pueda hacer una excepción con Mary. Por el contrario, creen adecuada su formación como *Cenicienta*. No obstante, se le ofrece un curso de alemán para ayudar a su padre a descifrar obras científicas. Mary Kingsley constituye un excelente ejemplo sobre el arte de extraer talento a partir de la negación y el dolor. George, en tanto, envejece y sus peregrinaciones comienzan a tocar fin. La pequeña sirvienta familiar es ascendida a secretaria o, mejor dicho, debe cumplir con las dos funciones a la vez: mucama y copista. Las memorias científicas proyectadas nunca verán la luz, al menos no antes de poder hablar de etnografía, una ciencia nueva que emergía de su estado larval y que va a encontrar entre sus mejores intérpretes a una muchacha autodidacta que se convierte por medio de sus reportajes en una suerte de adelantada del género.

A la edad de treinta años, Mary conoce un golpe afectivo paradójicamente saludable a su destino: con sólo algunas semanas de diferencia, pierde a sus padres. Sin enfermedades visibles, sin papeles por clasificar, desocupada, decide pasar a la acción: viajar por su propia cuenta. Por entonces, todo el mundo en el Londres de las castas superiores reaviva el mito ancestral del Mediterráneo. Se descubre la Costa Azul, se inventa la Riviera francesa. Mito solar por mito solar, ella prefiere Africa, el continente de *La rama dorada*. Según confiará luego a algunos amigos, los motivos de su elección fueron, simplemente, suicidas: *"Huérfana en tan sólo seis semanas, me dirigí a Africa occidental para morir. Pero Africa me trata con tanta dulzura y pasión, que en lugar de matarme de inmediato me hizo dar cuenta de que no tengo tanto apuro en conseguir aquello que vine a buscar".*

El humor será siempre una de sus mejores cualidades y le será de gran ayuda cuando deba enfrentarse a las duras pruebas que la somete la Madre Naturaleza. Ahora bien, ¿qué otras armas contaba para lanzarse a ese mundo secreto y oscuro que acechaba como un anhelo suspendido al otro lado de los libros y una serie de actividades domésticas? Pocas por cierto, aun cuando manejaba ciertos conceptos de sociología y se sentía especialmente atraída por los estudios antropológicos y teológicos en comunidades desconocidas. *"¿Por qué vengo a Africa?"*, se preguntará algún tiempo después. *"¡Por qué! ¿Quién no quiere conocer el infierno de su hermano gemelo para observar toda la belleza y el encanto que vive en él?"* Tal vez fuera eso, conocer el otro lado de sí misma, aventurarse al otro lado del espejo en un país sin tiempo ni más ley que lo ignoto. Brazza, Livingstone, Stanley, eran los nuevos iconos que ella había devorado como tantos, cansada de una sociedad que se agotaba en sí misma encerrada en sus propios corsés. Ante la familia que se extingue, Mary Kingsley busca en el *Otro* a su semejante. Pero la búsqueda vas más allá: es el *Otro* en lo impensable, en estado puro. Por eso, lo más indicado será internarse en esos pueblos todavía no contaminados por *"el delgado barniz de la cultura occidental"*. En Gabón y con los *Fang*, pueblo que pasa por ser caníbal, Mary encuentra la belleza de aquel hermano gemelo intuido.

En 1892, las islas Canarias configuran la vanguardia de su deseo, el primer sabor que traduce su fruición por el continente negro. Su hermano la había dejado sin compañía familiar por un período prolongado (estaba en China), de modo que ella se decide a explorar las costas de Africa occidental, paso a paso, de Sierra Leona a Angola. Navega desde el puerto de Calabar, en el golfo de Guinea, siguiendo la costa de la actual Nigeria, y de allí sigue por el interior del río Níger hasta el sur, en la región más baja del río Congo. Este primer paso hacia un mundo nuevo la desorienta un poco: ella soñaba con *"los salvajes de la selva"* y el encuentro se demora, aunque siente desde un primer momento el perfume de la fascinación que esa tierra le había prometido. En 1894 retorna a Inglaterra y un año después, ahora sí, pone en pie su verdadera expedición. Acompañada por algunos nativos, atraviesa territorios no cartografiados adonde nunca antes había llegado un blanco. Se interna en la jungla sin renunciar a las largas faldas ni a los afeites de belleza, como si quisiera acentuar su condición femenina incluso allí donde no tenía testigos para reivindicarla. Los peligros, lejos de amedrentarla, la estimulan: infatigable, recorre kilómetros en el interior de la selva ecuatorial, cruza ríos a nado y remonta los rápidos manejando por sí misma una primitiva piragua. Se burla del dolor de pies y de un fuerte resfrío ascendiendo a las alturas del monte Camerún (4.095 metros, el mayor de la región).

Su humor y temple natural es interpretado como un gesto artificial o bien como un guiño sobrehumano. Mary penetró por la jungla densa y virgen con el aire de quien da un paseo una tarde lluviosa por Hyde Park, lo cual por cierto colocaba a los temerarios hombres de entonces en una situación algo embarazosa a la hora de interpretar su epopeya. ¿Quién era esa mujer que se reía de los mayores peligros con aquel cacofónico acento *cockney*? Kingsley, en realidad, había atravesado esta frontera mucho antes de posar un pie en Africa: *"Me siento muy cercana a los primeros navegantes, esos hombres que no se tomaban en serio y podían demorarse una hora hasta encontrar a su ballena"*. Mary se interpreta como su Capitán Ahab, Jonas y Moby Dick, todo a la vez.

Gracias a sus magníficas faldas, logra sobrevivir a las profundidades de una fosa, y cuando, remontando un río, se encuentra cara a cara con un gigantesco hipopótamo, en lugar de huir comienza a rascarle detrás de la oreja con su sombrilla mientras le grita: *"No te abandonaremos, amigo".* Su vestimenta, por supuesto, era deliberada. Por una parte, se ofrecía como caricatura, como una suerte de gobernanta extraviada en la selva, pero por otra parte subrayaba la futilidad de los pantalones (*"¡Mejor morir en el cadalso!"*) para situarse en la primera línea de la aventura. Se negaba, por supuesto, a ser transportada en hamaca con tanta obstinación como a manejar el fusil, arma que detestaba por considerarla innoble.

Entre sus intereses fundamentales se concentraron especialmente todo lo concerniente a las ciencias naturales, en particular la ictiología, disciplina en la que llegó a trascender al clasificar un gran número de especies desconocidas (en Gabón existe un museo que lleva su nombre y que continúa las investigaciones originadas por Kingsley). Pero además, se sintió atraída por las formas de organización social de los nativos, sus claves culturales, sus mitos religiosos y sus secretos, de modo particular por los fetiches. Con cierta audacia para una época donde la cultura occidental ya había proclamado su superioridad, Mary se animó a afirmar que en Africa existe una cultura en pleno ejercicio con una coherencia interna sorprendente. Irá más lejos aún al proclamar los beneficios de la poligamia.

No es preciso invocar aquí el humanismo puesto de manifiesto por la ex *Cenicienta*. Mary toma nota de todo, sin dejar de contar hasta en sus más mínimos detalles cuanto ve y experimenta. Lejos de los modelos teóricos fundamentales, recorre y mide a grandes pasos el terreno que se le ofrece como una nueva zona de conocimiento. Ve al hombre blanco (tal como ella lo denomina) envuelto en una misión ilusoria: las igualdades decretadas *a priori* son engañosas. Parece claro que los ingleses deban estar presentes en el continente africano, pero renunciando a sus intereses nocivos, que sólo buscan demoler las civilizaciones que ellos someten en nombre del Imperio, para limitarse a ofrecer aportes técnicos abiertos al bien común. Mary Kingsley no puede escapar a las contradicciones de su época, y esta mirada algo inocente la denuncia con su propio vocabulario. Argumenta a partir de hechos y algunas fuentes provinientes de los informes elaborados por administradores inescrupulosos, falsificadores y cazadores de fortuna complacientes.

No obstante, su versión se ajusta con bastante justicia a su propia visión de las cosas. Es por eso y no por el exotismo o la conveniencia de algunos de sus puntos de vista que, curiosamente, el estilo de su obra –publicada por vez primera en 1897– conquista a sus contemporáneos. Las divertidas anécdotas con que en ocasiones colorea la trama incluso no siempre le asignan un perfil favorable. Cuatro reediciones en seis meses van a recompensar un trabajo infatigable que se aleja tanto de la vulgarización como de las crípticas descripciones elaboradas por las sociedades científicas. El homenaje de este éxito debe seducirla, aunque no se deja ganar por la banalidad de la pedantería. Un amigo le sugiere modificar un poco su lenguaje, sobre todo en lo que respecta a su vocabulario de marino. Ella acepta, aunque aclara: *"Como marino he pasado por tres veces la creta de la bahía de Forcados con un barco de dos mil toneladas y he remontado ríos de modo que me ha valido la aprobación de los capitanes Murray y Heldt".*

No sólo las autoridades del mar avalan la gesta de Mary, también Stanley y Kipling la frecuentan durante su estadía en Londres. El autor del célebre *El Libro de la Selva*, conocido por no ser demasiado expansivo en sus admiraciones, luego de tratarla con más detenimiento escribió: *"En tanto ser humano, se presume que ella debe conocer bien lo que es el miedo. Pero nunca nadie ha podido descubrir a qué puede temerle…".* Chamberlain, entonces ministro de las Colonias, la llama como consejera. Sin embargo, ella rehúye a la vida mundana, se siente molesta como huésped de honor en un brillante salón. Al fin y al cabo, algo de su esencia como *Cenicienta* sigue vivo en su interior. Por las mañanas, se pone al servicio en casa de su hermano (*"¡Es mi deber!"*) hasta bien entrada la tarde, en tanto que por las noches escribe. En 1899, cuando planeaba una tercera incursión por regiones inexploradas de Africa occidental, fue invitada a Africa del Sur, donde estalló la guerra de los Boers. Bajo la excusa de comandar una misión ictiológica encomendada por el British Museum, Mary desembarca en Ciudad del Cabo. Pero no serán los peces sudafricanos quienes merezcan su atención sino los heridos de la guerra. Remontó el río Orange y se instaló voluntariamente en un campamento de prisioneros. Como amargo premio, contrajo fiebre tifoidea y murió allí a la edad de 38 años el 3 de junio de 1900. Se le dispensaron exequias oficiales y se respetó su última voluntad: su cuerpo fue arrojado al mar.

Mary Kingsley cerraba así su particular círculo, entre los peces y el panteísmo. De la fuente de la vida al gran Todo.

UNA ODISEA
AFRICANA

DONDE LA AUTORA EXPONE LAS DIVERSAS
RAZONES QUE HAN MOTIVADO SU VIAJE

En 1893, por primera vez en mi vida, me encontré con cinco o seis meses de libertad ante mí. Con la emoción de una niña que acaba de recibir una pieza valiosa, busqué bien dónde ir y qué hacer. *"Al descubrimiento de los Trópicos"*, me sopló la Ciencia. Bien, pero… ¿dónde diablos ir? Los Trópicos abarcan toda la superficie de la Tierra. Me arrojé sobre un atlas: la Malasia me pareció demasiado distante y el viaje muy costoso. Me quedaba elegir entre América del Sur y Africa Occidental. Di entonces con una obra de Wallace titulada *Geographical Distribution* que contenía un seductor artículo sobre Africa. Reteniendo la respiración, puse bajo mi mira a este continente. Hice esta elección atendiendo en particular a que lo ignoraba todo sobre las condiciones de vida en el Africa ecuatorial, en tanto que sobre América latina sabía que los pabellones de cuarentena configuran un elemento constante del paisaje. Recordé en particular que un naturalista, más sólido que yo tan-

Mary Kingsley alrededor de 1895

to física como moralmente, estuvo a punto de morir sobre el río Paraná durante una expedición que fue lentamente diezmada por privaciones y fiebres diversas.

Mis lagunas respecto a Africa fueron bien colmadas. Por cierto que todavía hoy me queda mucho por descubrir, pero he ido coleccionando desde antes de mi partida una infinidad de informaciones curiosas. Utilizo este adjetivo de modo premeditado, pues un buen número de personas a las que les pedí consejo tuvieron ocasión de hablarme acerca de los temas más absolutamente variados. Todas sus referencias contribuyeron a alimentar en mi espíritu la mayor de las confusiones, a pesar de mis heroicos esfuerzos por clasificarlas. Conseguí, sin embargo, ordenar estas informaciones bajo las siguientes rúbricas:

- los peligros del Africa occidental;
- los sinsabores del Africa occidental;
- las enfermedades del Africa occidental;
- los efectos a llevar al Africa occidental;
- los artículos indispensables en Africa occidental;
- los errores a evitar en Africa occidental.

Para comenzar, pregunté a mis amigos qué sabían ellos sobre Africa occidental. La mayoría, nada de nada. No obstante, algunos me replicaban:

–¿No piensas ir allí abajo, verdad? Allí se encuentra Sierra Leona, ya sabes, ¡la tumba del hombre blanco!

Si por ventura yo insistía, por lo general recordaban a alguien que se había exiliado por algún pecado de juventud. Invariablemente, el culpable tenía el buen gusto de abandonar no solamente Africa, sino también este pobre mundo; después de lo cual era perdonado y podía caer en el olvido.

Resolví entonces interrogar a los médicos, y éstos me respondieron con entusiasmo: *"Es el sitio más insalubre del planeta"*. Luego, apoyándose en mapas, me exponían el reparto de las enfermedades sobre toda la superficie del globo. Si un país tiene un aire poco prometedor, se lo representa con un verde grisáceo o un amarillo hiel. Uno siempre podía tranquilizarse imaginando que la cartografía en verdad carecía de sentido artístico. Por desgracia, no se puede poner en duda sus intenciones cuando se utiliza el negro: los dibujantes cubrieron con el color del luto la región que va del norte de Sierra Leona al sur del Congo. *"En su lugar, yo no iría"*, me repetían a la porfía mis amigos médicos. *"Va a contraer cualquier cosa. Si de todos modos Usted se obstina, no deje de informarme pues..."*, a lo que seguía la recomendación de portar una serie de artículos inverosímiles.

Todos mis interlocutores me enviaban, a su vez, a hablar

con los misioneros. *"Ellos forman una legión allí abajo, y esto no es de ayer"*, afirmaban con desenvoltura. Me sumergí en consecuencia en la literatura elaborada por misioneros para descubrir que esta valerosa gente no redacta sus informes con la intención de describir el país, sino que se contenta explicando a lo largo de páginas y páginas que la región avanza muy lentamente, pese a lo cual los lectores deben depositar su más absoluta confianza y generosidad en ellos, aunque sin esperar milagros en cuanto al número de convertidos. En estas obras encontré también una alarmante confirmación de los alegatos médicos así como detalles varios entre los que no me detuve, como por ejemplo la distribución de camisas de algodón.

Sin embargo, es a los misioneros a quienes debo mis primeras luces sobre la condición humana en Africa occidental. Aprendí, por ejemplo, que los nativos conforman una materia bruta guiada respectivamente hacia el bien o el mal por los misioneros o los comerciantes blancos. También entraban en cuestión los representantes de gobierno que tenían como misión consolidar la obra de los religiosos, pues eran ellos quienes pagaban sus empresas con un éxito muy relativo. En cuanto a los comerciantes, no tuve dificultades en clasificarlos sin titubeos bajo la rúbrica *"los peligros del Africa occidental"*.

Naturalmente, mientras mi razón se turbaba con los rumores que corrían sobre el Africa tropical, mi corazón estaba irresistiblemente atraído por la región. Al final, fue más fuerte que yo: resolví partir. Por casualidad conocí a un señor que había vivido siete años en la costa. Luego de una estancia tan prolongada en esta zona mortal, su opinión al respecto me resultaba preciosa. Al hacerlo parte de mis proyectos, me retrucó:

"Cuando se decide partir al Africa occidental, lo más sabio es cambiar de opinión y elegir Escocia en su lugar. Sin embargo, en caso de que no fuera lo bastante sensata para esta determinación, ingiera cuatro granos de quinina por día durante dos semanas antes de llegar al delta del Níger y procure tomar contacto con los misioneros *wesleyanos*[1]: de costa a costa, ellos son los únicos que disponen de carrozas fúnebres de primera clase."

LAMBARÉNÉ

DONDE SE RELATAN ALGUNOS DETALLES
SOBRE LA TRIBU GALOA

Los Galoa son una raza altiva, una tribu noble como los Mpongoué y los Adjoumba. Las mujeres no se casan con hombres de tribus inferiores e incluso en el seno de su propia tribu no tienen mucho para elegir, pues no pueden esposar a un pariente con el que tengan relación por vía materna. Esta forma de no tomar en cuenta los vínculos maternos, bien conocida bajo el nombre de *Mutterrecht*, encuentra una forma más acabada entre los Galoa que en ningún otro grupo de mi conocimiento. Los hermanos y hermanas figuran al mismo nivel que los primos por el lado materno.

La autoridad del padre hacia sus hijos es muy tenue. El hombre verdaderamente responsable es el hermano mayor de la madre. De él depende el derecho a casarse (y por supuesto, a partir) de chicos y muchachas. Es a él y a la madre a quien se le ofrendan los regalos de uso ante el casamiento de una hija. En caso de muerte de la madre, él debe ocuparse de educar a los niños: vivirán con él e incluso serán mejor tratados que sus propios hijos. A su muerte, ellos serán sus herederos, en caso de que su madre no haya tenido otros hermanos. El casamiento entre los Galoa y los Mpongoué no se hace por la simple

---

1 Protestantes metodistas que deben su nombre al predicador inglés John Wesley (1703-1791).

compra, sino que se ofrece un regalo de valor determinado al tío y a la madre de la muchacha. Otros presentes propiciatorios (*kuelikis*) son corrientes, pero desligados de su valor legal no son necesariamente tomados en cuenta en caso de diferendos posnupciales que conduzcan a un divorcio, drama frecuente en estas sociedades. En efecto, las mujeres Galoa, tan alegres como coquetas, riñen todo el tiempo con sus maridos. Más de una vez he asistido a escenas de parejas donde la mujer enfurecida le gritaba sus cuatro verdades a su esposo de un modo que me hacía recordar el espectáculo de los miserables suburbios londinenses. Cuando el hombre pierde la paciencia –final inevitable–, él puede golpear a la esposa (o las esposas, en caso de que haya una confabulación contra él). En caso de que llegue a sangrar, la mujer vuelve con su familia y se le retorna al marido el regalo ofrecido. Entonces el matrimonio está anulado y la mujer es libre de volver a casarse si lo desea.

Los Galoa están hoy en peligro de extinción. Como en la isla de Lambaréné, sus pueblos se extienden a lo largo del río Ogooué, así como sobre la isla de Eliva Z'onlangé. En las islas ellos por el momento permanecen protegidos de la invasión Fang, y continúan viviendo perezosamente, como de costumbre. Sus esclavos trabajan en las plantaciones cultivando magníficos ñames, papas dulces, papayas. También preparan una verdadera delicia: el queso de odéaka, conocido también entre los Mpongoué y los Benga. Esta preparación se obtiene a partir del carozo de un mango salvaje que se encuentra sobre un árbol muy hermoso, de gran tronco y follaje majestuoso. No podría compararlo con el roble de Irlanda, siempre verde, aunque esta comparación no da una idea del todo imperfecta de este noble árbol. No siendo botanista, no sé si se trata de un verdadero mango, pero su fruto se parece mucho, aun cuando en su interior el núcleo tiene un tamaño desproporcionado. El carozo se aplasta hasta extraer la almendra, que se deja secar al sol por un breve instante. Luego, con un mortero se la reduce a pulpa y se vuelca en una cesta tapizada con hojas de llantén y se la coloca nuevamente al sol. Una vez fundida y transformada en una masa compacta, se la pone al fresco. Ya enfriado, este paté maleable se conserva largo tiempo envuelto en las hojas y en un tejido que se encuentra suspendido en la casa.

Los nativos lo utilizan como acompañamiento, ya sea en un pastel de carne o de pescado. Aquí les voy a recomendar la receta de un manjar exquisito: tome carne de hipopótamo o alguna otra carne fibrosa. Haga un fuego con brasas y forme una cesta con hojas de llantén. Coloque enseguida pequeños trozos de carne sazonados con pimentón en este recipiente intercalando rebanadas de odéaka. Luego junte las hojas, átelas y coloque el petate comestible directamente sobre las brasas, pero evitando las llamas. La carne se cuece con una suculenta salsa antes de que las hojas ardan (las de llantén resisten muy bien al fuego). Este plato es una maravilla, al igual que el pitón, el hipopótamo o el cocodrilo. Bien condimentada, la carne de cocodrilo es muy agradable al paladar, a pesar del gusto almizclado y pegajoso de este animal, que parece resistir a todos los arreglos.

Hay una gran diferencia entre el fetichismo de los Mpongoué, Adjoumba y Galoa respecto al de las tribus vecinas: es su concepción de un espíritu llamado O Mbuiri. Como todos los bantúes, ellos tienen un dios creador, autor de todas las cosas, pero que se desinteresa en el presente por sus creaciones. Su nombre es Anyambié (se pronuncia *Anlynlaé*, con una *l* muy débil), que deriva de dos términos: *anyima* (espíritu) y *mbia* (dios). La originalidad de este personaje es que está al servicio de un dios también creado por él para que se ocupe de los cuidados del mundo. Este último es el famoso O Mbuiri o Mbwiri, cuyo estudio es particularmente interesante para el análisis comparado de las religiones. No se puede ni se podrá cambiar a un hombre, pero sí transferir su personalidad hacia una apariencia humana en cualquier objeto, sin importar que los blancos los consideren inanimados (rocas, árboles, etcétera).

Los Mpongoué dicen que O Mbuiri vive en el mar; algunos lo han visto y afirman que es un viejo todo blanco (no color carne, sino como la cal). La apariencia corporal de O Mbuiri evoca la mala fortuna, la desgracia, incluso la muerte. La ruina de una empresa comercial, la destrucción de un pueblo, la destrucción de una familia, suelen ser atribuidas a O Mbuiri. Sin embargo, se lo considera como un dios que castiga los pecados cometidos y no como una criatura gratuitamente maligna. Los Mpongoué lo consideran responsable a la vez tanto de la felicidad como de infortunios, y como el único capaz de ejercer sus poderes sobre el ejército de espíritus dañinos, numerosos en la naturaleza.

Según los métodos que emplee para trazar el destino de los hombres, adquiere un nombre diferente: en el agua se llama O Mbuiri Aningo; en la selva, O Mbuiri Ibaka; en los elementos naturales, O Mbuiri Ngali, etcétera.

La principal diferencia entre O Mbuiri y los espíritus inferiores radica en que estos últimos no pueden encarnarse en cuerpos extraños; para ser vistos, necesitan introducirse en objetos materiales. O Mbuiri, en cambio, puede hacerse visible a voluntad sin tener que pasar por un cuerpo intermedio. Este proceso configura una cuestión delicada, que me demandó semanas de estudios. Otra cosa: entre los Mpongoué y otras tribus emparentadas entre sí, O Mbuiri se representa como una entidad absoluta. Entre sus vecinos, por el contrario, aparece como una categoría más de espíritu, es decir que existe en cientos de O Mbuiri o Mbwiri, uno por lugar remarcable (peñasco, árbol, maleza, pasaje peligroso de un río…)

Otra característica importante en el fetichismo mpongoué: estiman que el alma preexiste y sobrevive al hombre. Por lo que yo sé, esta creencia es universal en Africa occidental, pero entre los Mpongoué un detalle recuerda a la idea que se hacen

los negros puros de Oÿun respecto a las enfermedades reencarna-
das. Los malos espíritus inferiores pueden infectar el alma de un
hombre, ya sea en el momento de su nacimiento o durante el
sueño. Por ejemplo, si un Olaga invade el alma de un niño, este
individuo será presa de la locura. Algunos, sin importar en qué
momento de su vida ni bajo qué condiciones, pueden estar po-
seídos por un espíritu maligno (Olongho, Abambo, Injembé, o
Nkandada) y volverse locos o contraer una enfermedad. Pero si
alguien nace loco, significa que un espíritu perverso, reminis-
cencia de un muerto que no ha sido enterrado según los ritos, ha
nacido con él.

COMERCIO
Y *COSTUMBRES FANG*

DONDE SE RELATA LOS DETALLES DE UNA
EXTRAÑA MONEDA, LA MANERA EN QUE CAZAN
LOS ELEFANTES Y OTROS TEMAS

Quisiera ahora volver sobre los motivos que impulsan a
los fang a recolectar mercancías. De hecho, la razón es muy simple: el precio de las mujeres es demasiado elevado. Los fang se
casan en el interior de su tribu, la cual ocupa un vasto territorio
del que está excluido cualquier otro pueblo con el que se hayan
trabado alianzas. Por otra parte, las mujeres de las tribus vecinas
tampoco serían cedidas por un precio más conveniente. En efecto, tanto en el Congo francés como en el país *batanga* existe un
código de conducta aristocrático: los fang son despreciados por
todas las otras tribus... y ellos devuelven la ofensa con la misma
moneda. Sin embargo, es posible descubrir subdivisiones en el
seno de esta aristocracia: los Mpongoué ocupan la esfera superior,
seguidos por los Benga de Corisco, luego los Bapouka y por úl-

timo los Banaka. Este sistema ha sido perpetuado por las mujeres: así, es impensable que una mujer mpongoué espose a un hombre que proviene de una tribu inferior; ella debe encontrar un esposo en el seno de su propia tribu, incluso sorteando numerosas restricciones. De igual modo, una mujer benga puede casarse con un mpongoué o un benga, pero nunca con un bapouka o un banaka. Ninguna de ellas aceptará como marido a un fang. En el sudeste, los fang están en contacto con los bakélé, pueblo con el que tienen mucho en común; no obstante, los bakélé son grandes amigos de los pigmeos (como los matimba, los ouatoua, o los akoua…), a quienes los fang no pueden ni ver. Si los fang buscan una mujer entre los bakélé, no les resultará más ventajoso, ya que no son menos caras.

Para encontrar una mujer, el joven pretendiente fang debe desenvolverse solo, lo que no tiene nada de extraño. No obstante, por lo regular su madre acude en su ayuda hasta que haya adquirido la audacia suficiente como para llevarse a una esposa de un pueblo vecino. Si es menos intrépido, el joven esperará haber amasado un pequeño peculio para comprar su mujer. A este efecto, va a recolectar caucho y ébano que venderá a los hombres a quienes el jefe ha asignado las mercaderías para el comercio ambulante. Mientras espera, si puede, se ganará la vida vendiendo los peces que pesca o los animales que cace. Vive con modestia, reservándose para los festejos de su vida futura como hombre casado.

Ningún joven que tenga la cabeza en su lugar va a arrojarse sobre una muchachita bajo pretexto de que ella cuesta menos. No, esperará pacientemente haber ahorrado lo bastante como para ofrecerlo a una sólida viuda que, aunque menos seductora, sea muy versada en los negocios. Una vez que el hombre ha adquirido en debida forma a su mujer, la presenta a sus seres más cercanos. Los regalos que les ofrecen le permiten a la pareja vivir juntos. El esposo, sin embargo, no tiene derecho a nada: su mujer se lo prohíbe. ¡Ella no va a pasar su vida ocupándose de las

cosas de la casa! El continuará recolectando productos que ella
preparará para la venta. Al cabo de un tiempo, él habrá ganado
lo suficiente como para comprar otras esposas, ya sea doncellas o
jóvenes viudas. No es sino hasta una cierta edad en la que él ya
estará en condición de rodearse de un número ideal de mujeres,
es decir seis o siete.

(…) Vende sus mercaderías contra una moneda muy
particular, llamada *bikei*: se trata de láminas de hacha en miniatura sujetadas en racimos de diez a los que se denomina
ntet. Es con estos *bikei* que se puede comprar una mujer. Esta moneda tan singular no se encuentra en los alrededores de
Libreville, donde los fang son semicivilizados (aunque debería decir mejor en un estado de aculturización avanzado). Para encontrar los *bikeis* es preciso ir a la selva. Veo algún punto en común con las arcaicas monedas griegas que he exami-
nado en Cambridge, cuyo motivo representaba a bovinos es-
tilizados. Estoy convencida de que antes de la circulación del
caucho, el marfil y el ébano, fueron los utensilios metálicos
los que servían como moneda de cambio. De hecho, los fang
son muy buenos metalúrgicos. Esta moneda acaba por adquirir el carácter de fetiche. El matrimonio legítimo, que un
observador no advertido tomaría por una simple transacción,
comporta elementos de fetichismo.

(…) Quisiera hablar brevemente del marfil, que ocupa
un lugar muy importante en la vida de los fang. Se procura de
diversas maneras, y si los mangos de nuestros cuchillos de mesa pudiesen hablar, contarían historias increíbles. En efecto, la
obtención del marfil es una aventura cruel, al lado de la cual
la caza del oro queda convertida en un amable juego de sociedad. Y cuando los fang se embarcan en este tipo de deportes,
el resultado sobrepasa la imaginación. La forma más corriente
de obtener un colmillo es por supuesto matando a quien lo
posea. Si se es prudente, con el fin de evitar cualquier incidente, se entierra el codiciado colmillo sin decir nada hasta que

llega algún vendedor o traficante. Algunos colmillos permanecen enterrados durante años antes de ser remitidos a las manos de un comerciante. Al menos un tercio del marfil que se
embarca a Europa ha tomado un tinte oscuro a causa del tiempo que ha estado bajo tierra o en el fondo del agua. Algunos
tienen un bello color marrón, como de espuma de mar, en tanto otros son casi negros. A menudo han sido atacados por esta extraña criatura, tan bien conocida como vilipendiada: el
roedor de marfil, de quien tanto se desconfía en los puertos.

(…) Una cierta cantidad del marfil conseguido por los
fang proviene de elefantes vivos, aunque no aprecio demasiado
su manera desleal de cazar. Cuando una tropa de elefantes es
detectada por los recolectores de caucho, todo el pueblo (hombres, mujeres, bebés y perros) se precipita en la jungla y aco-
rrala a los monstruos en un círculo, procurando no asustarlos.
Obstruyen las posibles salidas haciendo caer algunos árboles, a
los que atan entre sí con lianas hasta construir un inmenso vallado, siempre atentos a no perturbar a los paquidermos. En
realidad, esta empalizada no impediría que los elefantes pasa-
sen si ella no estuviese recubierta por una substancia cuyo olor
repugna tanto a los animales que, de inmediato, se apartan del
cerco con un aire de disgusto. Esta preparación es competencia
del brujo, que guarda celosamente el secreto de los ingredien-
tes: no he podido descubrir ni siquiera uno de ellos. Es entonces cuando se arroja al interior del círculo bananas envenena-
das. Después de ingerirlas, los monstruos caen semiadormeci-
dos. Una vez que esto ocurre, se envenena también los charcos
del cerco, recurso imposible si no existiese un río cercano. Durante algunos días, todo el mundo se instala en torno al vallado, listos para desalentar a cualquier elefante que intente huir.
Los nativos vuelven de tanto en tanto al villorio para buscar
alimentos. Por las noches se ponen a resguardo en las chozas de
ramas levantadas para la ocasión y redoblan la vigilancia, pues
esa es la hora en que los elefantes más activos buscan qué co-

mer. Durante la espera, el brujo está muy atareado: prepara sus hechizos y pronuncia las palabras mágicas intentando adivinar el momento propicio para atacar. Según mi opinión, calcula el tiempo en que el veneno comienza a hacer efecto; según él, son los espíritus de la selva quienes le informan cuando llega la hora. El día indicado, los cazadores más valientes penetran furtivamente en el vallado y toman posición en los árboles, mientras los demás iluminan con fuego la empalizada haciendo un terrible alboroto. Los elefantes que intentan salir, titubeantes y aterrorizados, se dejan caer. Los cazadores escondidos en los árboles, apuntan detrás del cráneo, su punto más débil.

Cuando los animales están al borde de sus fuerzas, todos los hombres ruedan al interior del vallado para acabar el trabajo. He tenido el privilegio de asistir a una caza de elefantes cuyos preparativos, descriptos aquí, ha durado dos meses. Aunque habían sido tomadas todas las precauciones, la empresa no era menos peligrosa: no podía confiarse totalmente ni en el veneno ni en la magia. El día en que los hechos tuvieron lugar, ocho elefantes fueron asesinados, pero otros tres destruyeron todo lo que encontraron en su camino, volteando incluso a los espectadores. Hubo que deplorar la pérdida de dos hombres y un bebé, aplastados como vulgares tortillas.

(…) He aquí los deportes y actividades recreativas de mis amigos fang. Tanto blancos como negros se han burlado mucho de mi parcialidad en favor de ellos, pero amo a los africanos a mi manera y no, por cierto, a la moda de Sierra Leona. Los fang tienen más que otros pueblos las cualidades que yo más aprecio en los africanos, de modo que es del todo natural que ellos tengan mi preferencia. Son valientes e imponen respeto, elemento esencial para la instauración de relaciones amistosas. En su conjunto, la raza fang es magnífica, sobre todo en las regiones montañosas de la sierra del Cristal, donde se encuentran las más espléndidas criaturas de la especie humana, tanto entre los hombres como en las mujeres. Su piel tiene un

Nativos fang amigos de Mary Kingsley

admirable color bronce claro, los hombres a menudo llevan barba y raros son los albinos. En las montañas, miden un promedio de 5,8 pies, y casi no hay diferencias entre hombres y mujeres. Sus rostros son animados, expresivos, y una vez que uno los conoce no resulta difícil identificar a un fang sin temor a equivocarse. El contraste entre ellos y el estado letárgico en que viven las tribus de la costa, en pleno declive, resulta manifiesto. Llenos de fuego, poseen un carácter alegre y ardiente, además de una aguda inteligencia. Aprenden con gran rapidez, sin que se sepa siempre cómo tomarlos, ya que hacen gala de una indiferencia absoluta por la mirada de otros seres humanos. Tal vez por eso tienen tan mala reputación entre gente con mayor autoridad que la mía: se los trata de ladrones, traicioneros, asesinos y caníbales. Pero nunca los he visto culpables de traición, aunque también es cierto que yo tampoco les he concedido una confianza excesiva.

Recuerdo un aforismo de mi amigo, el capitán Boler: *"Es*

una locura ir a internarse con los salvajes, pero una vez que esté allí,
no vale la pena pasarse de la raya". Otro de sus sabios principios
era: *"Nunca tenga miedo delante de un negro".* Cuando le pregunté qué hacer en caso de no poder impedirlo, me contestó: *"Y*
bien, entonces evite mostrarlo". Por mi parte, con toda modestia,
agregaría otra máxima: *"Es bueno no perder nunca la cabeza".*

(…) He atravesado regiones del mundo donde me he visto como un alpinista sobre la cima: en equilibrio sobre un hilo,
rodeada por amenazantes precipicios. Sin embargo, siempre me
he sentido tan segura como en el sillón de mi casa, por la simple razón de que tenía un buen conocimiento del terreno. Y no
me refiero a conocer la topografía que rodea a los pueblos de caníbales, sino la mentalidad de sus habitantes. A partir de que se
comprenden las ideas que les pasan por la cabeza, no se teme más
nada. No hay que tomar sus ideas a la ligera ni burlarse de ellas;
en ningún caso hay que pensar en sacar ventajas o tomarlas por
burdas supersticiones. Y nunca, por nada, recurrir al fácil recurso de las armas de fuego. Jamás he tenido que servirme de un fusil y espero no tener que hacerlo. En tales circunstancias, un
hombre blanco sin una tropa que lo proteja es un hombre muerto. Esta perspectiva, lejos de desalentarme, me sirvió para evitar
los obstáculos antes que mancharlos con mi propia sangre. La
condición fundamental es no perder la dignidad, en tanto ella es
el arma más certera en Africa. No conozco nada más idiota que
blandir un arma para impresionar a un adversario.

(…) En cuanto al canibalismo de los fang, aunque es
cierto que está muy difundido, no representa peligro alguno
para los blancos… siempre y cuando ellos no deban proteger-
se a sí mismos de alguna amenaza concreta. Contrariamente a
otras tribus, los fang no practican el canibalismo por motivos
rituales. Para ellos, es algo por completo natural: la carne humana les resulta deliciosa y amarían que los extranjeros también pudiesen gustar de ella. ¡Oh no, por Dios! Ellos no se con-
sumen a sí mismos, pero los habitantes de los pueblos vecinos

les resultan exquisitos. Con frecuencia se les reprocha comer a
sus parientes más cercanos, pero esta acusación es del todo
errónea. A cambio a los cuerpos que reciben de las aldeas ale-
dañas, ellos venden los de sus finados parientes. Pero no engor-
dan a esclavos para luego comerlos, como sí hacen ciertas tribus del Congo central. Entre los fang no existen los esclavos,
ni prisioneros de guerra, ni cementerios: saquen ustedes las
conclusiones que quieran. Y no cuenten conmigo para que re-
late horribles historias de caníbales: Mr. Du Chaillu[2] adora este tipo de género y lo hace mucho mejor que yo.

EL FETICHISMO

DONDE NUESTRA VIAJERA ABORDA
PRUDENTEMENTE EL TEMA E INTENTA
UNA CLASIFICACION

Después de haber relatado mis experiencias personales entre las tribus africanas todavía en estado salvaje, es decir, no influidas por las ideas y la cultura europea, quisiera
abordar las grandes líneas de la mentalidad africana, que
constituyó el motivo principal de mi viaje. Desde 1893 recogí todas las informaciones posibles sobre esta cuestión.
Utilizo los términos fetichismo y ju-ju porque ellos tienen
un sentido fijo para nosotros (un sentido convencional, es
cierto, pero muy práctico). Ni "fetiche" ni "ju-ju" son palabras nativas. La primera fue utilizada por los antiguos ex-
ploradores portugueses para designar los objetos que adora-
ban los supuestos indígenas y en los que, por alguna extra-

---

2 Explorador norteamericano de origen francés que había viajado por la región del Ogooué treinta años antes de Mary Kingsley.

ña razón, reconocían un parentesco con sus propias imágenes y reliquias de santos, *feitiço*. Ju-ju es un término francés
derivado de la palabra *joujou*[3]; no obstante, es menos apropiado que el término portugués, pues los nativos no son juguetes y en cambio se acercan más a las imágenes de santos.
En efecto, no se los venera ni por ellos mismos ni por su carácter estético, sino por estar habitados, de manera permanente o provisoria, por un espíritu.

El estudio de la mentalidad africana configura una
búsqueda apasionante. Además del interés intelectual, se
agrega una parte conectada al deporte y el peligro que nada
tiene que envidiar a la caza del horror, con la diferencia de
que mi investigación se lleva a cabo en un clima cálido, detalle capital para mí. Comprendan, no pretendo en absoluto haber adquirido un conocimiento profundo respecto del
fetichismo: no soy más que una modesta debutante. *"Ich
weiss nicht all, doch ist mir viel bekannt"*[4], como decía Fausto;
y como él, tengo mucho por aprender.

Resulta extremadamente difícil forjarse una concepción global del pensamiento de los salvajes, sobre todo de
aquellos que habitan las zonas costeras. La influencia presente y pasada de los misioneros ha alterado las pistas. En el
primer caso, porque los nativos ocultan con sumo cuidado
todo lo que sea susceptible de atraer sobre ellos burlas o
desprecio; de todos modos, guardan en lo más profundo de
sí ideas precristianas. En el segundo, aparecen tradiciones
que aun cuando fueron transformadas por las raíces africanas, tienen un innegable origen cristiano.

---

3 Algunas autoridades piensan que en realidad deriva de la palabra man-
dinga *grou-grou*, que quiere decir "encanto". Pero yo me hago la siguiente
pregunta: ¿*Grou-grou* no deriva a su vez de *ju-ju*, deformación de la francesa *joujou*? (N. del A.)

4 "No lo sé todo, pero muchas cosas me son conocidas" (Goethe).

Un claro ejemplo de esto circula entre los cabinda. Según ellos, Dios creó a todos los hombres negros (parece ser una constante en la historia africana). Luego atravesó un largo río e invitó a los hombres a seguirlo; los más valientes y los más sabios se sumergieron sumándose a su comitiva y pudieron franquear la corriente. Al salir a flote, notaron que estaban completamente blancos: estos son nuestros ancestros. Los otros, los que tenían miedo, respondieron:

–Nosotros estamos bien aquí, tenemos nuestras danzas y nuestros tam-tams; tenemos alimentos en cantidad. De modo que nos quedaremos aquí.

Y permanecieron en la primera orilla del río: ellos son los ancestros de los negros. Desde ese día, los blancos continúan haciéndoles grandes gestos desde la otra orilla mientras les gritan:

–¡Vengan! ¡Vengan! ¡Van a estar mucho mejor aquí!

Según mi punto de vista, esta historia es la versión revisada y corregida de una parábola bastante común entre los capuchinos, quienes tuvieron una gran influencia sobre los cabinda del Bajo Congo, antes de hacerse cazar por los portugueses hace ya más de un siglo por razones políticas.

En la selva, donde los nativos no han tenido o en todo caso tuvieron poco contacto con los europeos, es más sencillo realizar las investigaciones. Sin embargo, se tropieza con otro tipo de dificultades, y la primera es el lenguaje. Si bien las lenguas de Africa occidental no son difíciles de estudiar, son extremadamente numerosas y constituyen un medio de comunicación insuficiente (...)

Cuando partí por primera vez, tenía la cabeza llena de deducciones extraídas de obras etnológicas inglesas y alemanas que había leído quince años atrás. Sin embargo, un buen alumno de Cambridge me facilitó un libro fundamental, *La rama dorada*, de Fraser, que me dio una llave casi universal para comprender las costumbres y el pensamiento indígena. En realidad, descubrí con rapidez lo que no venía al caso. Su teoría resultaba conveniente para explicar una cantidad de hechos, pero sólo un pequeño número podía aplicarse a Africa occidental.

No obstante, nunca diría a nadie: *"No lean obras etnográficas"*. Por el contrario, es preciso leer, en particular libros como *Primitive Culture*, de Tylor, al que recomiendo llegar a identificar con el corazón. Nunca he visto a nadie que vaya al encuentro de deducciones tan sutiles como este eminente etnólogo, sin duda el más grande de todos. Pueden agregar a su lista *Human Marriage*, de Westermarck, así como *La antropología*, de Waitz, y toda la obra de Topinard. No es conveniente caer en el facilismo de medir cráneos y las vueltas del pecho: al igual que los blancos, cualquier negro que se respete no apreciará demasiado este tipo de caprichos de parte de un extranjero; a la primera tentativa de insistir con tales procedimientos, se le puede garantizar una perdurable enemistad. Extendería aún este catálogo para recomendar la totalidad de lo publicado por Ellis, el libro de Burton *Anatomy of Melancholy*, y por supuesto *La historia natural*, de Plinio, así como todas las obras de Aristóteles. Un buen conocimiento de los clásicos latinos y griegos no resulta por cierto inútil; por desgracia, yo no conozco más que algunos fragmentos. En cambio, estoy más familiarizada con el dogma de los indios de América (quienes, a propósito, están más relacionados con las creencias africanas que asiáticas).

Armado de estos instrumentos de observación, haciendo gala de seriedad y aplicación, usted pronto podrá clasificar mentalmente todas las informaciones confusas que ha recogido y volcarlas sobre un papel. A continuación le aconsejo confiar estas notas a un ilustre pensador que se servirá de ellas para escribir una teoría surgida de su inteligencia superior. Usted quizá se preguntará: *"¿Por qué no infor-*

mar solamente los hechos en bruto?". En efecto, es necesario aplicar estas referencias, pero no por la necesidad de citarlas. Los hechos en sí mismos no revisten ninguna familiaridad para el profano que no está familiarizado con el contexto. Tomemos por ejemplo esa leyenda de Fernando Poo que cita Winwood Reade (*Savage Africa*, pág. 62) después de haberla escuchado en dos oportunidades. Por mi parte, también he oído variantes del mismo relato en las cuatro versiones que recogí (una en Fernando Poo, otra en Calabar y dos más en Gabón). Se trata de una vieja historia:

El primer hombre reunió a toda la gente en un mismo sitio. Se llamaba Raychow.

—Escúchenme todos —les dijo—. Voy a darle un nombre a cada lugar. Soy el rey del río.

Un día llegó con su gente al hoyo de Wonga Wonga, un foso hundido en la tierra que escupe fuego por las noches. La gente se dirigió a los habitantes del interior del pozo, que permanecían invisibles.

—Desciende al foso —le dijo Raychow a su hijo, quien obedeció de inmediato. Pero el hijo del rey del hoyo fue a su encuentro para desafiarlo en el lanzamiento de la lanza. Si perdía sería asesinado, pero si ganaba podría volver a reunirse con los suyos sano y salvo. Como efectivamente ganó, el hijo del rey del hoyo le dijo:

—Tu victoria me sorprende, pues yo soy un espíritu. Pregúntame lo que quieras.

Entonces el hijo del rey del río le preguntó por un remedio por cada enfermedad en la que pensaba. El espíritu le dio los remedios y agregó:

—Has olvidado el cro-cro: morirás de esta enfermedad.

Por aquel entonces existía una tribu poderosa, los Ndiva, que hoy está extinguida (Reade afirma que aún quedan cuatro miembros). *Fueron ellos quienes le dieron al hijo de Raychow una canoa y cuarenta hombres para regresar al pueblo de su padre.*

Cuando estuvo ante él, se quedó sin decir palabra. Su padre, por el contrario, le dijo:

—Hijo mío, si tienes hambre te haré de comer.

El muchacho no respondió.

—¿Quieres que haga matar una cabra?

No respondió.

—¿Quieres nuevas esposas?

No respondió. El padre entonces preguntó:

—¿Quieres que te haga construir una choza para el fetiche?

Entonces su hijo contestó sí, y luego colocó en ella los remedios que había traído del hoyo.

—Bien —afirmó el hijo de Raychow—: voy a verter el Moondah en el Orongo (es decir, el Gabón).

Partió para abrir un canal, y cuando estuvo terminado todos sus hombres habían perecido. En ese momento, dijo:

—Voy a matar a todos los caballos de la orilla Benito.

Mató a cuatro, y cuando atravesó de una estocada al quinto, la gente de la montaña descendió para pelear con él. Entonces hizo uso de la magia y le dijo a su lanza guerrera:

¡Oh lanza mía, mata a esta gente

O esta gente me matará!

La lanza mató a todos sus enemigos, con excepción de algunos que huyeron en canoa en dirección a Fernando Poo. Su rey dijo entonces:

—Mi gente irá desnuda hasta ser sometidos por los mpongoué.

Es por eso que desde ese día los habitantes de Fernando Poo van todos desnudos y cultivan un odio particular por los mpongoué.

He aquí una bella historia, y como diría un escocés admirando una cabeza de un cordero enardecido: *"Hay otras cosas allí dentro"*. Esto es lo que podemos extraer de nuestra leyenda:

a) Aprendimos el nombre del primer hombre y su deseo de nombrar los lugares.

b) Escuchamos hablar del foso Wonga Wonga, detalle interesante dado que los nativos de hoy también evocan a un hoyo que lanza fuego. Según el Dr. Nassau, estaría ubicado en el norte de Gabón. Sin embargo, hasta el presente nadie ha podido detectar la existencia de un volcán activo en esta región (situada, eso sí, sobre terreno volcánico). Se podría creer que el cráter de la leyenda podría situarse en Fernando Poo, pues el hijo del rey debió entrar en él en barco. No obstante, yo dudo de que el foso no se encontrase en la isla y la tradición quiere que la salida del mismo se alce en una orilla.

c) Hemos aprendido que el *cro-cro* es una enfermedad tan expandida como temible, para la que no se conoce remedio (sin duda a causa del atolondramiento del joven).

d) El silencio del hijo de Raychow a las preguntas de su padre resulta elocuente: como es sabido, aquellos que han estado en contacto con los espíritus pierden por un tiempo el poder de expresar sus deseos, a menos que se les formule una buena pregunta.

e) La repentina pasión del joven por los trabajos públicos, lleva a pensar que se abre delante suyo una brillante carrera de medicina gracias a todos los remedios, testimonio únicamente de la versatilidad de los jóvenes, que ignoran dónde está el bien. En cuanto a la muerte de los obreros del canal, no debe sorprender: las experiencias recientes demuestran que la gente que trabaja en la construcción de un canal muere como moscas, sin importar que sean blancos, negros o amarillos[5]. Si nos vemos forzados a creer en esta historia del canal, me resulta sorprendente que un negro haya aceptado esta empresa. Por mi conocimiento, no hay otro ejemplo de este tipo: el hecho más notable es que el Moondah está tan próximo del estuario del Gabón, que se puede remolcar un barco por la banda de tierra que todavía los separa.

f) Al final la historia toma un giro inesperado, pero co-

<hr>

5 Clara alusión a las víctimas del Canal de Suez.

mo el Benito se encuentra al norte, no muy lejos del Moondah, la coherencia geográfica está a salvo.

g) Los habitantes de Fernando Poo aún hoy alimentan un odio poderoso por los mpongoué. Estos últimos suelen contar también una leyenda según la cual un pueblo ha cazado a otro, obligándolos a exiliarse en una isla. En cuanto a los bubi, los habitantes de Fernando Poo, reconocen un origen africano muy antiguo. Notemos que la palabra bubi proviene de una confusión lingüística cometida por los marinos que hacían escala en la isla. Para saludar a los recién llegados, los nativos utilizaban la palabra *bâbi*, que significa extranjero. Los marinos entendían *booby*[6], que parecía convenirle perfectamente a la edad mental de la población indígena. La cultura bubi, aunque remarcable en ciertos aspectos, es extremadamente primitiva. Esta gente no lleva ropas y su lengua depende de la gestualidad, por lo que no pueden comunicarse en la oscuridad.

Esta historia no es más que un ejemplo de leyenda africana. Aun cuando ellas puedan tener más o menos relación con los hechos reales, todas presentan un gran interés en cuánto se conocen a la tribu y la región a las que se hace referencia. Pero imaginen la cabeza de un etnólogo a quien se le entrega una colección de historias de esta índole sin explicarle las condiciones de vida de los nativos o las costumbres de la tribu en cuestión. Agobiado por las aparentes contradicciones o absurdos, estoy convencida de que pronto abandonaría la etnología para arrojarse frenéticamente sobre una gigantesca colección de estampillas con el fin de consumar alguna obra antes de su muerte.

---

6 Es decir, "idiota" en el argot inglés.

*I*SABELLE
*E*BERHARDT

LA *F*LOR MÁS *S*ALVAJE
DEL *D*ESIERTO

*A*lgo por completo inesperado ocurrió el otoño de 1904 junto al Djebel Mekter, en el sur de Orán. El 21 de octubre de aquel año, la ciudad de Ain-Sefra (*Fuente Amarilla*), rodeada de altas montañas a casi 1.200 metros de altitud, se vio superada por la crecida de los ríos Sefra y Mulen. En su furia, un limo ocre sepultó a la ciudad que vigilaba el desierto. Algunos días más tarde, el *Akhbar* (periódico bilingüe publicado en Argel, arabófilo y crítico de la intocable administración colonial) da cuenta de la anómala tragedia que se llevó árboles de cuajo, la mayor parte de las casas de la ribera baja (los *gurbís*), una buena cantidad de rebaños y a veintiséis personas.

El dolor lógico que provoca toda pérdida humana se vio potenciado porque entre las víctimas figuraba Isabelle Eberhardt o, si se prefiere, Mahmoud Saadi, Nadia, Mariam, Nicolai Padolonski... El nombre, en definitiva, sólo enmascaraba la cualidad con que esa muchacha de apenas 27 años concibió la vida: la pasión. Morir sepultada por las aguas en las puertas del desierto no hizo más que responder a los hados ocultos de un destino literario, expresado tanto en las letras como en la encarnadura de sus días.

Isabelle Eberhardt nació en Les Grottes, Ginebra, el 17 de febrero de 1877. Su madre, Nathalie Eberhardt de Moerder (hija natural de una alemana y un judío ruso), fue una aristócrata cuyo marido, el general y senador Pavel Karlovitch de Moerder, perteneció a los círculos privilegiados del zar Alejandro II. Los primeros tiempos de su vida conyugal, Natalia Nicolaïevna vivió en un comercio cotidiano con diversos espectros familiares: soberanos difuntos cuyos retratos juzgaban todo desde las paredes y que fueron testigos de las hazañas de su marido, historias de iconos milagrosos, pies congelados, cargas de caballería y oriflamas. A pesar de la prudencia del senador de Moerder, estos espectros gobernaban la vida familiar. Para cuando Nathalie llegó a Suiza con sus tres hijos, la pareja ya estaba destruida.

Pero no arribó sola a Ginebra: la acompañaba Alexander Trophimowsky, una suerte de sabio loco, erudito y políglota, nacido en Kherson, Ucrania, en 1826, quien se ocupaba de la educación de los niños en Rusia. Se lo suele pintar como un tipo enérgico, alto, de voz grave y profundos ojos azules. El personaje de Trophimowsky podría emparentarse con alguno de Tolstoi (a quien también frecuentó como discípulo) o Dostoievski. Su pasado conoce un confuso itinerario en donde llegó a ser descripto como un sacerdote renegado de la iglesia ortodoxa, que profesaba un nihilismo extremo y cultivó la amistad del anarquista Mikhail Bakunin e incluso era buscado por los servicios de inteligencia por oscuros planes para atentar contra la vida del zar. Lo cierto es que el carácter pintoresco y fogoso, tan lejano a la fría mesura del general, cautivó a Nathalie hasta el punto de que no dudó en huir con él. Los adúlteros se detuvieron un tiempo en Turquía y luego en Nápoles, hasta donde llegó De Moerder para intentar una reconciliación. Todo fue inútil.

En 1871, la pareja se estableció en los alrededores de Montreux y, tres años más tarde, Nathalie retornó a San Petersburgo, con la esperanza de recuperar parte de su mundo perdido al enterarse de la muerte de su marido en abril de 1873. El intento resultó imposible: ya había sido condenada. Volvió a Suiza y, con la frondosa renta heredada, en 1879 adquirió la mansión de Ville Neuve, en Meyrin, un suburbio ginebrino. Su última hija, Isabelle, contaba con dos años y fue anotada como *hija ilegítima*, ya que Trophimowsky estaba previamente casado y no se animó a reconocerla. Pese a todo, no los abandonó.

Isabelle se educó en la estricta disciplina libertaria de su preceptor (a quien llamará *"Vava"*, pero sin aceptar nunca su paternidad). Con él obtiene un saber enciclopedista: aprende griego, latín, turco, ruso, árabe, alemán e italiano, además de filosofía, literatura, geografía y nociones de química y medicina. Su casa de Meyrin es un hervidero de conspiradores rusos y turcos, además de exiliados de toda calaña. Además del saber ilustrado impartido por Vava, la educación de Isabelle se verá completada por las discusiones –a veces violentas– de los visitantes que llegan hasta su hogar y los relatos de experiencias de remotos y exóticos confines. Con su hermano Augustin mantendrá una íntima complicidad, idealizando un mundo sólo entrevisto a través de la férrea disciplina moral e intelectual. Este universo plagado de fascinaciones y secretos que tanto subyugaba a los hermanos debía atravesar una rigurosa subordinación al entrenamiento moral e intelectual.

En 1895, ella con 18 años y él 23, participan en alguna intriga nunca del todo aclarada pergeñada por los exiliados rusos junto al samovar de su casa y Augustin debe enrolarse en la Legión Extranjera para salvar su vida. Vava monta en cólera e Isabelle siente el alejamiento de su hermano como una herida mortal. Luego de recibir una esquela de Orán en donde el legionario expresa su tristeza por la lejanía, ella le contesta de inmediato el día de Nochebuena: *"Es la primera vez, mi bien amado, que vamos a pasar esta fiesta separados, separados quizá por el Tiempo y la Eternidad... Pronto hará tres meses de los besos intercambiados en el umbral de nuestra casa (...) No hay esperanza ni fe, no hay Dios al que llorar nuestro dolor sin nombre, la atroz injusticia de nuestro sufrimiento..."*.

El enclaustramiento, el desorden afectivo, sentimental y estético de Isabelle amenaza con explotar. El mundo exterior la atrae como un fruto salvaje. Como forma de exorcizar sus demonios, comienza a escribir. Entabla relación con intelectuales árabes (en particular, un judío egipcio y miope llamado James Sanua, pero que firma como Abou Nadara, quien dirige una revista en París) y traduce los versos del poeta ruso Nadson que se publican en *L'Athénée*. En una carta enviada desde Annaba años después a un amigo, Isabelle descubre sus motivos: *"Escribo porque me gusta el proceso de creación literaria. Escribo como amo, porque probablemente ése sea mi destino. Y es mi verdadero consuelo"*. Busca con desesperación pulir un estilo personal que le permita llegar a una mayor perfección en su literatura. Escribe frenéticamente, y comienza a metamorfosearse bajo seudónimos y lenguas: ruso o árabe, Nicolai Podolinsky, francés o latín. Ya había tenido suficiente. Ahora necesitaba cambiar el gélido viento que sus raíces imprimieron al pasado y la fría indolencia de su presente suizo por un futuro más tórrido, de horizontes llanos, sin obstáculos a la vista. Estaba preparada: el viaje podía comenzar.

En realidad, el vagabundaje se inicia junto a su madre, en mayo de 1897, cuando desembarcan en el puerto de Annaba, en el extremo oriental de la ciudad de Constantina (Bône), en el norte de Argelia. Pocas semanas después de su llegada, abandonan la casa del barrio europeo que les alquila el fotógrafo Louis David para instalarse en los confines de un distrito árabe. Su casa es sencilla, de adobe blanqueado a la cal, con un patio interior de naranjos enanos y mosaicos multicolores. Madre e hija pasan días felices: Isabelle cambia sus vestidos europeos por una larga *chilaba* blanca, fuma *kif* y comienza a hablar árabe con una rapidez sorprendente. También profundiza sus estudios de árabe clásico y establece íntimos lazos con la historia de ese país que un día considerará suyo. Por si faltara algo, las dos mujeres se convierten al Islam. Tampoco olvida la escritura: comenzará una novela que se llamará sucesivamente *A la dérive* y *Trimardeur* (*Vagabundo*). En la misma época corrige la primera versión de *Yasmina*, una *nouvelle* que cuenta un amor imposible entre un oficial francés y una beduina. En realidad, las metáforas del conflicto entre las dos culturas serán un tema que retornará siempre en su temática. *"Aquí no me muevo, no hablo: estudio y escribo"*, manifestó en una carta. Educada por Vava en el amor por el estudio y el conocimiento, nutrida por las ideas revolucionarias de los jóvenes que visitaban su casa de Ginebra, Isabelle no puede sino ser receptiva del nuevo universo que se abre ante ella. Continúa así formando parte de la marginalidad social de la que proviene y que siempre la condicionará.

Pero esa felicidad inicial sólo duró seis meses: el 28 de noviembre de 1897 Nathalie muere de un ataque al corazón. Isabelle está desesperada y en adelante, en sus horas de soledad, la imagen de su madre será una presencia reconfortante a la que llamará, en ruso, *"el Espíritu Blanco"*. De modo curioso, el certificado de defunción es extendido bajo el apellido falso de Nathalie Korff, y es enterrada en el cementerio musulmán. Sobre su tumba, Isabelle graba su nombre islámico: Fahtima Manoubia. De este modo, creaba también un final literario para su madre.

El comienzo de 1898 la encuentra sola en Bône. Se dice que Vava asistió a los funerales de su compañera y retornó

a su Ville Neuve. Escribe poco para esa época, pero emprende
la primera versión de su novela *Rakhil*. El letargo y la tristeza infinita provocadas por el vacío que dejó Nathalie se verán
agudizados casi de inmediato con la noticia del suicidio de su
hermanastro Wladimir, el 13 de abril, en extrañas circunstancias. Las tendencias depresivas de Isabelle la impulsan a una
huida hacia adelante. Se traslada a Argel, donde se esfuerza
por captar el alma de cosas y personas, empapándose de ellas,
buscando confundirse camaleónicamente con la gente y el paisaje. Y lo hace de modo literal. Mientras bajo la luz del sol sumerge su condición femenina en el fervor religioso, por las noches se traviste y se funde en la barahúnda de los cafés de la
casbah. Ebria de *kif*, licor o palabras, seduce a los hombres mediante su androginia. En sus diarios dejará testimonio de
aquellos días: *"¡Qué borracheras de amor bajo aquel sol ardiente!
Mi naturaleza también era ardiente y la sangre me fluía con una rapidez febril por mis venas infladas de pasión"*.

Isabelle viaja por los desiertos de Túnez deteniéndose
en Biskna, Touggourt, El Oued, Batna y los oasis del Suf. El
paisaje yermo actúa como bálsamo para su desasosiego. Cuando cree alcanzar la calma, vuelve a Ginebra para intentar des-
bloquear la herencia de su madre en Rusia. Vava está solo en
Meyrin, como una caricatura del que fue, inconsolable desde
la pérdida de su compañera, enfermo de cáncer a la garganta
y muy envejecido. De nuevo juntos en Ville Neuve, Augustin
e Isabelle cuidan de él. También encontrará a Archivir (Rehib
Bey), un joven diplomático turco/armenio a quien ya conocie-
ra de su etapa anterior. El muchacho encuentra a Isabelle más
bella y madura, y mientras espera un cargo en Oriente, se
amarán con locura. Con Archivir vivirá su amor más puro, pero éste está demasiado comprometido con los jóvenes turcos
como para establecerse con Isabelle. Finalmente, el destino no
es Oriente sino La Haya, y se separan. Por otra parte, la joven
Eberhardt está ansiosa por retornar a su amado Sur.

El 14 de mayo, en una crisis de su enfermedad, se apaga la vida de Vava. Aparentemente, les pidió a Augustin e Isabelle cloral para aliviar el dolor, pero la dosis resultó demasiado fuerte. En distintas ocasiones Isabelle hablará a sus íntimos de lo sucedido aquella noche, pero ningún testimonio permite afirmar si se trató de un error o una voluntad eutanásica lo que provocó la muerte del anciano. Vava, el *"Espíritu Blanco"* y Wladimir se convierten en una dolorosa trilogía que ella fundamenta como la negritud de un destino que se refugia en el interior de su alma eslava. Luego de dejarle un poder a Augustin para que se ocupe de las ruinas de su antiguo mundo, en junio se dirige a Toulon y de allí a Marsella para volver a Túnez. Pasa dos meses vagando por el desierto, fumando durante horas en los cafés moros o sumida en discusiones sobre el Corán con cualquier musulmán ilustrado. Por supuesto, no abandona sus atavíos árabes. Frecuenta barrios de mala reputación y el viejo cementerio musulmán de Bab El-Gorjani. Los franceses la vigilan, no confían en ella, la suponen metodista, una agente de la *pérfida Albion* para sembrar una revuelta entre los pobres y miserables. En verdad, derrocha con ellos lo poco que consiguió extraer de su pobre herencia (luego se felicitará de ello). Pero Isabelle, travestida en un muchacho alto, de voz musical y maneras algo rudas, resulta una presencia molesta para árabes y europeos. Aprende así a cultivar el rechazo. *La Revue Blanche* le encarga un relato sobre su vida en tierras del Islam. Dos cuadernos escritos en ruso, el primero titulado *Sahara* y el segundo *Vagabondages*, narran esa vivencia tunecina y el viaje que realizará semanas más tarde al sur de Constantina.

En julio abandona Túnez para hacer un viaje al Sahara que marcará su futuro. Allí adopta de modo definitivo su "personalidad amada": *Si Mahmoud Saadi* (o *Essadi*). Parte sola, haciéndose pasar por uno de esos jóvenes árabes que tienen por costumbre perfeccionar su educación recorriendo el desierto, donde los morabitos los inician en un aprendizaje espiritual. La región que visita, desde Biskra hasta Touggourt, es rica en tradiciones, y muchas de ellas se manifestarán en su literatura. Se acentúa su pasión por el viaje y los descubrimientos, en compañía de gentes sencillas, y también aparecen problemas de salud: Isabelle sufre los primeros ataques de paludismo y malaria. De todos modos, el gran oasis del Suf será para ella completamente inolvidable: El Oued se le revela como su paraíso particular.

Al finalizar el otoño, Isabelle vuelve a Túnez. Se encuentra sin dinero, Ville Neuve ha sido saqueada y decide retornar a Europa. A principios de noviembre vuelve a Marsella para reunirse con su hermano, ahora casado con Hélène (a quien Isabelle llama despectivamente *Jenny la obrerita*). El casamiento de Augustin será otro duro golpe para ella. *"Estoy solo"*, escribe, en masculino, por aquellos días. *"Estoy solo, como siempre he estado en todas partes, como lo estaré siempre en el gran universo, maravilloso y decepcionante."* Ese *"je suis seul"* con que inicia sus diarios íntimos, no es fruto de un error gramatical sino de una elección premeditada. El uso frecuente de distintos seudónimos, así como la alteración de sus referentes biográficos, termina por convertirse en su *verdadera personalidad*. Su estadía en Marsella será breve, de allí a París, Gènes, Livorno y Cerdeña, porque le habían dicho que se parecía a Africa.

En Cagliari, una especie de exilio interior, encuentra una desposesión distinta que la libera de las contingencias sociales. Trabaja con fervor, llenando las páginas de sus diarios y elaborando relatos, termina la primera de las tres versiones de *Trimardeur*. En febrero de 1900, vuelve a París luego de otra breve estadía en Marsella y Abbou Naddara la pone en contacto con Lydia Paschkoff, gran viajera, escritora y corresponsal del *Figaro* en San Petersburgo. Entablan una intensa relación epistolar, en donde la rusa la asesora en su destino literario. Isabelle vuelve a Ginebra cansada del "mundillo" mezquino que cree percibir en los círculos intelectuales parisinos, aun cuando a menudo se habla de ella con interés. En su ciudad natal, vuelve a sentir los pesados fantasmas de antaño, aunque alguien la ayuda a mitigar la confusión y el dolor: una vez más, Archivir. También conoce a Vera Popova, y los tres formarán un extraño triángulo en donde fundirán una deliciosa y pausada amistad. Vera le enseña a Isabelle nuevas sensibilidades, y estimula su necesidad de progresar en el desarrollo de su estética. *"Siento una vez más, con una intensidad ardiente, la necesidad de trabajar el terreno baldío, casi sin cultivar, de mi inteligencia, mucho más retrasado que el de mi alma."* Lee mucho y consigue culminar la versión definitiva de *Rakhil*.

Aprovechando el encargo de la marquesa Medora Mendes para que investigue la extraña muerte de su marido en Túnez, Isabelle siente la oportunidad de volver a reencontrarse con su múltiple y auténtico yo. *"Revestir lo antes posible la personalidad amada que, en realidad es la 'verdadera', y volver allá, a África, para reemprender mi vida…"*, escribe entonces. El 4 de agosto de 1900, un año exacto después de su encuentro con El Oued, Isabelle vuelve al oasis con el deseo de instalarse allí. Después de algunas investigaciones que la hacen sospechosa a los ojos de las autoridades militares, Isabelle se desinteresa por el asunto de la marquesa y pasa los días galopando por el desierto en su caballo Suf. Con él recorrerá *el país de arena* suplantando para siempre a Isabelle Eberhardt. Podemos imaginar la sorpresa de aquellos que descubren que ese joven imberbe, alto, de aspecto hermafrodita, intensamente perfumado al gusto árabe, en realidad es una mujer europea. Y no menos, la sorpresa del espahí[1] Ehuni Slimène, con quien habrá de convivir por el resto de sus cortos días. *"Slimène es el esposo ideal para mí, que estoy fatigado, cansado y harto*

---

1 Aunque este vocablo proviene del persa (*cipahi*) para designar así a los soldados de caballería turcos, se hizo extensivo a los soldados de origen árabe del antiguo ejército francés en Argelia.

de la soledad que me rodea", le escribe en una carta a Augustin.

Por supuesto, la unión con Slimène, sus hábitos masculinos y su congénito anticonvencionalismo provocarán escándalos tanto en la comunidad islámica como en la occidental. Sin embargo, Isabelle/Mahmud busca refugio en el Islam y el convulsivo amor por Slimène viajando por las rutas de los oasis. Visita con frecuencia al morabito de la *zaouia*[2] de Guemar, y la cofradía de los Qadrigya le otorga el rosario que la convierte en iniciada. Su existencia en El Oued es tranquila y sus apetitos casi ascéticos: fundirse más íntimamente con la geografía y las gentes del Suf, cabalgar por las rutas de los oasis (El Merayer, Ourlana, Bordj, Terajen, Touggourt), ensimismarse en la religión y amar a Slimène.

En enero de 1901, luego de sobreponerse a una enfermedad, durante una reunión de notables en Behima, es atacada logrando salvar de milagro su vida. Mientras conversaba despreocupadamente, sintió un duro golpe en la cabeza. En un intento reflejo por alcanzar su arma, se levantó tambaleándose y otros dos furiosos sablazos se descargaron sobre un brazo. Una cuerda de tender interpuesta en el trayecto del primer golpe amortigua el efecto y le permite escapar a una muerte segura. El oscuro atentado (aparentemente a causa de la rivalidad de dos cofradías religiosas y sus inconvenientes preguntas por la muerte del marqués de Morés), le sirven de excusa a las autoridades coloniales para expulsarla del territorio hasta la vista del juicio. El proceso conmocionó al país y en él, celebrado en Constantina el martes 18 de junio, Isabelle no sólo defendió piadosamente a su agresor, Abdallah ben Si Mohammed, sino que pasó de víctima a victimaria: es expulsada de Argelia luego de una campaña de prensa injuriosa. Al parecer Isabelle es indeseable por varios motivos,

---

2 El morabito (del árabe *morábit*, ermitaño) suele habitar en una *zaouia* o *zagüia*, escuela coránica, residencia del morabito, juzgado y lugar de oración.

entre los que figura su pasado anarquista, pero sobre todo su inquietante presente: sus paseos en ropas masculinas, sus inquisi-
ciones relativas al asesinato del marqués, su amistad con el morabito Si Lachmi, sospechoso de practicar un doble juego político. Abdallah, perteneciente a la cofradía de los *tidjaniya* (aliada
a los intereses de Francia), para algunos fue un mero instrumento de oscuros intereses, aunque muchos han querido ver en él la
obra de un místico, una ejecución religiosa, y la utilización del
sable, un arma sagrada, sería la prueba. Isabelle, marcada por la
muerte prematura de sus seres queridos, se identifica con su
agresor ligando su destino al de él, y antes de partir al exilio firma una petición para que se conmute su pena de veinte a diez
años de prisión. Ambos están ligados a la misma voluntad divina: la que ha guiado la mano de Abdallah le permite escapar a
la muerte. Para Isabelle, absolver a Abdallah es también una forma de eludir la decepción, ya que se siente traicionada, tanto por
ese mundo musulmán al que quiso adherirse como por Francia.
También se castigó a Slimène trasladándolo a Batna, más que
por el carácter escandaloso de su relación con Isabelle, por la naturaleza conflictiva que rodea a su compañera. Es bueno recordarlo: cuando todo esto sucede tiene apenas veinticuatro años.

Behima es un punto de inflexión en su vida. Se encuentra dividida entre el desánimo y el vigor, la tristeza y la
exaltación. En Batna, antes de partir, lee mucho (a D'An-
nunzio, Dostoievski…) y escribe largas páginas sobre el
amor al pensamiento y la belleza del arte, y siente una fuerza creadora que se renueva en su interior. Con este curioso
estado espiritual, parte el 14 de julio de 1901 hacia su exilio en Marsella. Es doloroso (sobre todo por su separación de
Slimène), pero le sirve para retomar sus incursiones literarias
marcada por el estilo de Pierre Loti, Eugene Fromentin y los
hermanos Goncourt. Isabelle no puede sustraerse a los estertores del posromanticismo favorecido por la moda del orien-
talismo en pintura y literatura. Géneros que gozaban de la

demanda ávida de un público fascinado por la simplificación de lo sensual del mundo exótico: velo ideológico que cubría la impudicia de la *ultima ratio* de la penetración y el dominio francés en el norte de Africa.

En octubre, cuando Slimène llega a Marsella tras complejas gestiones, se casan. De ese modo, Isabelle se convierte en súbdita francesa y ya no hay motivos que le impidan retornar a Argel. El 15 de enero de 1902, a las ocho de la noche, Isabelle desembarca del *Duque de Braganza* en Bône, como cinco años antes había hecho con Nathalie. Nuevamente en el Mahgreb, toma contacto con Victor Barrucand, editor del *Akhbar*, donde habrá de publicar buena parte de su producción. La pareja se radica en Tanas, a doscientos kilómetros de la capital argelina. La intención de llevar una vida recatada dura poco: Isabelle vuelve a sus ropajes masculinos, se mezcla en peleas y borracheras, fuma kif, mantiene numerosos amoríos. Como años antes, durante el día cultiva su espiritualidad visitando la eremita Zella Zeynet, en Bou Saada. A pesar de sus desórdenes, es una etapa de prolija producción literaria. En el *Akhbar* son frecuentes sus colaboraciones sobre temas realistas del sur oranés. Comienzan a editarse sus novelas y relatos más largos (*Yasmina*, *Heure de Tunis*, *Le Magicien* y *Trimardeur*).

En 1903, colaborando con Barrucand en una campaña electoral en Tanas, es víctima de nuevas injurias por parte del partido Colon (obviamente colonialista) a través de los periódicos *La Petit Gironde* y *L'Union Républicaine*. El presidente de la República, Emile Laubet, durante un viaje a Argelia participa de un banquete al que Isabelle asistirá como periodista del *Akhbar*, donde volverá a ser desacreditada por sus hábitos heteróclitos, lo que motivará una enérgica respuesta de ella a *La Petit Gironde* en forma de artículo autobiográfico.

Por si algo faltaba a su vida, a comienzos de 1904, el general reformista francés Lyautey le pide su colaboración

en la "colonización pacífica" del sur oranés. Isabelle, fiel a
su eclecticismo ideológico, acepta. Tiene como misión me-
diar un estatuto de paz con las aguerridas tribus de la frontera marroquí en Kenadsa, una zona que es una suerte de estado teocrático aliado al sultán de Marruecos. Al cabo de
seis meses de infructuosa espera en la región, enferma de
gravedad: la malaria, el tifus, el paludismo y la sífilis la en-
vejecieron prematuramente. De modo profético, escribe:
*"Dentro de un año, por estas fechas, ¿viviré todavía?... He llega-
do a la conclusión de que no hay que buscar la felicidad. Se la encuentra por el camino, aunque siempre en sentido contrario... La he
reconocido muchas veces..."*.

De vuelta a Ain Sefra debe ingresar al hospital. Sin estar del todo restablecida, lo abandona para guardar reposo en
su *gurbí* de la parte baja de la ciudad. Pocos días más tarde,
la noche de lodo será su refugio definitivo. Los soldados de
Lyautey rescatarán los manuscritos dispersos y cubiertos de
barro de Isabelle, su *alma en pena*. Barrucand trabajará en
ellos y, con un exceso de celo improcedente y para muchos
reprobable, dará a conocer algunas colecciones de relatos que
incluso firmará con su legítimo nombre. Los manuscritos
originales de sus diarios, libros de notas y correspondencia,
los recuperará el escritor René Louis Doyon en 1921. Habían sido vendidos por Slimène diez años antes a una mujer
en Bône. La adversidad que se imantó a la vida de Isabelle la
perseguirá incluso después del fin de sus días buscando eli-
minar cualquier rastro de su existencia: en 1907 Slimène
muere de tisis y siete años más tarde Augustin se suicida.

Su vida fue su mejor novela, aunque, paradójicamen-
te, ésta alimentara su vida. *"Escribir es algo precioso y espero que
con el tiempo, cuando vaya adquiriendo la sincera convicción de que
la vida real es hostil e inextricable, sabré resignarme a vivir esa
otra vida, tan dulce y placentera."* Lyautey dijo no saber si amar
en Isabelle a la mujer de letras, al caballero intrépido o al

nómade endurecido. Su Oriente no era imaginario, y sin serlo, creó con su vida una fantástica ilusión, un paisaje virulento y sereno a la vez, un relato tan refrescante como el oasis de El Oued. No es mal sitio para detenerse a beber.

AYUNTAMIENTO
DE *AIN-S*EFRA

ACTA DE DEFUNCION

"E*l 25 de Octubre de 1904, a las once de la mañana, ante nosotros, Designy, Charles, capitán..., desempeñando las funciones de funcionario civil, han comparecido Bourqui, Jules, secretario, y Orsini, Jean Martin, secretario de estado mayor..., los cuales han declarado que el 21 de octubre, a las once de la mañana, ha falleci-do en Ain-Sefra la llamada Isabelle-Marie-Wilhelmine Eberhardt, esposa de Ehnni Seliman..., nacida en Ginebra, con 27 años de edad, hija de* (en blanco) *y de* (en blanco). *Después de habernos asegurado del deceso, hemos levantado la presente acta que, una vez leída a los comparecientes, ha sido firmada por ellos y por nosotros..."*

EL DRAMA DE BEHIMA

E*l* 27 de junio de 1901, *La Dépêche Algérienne* relató pormenorizamente el proceso de Abdallah ben Ahmed, que también resultó el de su víctima, Isabelle Eberhardt (a quien se describe *"ataviada como una indígena"*). Estos son algunos de los fragmentos más significativos del juicio:

*Un curioso retrato de Isabelle
vestida de mujer*

...El presidente del Tribunal procedió entonces al interrogatorio del acusado, quien antes, lívido y apenas pudiendo hablar, dijo llamarse Abdallah ben Si Mohammed, ser comerciante en Behima, pero ignoraba lugar y fecha de su nacimiento. Sobre las circunstancias de la acusación que pesaba sobre él, respondió:

—No, no golpée a una europea, golpée a una musulmana por mandato divino. Un día recibí una misión de Dios: se me ordenaba ir al Djerid, pasando por Behima, donde debía encontrar a Mlle. Eberhardt que estaba provocando desórdenes en la religión musulmana. También se me apareció un ángel para decirme que Si Mohammed-el-Lachmi, morabito de la secta de los Qadrigya, iba de camino hacia Túnez acompañado de Mlle. Eberhardt, quien llevaba ropas masculinas —lo cual es contrario a nuestra fe— sembrando así el conflicto en nuestra religión. Después de haber recibido ese mandato divino, ayuné cinco días sin ver a mi mujer y mis hijos. El sexto día llegó el morabito Ben-el-Lachmi. Entonces dejé mi casa para ir a ver al que entre nosotros es considerado un segundo Dios. El ángel volvió para decirme que matara a la europea a causa de la discordia que estaba sembrando en nuestra religión. Entonces tomé un sable y cometí el crimen que ya conocen. En aquel momento, aunque hubiera fusiles apuntándome, no me habrían impedido ejecutar tal acto. Ahora mis sentimientos son distintos, y quisiera pedir disculpas a la mujer que golpée.

EL ABOGADO, DR. DE LAFFONT: *¿Cuál era la naturaleza de los desórdenes provocados por Mlle. Eberhardt?*

EL ACUSADO: *Se vestía de hombre. Tenía además la sospecha de que ella era amante del morabito El Lachmi (murmullos en la sala).*

EL PROCURADOR GENERAL: *El acusado mantiene que usted provocaba el desorden en la religión musulmana.*

ISABELLE EBERHARDT: *Ha variado de sistema de defensa muchas veces.*

EL PRESIDENTE: *Díganos si el hecho de que una mujer lleve ropas masculinas está considerado como un insulto a la religión musulmana.*

ISABELLE EBERHARDT: *Simplemente, se considera inadecuado.*

EL PRESIDENTE: *¿Por qué lo hace entonces?*

ISABELLE EBERHARDT: *Es práctico para montar a caballo.*

LLANTO DE ALMENDROS

A Maxime Noiré,
el pintor de los horizontes en llamas
y del llanto de los almendros.

*B*u-Saada, la reina bermeja, vestida con oscuros huertos y resguardada por colinas violetas, duerme, voluptuosa, sobre la orilla escarpada del *ued*[3], donde el agua murmura entre guijarros blancos y rosas. Inclinados con soñadora indolencia sobre los bajos muros terrosos, los almendros, acariciados por el viento, lloran lágrimas blancas... Su suave perfume flota en la nívea tibieza del aire, evocando una cautivadora melancolía.

Es primavera y, bajo esa apariencia de languidez y de final estremecido de las cosas, la vida se incuba, violenta, llena de amor y vehemencia. La savia poderosa asciende desde los depósitos misteriosos de la tierra para salir a la luz con renovada embriaguez.

El silencio de las ciudades del sur reina en Bu-Saada, y escasos transeúntes visitan la medina. En cambio, por el *ued* de cuando en cuando pasan hileras de mujeres y muchachas con vestidos de colores deslumbrantes. *Malafas*[4] de color violeta, verde esmeralda, rosa vivo, amarillo limón, granate, azul cielo, naranja, rojo o blanco, bordados de flores y estrellas multicolores... Cabezas tocadas con el complicado peinado sahariano, compuesto de trenzas, manos de oro y plata, cadenitas, espejitos y amuletos, o coronado de diademas adornadas con plumas negras. Todo ello pasa, centellea bajo el sol. Los

---

3 *Oued* o *ued*: Río.
4 *Malafa*: Vestido de las beduinas, semejante a una túnica.

grupos se forman y deshacen en un arco iris que cambia sin cesar, como enjambres de graciosas mariposas.

Y también se ven grupos de hombres vestidos de blanco, encapuchados, con rostros graves y morenos, que desembocan en silencio desde callejuelas ocres…

Hace años que dos viejas se sientan desde la mañana a la noche delante de una choza de barro secada al sol amigo. Llevan puestas unas *malafas* rojo oscuro, cuya gruesa lana forma pesados pliegues alrededor de sus cuerpos de momias. Peinadas a la manera del lugar, con trenzas de lana roja y de cabellos grises teñidos con alheña de un naranja vivo; de sus cansadas orejas cuelgan pendientes macizos que sostienen cadenitas de plata enganchadas a los pañuelos de seda del peinado. Collares con monedas de oro y pasta aromática endurecida, además de pesadas placas de plata cincelada, cubren sus pechos hundidos. Cada uno de sus escasos y lentos movimientos hace tintinear todos aquellos adornos, así como las pulseras tachonadas que rodean sus tobillos y los brazaletes de sus huesudas muñecas.

Inmóviles como viejos ídolos olvidados, a través del humo azul de sus cigarrillos, miran a los hombres que pasan y que ya no les dirigen la mirada. Los jinetes, los cortejos de bodas, las caravanas de camellos o de mulas, los viejos caducos que antaño fueron sus amantes: todo el movimiento de la vida ya les resulta ajeno. Los ojos apagados, agrandados en forma desmesurada por el *kehol*, las mejillas plenas de maquillaje a pesar de las arrugas, los labios pintados… Todo ese aparato proyecta una sombra siniestra sobre los viejos rostros demacrados y sin dientes.

Cuando eran jóvenes, Saadia, de rostro fino, aguileño y moreno, y Habiba, blanca y frágil, amenizaban el ocio de los *bu-saadi* y los nómades. Ahora, ricas, adornadas con el producto de su rapacidad de ayer, contemplan en paz el tornasolado panorama de la ciudad en la que el Tell se encuentra con el Sahara y las razas de Africa vienen a mezclarse. Y sonríen…

¿Sonríen a la vida que continúa su camino inmutable y sin ellas o a sus recuerdos? Quién sabe...

En las horas en que la voz lenta y quejumbrosa de los almuédanos llama a los creyentes, las dos amigas se levantan y se prosternan en una estera inmaculada, levantando un sonoro tintinear de joyas. Poco después vuelven a su sitio y a sus ensoñaciones, como si esperaran a alguien que no llega. A veces intercambian algunas palabras.

–Mira, Saadia, allí. *Si* Chalal, el *cadí*...[5] ¿Recuerdas cuando era mi amante? ¡Qué apuesto jinete era entonces! ¡Con qué destreza levantaba su yegua negra! Y qué generoso, aunque todavía era un simple *adel*[6]. Ahora está viejo... Necesita dos criados para poder montar en la mula, tan mansa como él, y las mujeres no se atreven a mirarlo a la cara... ¡A él, a quien comía a besos con los ojos!

–Sí... ¿Y *Si* Alí, el teniente, que había venido con *Si* Chalal siendo un simple *espahí* y a quien yo quise tanto? ¿Te acuerdas de él? También era un jinete audaz y muy buen mozo... ¡Cómo lloré cuando se fue a Medeah! El se reía, estaba contento; apenas lo nombraron cabo, me olvidó... Los hombres son así... Murió el año pasado... ¡Dios tenga misericordia de él!

A veces cantan canciones de amor que suenan de modo extraño en sus gargantas de voz temblorosa, casi apagadas ya. Y así viven, despreocupadas, entre los fantasmas de otro tiempo, esperando a que les llegue su hora.

El sol rojo asciende lentamente por detrás de las montañas envueltas en una ligera bruma. Un resplandor púrpura cubre la superficie de las cosas con un pudoroso velo. Los

---

5 *Cadí*: Juez musulmán.
6 *Adel*: Especie de notario. Actuaba junto al *cadí* como testigo de bodas, testamentos y otros procesos de carácter judicial.

rayos nacientes siembran garzas de fuego en las cimas de las palmeras y las cúpulas plateadas de los morabitos parecen de oro macizo. Durante unos instantes, toda la ciudad bermeja se inflama como abrasada por una llama interior, mientras que la parte baja de los huertos, el lecho del *ued* y los estrechos senderos permanecen en la sombra, imprecisos, como henchidos de una humareda azul que diluye las formas, suaviza los ángulos, abriéndose a lejanías misteriosas, entre los muros bajos y los troncos tallados de las palmeras... En la orilla del río, el resplandor encarnado del día tiñe de rosa las lágrimas dispersas, cuajadas como nieve cándida, de los pensativos almendros.

Ante la vivienda de las dos viejas amigas, el viento fresco acaba de dispersar la ceniza del brasero apagado, llevándosela en un pequeño torbellino azulado. Saadia y Habiba no están en el sitio de costumbre.

Del interior llega un lamento a veces ronco, a veces estridente. En torno a la estera donde está acostada Habiba como un paquete amorfo de tela roja, sobre cuya rígida inmovilidad centellean de modo extraño las alhajas, Saadia y otras amadoras del pasado se lamentan, desgarrándose el rostro a arañazos. El tintineo de sus joyas acompaña cadencioso el lamento de las plañideras.

Al alba, Habiba, demasiado vieja y demasiado gastada, ha muerto sin agonía, lentamente, porque las ganas de vivir se le habían apagado para siempre.

Lavan su cuerpo con abundante agua, lo envuelven en telas blancas sobre las que vierten bálsamos. Luego, la acuestan con el rostro dirigido hacia el oriente. Hacia el mediodía, llegan los hombres que llevarán a Habiba a uno de los cementerios sin vallas donde la arena del desierto hace rodar libremente su eterno oleaje contra las innumerables piedritas grises.

Se acabó. Y Saadia, sola desde entonces, ha vuelto a ocupar su sitio. Con el humo azul de su eterno cigarrillo, acaba de escaparse el poco de vida que aún queda en ella, mientras que en la orilla del *ued* lleno de sol y a la sombra de los huertos, los almendros dejan de llorar lágrimas blancas con una triste sonrisa primaveral.

LA MANO

*R*ecuerdo una imagen de cuatro años atrás, una imagen del Suf árido y llameante, de la tierra fanática y espléndida que yo amaba y que por poco me retiene para siempre en alguna de sus necrópolis sin tapias ni tristezas.

Era de noche, al norte de El-Ued, en el camino de Behima. Un *espahí* y yo volvíamos en silencio de una marcha a una lejana *zagüia*. ¡Oh, aquellas noches de luna en el desierto, noches incomparables de esplendor y misterio!

El caos de las dunas, las tumbas, la silueta del gran minarete blanco de Sidi Salem dominando la ciudad, todo se difuminaba, se fundía, tomaba un aspecto vaporoso e irreal. El desierto, por el que se derramaban resplandores rosas, glaucos, azules y reflejos plateados, se poblaba de fantasmas. Ningún contorno neto y claro, ninguna forma precisa en el centelleo inmenso de la arena. Las dunas lejanas semejaban nubes amontonadas en el horizonte, y las más cercanas se desvanecían en la claridad infinita de las alturas.

Pasamos por un estrecho sendero, bordeando un pequeño valle gris salpicado de piedras erguidas: el cementerio de Sidi Abdalá. Nuestros cansados caballos avanzaban sin ruido por la arena seca y movediza. De pronto vimos una forma negra descendiendo por la otra vertiente del valle en dirección al cementerio. Era una mujer, e iba vestida con el *malafa* oscuro del Suf, a la manera helénica.

Sorprendidos y un poco inquietos, nos detuvimos y la

seguimos con la mirada. Dos palmas frescas, erguidas sobre un túmulo, indicaban una sepultura muy reciente. La mujer, cuyo rostro apergaminado y lleno de arrugas iluminaba en aquel momento la luna, retiró las palmas y se arrodilló. Luego, comenzó a escarbar con las manos en la arena, muy rápido, como suelen hacer los animales del desierto. Realizaba esta tarea con saña: el agujero negro se abría con rapidez por encima del sueño y la putrefacción anónima que encerraba.

Al fin, la mujer se inclinó sobre la tumba abierta. Al incorporarse, sostenía una de las manos del muerto. Una mano cortada por la muñeca, una pobre mano yerta y lívida.

Con gran velocidad, la vieja rellenó el agujero y volvió a plantar las palmas verdes. Después, escondiendo la mano en la *malafa*, reemprendió el camino a la ciudad.

Entonces, el espahí, pálido y jadeante, tomó su fusil, lo cargó y apuntó. Lo detuve.

−¿Para qué? ¿Acaso nos incumbe? Que Dios la juzgue.

−¡Oh, Señor, Señor! −repetía el espahí horrorizado−. ¡Déjame que mate a la enemiga de Dios y de sus criaturas!

−Antes debes decirme qué es lo que va a hacer con esa mano.

−¡Ah, tú no lo sabes! Es una maldita bruja. Con la mano del muerto va a amasar pan. Y a aquel que haya comido pan amasado con la mano de un muerto robada un viernes de luna llena, se le seca el corazón y muere lentamente. Se vuelve indiferente a todo y un horrible retraimiento del alma se adueña de él. Se debilita y fallece. ¡Dios nos libre de ese maleficio!

La vieja había desaparecido en el suave resplandor de la noche, encaminándose hacia su oscura tarea. Volvimos a tomar en silencio el camino a la ciudad de las mil cúpulas, pequeñas y redondas, que parecen transformar de un extremo a otro del horizonte los monstruosos lomos del Erg en una gigantesca ciudad de las *Mil y Una Noches,* poblada de duendes y encantadores.

PALABRAS DE ARENAS

(DIARIOS Y CARTAS)

Cagliari, 1° de enero de 1900

Estoy *solo*, sentado frente a la inmensidad gris del mar rumoroso… Estoy *solo*, solo como siempre lo he estado en todas partes, como lo estaré siempre en el gran universo, maravilloso y decepcionante… *Solo*, y tras de mí hay un mundo de esperanzas defraudadas, ilusiones muertas y recuerdos cada día más lejanos, ya casi irreales.

Estoy solo y sueño…

Y a pesar de la tristeza profunda que invade mi corazón, mi ensoñación no es en absoluto desolada ni desesperada. Después de los últimos seis meses tan atormentados, tan incoherentes, siento que mi corazón se ha templado y a partir de ahora será invencible, inconmovible incluso en las peores tempestades, en la destrucción y el duelo. Por la experiencia profunda y sutil de la vida y de los corazones humanos que he adquirido (¡al precio de qué sufrimiento, Dios mío!), preveo el extraño y triste encantamiento que supondrán para mí estos dos meses aquí, adonde he venido a parar por azar, en gran medida por mi prodigiosa despreocupación de todo, de todo, salvo este mundo de pensamientos, sensaciones y sueños que representa mi *yo* real y que está herméticamente cerrado a los ojos de *todos*, sin ninguna excepción.

De cara a la galería, adopto la máscara ficticia del cínico, del licencioso y del indiferente… Hasta hoy, nadie ha sabido penetrar esa máscara y percibir mi *verdadera* alma, este alma sensitiva y pura que planea tan alto, por encima de las bajezas y de los envilecimientos adonde me gusta arrastrar mi ser físico, por desprecio de las convenciones y también por un extraño deseo de sufrir...

(...) Seguiré siendo pues, obstinadamente, el borracho, el depravado y alborotador que este verano emborrachaba su cabeza loca y perdida en la inmensidad embriagadora del desierto, y este otoño a través de los olivares de El Sahel tunecino.

¿Quién me devolverá las noches silenciosas, las cabalgatas ociosas por las llanuras saladas de Oued Righ' y las arenas blancas del Oued Suf? ¿Quién me devolverá la sensación triste y feliz que invadía mi corazón abandonado en mis caóticos campamentos, entre mis amigos fortuitos, espahís o nómadas, ninguno de los cuales sospechaba de esta personalidad odiada y renegada con que la suerte para mi desgracia me ha disfrazado?

¿Quién me devolverá jamás las cabalgatas desenfrenadas a través de los valles y los montes de El Sahel, al viento del otoño, cabalgatas embriagadoras que me hacían perder toda noción de realidad en una maravillosa ilusión. En este instante, como siempre en todas las horas de mi vida, sólo tengo un deseo: revestirme lo más deprisa posible de la personalidad amada que en realidad es la *verdadera*, y volver allí, a Africa, a reemprender aquella vida...

(...) No lamento ni deseo nada más... Sólo *espero*. Así, nómada y sin más patria que Islam, sin familia y sin confidentes, solo, solo por siempre jamás en la soledad altiva y oscuramente dulce de mi alma, continuaré mi camino por la vida hasta que suene la hora del gran sueño eterno de la tumba...

Mahmoud Essadi

Y la eterna, la misteriosa y angustiosa pregunta se plantea una vez más: ¿dónde estaré, en qué tierra y bajo qué cielo dentro de un año a esta misma hora?... Sin duda muy lejos de esta pequeña ciudad sarda... ¿Dónde? ¿Estaré aún entre los vivos ese día?

Ginebra, 15 de junio de 1900

> *Id a los caminos, mirad y preguntad cuáles son los viejos senderos, cuál es la buena vía; tomadla y hallaréis el reposo de vuestras almas* (Jeremías, VI, 16).

Todavía en la monotonía del presente, todavía un sueño, todavía una nueva embriaguez...

¿Cuánto durará? ¿Cuándo sonará el toque de agonía? ¿Cuál será el mañana? Sea como fuere, el recuerdo de esos pocos días que fueron *mejores* y más *vivos*, me será siempre querido, unos instantes arrebatados a la desesperante banalidad de la vida, aquellas suaves horas de la nada. Sólo me sentiré atraído por las almas que sufren este elevado y fecundo sentimiento llamado descontento de uno mismo, sed del ideal, de ese algo místico y deseable que debe inflamar nuestras almas, elevarlas hacia las esferas sublimes del más allá... Jamás me atraerá la serenidad de la meta alcanzada y para mí, los seres verdaderamente superiores son aquellos que sufren del mal sublime de la perpetua creación de un yo mejor.

Odio a aquel que está satisfecho de sí mismo y de su suerte, de su espíritu y de su corazón. Odio la estúpida jactancia del burgués *sordo, mudo y ciego, y que no volverá sobre sus pasos...*

Hay que aprender a *pensar*. Es largo y doloroso, pero sin eso, nada se puede esperar de la felicidad individual, de esa felicidad que, para tales seres, sólo puede provenir de la existencia de un *mundo especial*, de un mundo cerrado, que debería hacernos vivir y sernos suficiente (...)

El Oued, 18 de agosto de 1900, 3.30 de la tarde

Ayer por la tarde fui solo y a caballo junto al camino de Touggourt a las poblaciones sembradas a su lado (...) Retomado el camino de El Oued, al ocaso. En la duna grisácea contemplé cómo caía la arena indefinidamente, como las olas blancas de un mar silencioso. Hacia el Oeste, la cumbre de una gran duna puntiaguda parecía humear como un volcán. Luego el sol, primero amarillo y envuelto en vapores sulfurosos, se coloreó poco a poco con sus ricos tintes de apoteosis... Ayer, mientras montaba a caballo, escuché muy cerca los lamentos que anuncian la muerte en los países árabes. Es la hija pequeña de Salah el espahí, hermana del pequeño Abd-el-Qader, que ha muerto. Y hoy, en una tienda del mercado, he visto a Salah jugando y riéndose con su hijo.

Ayer, a la hora del mogreb, enterraron a la pequeña bajo la cálida arena. Ella se ha oscurecido para siempre en la gran noche del más allá, como esos rápidos meteoros que a menudo atraviesan este cielo profundo...

El Oued, 14 de diciembre de 1900, 2 de la tarde. Viernes

Hace cada vez más frío. Ayer, al anochecer, reinaba una espesa neblina que me recordó los brumosos días de *la tierra de exilio*. Aquí el invierno será duro, sin fuego y sin dinero... Y sin embargo, no tengo ningunas ganas de dejar este extraño país... El otro día, sentada con Abd-el-Qader en el patio de la *zaouia* de Elakbab, contemplaba con sorpresa el extraño decorado: cabezas singulares, semiveladas de gris, de *chaambas* morenos, rostros casi negros, enérgicos hasta lo salvaje, de Troud del Sur... Todo eso en el deteriorado patio, rodeando al enorme jeque pelirrojo de dulces ojos azules...

¡Qué destino singular el mío! Si añoro algo, son mis sueños de trabajo literario... ¿Se realizarán jamás? Entre mis recuerdos del Sur, el más vivo será sin duda el de aquel día memorable en que tuve la oportunidad de asistir al más bello de los espectáculos: el regreso del gran morabito Si Mahmoud Lachmi, ser fascinante, indefinible y atrayente que me encantó en Touggourt por su particular personalidad… Lachmi ha nacido para ejercer un misterioso ascendiente sobre las almas aventureras… Extasis especial de aquella mañana irisada y pura de invierno, del polvo, de la música salvaje de los *nefsa-soua* de Bendar, de los gritos frenéticos de la multitud que aclamaba al descendiente del profeta, al santo de Bagdad, y galopadas furiosas, insensatas, en la humareda y el ruido.

El Oued, 18 de enero de 1901[7]

(…) Me he apegado a este país aunque sea uno de los más desolados y violentos que existen. Si alguna vez tengo que abandonar la ciudad gris de innumerables bóvedas y cúpulas, perdida en la inmensidad gris de las dunas estériles, me llevaré conmigo la intensa nostalgia del rincón perdido de la tierra donde tanto he pensado y sufrido y donde también he encontrado al fin el afecto simple, ingenuo y profundo, el único que ilumina en estos momentos mi triste vida como un rayo de sol.

Hace demasiado tiempo que estoy aquí y el país es demasiado cautivador, demasiado simple en sus líneas de inquietante monotonía, para que ese apego sea tan sólo una ilusión pasajera y esteticista. No, ciertamente nunca, ningún otro lugar de la tierra me ha embrujado y encantado como las soledades movedizas del gran océano deseco que lleva desde las llanuras pedregosas de Guemar y las profundidades malditas del *chott*[8] Mel'riri a los desiertos sin agua de Sinaún y Ghadames.

A menudo, durante el ocaso, apoyada en el ruinoso parapeto de mi vieja terraza, esperando la hora que el *muecín* vecino anuncie que el sol ha desaparecido del horizonte y puede romperse el ayuno, contemplando las dunas rojizas,

---

7 Carta a su hermano Augustin.
8 *Chott*: Rivera, lago.

violetas, sangrientas o lívidas bajo el cielo espeso y negro del invierno cada vez más glacial, siento que me invade una gran tristeza, una especie de angustia sombría (...) Y entonces me parece que bajo la gran noche violeta, las dunas enormes que se acercan y elevan como bestias monstruosas, encierran cada vez más mi ciudad y mi morada, la última del barrio de los *ouled-ahmed*, para preservarnos aún más celosamente y para siempre.

Entonces mascullo esta frase de Loti: *"¡Amaba a su Senegal, el infortunado!"*.

Sí, yo amo a mi Sahara con un amor oscuro, misterioso, profundo e inexplicable, pero real e indestructible. Ahora me parece que ya no podría volver a vivir lejos de estos países del Sur (...).

9 de febrero de 1901

Siendo el mal un *desorden* en el funcionamiento de las leyes de Dios, fatalmente no puede seguir una vía regular hasta su consecución. He ahí por qué en todo cálculo malhechor hay una multitud de redes rasgadas y de trampas. Por su misma esencia, el mal sólo puede acabar mal para quien es su instrumento. Esta idea se me ha ocurrido esta tarde, después de la hora extraordinaria, hora indefinible del *mogreb,* cuando he sentido surgir en mí todo un mundo de sensaciones nuevas, un *processus*, un encaminarme hacia un objetivo que ignoro, que no me atrevo a adivinar.

...Sí, en esas horas difíciles, mi alma sufre dolores de parto. ¿Cuál será el mañana, cuándo habré cesado de vagar en las tinieblas? Vivimos en pleno misterio y sentimos el ala poderosa de lo Desconocido rozándonos, entre los acontecimientos realmente milagrosos que nos favorecen a cada paso (...) Me parece que estoy destinado a desaparecer sin haber tenido conciencia del misterio profundo que rodea mi

Bône, le 9, 9 hs trois.

يا روحي يا عمة قلبي وريزا
وبومية البحر أزت

Je t'écris dès ce soir une partie de cette lettre qui partira demain soir et que tu trouveras à Stah-el-Mouya. Comme cela, tu auras toute ma pensée pendant les premières heures de notre cruelle séparation. D'abord, quand tu m'as quitté, je suis resté à la même place et t'ai suivi des yeux jusqu'à ce que tu eusses disparu derrière la première dune. J'ai senti en cet instant un effondrement de toute mon âme, de tout mon être, adouci cependant par un sentiment instinctif qui me disait que je te reverrai bientôt et qu'il ne nous arriverait rien de mal à tous deux. J'ai tant prié Dieu qu' Il a dû entendre mon ardente prière et me donner cette certitude consolante. J'ai eu la force de ne pas pleurer devant les yeux ironiques des gens.... Je suis rentré, j'ai fermé ma porte et remis le rideau. Je suis resté un long instant immobile, sur ma chaise, atterré, brisé. Enfin, pris de frissons, je me suis couché. La fièvre m'a pris et je suis resté sans connaissance jusque vers cinq heures, entre la veille et le sommeil. J'ai redemandé du bromure pour cette nuit. Mon bras me fait bien moins mal qu'hier et, maintenant, je suis calme....... Le capitaine est venu me voir ce soir et m'a consolé de son mieux

Fragmento de una sentida carta
de Isabelle a Slimène (1901)

vida, desde sus curiosos comienzos hasta este día. *"Locura"*, dirán los incrédulos, amantes de las soluciones trilladas, a los que el misterio impacienta.

(…) Si el carácter extraño de mi vida fuese el resultado del *esnobismo* o de una *pose*, se podría decir: *"Ella se lo ha buscado…"*. ¡Pero no! Nunca nadie vivió más el día y el azar que yo, y han sido los propios acontecimientos con su inexorable infalibilidad los que me condujeron a donde estoy y no yo quien los ha creado.

Quizás, todo lo extraño de mi naturaleza se resume en este rasgo característico: buscar, cueste lo que cueste, acontecimientos nuevos, huir de la inacción y la inmovilidad.

Batna, 26 de abril, 11 de la noche

Después de la tormenta de ayer, Batna está inundada, oscura, helada, llena de barro y de arroyos hediondos. Mi pobre Suf está enfermo y eso me ha privado de mis melancólicos paseos por los caminos o el desolado cementerio encaramado allí arriba, al pie de la colina gris, donde las tumbas hundidas, terribles como puertas entreabiertas a la espantosa nada del polvo humano, están diseminadas en un desorden salvaje entre las matas olorosas del *chih* gris y del *timgrit* rojo, cerca del prado verde donde florecen los linos violetas, las anémonas blancas y las amapolas escarlatas…

(…) Ayer, una vez más, comprobé el candor, la bondad y la belleza del hermoso espíritu de Slimène, que es mío… Pese a todo lo que he pasado, lo que aún sufro y tendré que sufrir, bendigo a Dios y al Destino por haberme conducido a la inolvidable ciudad de las arenas, para entregarme a este ser que es mi *único consuelo*, mi única alegría en este mundo donde soy el más desheredado de los desheredados y donde, sin embargo, me siento el más rico de todos…

Marsella, 7 de junio de 1901[9]

(…) En este mundo hay muy pocas personas que no tengan ninguna pasión, ninguna manía. Hay muchas mujeres que harían verdaderas locuras por adquirir brillantes vestidos y otras que palidecen y envejecen sobre sus libros para obtener diplomas e irse a ayudar a los *moujiks*[10] por no hablar más que de mi sexo... En cuanto a mí, sólo deseo tener un buen caballo, compañero mudo y fiel de una vida soñadora y solitaria, algunos servidores casi tan humildes como mi montura, y vivir en paz, lo más lejos posible de la agitación –en mi humilde opinión, estéril– del mundo civilizado, en el que me siento de más.

¿A quién puede perjudicar que prefiera el horizonte vago y ondulante de las dunas grises al de los boulevares? No, no soy política, ni agente de ningún partido, pues para mí todos se equivocan por igual al disputar como lo hacen. Yo soy sólo una extravagante, una soñadora que quiere vivir lejos del mundo, vivir la vida libre y nómade para luego contar lo que he visto y, quizá, comunicar a algunos el estremecimiento melancólico y hechizado que siento ante el triste esplendor del Sahara... Eso es todo.

Marsella, julio de 1901[11]

Estoy aquí, triste, exiliada, sin un céntimo, incapaz de impedir que mi familia tome el camino de la destrucción. Todos mis pensamientos están centrados en Batna, donde habi-

---

9 Segunda carta dirigida al periódico *La Dèpêche Algérienne* poco antes del proceso de Behima, en donde intenta disipar las sospechas respecto a su presencia en Argelia y las actividades que allí la ocupan.
10 *Moujiks*: En Rusia se distinguía el *muzh*, hombre guerrero, del *moujik*, hombrecillo, es decir el campesino.
11 Respuesta a las breves misivas de Slimène, en las que éste se muestra débil de carácter y pasivo. Por entonces Isabelle está enferma, tiene fiebre, enteritis y un mal en los riñones. El exilio de Marsella se hace doblemente difícil, acrecentado por la miseria económica en la que se ve sumida.

ta mi única razón de existencia. ¿Por qué no desfallezco? ¿Por qué tengo que ser yo, una "débil mujer", la que se muestre valerosa y luche desesperadamente? Me veo obligada a frecuentar los cafés frecuentados por árabes y escribirles sus cartas a cambio de unas monedas o tabaco. Nunca, en todas mis cartas, he dejado de hablarte como una madre, como un hermano, de predicarte la verdadera doctrina, de recordarte que somos musulmanes, que tenemos un papel que desempeñar y un objetivo sagrado en la vida, que la desesperación y falta de resignación (en realidad, falta de valor), son igualmente blasfemos… Sí, es verdad, yo soy tu mujer ante Dios y el Islam, pero no soy una vulgar *fatna* o una *oucha* cualquiera: soy también tu hermano Mahmoud, el servidor de Dios y de Djilani, más que la sierva de su esposo que es toda mujer árabe. No admitiré, entiéndelo, que te muestres indigno de los espléndidos sueños que he forjado para los dos.

Bône, 15 de enero de 1902

Por fin se ha realizado el sueño de regresar del exilio y henos aquí otra vez, bajo el gran sol eternamente joven y luminoso, en la tierra amada, en el inmenso Azul murmurante, cuyas extensiones desiertas al atardecer recuerdan las del Sahara ya más cercano, a una jornada de aquí y que, si Dios y Djilani nos ayudan, volveremos a ver a lo largo de este año que ha comenzado de modo tan reconfortante. ¡Ojalá este año fuese el comienzo de la vida nueva, del sosiego tan merecido y deseado!

Argel, 4 de mayo de 1902, hacia las diez de la noche

Hoy he ido a ver un brujo que vivía en una minúscula tienda de una calle empinada, por las oscuras escaleras de la calle del Diablo. He constatado la realidad de esa incomprensible y misteriosa ciencia de la Magia…

Decididamente, Argel es una de las ciudades que me inspiran, sobre todo algunos de sus barrios. (…) ¿Cómo pueden decir los imbéciles que hormiguean en "sociedad" y en los medios literarios que no queda nada árabe en Argel? Yo, que he visto bastantes ciudades, tengo aquí impresiones del más puro Oriente… Una muy agradable es la del magreb sobre el puerto y las terrazas de la ciudad alta, con las argelinas risueñas, todo un mundo retozando en rosa o verde sobre el blanco levemente azulado de las terrazas irregulares y asimétricas… La bahía de Argel, junto a la de Bône, es el rincón más bonito y embriagador que nunca he visto. ¡Qué lejos de la innoble Marsella, con su fealdad, su vulgaridad, su grosería y suciedad moral y material!

Pese a la turba que se ha introducido aquí, con la "civilización" prostituida y prostituyente, Argel es un lugar precioso y acogedor. (…) Cuanto más estudio, de prisa y mal, la historia de Africa del Norte, más se confirma mi idea: la tierra africana devora y reabsorbe todo lo que es hostil. ¡Quizá sea la *Tierra Predestinada* que irradiará un día la luz regeneradora del mundo!

Tanas, jueves 18 de septiembre de 1902, 9 de la mañana
(…) Si no fuera por el rencor del entorno y las pequeñas y vulgares intrigas que hay que esquivar, seríamos felices. Lo que envenena Tanas es el tropel de hembras neuróticas, concupiscentes, vacías de sentido y malignas. Naturalmente, aquí como en todas partes soy blanco del odio de los vulgares. Todo ese lodo me resulta indiferente en sí mismo, pero me molesta cuando intenta acercárseme. Queda el recurso apropiado de la partida, del aislamiento en los amplios caminos o en las tribus, en la inmensa paz de los horizontes azules o de oro pálido.

Desde aquí he hecho muchos viajes, a los Main, a los Baghdoura, a Tarzout, al cabo Kalax, a los M'gueu…Y algunas escapadas al campo, en el reposo de la todavía extensa región beduina...

Main, 22, 2 de la tarde

Acabo de leer los diarios de antaño. La vida presente es la felicidad comparada a la de los años pasados, incluso en Ginebra. ¡Comparar estos días con los de Marsella! Aquí reina un gran silencio que se revela eterno. Me gustaría venir a vivir aquí (o a un lugar parecido), durante meses y no ver más a la fea humanidad europea que cada vez odio y desprecio más.

En Tanas sólo está el amigo Arnaud, con quien me gusta hablar. También él se ve difamado y deshonrado por la banda de filisteos pretenciosos que se creen alguien por llevar un pantalón estrecho, un ridículo sombrero o incluso un kepis con galones. Pese a todos sus defectos y a la oscuridad en la que viven, los más humildes beduinos son muy superiores y mucho más soportables que estos estúpidos europeos que envenenan al país con su presencia. ¿Cómo huir de ellos, adónde ir a vivir, lejos de esos seres indiscretos y petulantes, que se arrogan el derecho de nivelarlo todo, de volverlo todo similar a sus vulgares efigies?

(...) Huir de Europa, incluso de la Europa transplantada, e ir a un país árabe, sin duda al que amo, a vivir otra vida... ¡Quizás aún sea posible! *Dios conoce las cosas ocultas y la sinceridad de los testimonios*[12].

Bou-Saada, 31 de enero, sábado, 1 de la tarde

Ayer, Ben Alí y yo volvimos a El Hamel hacia las tres de la tarde (...) Visita a la tumba de Sidi Mohammed Bel-

---

12 En árabe, en el original.

kasemm, pequeña y simple dentro de la gran mezquita, que
será muy hermosa cuando la terminen. Luego fuimos a rezar a la costa, frente a las tumbas de los peregrinos que fundaron El Hamel.

Galopadas por el camino, con Si Bel-Abbés, bajo la mirada paternal de Si Ahmed Mokrani. Había mujeres de la casa de tolerancia que volvían de El Hamel. Arregladas y ma-
quilladas, bastante hermosas, vinieron a fumar un cigarrillo
con nosotros. Hicimos una fantasía en su honor a lo largo del
camino. Nos reímos mucho...

Hacia el sudeste, El Hamel cierra y ordena largas y am-
plias gargantas, muy accidentadas, en medio de las cuales se
yergue un elevado *kef*, cortado en el horizonte por una montaña absolutamente cónica. Por detrás se abre, inmensa y misteriosa, una llanura azulada... Las casas de los *chorfa*, vecinas de
la *zaouia,* tienen altos muros revestidos de adobe liso hasta
media altura y el resto deja ver el cuadriculado de los ladri-
llos. Esas casas tienen un aire de fortalezas babilónicas, con sus
cuadrados yuxtapuestos y sus terrazas planas dominando los
patios geométricos. Los almendros que se elevan sobre los jardines aún no han florecido. La leyenda de los peregrinos de El
Hamel me hace soñar. Es una de las más bíblicas de Argelia.

Desde hace un año estoy en esta bendita tierra africana
que no quisiera dejar nunca más. Pese a mi pobreza, he podido viajar, ver regiones ignoradas de mi tierra adoptiva. Mi
Ouidah vive y somos material, relativamente felices...

Este diario empezado ya hace un año y medio en la abo-
rrecida Marsella, acaba hoy en un día gris transparente, dulce
y reflexivo, en Bou-Saada, otro rincón de este Sur que tanto
añoré cuando estaba lejos... En estas páginas, escritas al azar,
en las horas en que he sentido la necesidad de formular en palabras... sólo hay un débil reflejo de lo que ha ocurrido en estos dieciocho meses... Para un lector extraño, estas páginas
quizás le resulten incomprensibles. Para mí, son como un cul-

Ultima imagen de Isabelle

to al pasado (…) En Bou-Saada reina un gran silencio, el silencio del Sur. En esta ciudad, todavía tan alejada del absurdo movimiento del Tell, se siente el peso característico del Sur.

Voy a comenzar un nuevo diario. ¿Qué tendré que escribir y dónde estaré el lejano día en que, como hoy, acabe ese volumen tan blanco, en esta hora del confuso libro de mi confusa existencia?[13]

PLACERES NEGROS[14]

A veces se oyen los gritos de las cantinas del poblado, disputas o cánticos de legionarios juerguistas.

… Aquí, en el Village Nègre, se apagan los últimos ruidos. La luna llena derrama raudales de luz azul sobre las casas de adobe gris, sobre las calles vacías, y muy cerca, sobre la duna que parece diáfana. Por la puerta todavía entreabierta de un pequeño café moro, un rayo de luz roja se desliza sobre la arena, hasta el muro de enfrente. Sonidos tumultuosos de cánticos y tam-tams surgen de ese tugurio encalado. El negro Saadoun y yo entramos.

Hay que atravesar la sala, pequeña como una celda, y luego penetrar en el patio por un agujero visible. En medio de los escombros, bajo la difusa claridad que desciende de lo alto, se agita un grupo de mujeres. Dos viejas acuclilla-

---

13 En realidad no hubo otro diario, o si lo hubo, no llegó hasta nosotros. No obstante, existen pruebas contundentes de que Isabelle nunca dejó de escribir. Poco después de su "retorno al Sur" se abre una nueva etapa en su vida, la última, que volverá a enfrentarla a un clima agresivo y turbulento. Ello no impide que produzca artículos para el periódico *Ahkbar* y una serie de notas que tendrán como título genérico "Impresiones del sur oranés", además de cuentos y fragmentos de novelas.
14 Se trata del último texto escrito por Isabelle Eberhardt.

das en la sombra tocan el tambor y cantan, en su idioma incomprensible, una suerte de hálito salvaje, de roncos y entrecortados estertores.

Otras tres danzan. Una de ellas es hermosa. Su cuerpo ligero se contorsiona, se ondula volviéndose lentamente, con estremecimientos fingidos, mientras sus brazos redondeados de carnes duras esbozan un abrazo apasionado. Entonces, su cabeza rueda sobre sus hombros y sus largos ojos cobrizos se entornan, mientras una lánguida sonrisa abre sus labios sobre el esmalte perfecto de sus dientes. Los reflejos plateados se agitan sobre las aristas de los rígidos pliegues de su larga túnica de seda azul celeste, que flotan alrededor de sus hombros como grandes alas vaporosas. Las pesadas joyas de plata resuenan cadenciosamente. A veces, cuando golpea las palmas de sus manos, sus brazaletes se entrechocan con un ruido de cadenas.

Las otras dos mujeres, descoloridas, con máscaras de momias, agitan sus velos rojo sangre sobre sus pesados cuerpos.

Enfrente, sentados a lo largo de la pared, los hombres contemplan esta danza de las prostitutas negras que, como un rito traído de la patria sudanesa, vuelve todos los meses con la luna llena.

Cuatro o cinco negros, dos de los cuales son sudaneses de pura raza, tipos de rara e ilusoria belleza negra, de rasgos finos y ojos alargados, tan cobrizos que parecen árabes. Llevan las mejillas adornadas con largas muescas hechas con hierro al rojo y un anillo de plata atraviesa el lóbulo de su oreja derecha. Inmóviles e impasibles, con los ojos fascinados por las danzas, miran sin decir palabra.

Los otros, *kharatines* y mestizos, se ríen con actitudes y muecas simiescas. Entre ellos hay sólo un blanco, un espahí, con la figura esbelta del árabe de las Altas Mesetas. Es el amante de la hermosa negra.

Con los ojos sobre su *chilaba* roja doblada, también él contempla en silencio. Sus cejas se arquean en duro repliegue y descienden sobre el brillo de sus ojos negros, en los que se agitan los reflejos cambiantes de sus emociones. A veces, cuando la negra lo mira extasiada y de tanto en tanto le sonríe, el musculoso cuerpo del espahí se distiende. Otras, cuando ella parece prestar algo de su atención a las risas y bromas de los negros, las manos nerviosas del nómade que nunca pudieron ser deformadas por trabajo alguno, se crispan convulsivamente.

Ni siquiera nos ve entrar. Pone toda su alma en esa contemplación de la mujer que le ha hecho olvidar su hogar, a sus hijos y amigos, que lo ha poseído y lo retiene allí, en su ruinoso cuchitril.

Al lado, en una pequeña habitación abovedada, en un nicho de la muralla desnuda y alta, arde una vela. Sobre las esteras, sobre los fardos abigarrados, hay una docena de negros semirecostados. Entre ellos, en una bandeja de cobre, hay vasos de té y pipas de *kif*.

Harapos blancos sobre cuerpos negros de músculos tensos como cuerdas, velos de muselina terrosa en torno a caras prognáticas y labios prominentes. Aquí y allá, el rojo escarlata de una *chachiya*... Los dos sudaneses que estaban en el patio nos han seguido. Se sientan juntos al fondo de la habitación. Uno toma un *bendir*, un tambor árabe, y el otro una flauta de caña.

Una de las negras trae entonces una pequeña cazuela de barro con polvo de *benjuí* y corteza de canela sobre unas brasas. El ligero humo azulado sube hacia la bóveda y pronto llena el lugar expandiendo un denso calor. Los dos negros inician su música, al principio lenta, perezosamente. Poco a poco se excitan. Las gotas de sudor relucen en sus frentes, se dilatan sus oscuras pupilas e incluso les tiemblan las aletas de la nariz. Se echan hacia atrás, rodando sobre la estera como si estuviesen ebrios.

El hombre del tambor levanta su instrumento con los brazos tendidos por encima de su cabeza, y golpea, golpea con sa-

La lápida de su tumba en Ain-Sefra

cudidas sordas, aceleradas sin cesar hasta llegar a un ritmo frenético. El flautista, con los ojos cerrados, balancea la cabeza adornada con el alto turbante de cordones de los nómades árabes. Los
demás cantan sin detenerse, casi sin respirar, y es un canto jadeante y terrible, el mismo que hace un momento levantaba un
ardor salvaje en la carne salvaje de las negras.

Circulan las pipas de *kif.* Poco a poco, con el té de menta
pimentada, con los humos aromáticos, los olores negros, la música y el ahogo de la habitación, parece como si un soplo de de-
mencia rozara las frentes relucientes de las mujeres. Se agitan
con sobresaltos convulsivos, que las sacuden de pies a cabeza.

De pronto, el bello sudanés que tocaba el tambor parece invadido por un secreto furor. Lanza el *bendir* con todas
sus fuerzas sobre los tres cuernecitos del pebetero. La fina
piel estalla. Se elevan carcajadas. Con una especie de rabia,
los negros desgarran el instrumento. Y la flauta llora, llora
infinitamente una melodía de desgarradora tristeza.

Salgo de allí con la cabeza en llamas. En el patio han encendido un fuego de palmas secas que ilumina con una claridad brutal sus contorsiones lascivas.

Apoyado sobre su *chilaba* roja, el espahí contempla a su amante, cada vez más excitada y ondulante a medida que avanzan las horas. El no se ha movido y el duro pliegue de sus cejas se ha acentuado.

De ese cuchitril negro se filtra una sensualidad violenta, exasperada hasta la locura y que acaba por hacerse profundamente perturbadora. Afuera, todo es silencio, todo sueña y reposa bajo la fría claridad de la luna.

Sienta bien galopar con la brisa fresca de medianoche, por la ruta desierta, huyendo de la oscura embriaguez de esta terrible orgía negra.

Aïn-Sefra, septiembre de 1904

*E*DITH
*W*HARTON

EL PERDIDO ENCANTO DEL FLÂNEUR

*A*lgunas de las acepciones más corrientes de la palabra francesa *flâner* están relacionadas con el acto de "vagar", "callejear", "perder" (o "matar") el tiempo en las calles o caminos. De modo tal que la persona que ejercita estas actividades, el *flâneur* o la *flâneuse*, será tipificado como un "paseante ocioso", "mirón", e incluso hay quienes le otorgan el privilegio de la "curiosidad". Vale decir, estamos ante una especie en vías de extinción, habida cuenta de que las sociedades modernas privilegian cada vez más el ocio —o si se prefiere, la mirada ociosa— a espacios concretos, preferiblemente cerrados. Y mucho más si tenemos en cuenta que el *flâneur* (o la *flâneuse*) no pasan por ser individuos que atraviesan las calles con el aire distraído de quien mata las horas porque sí. Por el contrario, han adiestrado la mirada hasta el punto de redescubrir aquello que tiene de invisible para los ojos de los demás, para quienes el paisaje cotidiano (y aun el que no lo es, tal como lo demuestra con frecuencia la actual industria turística) acaba por convertirse en una sola mancha de colores presuntamente previsibles.

En 1902, cuando Henry James observó que su buena amiga Edith Wharton *"debe estar arraigada a los pastizales salvajes, aun cuando lo reduce a un patio trasero en Nueva York"*, seguramente no anticipó la publicación de siete libros de viajes que constituyen una parte vital y duradera de su trabajo. Wharton pertenece a la estirpe de las últimas *flâneuses*, aunque en su caso esta actividad terminará por convertirse en un ejercicio exquisito, debido naturalmente a su refinamiento y erudición. Sus obras revalidan su rol como una suerte de *"cicerone"* literaria experimentada, y a través de ellas intentó enseñar a sus compatriotas las sutilezas del buen gusto y la estética de un mundo que se les escapaba.

El hecho de que Edith Wharton se haya criado en una familia rica, perteneciente a la elite aristocrática de Nueva York, la amplia lectura con que se nutrió desde sus primeros años y una gran variedad de viajes realizados desde temprana edad la dotaron de un capital fundamental que Pierre Bourdieu caracterizó como *"la competencia del* connoisseur*"*. Esta "competencia" no sólo puede ser transmitida por precepto o prescripción, sino que deriva de un generoso contacto con gente y lugares de la cultura. Eso es lo que distingue a los libros de viaje de Wharton de muchas otras historias contemporáneas. En ellos, se manifiesta un profundo conocimiento del arte y la arquitectura, como también una habilidad para yuxtaponerlos frente a un complejo trasfondo de teología, mitología clásica, historia y literatura.

Su competencia cultural, o buen gusto, le permite integrar dos enfoques con respecto a los viajes: el erudito por un lado, y el imaginativo por el otro. Estas dos características fueron muy celebradas entre su público, quien comenzó a consumir sus libros y crónicas de viaje con tanta fidelidad como por sus obras de ficción. Edith Wharton contaba con una sólida reputación como narradora (obras como *The House of Mirth, Ethan Fromme* o *The Age of Innocence* se cuentan como clásicos de la literatura norteamericana de este siglo), pero sus libros de viaje no opacaban el brillo del resto de su trabajo. Por el contrario, la morosa deleitación por el detalle y el especial cuidado en la descripción de atmósferas iluminarán sobre los recursos utilizados en muchos de sus cuentos y novelas. Sus lectores no sólo eran americanos poderosos que viajaban con regularidad a Europa —como lo habían hecho sus padres y abuelos—, sino también instruidos viajeros de clase media que, algo más modestamente, aprovechaban antes de la Primera Guerra Mundial para atravesar el océano rumbo al Viejo Continente. Y tampoco faltaban aquellos que lograban trasladarse a través de sus libros.

Pocos escritores han estado mejor preparados desde su niñez para esta tarea de *"guías"*. En 1866 sus padres, George Frederic y Lucretia Jones, que durante la Guerra Civil habían sufrido dificultades en el mercado inmobiliario de Nueva York, se vieron obligados a partir hacia Europa, llevando por supuesto a la pequeña Edith, de sólo cuatro años. La primera aventura fue un arduo viaje en diligencia a través de España para llegar a Granada y admirar allí las fuentes y palacios moros. Para los Jones —y en particular, para Edith—, ésta fue la *"primera peregrinación salvaje"*, asociando la idea de "viaje" como "aventura". Tiempo después reelería una y otra vez *Alhambra*, el texto de Washington Irving, sin poder reprimir aquella sensación que experimentó a los cinco años: *"Una incurable pasión por el camino"*. Durante los siguientes seis años absorbió el paisaje, el arte y la arquitectura de Francia, Italia, Alemania y otros países europeos. La experiencia modeló su mirada, dándole para el resto de su vida *"un entorno de belleza y orden reconocido desde mucho tiempo atrás"*, según sus propias palabras.

Cuando los Jones regresaron a Nueva York en 1872, Edith ingresó en el "reino" de la biblioteca de su padre y siguió internalizando su experiencia europea, leyendo mucha literatura, historia y filosofía. Como bien observa Mary Susan Schriber, *"ella despliega un conocimiento formidable de la historia política, literaria y artística"*[1]. Además de inglés, hablaba fluidamente francés, alemán e italiano, y podía conversar sobre literatura en cualquiera de los cuatro idiomas.

En 1880, cuando ya contaba dieciocho años, sus padres retornaron por dos años a Europa debido a la frágil salud de George, quien murió en 1882. Esta segunda visita confirmó su apego por ese continente, al que encontraba lleno de secretos y dueño de una extraña y refinada vitalidad. El amor por los viajes duró toda su vida y fue compartido por su esposo, Edward Wharton, con quien se casó en 1885. Aunque trece años mayor que ella, originario de una familia patricia de Virginia, "Teddy" Wharton era íntimo amigo de su hermano Freddy, y a quien Edith define como de *"temperamento juvenil"* y permanente buen humor. Durante varios años, a partir de cada febrero pasaban siempre al menos cuatro meses en el exterior, principalmente en Italia. En la mayoría de sus travesías por la península estuvieron acompañados por Egerton Winthrop[2], un amigo íntimo de la pareja, por la casera Catharine Gross (quien fue la asistente personal de Edith desde 1884) y probablemente también por una mucama.

---

1 Mary Suzanne Schriber. *Edith Wharton and Travel Writing as Self-Discovery*. Nueva York: American Literatura, 59, 1987. Págs. 257/267.

2 Viejo amigo de los Jones, descendiente directo de Peter Stuyvesant (último gobernador holandés de Nueva York) y de John Winthrop, primer gobernador colonial de Massachusetts, Edith sintió un cariño profundo por Egerton, a quien define de "gusto cultivado", aunque admite que "nunca una inteligencia tan distinguida y un carácter tan admirables se han combinado con intereses tan triviales".

Los viajes de los Wharton se extendieron durante casi dos décadas, no sólo a Italia sino también a Francia, Inglaterra y otros países. En 1897 Edith publicó su primer trabajo extenso en prosa, *The Decoration of Houses*, escrito con el arquitecto Ogden Codman. Aunque éste no era un libro de viajes en el sentido estricto, contiene una elaborada codificación de los principios europeos de armonía y diseño que los americanos podían llegar a importar, en una escala doméstica, a la hora de proyectar sus hogares.

En 1902 los Wharton vendieron su casa en Newport (donde Edith nunca se sintió demasiado cómoda) y construyeron The Mount en Lenox, Massachusetts, donde vivían parte del año. Hay excelentes informes sobre el edificio y sus primeros años allí, donde entretuvieron a personajes como Henry James, Gaillard Lapsley, Howard Sturgis y otros. Fue en Lenox donde Wharton escribió su primera novela, *The Valley of Decision,* compiló un conjunto de ensayos previos junto con otros nuevos que luego acabarían por dar forma a dos libros, *Italian Villas and their Gardens* e *Italian Backgrounds* y, por si fuera poco, también redactó *The House of Mirth.* Poco después de mudarse a The Mount, Teddy sufrió un colapso nervioso al que siguió otro en 1903. Su estado obstaculizó su trabajo en *The House Of Mirth,* pero durante los viajes a Newport la condición de su marido pareció mejorar.

El año 1904 aportó una modificación importante en el régimen de viajes de los Wharton: abandonaron su peregrinaje anual a Italia cambiándolo por exploraciones a Francia, lo cual pareció anunciar la posterior expatriación de Edith. Al llegar a París, los Wharton adquirieron su primer automóvil (un Panhard-Levassor) y atravesaron el país de punta a punta, deteniéndose en varias ciudades. Los viajes realizados en este vehículo a través del país galo constituyeron uno de los placeres principales de los años restantes de su matrimonio. Edith escribió varios artículos para *The Atlantic* sobre tres de estos viajes por Francia que luego, en 1908, fueron recopilados y publicados como *A Motor-Flight through France*.

En 1905, Edith tomó la decisión final de abandonar los Estados Unidos para instalarse en Francia, aunque esto se gestó de modo definitivo en 1907. En París, ella y su marido rentaron el departamento de George Vanderbilt en el Faubourg Saint Germain (58, rue des Varenne) donde vivieron tres años. Las cosas en esta etapa inicial no fueron sencillas para la pareja. La decadencia nerviosa de Teddy se intensificó en Francia. Su resistencia a vivir en París en forma permanente se debía fundamentalmente a su incapacidad para hablar francés y poder conversar de literatura u otros temas a un mismo nivel con los amigos de Edith. Por lo tanto, periódicamente regresaba a The Mount. Sus episodios de depresión comenzaron en 1904 y para 1908 se habían acentuado. En diciembre de ese año se acercó el fin: confesó haber malversado 50.000 dólares que pertenecían a su esposa, para comprar un departamento en Boston donde mantenía a otra mujer. Los fondos se restituyeron con la herencia de su madre, pero se le prohibió manejar las finanzas de Edith, al mismo tiempo que se lo conminó a renunciar como fideicomiso. En 1911 se concreta la separación definitiva y Edith se traslada a Francia con el propósito de vivir permanentemente allí. El divorcio llegará dos años más tarde.

Entre 1910 y 1919 vive en un edificio situado en la misma cuadra que el anterior, en el número 53 de la rue de Varenne, hasta que finalmente se muda al Pavillion Colombe en Saint-Brice-sous-Foret, en las afueras de París, donde vivirá hasta su muerte, acaecida en 1937. En todo ese tiempo sólo retornó a los Estados Unidos en dos oportunidades: en 1913, para la boda de una sobrina, y en 1923, para aceptar un cargo honorario en la Universidad de Yale, el primero que una universidad importante le otorgaba a una mujer. Cuando no estaba viajando, Edith llevó una vida plena en París, donde tenía amigos de *"mundos tan diferentes como la universidad, la elite literaria y académica, y la vieja sociedad del Faubourg Saint Germain"*; en realidad ella tenía una ventaja como *"extranjera y recién llegada"*, ya que no se esperaba que encaje dentro de los "viejos cánones". En esos tiempos, según escribiría más tarde, *"el centro de mi vida giraba bajo mi propio techo, entre mis libros y mis amigos íntimos"*. Sin embargo, su más grande satisfacción era su trabajo *"que crecía y se expandía y absorbía más y más mi tiempo y mi imaginación"*.

El estallido de la Primera Guerra Mundial dio por finalizada tanto la etapa viajera de Wharton como el armonioso equilibrio de su existencia anterior en el Faubourg, que se repartía entre la vida social, los viajes y los momentos en los que escribía. A fines de julio de 1914, volviendo de España, sintió que la atmósfera parecía *"extraña, siniestra e irreal, como el fulgor amarillo que precede a la tormenta. Había momentos en que sentía que había muerto, para despertar en un mundo desconocido"*. Su actitud ante el comienzo de la guerra era de una curiosa mezcla de horror y fatalismo. De inmediato comenzó a participar en trabajos de solidaridad con las víctimas de la guerra y llegó a establecer cuatro proyectos individuales de ayuda humanitaria: los Albergues Americanos para Refugiados, para asistir a los refugiados franceses y belgas que inundaban París; un taller para costureras; el Comité de Rescate para los Niños de Flandes (que llegó a cuidar a 750 niños); y un programa sanitario para soldados afectados por la tuberculosis.

Pidió permiso para ir a los frentes y escribir artículos para la revista neoyorquina *Scribners Magazine* sobre sus experiencias, con la esperanza de poner en conocimiento de sus *"compatriotas ricos y generosos"* el estado de necesidad en que se encontraban los hospitales, y para *"hacerles ver a los lectores americanos algunas de las horribles realidades de la guerra"*. Los artículos fueron recopilados en *Fighting France: From Dunkerke to Belfort* (1915) y la crudeza con la que se describen algunos episodios del primer año de la guerra (sobre todo el artículo inaugural,

The Look of Paris) movilizaron la sensibilidad no sólo de muchos lectores sino incluso del propio director de la publicación, Charles Scribner. Muchos de estos episodios servirán asimismo como base de la novela *A Son at the Front* (1923). También publicó *The Book of the Homeless* y en abril de 1916 la condecoraron como miembro de la Legión de Honor. Dos años más tarde recibió la medalla de la reina Elizabeth de manos del rey Alberto de Bélgica. Una vez que los Estados Unidos comenzaron a participar en la guerra, le pidieron a Wharton que escribiera una serie de artículos para hacer que *"Francia y los franceses resultaran comprensibles para los soldados americanos"*. En 1917 la invitaron a Marruecos como huésped de honor. Allí escribió una serie de artículos sobre sus experiencias, que fueron recopiladas en *In Morocco* (1920), su último libro de viajes. La invitación corrió por cuenta del general Lyautey (véase *Isabelle Eberhardt*), quien por entonces ocupaba el cargo de residente general y organizaba una exposición industrial anual en Rabat. El viaje subyugó por completo a Edith, y para ello contribuyeron una serie de coincidencias. Eran las primeras vacaciones que se tomaba desde el comienzo de la guerra, y era la primera vez que visitaba un país no occidental. Como lo describe en sus memorias, *A Backward Glance*, *"la fascinación de aquel viaje a través de unas tierras completamente vírgenes aun del turismo extranjero y casi desprovistas de carreteras y hoteles, fue como un rayo de sol entre nubes de tormenta"*. El ojo de la *flâneuse* volvía a actuar.

Edith Wharton fue primero una viajera y después una novelista. Sentía una ambivalencia con respecto a cuál género prefería, aunque, por supuesto, sus novelas se vendían mejor que sus libros de viajes. Sin embargo, tomados en su totalidad, sus libros de viajes encierran un grado de conocimiento tal que no resulta descabellado pensar que allí se oculta el capital cultural que nutre de modo considerable a buena parte de la ficción. Wharton consideraba a la literatura como un antídoto ante la inactividad, la pasividad y el tedio de su clase, que veía a la escritura como algo *"situado entre la magia negra y una forma de labores manuales"*. Quizá como una reacción frente a esta visión tan poco estimulante de la creación literaria, quiso rescatar a la crónica de viaje del facilismo pintoresquista, la sensiblería prejuiciosa o los recursos populistas demostrados por algunas novelistas norteamericanas de fines de siglo pasado, como Fanny Fern, Catharine Sedgwick o Harriet Beecher Stowe. Por el contrario, Edith sentía auténtico entusiasmo por los libros de viaje concebidos entre 1870 y 1880 por una serie de autores británicos caracterizados como "diletantes culturales" o bien "amateurs culturalmente dotados". Entre ellos se destacaban Walter Pater, John Addington Symonds y, muy en particular, Vernon Lee (Violet Paget), a quien conoció en 1903 y fue decisiva en sus libros sobre Italia.

Edith Wharton también se reconocía como una "diletante cultural", y pretendió por medio de este capital abrir una suerte de paréntesis entre la crónica ramplona y la "guía" o el "catálogo de curiosidades". El resultado será un recorrido lento, tranquilo y delicioso por aquellos secretos que la mirada mundana no logra develar. En otras palabras, ese encanto de otro mundo, cuando todavía quedaba tiempo para perder en las calles de cualquier ciudad rescatando los tesoros más evidentes. En síntesis, el encanto del *flâneur*.

La original belleza de una joven
activa de la sociedad

LA *RUTA*
DEL *ZAFIRO*

Durante años y años —incluso desde nuestro primer crucero por el Egeo— yo había acariciado el sueño imposible de repetir la experiencia. La juventud había quedado atrás, la edad madura declinaba a la espera de hacer realidad el sueño, cuando de pronto, inesperadamente, un golpe de suerte literaria me dio la impresión de que efectivamente podría reemprender la aventura. En el curso de nuestro primer crucero habíamos sido atolondrados hasta extremos que rozaban la locura; pero éramos jóvenes, éramos dos, estábamos dispuestos a afrontar cualesquiera consecuencias financieras. Ahora yo era vieja, estaba sola y había aprendido la necesidad de que cada uno viva dentro de los límites de sus propios recursos. Pero cuando un amigo me escribió que había visto en Southampton un pequeño y delicioso yate, del mismo tonelaje y calado que nuestro viejo y querido *Vanadis*, mi prudencia se deshizo como una nubecita de humo. Me sentí tan atolondrada (¡y tan joven!) como el día en que pisé por primera vez la cubierta del *Vanadis* casi cuarenta años atrás.

De ese modo fletamos el yate *Osprey* y zarpamos del Puerto Viejo de Hyères, el mismo que vio partir a san Luis, rey de Francia, hacia su última cruzada. La fecha señalada fue el 31 de marzo de 1926, un día soleado y sereno. Formábamos un grupo bien avenido y contábamos con montones de libros, un complejo juego de cartas náuticas del Almirantazgo, una excelente reserva de provisiones y *vins du pays* en la bodega, así como de alegría en nuestros corazones. Desde aquel día hasta que desembarcamos en el mismo puerto, dos meses y una semana después, viví en un estado de euforia que supongo parecería inconcebible a la mayoría de las personas. Pero cada mañana nazco feliz, y durante aquel crucero mágico nada parecía ocurrir para que en el transcurso del día disminuyese mi beatitud, de modo que ésta crecía y crecía como los intereses del capital de un millonario. De vez en vez, es cierto, sentía una punzada ante la idea de que habría que saldar cuentas. No obstante, me decía a mí misma: "¡No te preocupes! Tan pronto llegues a casa escribirás la crónica del crucero. Se titulará *La Ruta del Zafiro*, y será una lectura tan seductora que inmediatamente se convertirá en un *best-seller* y pagará todos los gastos del viaje".

¿Los habría pagado? El libro todavía no está escrito y es más que probable que no lo esté nunca. En cuanto regresé lo que hice fue volver a la ficción, como siempre hago cuando no me apremian otras tareas más urgentes. Sin embargo, ¡qué libro tan bonito habría sido!, como… como tantos otros que no se han escrito jamás.

(De *A Backward Glance*, 1933)

MONTE ATHOS

PUERTO IERO, HISTORIA DEL MONTE ATHOS, DOS CLASES DE MONASTERIOS, LOS ANACORETAS, LEYENDAS CONCERNIENTES A LA CUMBRE DE ATHOS, LA AUTORA COMIENZA UN VIAJE DE DESCUBRIMIENTO E INQUIETA A LOS MONJES; STAVRONIKETA, ESTE VIAJE FINALIZA EN PANTACROTORAS; EL GOBERNADOR TURCO HASTIADO DE *RIEN QUE DES MASCULINS ET PAS DE THEATRE*; MARAVILLOSOS ICONOS Y FAMOSOS TESOROS DE LOS MONASTERIOS...

*H*abíamos intentado partir de Mitylene la medianoche del 13 de abril, pero el clima cambió por la noche y al llegar la mañana estaba soplando un viento muy fuerte. El capitán pensó que podíamos iniciar nuestro viaje, pero las condiciones atmosféricas eran tan malas que debimos retroceder. Al fin, después de algunas dudas decidimos navegar hacia Puerto Iero, pero como lamentablemente no me hallaba en pie me perdí la entrada de nuestro barco a este fondeadero, que según dicen es muy bonito y creo que por eso se lo denomina *el pequeño Bósforo*.

Anclamos en una ensenada no demasiado grande, rodeada por un grupo de pueblitos en la colina que se levantaba sobre ella. Dado que el mar estaba muy agitado para detenernos, buscamos otro lugar donde anclar en el lado opuesto de la bahía, procurando aguas más calmas. Aquí descendimos, y caminamos por las sombrías arboledas de olivos hasta un pueblo en la colina, situado aproximadamente a una milla y media de la playa. Aunque ubicado en un lugar muy agradable, este pueblo era bastante sucio y sin mayores atractivos, por lo que después de caminar por sus calles de barro seguidos de cerca por las hoscas miradas de sus habitantes, volvimos al barco.

El viento disminuyó esa noche y a la mañana siguiente, a las 5.00 horas, comenzamos el viaje hacia el Monte Athos. Aunque todavía estaba frío, el clima era maravilloso y a pesar de los recientes vientos las olas se habían aquietado para convertirse en una larga y sedante ondulación. Nos desplazamos entre las islas de Shati y Lemnos, y mientras rodeábamos la costa occidental de Lemnos, pudimos ver la cumbre del Athos elevándose tenue y azul delante nuestro. Cuanto más nos acercábamos, más bella se veía; por último su extraordinario muro, oscuro en contraste con el cielo brillante mientras el sol se volvía una llamarada amarilla detrás de las colinas bajas del promontorio Sithoniano, estaba allí ante nosotros.

Resultó un trabajo delicado andar a tientas en el atardecer para encontrar un lugar donde anclar en la costa oriental de la Montaña Sagrada, pero afortunadamente la noche estaba calma y la luna nueva, así como también los faros de los pescadores que los monjes habían prendido a lo largo de la costa, nos ayudaron. A las 20.30 horas logramos anclar en una bahía poco profunda, a alrededor de diez millas de la cumbre del Athos.

Se sabe tan poco sobre el Monte Athos que unas pocas referencias sobre su historia no pueden estar fuera de lugar. La tradición remonta la fundación de algunos de sus monasterios a los tiempos de Constantino, aunque es probable que las moradas de los ermitaños y las colonias de monjes existieran allí desde épocas anteriores. Tozer, sin embargo, menciona a san Athanasius de Trebizond como *"el fundador del sistema de conventos actual"* en Monte Athos, siendo el primero el Lavra en el siglo X. A éste se lo suele denominar *"la calle"*, y debe su origen a la calle de celdas que constituyó la forma primitiva de monasterio. Esto demuestra que cuando el Lavra fue construido, no era el más importante sino el único monasterio del promontorio. Pronto se construyeron otros y en la actualidad hay alrededor de veinte en la montaña sagrada, sumados a Karyes, el pueblo central, los numerosos retiros de las afueras y las comunidades de los monjes agrícolas. Tozer afirma que estos monasterios constituyen *"con la única excepción de Pompeya, las más anti-*

guas muestras existentes de arquitectura doméstica"[3]; el hecho de que todavía se utilicen con el fin para el que fueron creados, por supuesto le agrega mucho al interés que ellos provocan.

Los monasterios están dirigidos por un Superior al que se conoce como *Primer Hombre de Athos*. Aunque Turquía otorga grandes privilegios a esta antigua colonia de la Iglesia Ortodoxa Griega, un gobernador turco vive en Karyes representando nominalmente al feudalismo del Sultán; no obstante, su autoridad real es débil.

Hay dos clases de monasterios: el *Coenobite*, bajo la dirección general de un Hegumenos, donde los monjes tienen *"todas las cosas en común"*, y el *Idiorítmico*, donde a pesar de vivir juntos, los monjes conservan en gran medida su independencia, comen en forma separada e incluso mantienen sus propios sirvientes si así lo deciden. No hace falta agregar que en estos últimos monasterios las reglas son mucho menos rígidas y, tal vez por ello, resultan más populares entre los monjes ricos. Casi todos los monjes son hombres comunes, que se ven en la obligación de desarrollar muchas funciones una vez que toman las órdenes sacras. Forman un conjunto de personas ordinarias e iletradas, que suman alrededor de tres mil almas, sin incluir a los *seculares* a quienes se emplea como sirvientes o campesinos que no toman los votos monásticos. Los monasterios están llenos de tesoros en forma de relicarios, cruces, íconos y frescos; en realidad se dice que las iglesias del monte Athos contienen la colección más refinada de joyas medievales de Europa.

En algunos monasterios todos los monjes son griegos, mientras que en otros es posible encontrar eslavos y rusos. Se dice incluso que Russico, el monasterio ruso, es en la actualidad la cuna de los espías políticos de ese país. Esta posibilidad

---

3 Henry Fanshawe Tozer, *The Monks of Mount Athos*, 1862 (no figura el nombre del editor).

y el cable telegráfico que recientemente llegó al pueblo de
Karyes, son los únicos elementos discordantes con el medie-
valismo curiosamente preservado de la Montaña Sagrada. Sin
contar esto, la vida allí es tan arcaica como los frescos de las
paredes de la capilla.

Al lado de los monasterios yacen las moradas de los ermitaños, construidas en las hendiduras de la cumbre del Athos, donde los ermitaños viven en un estado de reclusión comparable con el Thebaid; para no mencionar los *sketes*, o pueblos
de monjes agrícolas reunidos alrededor de una iglesia central.
La regla establecida desde los comienzos de los tiempos que
indica que no se aceptará que ninguna mujer, humano o animal se instale en el promontorio, se mantiene con la misma
rigidez de siempre; y como las gallinas entran dentro de esta
prohibición, los huevos para las mesas monásticas deben ser
traídos desde Lemnos.

En cuanto a la Montaña Sagrada en sí misma, es un an-
gosto promontorio montañoso de alrededor de cuarenta millas
de largo, que se proyecta en el mar desde la línea de la costa
de la Turquía europea. En el istmo, donde la tierra es baja, tiene aproximadamente una milla y media de ancho; desde este
punto se ensancha apenas y se expande hacia una loma alta con
laderas recortadas en forma variada, que se elevan al acercarse
al mar hasta una altura de cuatrocientos pies. Después de una
leve caída hacia el suelo, la cima del Monte Athos se eleva repentinamente hasta casi siete mil pies de altura: su cumbre es
coronada por la capilla de la Transfiguración, en tanto su base se sumerge en las olas del Mediterráneo.

Hay variadas leyendas relacionadas con el Monte Athos.
Se dice que es la montaña donde Satanás tentó a Cristo; y por
cierto desde esta cima uno bien puede contemplar las riquezas y glorias de este mundo. Otra historia cuenta que san
Anastasio encontró una imagen pagana (probablemente una
estatua de Zeus) donde hoy se erige la capilla y que el Diablo

lo castigó por tirar al ídolo al mar empujando hacia abajo todas las noches las paredes levadizas del Lavra.

Cada 6 de agosto se celebra el festival de la Transfiguración en la cumbre de la montaña. El servicio continúa toda
la noche y al amanecer se celebra la Eucaristía; luego los monjes, marchando en conjunto y entonando salmos, bajan de la
montaña hacia los monasterios.

La mañana siguiente pudimos observar una escena de
exquisita belleza. Sólo puedo comparar el promontorio de la
Montaña Sagrada con los espolones de madera de la montaña
en el lado italiano de un paso suizo, desgarrado de sus raíces y
sumergido en el Mediterráneo. Nos quedamos justo fuera del
Monasterio de Iveron, que se erige a un lado del agua sosteni-
do por colinas cubiertas de arriba a abajo de follaje primaveral:
el rosa brillante de los florecientes árboles de Judas se mezclaba con cientos de diferentes tintes de verdes. Hacia el sur, las
laderas se dirigen hacia la cumbre del Athos, veteando sus laterales grises con nieve marmolada, mientras hacia el norte la
línea dentada de la costa lleva la vista hacia los monasterios de
Stavroniketa y Pantacrotoras en arrecifes sucesivos de roca col-
gante sobre el nivel del mar. Iveron es un edificio grande con
poderosas paredes coronadas por una cantidad de estructuras
de madera en forma de balcones con techos de tejas empinados,
que producen el efecto de una línea de chalets suizos sosteni-
dos arriba de una fortaleza medieval. Una torre cuadrada protege su costado marino, y sobre los tejados a dos aguas se elevan una mezcla de cúpulas y torres, sostenidas por una masa de
refulgente verdor. Arriba, en la colina, las paredes blancas de
las granjas y los retiros brillan a través de matorrales de aler-
ces, castaños y plátanos, y unas pocas millas más allá, debajo
de la colina central del promontorio, los tejados y los campanarios de Karyes se elevan desde un mar de follaje brillante
mezclado con grupos de oscuros cipreses.

A las 9.00 horas, dos hombres bajaron a la playa llevando

al cocinero como intérprete, y partieron hacia Karyes, donde nuestros libros nos decían que vivió el *Primer Hombre*. Sin embargo, la caminata no tuvo sentido, ya que cuando llegaron a Karyes les dijeron que para encontrar al *Primer Hombre* debían ir al monasterio de Vatopedi. Mientras tanto, ordené que partiera la lancha, y comencé un viaje de descubrimiento, decidida a llegar tan cerca como fuera posible de las playas prohibidas. Me acerqué a Iveron e intenté fotografiarla, pero la lancha se movía tanto que no pude mantener quieta mi cámara. Luego me acerqué a la playa en dirección a Stavroniketa, pasando por una pintoresca torre cuadrada utilizada como caseta de botes, con un barco pesquero parado debajo de su arco abovedado. Esta torre se conecta con la colina por medio de un puente de madera cerca del cual, en un emparrado, se encuentra la cabaña donde un grupo de monjes se sentaron a la hora del sol a observarme con evidente curiosidad. Nos acercamos tanto a la costa que descendieron rápidamente por la colina para evitar que yo baje. Con sus matas de pelo negro y sus túnicas de lana volando detrás de ellos, formaban un conjunto lo suficientemente salvaje como para espantar a cualquier intruso.

Stavroniketa es un edificio pequeño pero pintoresco arriba de una roca que se proyecta con osadía sobre el mar. Está resguardado por una torre con un parapeto fortificado, y los arcos de piedra de un acueducto lo conectan con la colina trasera. A medida que nos acercábamos, me di cuenta de que la roca en la que está construido estaba profusamente adornada con conejitos rojos, iris blancos, y una variedad de laburnos enanos blancos y amarillos. Mientras nos aproximábamos, la escena se embellecía aún más. Aquí, una capilla blanca con una cruz sobre su cúpula de tejas brilla a través de los árboles; allí una caseta de botes protegida por una torre se erige cerca de la playa; mientras que esparcidas a lo largo de las laderas más altas del promontorio, grupos de casas peculiares con una cúspide en el centro similar a la de una mezquita, muestran la ubicación de alguna *skete* o comunidad independiente de monjes agrícolas. Donde las laderas no se encuentran cubiertas por follaje, están terraplenadas y llenas de olivos, viñedos y vegetales. Esta tierra cuidadosamente cultivada, al combinarse con las huellas de las mulas gordas con albardas cerca de los monasterios, le dan una apariencia de prosperidad más inherente a Suiza o Tirol que al Oriente.

Nos desplazamos hacia Pantacrotas, que como las otras está ubicada cerca del mar y tiene un puerto protegido por una roca sobre la cual se ha colocado una gran cruz de madera. Un valle tranquilo y fértil se abre por detrás en pliegues del más rico verde. Desde Pantacrotas volvimos al barco; los dos hombres no llegaron hasta las 3.00 p.m. Con ellos trajeron al gobernador turco del Monte Athos, que vive en Karyes. Se trata de un caballero anciano y vigoroso, que vestía una levita, fez y botas, y llegó acompañado por un pequeño y encrespado edecán. El gobernador me había traído dos viejas jarras de agua turcas, de brillante cerámica marrón, a las que él llamaba *des antiques*. Era muy divertido, y me dijo en un francés de lo más extraño que durante dos años había estado sosteniendo Monte Athos *avec rien que des masculins et pas de theatre*. Sin embargo, pienso que el movimiento del barco lo perturbó, ya que él y su ayudante se marcharon con rapidez, enredándose de forma terrible con sus espadas mientras trataban de bajar la escalera lateral hacia el esquife.

Tan pronto como partieron, zarpamos hacia el norte a lo largo de la costa hasta el monasterio de Vatopedi, el más rico y el más grande de la Montaña Sagrada, sin contar el Lavra. Su ubicación no es tan linda como la de los otros, ya que el Athos en sí está fuera de la vista, pero se encuentra en una preciosa bahía encerrada entre colinas arboladas y conforma el más hermoso conjunto de edificios que vimos en el promontorio. Una especie de terraplén cultivado con laderas de olivos y cipreses, conducen gradualmente desde la playa hacia la base del muro del monasterio, y por sobre este muro se erige una línea fantástica

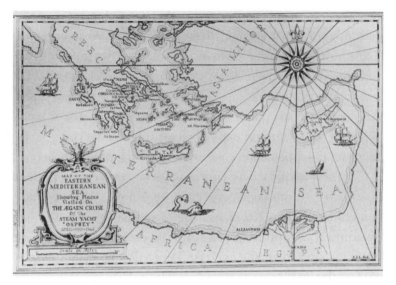

Mapa del cruce del Egeo en el yate Osprey

El Osprey *durante una escala en Delos*

de balcones, torres, cúpulas, techos de tejas y chimeneas, inter-
calados aquí y más allá con álamos esbeltos de verde brillante.
Todos estos grupos de edificios recortados e irregulares están
pintados de varios colores: los chalets rojos, azules y verdes, las
torres blancas, mientras que los techos están cubiertos por líque-
nes dorados. Nada puede ser percibido como algo más maravilloso que esta combinación de colores, iluminada, como la vimos, por el sol poniente, y enmarcada por matorrales de verde.

Todo lo que existe en Vatopedi se conserva en perfecto estado, y como las reparaciones en Monte Athos se reali-
zan cuidadosamente tomando en cuenta el original, se puede admirar la prolijidad y el brillo de este gran conjunto de
edificios sin sentir que encierra la pérdida de nada que pudiera valer más la pena ver. A lo largo de la playa hay una
fila de casetas para botes (torres para botes sería más correc-
to), cada una montada sobre su chalet blanco con balcones
de madera negros, y hay una o dos construcciones de piedra
anexas entre los olivos sobre los terraplenes. Permanecí en
la cubierta mientras que los dos hombres bajaron a la costa
para visitar al *Primer Hombre*, y apenas hubimos anclado los
incontables balcones sobre el muro del monasterio se llena-
ron de monjes que contemplaban el barco con ansiedad.

Mientras observaba esta escena, parecía difícil darse
cuenta de que muchos de los monasterios sobre el promontorio se conservaban de igual modo desde el Siglo X –si no
antes– y que entre sus muros la misma vida se reproducía
en forma ininterrumpida, una vida inalterada por los inven-
tos modernos, los descubrimientos y las revoluciones, una
vida tan estrictamente medieval como cuando el ermitaño
Athanasius puso la primera piedra del Lavra.

Los dos hombres fueron recibidos con gran cortesía y
vieron los maravillosos íconos montados con rubíes, zafiros
y esmeraldas en bruto, y los otros tesoros famosos que contienen los monasterios. En uno de los monasterios vieron un

monje pintando una pared, y al acercarse pudieron descubrir que mientras pintaba se remitía al libro de reglas escrito por los artistas de la iglesia griega a comienzos del arte bizantino y que fuera recopilado por Dionisio de Agrapha. Cuando volvieron de Vatopedi trajeron un cuadro del monasterio cedido por el *Primer Hombre*, y también un montón de verduras frescas aportadas por los amables monjes.

No es de extrañarse que los Xerxes trazaran un canal a través del promontorio de la Montaña Sagrada, si el mar que los rodeaba en sus tiempos era tan agitado y desagradable como estaba la mañana siguiente cuando partimos de Vatopedi. Soplaba una brisa desde el este, y la fuerte corriente corriendo en contra causaba tal marejada que incluso los floreros sobre las mesas cayeron y todo alrededor se inundó y dañó por el desborde. Partimos de Vatopedi a las 9 de la mañana, y dado que había demasiada agua como para detenernos en el Lavra, seguimos rodeando el Monte Athos a sotavento hacia la costa occidental. Cuando subí a cubierta recién habíamos rodeado la gran cumbre y nos acercábamos por debajo hacia ella. El lado occidental se sumerge dentro del océano con espléndida rudeza, en tanto sus laterales de gris marmóreo se engalanan con pinos *que crecen en la montaña plena de arrecifes salvajes*[4].

(De *The Cruise of Vanadis*, 1888)

---

4 Edith Wharton cita aquí erróneamente la Ode to Psique de Keats. La línea dice literalmente *fledging the wild-ridged mountain steep by steep* y en el original el poeta utiliza *fledge the wild-ridged...* En realidad, "fledge" significa cubrir con plumas. Un pequeño cambio hubiese hecho que la cita sea correcta tanto en su significado como gramaticalmente. El mismo error aparece en "Lo que vieron los ermitaños", incluido en *Italian Backgrounds*.

LA PINTORESCA MILAN

I

*E*s difícil decir si el lugar común del turista común
—*"Hay tan poco para ver en Milán..."*— no contribuye más a la
burla del que habla que a la gloria de Italia. Dicha opinión debería ser posible aun para el viajero menos instruido, e implica un exceso de impresiones que no pueden obtenerse en ningún otro lado, ya que incluso al observador más apresurado le
resultaría imposible describir a Milán como una ciudad caren-
te de interés al confrontarla con cualquier otra urbe italiana.
En comparación con éstas se le asigna un juicio superficial, ya
que es rica en todo lo que hace a la belleza nativa de Italia por
oposición a los seudo-goticismos, las cumbres y pináculos
transalpinos, los cuales Ruskin enseñó a considerar como la típica expresión del espíritu italiano a una generación sumisa
de críticos de arte. Las guías, largamente habituadas a citar los
extractos de arte de Liebig[5] (extraídos de las páginas de esta
escuela de críticos), han mantenido viva la tradición alentan-
do sólo aquellos monumentos que conforman ideales perpen-
diculares, y por medio de alusiones de disculpa a la "monotonía" y "regularidad" de Milán, en un esfuerzo en calmar por
adelantado al viajero que no encontrará en la capital lombarda algo parecido a Florencia o Siena.

En realidad, una nueva escuela de escritores entre los
que merecen una primer mención J. W. Anderson y los ale-

---

5 El químico alemán Barón Justus von Liebig mejoró el análisis orgánico
y realizó valiosas contribuciones a la química. No inventó el condensador
"Liebig", pero contribuyó a popularizar su uso. La analogía que Edith
Wharton sugiere entre el trabajo de Liebig y el escritor de una guía turística no resulta, por consiguiente, del todo válida.

manes Ebe[6] y Gurlitt, no hace mucho han quebrado esta conspiración de silencio al dirigir su atención sobre el arte italiano intrínseco del período posrenacentista; período en que, desde Miguel Angel hasta Juvara[7], se ha destacado la escultura y arquitectura (aunque no tanto la pintura), con una serie de nombres memorables. La notable monografía del *signor* Franchetti sobre Bernini y la reciente edición de Tiépolo[8] en las series Knackfuss de la Künstler-Monographien han contribuido a esta redistribución de valores. Ahora el viajero puede profundizar el curso del arte italiano con la imparcialidad necesaria para el goce debido y poder así admirar, por ejemplo, la torre de Mangia sin menospreciar el palacio de la Consulta.

II

Lo que tal vez sí se puede cuestionar es que aunque Milán aparezca como más interesante para la opinión independiente, se traducirá como más pintoresca. Después de todo, el carácter pintoresco es lo primero que busca el peregrino por tierras itálicas; y la noción actual del "carácter pintoresco" es puramente germánica y dentro de ella se incluyen campanarios góticos, cúpulas y la amontonada escarpadura del distrito norte.

Italia ofrece poco y Milán menos que cualquiera para satisfacer estos requisitos. El ideal latino exigía espacio, orden y

---

6 El *Die Spätrenaissance* (1886) de Gustav Ebe fue una fuente invalorable para Edith Wharton, que confió también en ella para su obra *Italian Villas and Their Gardens*.

7 Filippo Juvara o Iuvara (¿1676?-1736), de Messina, fue arquitecto en jefe del Rey en Turín. Además, trazó los planos del Palacio Real de Madrid, culminado por su discípulo Sacchetti.

8 Giovanni Baptista Tiépolo (1696-1770) fue uno de los mejores pintores de frescos de su época. Aunque nació en Venecia, trabajó y murió en Madrid.

nobleza en la composición. ¿Esto significa que el carácter pintoresco es incompatible con lo anterior? Tomemos uno de los grabados de Piranesi[9], esas composiciones extrañas en las que buscaba atrapar el espíritu de una ciudad o de un barrio mezclando sus particularidades más características: aquí un acueducto arruinado proyectando su sombra a través de un trecho solitario repleto de acantos, allí un peristilo palaciego por el que la luz de luna barre un viento invernal, o las entradas de algún poderoso baño romano donde figuras cubiertas con capas se apiñan en oscura confabulación.

Los estudios en blanco y negro de Canaletto ofrecen, en menor grado, la misma impresión de lo grotesco y lo fantástico, la parte oculta de lo que se entiende por *barroquismo*, considerado durante mucho tiempo como la sonrisa afectada en la cara de una era convencional. Pero hay otro aspecto pintoresco más típicamente italiano, alegre más que siniestro en sus sugerencias, hecho de luces antes que de sombras, de color en vez de sólo perfiles, y este es el de Milán. La ciudad está repleta de efectos vívidos, de sugestivas yuxtaposiciones de diferentes siglos y estilos: son todos aquellos contrastes y sorpresas incidentales que perduran en la mente después que los "paisajes" de catálogo han desaparecido. Apartándonos de las calles anchas y modernas —que tienen el mérito de haber sido modernizadas por Eugène Beauharnais en lugar del rey Humberto—, podemos ingresar de inmediato en algún desvío estrecho donde sobresalen ventanas enrejadas de un palacio del siglo XVII, o el delicado ábside terracota de una iglesia del *cinquecento*. En todos lados las formas de expresión son puramente italianas, con la mínima mezcla posible de ese elemento góti-

---

9 Giovanni Piranesi (1720-1778) fue un notable arquitecto y grabador. Aunque su hijo Francesco también se dedicó al grabado, todo hace presumir que en este caso Wharton se refiere al padre.

co que enmarca a las viejas ciudades libres del centro de Italia. La *Rocca* Sforzesca (el viejo castillo Sforza) y las casas en torno a la Piazza Mercanti, son los principales edificios seculares que rememoran la arquitectura con arco ojival del norte; en tanto que las iglesias más antiguas resultan previas a la influencia gótica, y esto nos conduce de nuevo al tipo de basílica de arco circular. ¡Pero qué variedades exquisitas presentan las calles milanesas! Aquí, por ejemplo, está el peristilo Corintio de san Lorenzo, el único fragmento considerable del antiguo Mediolanum[10], su último fuste, apoyado sobre un arco gótico contra el que descansa un santuario con flores. Cerca, nos encontramos con la antigua iglesia octagonal de san Lorenzo, mientras que a unos pocos minutos de allí es posible arribar al sitio donde el palacio Borromeo enfrenta una tranquila plaza con pasto en el frente rococó de la vieja iglesia familiar, escoltada por una estatua de bronce refinada del gran santo y cardenal.

El Palazzo Borromeo constituye en sí mismo un factor notable dentro del notable aspecto de Milán. La entrada conduce hacia un patio encerrado dentro de una arcada ojival[11] montada con ventanas puntiagudas de molduras terracota. Los muros de este patio todavía están pintados con la corona Borromea y el *Humilitas* de la raza noble; y un pasillo nos lleva hacia los cuartos de defensa donde todavía se conservan los archivos de la casa, y donde además, sobre las húmedas paredes de piedra, Michelino Da Milano ha descripto las escenas de una *villegiatura* del siglo XV. En ella es posible apreciar a las mujeres nobles de la casa llevando altos turbantes y fantásticos trajes de piel, ejecutando los pasos de una danza medieval

---

10 La ciudad romana que se convirtió en Milán era conocida como Mediolanum. La iglesia de san Lorenzo Maggiore fue fundada en el siglo IV. El pórtico, con dieciséis columnas, es todo lo que queda de la ciudad original.
11 Galería con arcos en punta.

con jóvenes galantes de calcetines multicolores, o jugando diversos juegos —el *jeu de tarots* y una especie de cricket jugado
con un largo bate de madera se cuentan entre los preferidos—,
mientras en el fondo se erigen las montañas del lago Maggiore y el perfil encumbrado del Isola Bella, entonces una roca
desnuda sin jardínes ni arquitectura. Estos frescos, los únicos
trabajos existentes de un artista lombardo poco conocido, sugieren el estilo de modos secos y vigorosos de Pisanello. Como registro de la vida privada de la nobleza italiana en el siglo XV, sólo pueden considerarse secundarios respecto a los
notables cuadros del Schifanoia en Ferrara.

No muy lejos del palacio Borromeo, otra entrada conduce hacia un escenario diferente: el gran claustro del *Ospedale Maggiore* (Hospital General), uno de los monumentos más gloriosos
que el hombre haya levantado para sus hermanos. Los viejos hospitales de Italia eran famosos no sólo por su belleza arquitectónica y gran tamaño, sino también por su limpieza, orden y el
cuidado especial que se brindaba a los enfermos. Los viajeros del
norte han registrado su profunda admiración hacia estos lazare-
tos, tan sublimes como los palacios en comparación con los tristes hogares para apestados al norte de los Alpes. Al llegar al pre-
dio principal del hospital milanés, es posible enfrentar su amplio
claustro enriquecido por tracerías y medallones de terracota y rodeado de arcos de una galería abierta donde los pacientes podían
observar una extensión pacífica de césped y flores, lo que debió
haber causado la sorpresa de dicho viajero, haya sido éste alemán
o inglés. Incluso hoy uno podría preguntarse si esta poetización
de la filantropía, este manto de caridad en el estilo de la belleza,
no debe haber tenido sus poderes curativos. Por lo menos es pla-
centero pensar en la pobre gente enferma tomando sol en la hermosa galería del Ospedale Maggiore, o sentados junto a las mag-
nolias del jardín, mientras las enfermeras de trajes azules y velos
negros se mueven silenciosamente a través de los claustros luego
de las reuniones celebradas en el campanario de la capilla.

Balcones y pórticos con influencia oriental
en Brescia (Italia)

Pero uno no necesita ingresar a un patio o cruzar una entrada para apreciar la variedad y el colorido de Milán. Las calles están llenas de detalles encantadores: portales de mármol del *quattrocento* encajados con medallones de Sforzas, cabezas tupidas con gorras redondeadas y túnicas plisadas; ventanas de marcos con coronas de frutas y flores terracota; balcones de hierro grabados con elaborados arabescos en los frentes de estuco de las casas; poderosas entradas flanqueadas por atlántides, como el de la casa de Pompeo Leoni (la *Casa degli Omenoni*) y el del seminario jesuítico; o iglesias rococó amarillas y marrones con pirámides, frontones rotos, ángeles voladores, y jarrones llenos de ramas de palmeras de hierro forjado. Es en verano cuando estas calles encuentran su apogeo. Entonces los viejos jardines que dan al Naviglio –el canal que conecta Milán con una parte de Venecia– repiten en sus aguas las galerías de mármol con viñedos colgando y la profusión ilimitada de rosas y camelias. En las calles más aristocráticas, las entradas de los palacios ofrecen a la vista patios dobles y triples, con galerías plenas de enredaderas que encierran el espacio en una sombría turbulencia, y quizá terminando en una fuente ubicada en alguna espléndida composición arquitectónica contra la pared interna del edificio. En verano, también, los arcos oscuros de los barrios más humildes de la ciudad están iluminados por puestos de frutas abrigados por el follaje, y aparecen los melones, higos y duraznos que llevarían a la fresca extravagancia del pincel exuberante de un pintor de frutas flamenco. Entonces nuevamente, cuando gira la calle, uno se encuentra con alguna pequeña iglesia que justo celebra la fiesta de su santo patrono con una valiente exhibición de guirnaldas y colgantes rojos; mientras que no lejos de allí se ha decorado una *bottegha* cavernosa con más guirnaldas y brillantes ramilletes de flores, en medio del cual cuelgan velas pintadas y otras ofrendas diseñadas para atraer la pequeña moneda de la fe.

III

Sin embargo, Milán no depende de las estaciones para brindar esta magia de luz y color de mitad de verano. Para los días oscuros conserva su cúmulo de calidez y brillo escondido detrás de las paredes de los palacios y en el frío crepúsculo de la iglesia y los claustros. Tiépolo atrapó el verano en todo su calor palpitante en el cielo raso del Palazzo Clerici: esa revelación de dioses y semidioses, mortales de todas las tierras y razas, avanzando todos con las manos unidas a través de los rosados vapores del amanecer. Ni se pretenden armonías de color más orgullosas. En los muros de san Maurizio Maggiore, los mártires vírgenes de Luini se mueven como en el mismo resplandor crepuscular de la leyenda: esa luz vacilante en donde lo fantástico se hace posible y las fronteras entre la realidad y la fantasía se desvanecen. Matices de otro tipo pero igual de tiernos, armoniosos, flotan por el atardecer de la sacristía de santa María delle Grazie, un cuarto en penumbras revestido con labor de incrustación, con sus ventanas enrejadas cubiertas por hojas de parra.

Pero nada de lo existente en Milán se acerca a la belleza de la disposición colorida de la capilla de Portinari detrás del coro de Sant' Eustorgio. En Italia, incluso, no existe nada comparable a esta obra de arte hecha en forma conjunta por el arquitecto y el pintor. En Ravenna, la tumba de Galla Placidia y el ábside de san Vitale brillan con matices aún más ricos, y la iglesia baja de Asis no combina en su misterio mutante de claroscuros; pero en lo que se refiere a la luz pura, para obtener una escala de tintes iridiscentes claros y sin sombras, ¿qué puede compararse con la capilla Portinari? Su característica más peculiar es la armonía de forma y color que hace que el diseño decorativo de Michelozzo fluya en su interior y se convierta en parte de los exquisitos frescos de Vincenzo Foppa. Esta armonía no es el resultado de alguna maniobra voluntaria, algún truco del pincel con los que se deleitaban los últimos pintores decorativos. En la capilla Portinari, a la arquitectura y la pintura se les confiere una identidad diferente, y su fusión se logra por la unidad de línea y color; y aún más: quizás, por una comunidad de sentimiento, lo que provoca que toda la capilla conserve ese aspecto alegre y despreocupado (lo cual hace difícil recordar que la capilla es en verdad el mausoleo de un santo martirizado). A pesar de la riqueza y belleza del sarcófago de mármol de san Pedro Mártir, de alguna manera no logra distraer la atención del ambiente. Hay tantos monumentos como ése en Italia, pero sólo una capilla Portinari. Desde la cúpula, con sus matices rojizos y azules mezclándose entre sí como las plumas del torso de un ave, hasta su culminación en un friso terracota de ángeles danzantes que balancean grandes campanas de frutas y flores, la vista nos dirige por medio de insensatas gradaciones del color hacia los frescos de Foppa en las enjutas de los arcos —santos y ángeles iridiscentes— en una puesta de apagada arquitectura clásica. De allí pasamos a otro friso de serafines terracota con alas rosadas contra un fondo verde turquesa; este friso más bajo descansa sobre pilastras de verde claro adornadas con relieve de estuco blanco de pequeños ángeles tintineantes. Solo ante esta exposición de color uno se siente realmente afectado por el sarcófago central. El tinte marfil de su mármol antiguo forma un punto central para el juego de luz, aliándose con los matices suntuosos del vestido de Portinari, en el fresco que representa al donante de la capilla arrodillado ante su santo patrono.

IV

El aspecto pintoresco de Milán ha inundado sus alrededores, y hay varias direcciones en las que uno puede prolongar el goce de su arte característico. La gran Certosa de Pavia, lamentablemente, no puede ser incluida en una categoría de lo pintoresco. Secularizada, catalogada, apartada del espectador –a quien se lo apura a través de innumerables corredores tras los pasos de un custodio gubernamental–, todavía provoca una sensación de belleza, pero ya no estimula esas sensaciones más sutiles que habitan más en la atmósfera de una obra de arte que en la obra en sí misma. Dichas sensaciones habrá que buscarlas en la otra Certosa, la desierta de Chiaravalle. La abadía, con su noble cúpula peristilo, es todavía uno de los objetos más conspícuos en el paisaje chato de Milán; pero dentro todo cae en sus ruinas, y uno siente el encanto melancólico de un edificio maravilloso al que se dejó deteriorar tan naturalmente como a un árbol. El toque desintegrador de la naturaleza es menos cruel que la mano restauradora del hombre; los frescos medio arruinados y el trabajo de marquetería de Chiaravalle conservan, cuidadosamente preservados, su significado original en mayor grado que los tesoros de Pavia.

206 EL CAMINO DE LAS DAMAS

En forma menos melancólica que Chiaravalle y todavía sin arruinar por el toque de conservación oficial, se levanta la iglesia de peregrinación de Madonna di Saronno. Una larga avenida de plátanos conduce desde el pueblo hacia la suntuosa fachada de mármol de la iglesia, una construcción de principios del Renacentismo con agregados ornamentales del siglo XVII. Por dentro, es famosa por sus frescos de Luini[12] en el coro y los de Gaudenzio Ferrari en la cúpula. Los primeros están colmados de una serena belleza impersonal. Pintados durante su última etapa, cuando cayó bajo la influencia de Rafael y la "elegancia", carecen del encanto íntimo de sus primeras obras. Sin embargo, la nota lombarda, la calidad *"Leonardesca"* aparece aquí y allí en las miradas distantes de las mujeres, así como en la belleza de los cabellos rubios de las cabezas adolescentes, en tanto encuentran una expresión más completa en las exquisitas figuras individuales de santa Catalina y santa Apollonia.

Si estas obras majestuosas son menos típicas de Luini que, por ejemplo, los frescos de san Maurizio Maggiore, o los de Casa Pelucca (ahora en Brera), la cúpula Gaudenzio parece, por el contrario, resumir en una gloriosa explosión expresiva toda la imaginación que alguna vez evocara y que su mano se encargó de encarnar. A ciertos artistas parece que les ha sido otorgado el don de alcanzar, por lo menos una vez, este momento culminante de expresividad: para Tiziano, por ejemplo, en el *Bacchus* y el *Ariadne*; para Miguel Angel en el monumento de Médicis, para Giorgione en el *Sylvan Concert* del Louvre. En otras palabras, ellos pueden revelar poderes superiores, concepciones más magnificentes; pero sólo una vez, quizá, se les brinda la posibilidad de lograr el perfecto equilibrio entre la mente y la mano; y en ese momento, aun los artistas con menos habilidades, rozan la

---

12 Bernardino Luini, pintor de la escuela milanesa (¿1480?-1532) que se distinguió por sus frescos. Al igual que Ferrari, fue discípulo de Leonardo.

grandiosidad. Gaudenzio encontró su oportunidad en la cúpula de Saronno, y por una vez se despega del encantador pintor anecdótico de Varallo hacia la hermandad de los Maestros. Es durante estas instancias cuando el don revela la disposición de alegría celestial, tan vívidamente encarnada en su círculo de ángeles en el coro que la forma parece convertirse en sonido, y la bóveda parece llenarse con una explosión de júbilo celestial. Con mano resuelta, ha mantenido esta nota de algarabía. No se puede ver en ninguna parte que su ingenio decaiga o que el pincel se demore. Los grupos de cabezas soleadas, los cortinajes volando, las partituras musicales vibrantes, están mezcladas como por un viento de inspiración, una brisa que sopla desde las pasturas celestiales. Las paredes del coro parecen resonar con uno de los estribillos de los ángeles de *Fausto*, o con las últimas líneas armoniosas de *Paradiso*. ¡Feliz el artista cuya capacidad total encuentra voz en dicha tecla!

V

El lector que ha seguido estos esporádicos peregrinajes a través de Milán sólo ha tocado el dobladillo de su vestimenta. En el Brera, la Ambrosiana, la galería Poldi-Pezzoli, y el magnífico nuevo Museo arqueológico, ahora incluido dentro del viejo castillo de los Sforza, existen tesoros superados sólo por aquellos que están en Roma y Florencia. Pero éstos están entre las riquezas reconocidas de la ciudad. Las guías los señalan, figuran dentro del golpeado circuito turístico, y es preferentemente durante los intervalos de cada estudio sistematizado del pasado, en los paréntesis del viaje, cuando uno logra esas miradas más íntimas que ayudan a componer la imagen de cada ciudad, a preservar su personalidad en la mente del viajero.

(De *Italian Backgrounds*, 1905)

Con Henry James, Teddy Wharton y Charles Cook

DE ROUEN A FONTAINEBLEAU[13]

Dos días más tarde, el Sena nos condujo a través de sus más suaves curvas desde Rouen a Les Andelys, pasando por esos brillantes jardines centrales que se extienden sobre sus orillas, esas islas tan húmedas cubiertas por una franja de álamos, esos promontorios tan verdes que desvían su corriente plateada. Continuamente controlábamos la trayectoria del motor, parando aquí y allí, y otra vez aquí, procurando reconocer cómo Francia comprende, disfruta y vive sus ríos.

---

13 Este texto pertenece a la obra *A Motor-Flight Through France*, que apareció por primera vez con este título en el número 98 de la revista *The Atlantic Monthly* (diciembre de 1906) y continuó en el número siguiente (enero de 1907). Al año siguiente se publicó *A Second Motor-Flight Through France* (enero de 1908).

Su pasado de gloria parece momentáneamente haber dejado de vivir, ya que esa mañana por más que preguntamos y preguntamos, no lográbamos aprender el camino hacia el Château
Gaillard del rey Ricardo situado en el peñasco sobre Les Andelys. Cada curva desde la ruta de París parecía conducirnos directamente hacia lo desconocido; *"mais c'est tout droit pour París"*
era la respuesta inevitable cuando preguntábamos por nuestro
camino. Sin embargo, a tan sólo unas pocas millas estaban dos
de las ciudades más pintorescas de Francia –la pequeña y la gran
Andely– coronadas por una fortaleza que marcó una época en la
arquitectura militar y a la que se asocia con las fortunas de una
de las figuras más románticas de la historia. Al fin nos entera-
mos que respetando los giros del Sena, éstos nos conducirían
dentro de unas pocas millas al lugar que buscábamos. Y así, ha-
biéndonos desenredado con dificultad de la ruta de París, seguimos a través de tranquilos caminos laterales y pueblos desconocidos, por *manoirs* de piedra gris mirando a hurtadillas a través
de altos matorrales de lilas y laburnos. Nuestra ruta nos condujo a lo largo de sombríos trechos de ríos, donde los pescadores se
adormecían en sus barcazas y el ganado pastaba por las praderas
debajo de los sauces, hasta que las suaves laderas rompían abrup-
tamente en altos peñascos llenos de tojos, y la corriente calma
del río daba un brusco giro sobre su base. Hay algo fantástico en
este repentino cambio de paisaje cerca de Les Andelys: el familiar escenario ribereño francés, de roca extrañamente raída y vegetación negra y rala, podría haber servido como fondo de una
tela de Piero della Francesca. Mientras, el Sena agitado desde su
curso a través de praderas protegidas, hace una curva majestuo-
sa hacia la Petit Andely en la bahía de los peñascos, y luego se
prolonga por debajo de las alturas donde Corazón de León plantó sus bastiones sutilmente calculados.

¡Ah, pobre trapo, ondulante en una ruina! ¡Tan finito,
tan gastado por el tiempo, tan desafiado por la tormenta y las
granadas, languideciendo como un cartel roto con victorias ol-

vidadas en sus pliegues! Cuanto más elocuentemente estas piedras tambaleantes cuentan su historia, cuanto más profundo es el pasado al que nos llevan, más gallardos se muestran estos castillos (Pierrefonds, Langeais[14], y el resto) que han soportado con estoicismo las inclemencias del clima y el tiempo. El restaurador de sus arcos ha trabajado a su voluntad, reduciéndolos a meras muestras de museos, juguetes arqueológicos de los que se han despojado con despiado todos los atributos del tiempo. La elocuencia del Château Gaillard reside allí: nos cuenta con toda claridad, con soberbia melancolía acerca de su historia de siglos (cuánto tiempo ha estado allí, cuánto ha visto, cuán lejos el mundo ha viajado desde entonces) y en qué murmullo ronco y entrecortado se ha convertido la voz del feudalismo y la hidalguía...

La ciudad que una vez se cobijó bajo la protección de aquellas murallas caídas, todavía agrupa sus casas viejas y fuertes alrededor de una iglesia gris y venerable. Sin embargo, está plantada tan tenazmente en sus pilares, que uno podría imaginar la invitación compasiva al pobre fantasma de una fortaleza para que baje y se refugie bajo sus bóvedas. Municipio y castillo han intercambiado su lugar debido a las condiciones mutantes de los siglos, el débil desarrollo de la ciudad dejando atrás el breve y arrogante florecimiento de la fortaleza —*"la justa hija de un año"* de Richard— que la había creado arbitrariamente. La fortaleza en sí ahora no representa a otra cosa más que uno de los decorados de la Musa de la Historia; pero la ciudad, pobre y pequeño retoño de la exigencia militar, ha creado su vida propia, convirtiéndose en un constante

---

14 Langeais es un castillo fortaleza en el Loire que Luis XI comenzó en 1465, y que fuera restaurado por su posterior dueño, Jacques Sigfried. En tanto que Pierrefonds, un castillo en los alrededores de París, fue reconstruido por Eugène Violette-le-Duc (posiblemente "el restaurador de sus arcos" al que se refiere Wharton) entre 1859 y 1870.

centro de actividades humanas. No obstante, por un accidente del que el viajero no puede menos que regocijarse, a pesar de su sólida mampostería y su aire de antiguo vigor todavía conserva ese aspecto casi sin modernizar por el cual algunos pequeños distritos franceses recuerdan la figura de un centenario bullicioso, con todas sus facultades todavía activas, pero vistiendo los trajes de un tiempo ya pasado.

Retomando la ruta de París, volvimos a pasar una vez más por el paisaje normal del Sena, con ciudades sonrientes sobre sus costas, con lilas y glicinas brotando de sus paredes, con pequeños cafés en las plazas soleadas del pueblo, con flotillas de barcos de pasajeros anclados en las márgenes del río y amparados por los sauces.

En ningún otro lugar que no sea este país del Sena se puede sentir más intensamente la amenidad de los modales franceses, el largo proceso de adaptación social que ha producido en forma tan profunda y general una razón para la vida. A todos los que pasamos en nuestra travesía, desde el que alquila los botes en el canal hasta el aprendiz de panadero con gorra blanca, desde el *marchand des quatre saisons* al perro blanco acurrucado filosóficamente bajo su carreta, desde el repostero que pone un plato nuevo de brioches en su apetitosa vidriera hasta la *bonne* del párroco quien justo ha salido a escurrir la lechuga en su puerta, todas estas personas (y dentro de esta categoría incluyo al perro) descansaban o llevaban adelante sus actividades con ese entusiasmo que surge de una aceptación inteligente de las condiciones dadas. Cada uno tenía su propio rincón ya establecido en la vida, los intereses francamente reconocidos y las preocupaciones de su clase, su orgullo por la elegancia de sus barcazas, la seducción de sus vidrieras, el brillo de los brioches, la textura de la lechuga. Y esta admirable adaptación a la estructura, que casi parece el resultado moral de un sentido universal de la forma francés, ha llevado la carrera al descubrimiento feliz y trascendental que los buenos modales constitu-

La fina estampa de Edith Wharton

yen un atajo hacia las metas personales, que aceitan las ruedas
de la vida en lugar de obstruirlas. Este descubrimiento –el resultado, que a uno impresiona, de la aplicación de los instrumentos mentales más refinados al confuso proceso de vivir–
parece haber iluminado no sólo la relación social, sino también
su mundo externo. Su expresión concreta, produce un acabado
en la puesta material de la vida, un tipo de conformidad en las
cosas inanimadas creando, en resumen, el fondo del espectáculo que atravesamos. El lienzo en el que está pintado expresa no
menos el aspecto de cada jardín individual como esa insisten-
cia en la dignidad cívica y en la gracia mantenida milagrosa-

mente a través de cada tormenta de pasión política, cada cambio de convicción social, por un pueblo comprometido en forma resuelta a obtener el disfrute inteligente de vivir.

Por Vernon, con sus muros cubiertos por limas en *berceau*, por Mantes con sus jardines brillantes y la graciosa iglesia restaurada que domina su plaza, luego pasamos a Versailles, abandonando el curso del Sena para poder vislumbrar el país cerca de Fontainebleau. Desde la punta de la Route du Buc, que se extiende con abruptas curvas desde la Place du Château en Versailles, se llega a los arcos del acueducto de Buc, uno de los monumentos de aquella espléndida extravagancia que creó Luis XIV para su *Golden House*, trayendo sus milagrosas arboledas y jardines hasta las áridas llanuras de Versailles. El acueducto, que forma parte del estrafalario sistema de irrigación del cual el equipo de Marly[15] y el gran canal de Maintenon conmemoran etapas, está conformado por una serie de estructuras sucesivamente desastrosas con sus aberturas tan inútiles como mastodónticas. Las encantadoras visiones que ofrece el paisaje hasta el sudoeste de Versailles, se ven interrumpidas por estos abortivos experimentos arquitectónicos que parecen, después de todo, estar completamente justificados por el tiempo.

El paisaje al que miran los arcos es una región alta de bosques y valles, con castillos al final de un extenso panorama

---

15 En 1684 Luis XIV hizo que se construyera un inmenso motor hidráulico en el pequeño pueblo de Marly con el objetivo de aprovechar las aguas del Sena para las fuentes y canales de Versailles. Como resultado, hubo graves reducciones en el suministro de agua tanto en París como en los campos circundantes. El equipo de Marly fue considerado en su época casi la octava maravilla del mundo. Por otra parte, Françoise d'Aubigne Maintenon fue la segunda esposa de Luis XIV. Siendo aún institutriz de sus hijos ilegítimos, el rey le regaló Maintenon, un château con foso entre Chartres y Rambouillet. De esta forma, Françoise se convirtió en la Marquesa de Maintenon. El acueducto del siglo XVII es una de las principales atracciones de la zona.

verde, y viejos y floridos pueblos encajados entre los pliegues de las colinas. A la primera curva del camino a Versailles, el suburbanismo bien conservado del área circundante da lugar al paisaje real del campo: todavía bien conservado y apacible, tranquilo y dulcemente resguardado, con grandes granjas, tranquilas rutas campestres, y una mirada bonachona y sencilla en los rostros de los campesinos.

Al atravesar algunas partes de Francia, uno se pregunta adónde van los habitantes de los *châteaux* cuando emergen de sus portones. Más allá de esos portones, los campos llanos, interminables, divididos por caminos rectos y sin sombras, llegan hasta cada punto de la brújula. Pero las boscosas ondulaciones del campo, la cordialidad de los pueblos, la reaparición de grandes granjas irregulares (algunas, aparentemente, restos de fortificadas haciendas monásticas) sugieren la posibilidad de algo que recuerda la vida rural inglesa, con sus uniones tradicionales entre parque y campos. La breve travesía entre Versailles y Fontainebleau —si uno toma el camino más largo, por Saint Remy-les-Chevreuse y Etampes—, ofrece una sucesión de impresiones encantadoras, más variadas que las que a menudo se pueden encontrar luego de un largo día motorizado por otros rincones de Francia. A mitad de camino, es posible tropezarse con la espléndida sorpresa de Dourdan.

La ignorancia no existe sin sus usos estéticos, y aparecer en la vieja y modesta ciudad sin conocer (o habiendo olvidado si se prefiere ponerlo así) al gran castillo de Philip Augustus que, con sus fosas, calabozos y enredaderas, todavía conserva su tranquila plazoleta central. Encontrarse con este vigoroso fragmento de la arrogancia medieval, con las pequeñas casas de Dourdan aún escondiendo sus techos humildes en un círculo servil... ¡bueno! Para percibir el sabor total de dichas sensaciones, vale la pena pertenecer a un país donde el último nuevo silo con elevador mecánico o un edificio de oficinas sean los únicos monumentos de la arquitectura circundante a los que se les rinden homenaje. Además, Dourdan posee el encanto extra de una vieja posada que enfrenta a su castillo. Se trata de una posada como aquella en la que cenaron Manon y Des Grieux en su camino hacia París, donde en un gran patio protegido por la sombra de los árboles uno podría darse un festín de frutillas y queso en una mesa cercada por arbustos podados, con perros y palomas que pululan amigablemente en busca de migajas, en tanto el anfitrión y la anfitriona, sus sirvientes, mozos y *marmitons* desayunan en otra mesa larga, justo frente de la cerca.

Ahora que las exigencias del automovilista están introduciendo las cañerías modernas y los muebles Maple en las partes más extremas de Francia, estas viejas posadas románticas, donde desayunar resulta tan fascinante aun cuando son algo precarias para dormir, se están convirtiendo en lugares tan extraños como las torres medievales con las que son, en cierto modo, contemporáneas. Dourdan es afortunada al conservar todavía dos ejemplos tan perfectos que pueden atraer la atención del arqueólogo.

Etampes, nuestra siguiente ciudad importante, presenta en contraste un matiz un poco monótono y decepcionante. Sin embargo, por esa misma razón, tan típica de los pueblos de la campiña francesa corriente (secos, compactos, sin sentimientos, como acaparando con avaricia un extenso pasado de riqueza), su única calle recta y gris así como la vieja iglesia de retiro, constituirán de aquí en más y para siempre el escenario de *ville de province* en mi puesta de ficción francesa. Más allá de Etampes, mientras uno se acerca a Fontainebleau, el paisaje se torna extremadamente pintoresco, con osados florecimientos de roca ennegrecida, campos de retamas doradas, arboledas de abedules y pinos: los primeros indicios del fantástico paisaje de la selva. Los largos pasillos verdes que se abrían ante nosotros con todo el frescor de la verdura primaveral, escalonándose a la derecha y la izquierda hacia glorietas distantes, hacia cruces y obeliscos de

La pasión por lo distinto.
El Marruecos que conoció Edith Wharton

piedra musgosa, nos conducían en definitiva a través del ocaso
hacia el viejo pueblo en el corazón de la selva.

(De *A Motor-Flight Through France*, 1908)

EL BAHIA

Quien quiera entender Marrakech, deberá comenzar
por treparse al techo del Bahía en el atardecer. Por debajo aparece desplegado el oasis –ciudad del sur, plano y vasto como
es en realidad el gran campo nómade– su techo bajo exten-
diéndose hacia todos lados hasta un cinturón de palmeras azules rodeadas de desierto. Sólo dos o tres alminares y unas pocas
casas nobles entre jardines rompen la chatura general; pero éstas son casi invisibles, ya que la vista se dirige irresistiblemente hacia dos objetos dominantes: la pared blanca del Atlas y la
torre roja del Koutoubya.

Cuadrada, uniforme, la gran torre eleva sus flancos de piedra rosada. Sus extensiones de pared sin ornamento alguno, su triple fila de aberturas agrupadas, se iluminan al levantarse las severas luces rectangulares de la primera plataforma hasta la elegante galería por debajo del parapeto, descubriendo la rigurosa armonía de la arquitectura más noble. Si bien el Koutoubya resultaría imponente en cualquier lugar, en este desierto chato adquiere la magnificidad suficiente como para enfrentar al Atlas.

Los conquistadores *almohad* que construyeron el Koutoubya y embellecieron Marrakech, imaginaron un sueño de belleza que se extendía desde el Guadalquivir hasta el Sahara, y en sus dos extremos ubicaron sus atalayas. La Giralda pudo ver enemigos civilizados en una tierra de antigua cultura romana; el Koutoubya se erigía a un lado del mundo, enfrentando las hordas del desierto.

Los príncipes almorávides que fundaron Marruecos llegaron desde el desierto negro de Senegal; ellos mismos eran líderes de multitudes salvajes. En la historia de Africa del Norte se ha repetido el mismo ciclo a perpetuidad. Generación tras generación de jefes circularon desde el desierto o las montañas destituyendo a sus antecesores, masacrando, saqueando, haciéndose ricos, construyendo lugares temporarios, alentaron a sus servidores a hacer lo mismo para luego atacarlos y quitarles sus riquezas y palacios. En general cierta furia religiosa, cierta ira ascética contra el desenfreno de las ciudades originaban estos ataques; pero invariablemente los mismos resultados proseguían, como cuando los bárbaros germánicos bajaron a Italia. Los conquistadores, enfermos de lujo y enloquecidos por el poder, construyeron palacios más inmensos, planearon ciudades más grandiosas; pero los sultanes y los visires acampaban en sus casas de oro como si estuvieran en la frontera, y las chozas de barro de los hombres de las tribus eran trasladadas no mucho más allá de las carpas de paredes de barro de los *indeseables*.

Este fue especialmente el caso de Marrakech, una ciudad

de berberiscos y negros, último puesto fronterizo contra el cruel mundo negro más allá del Atlas de donde llegaron sus fundadores. Cuando uno observa el lugar y toma en consideración su historia, sólo puede maravillarse ante el apogeo que alcanzó su civilización.

El Bahía en sí mismo, ahora palacio del Ministro Residente aunque fuera construido hace menos de un siglo, es típico de la megalomanía arquitectónica de los grandes líderes sureños. Fue concebido por Ba-Ahmed, el todopoderoso visir negro del sultán Moulay-el-Hassan (quien reinó entre 1873-1894) y también, como resulta obvio, un notable artista y arqueólogo. Su ambición era recrear un Palacio de la Belleza como el que los moros habían construido en los inicios del arte árabe, y llevó a Marruecos artífices habilidosos de Fez, los últimos maestros sobrevivientes del misterio del yeso cincelado y de los mosaicos de cerámica y del agujereado nido de abeja del cedro dorado. Llegaron, construyeron el Bahía, y sigue siendo el más encantador y fantástico de los palacios marroquíes.

Patios dentro de patios, jardines detrás de jardines, salas de recepción, departamentos privados, dependencias para esclavos, soleadas recámaras para los profetas sobre los tejados y bañeras en bóvedas arqueadas, pasillos laberínticos y habitaciones se prolongan a través de varios acres de tierra. Un largo patio encerrado dentro de los límites de un trabajoso enrejado verde pálido, muestra cómo las palomas empluman sobre el gran aljibe y las gotas de las tejas brillan contra la luz refractada del sol. El patio conduce a la penumbra fresca de un jardín de cipreses por debajo de túneles de jazmines rodeados de agua corriente. Luego se vuelve a abrir hacia dependencias arqueadas decoradas con un frente de mosaicos y estucado donde, en un lánguido crepúsculo, la incesante música de las fuentes arrastra las horas.

La magnificencia de los palacios marroquíes se conforma con los detalles de ornamentación y refinamientos de encanto sensual, demasiado numerosos para registrarlos todos. Pero para hacerse una idea del entorno general, vale la pena cruzar el Patio de los Cipreses en el Bahía y seguir una serie de pasillos enclavados en lo bajo que giran sobre sí mismos hasta llegar al centro del laberinto. Aquí, pasando por una puerta baja cerrada con candado que conduce a una cripta (conocida como *La puerta de la Casa del Tesoro del Visir*), desde donde se ingresa por un portal pintado que abre un santuario aún más secreto: el departamento de *El Favorito del Gran Visir*.

Esta hermosa prisión, de donde se excluye toda visión y sonido del mundo exterior, está construida sobre un atrio pavimentado con discos en turquesas, negros y blancos. El agua gotea desde una vasca central de alabastro hasta un canal de mosaico hexagonal en la acera. Las paredes, que tienen por lo menos veinticinco pies de altura, están entejadas con rayos pintados que descansan sobre estuco delineado donde se ubica una galería de cristal engalanado. A cada lado del atrio se encuentran largas habitaciones separadas; sus puertas son color bermellón y están pintadas con arabescos dorados y acompañadas por primaverales jarrones. A estas habitaciones internas, cubiertas por alfombras, cómodos sofás y suaves almohadas, no ingresa la luz del sol, a excepción de cuando se abren las puertas dentro del atrio. Fue en este fabuloso lugar donde tuve la suerte de alojarme mientras estuve en Marrakech.

Con un clima que, tras derretirse la nieve invernal del Atlas, cada soplo de aire durante largos meses es una llamarada de fuego, estas habitaciones encerradas en el centro palaciego son los únicos lugares de solaz contra el calor. Aun en octubre la temperatura del departamento de *El Favorito* era deliciosamente refrescante después de una mañana en los bazares o en las calles polvorientas, y nunca pude volver a sus mosaicos húmedos y crepúsculo perpetuo sin la sensación de sumergirme en una profunda pileta de agua de mar.

Desde lejos, a través de corredores tortuosos, llegaba la esencia de los pimpollos de cidra y jazmín, algunas veces con el canto de un pájaro antes del amanecer, otras con el lamento de un tañido de flauta al atardecer, y siempre el llamado del almuédano en la noche. Sin embargo, la luz del sol sólo lograba penetrar al departamento como rayos remotos a través de la galería, en tanto el aire no filtraba sino a través de uno o dos paneles rotos.

A veces, recostada en mi diván y mirando hacia afuera a través de las puertas color bermellón, sorprendía a un par de golondrinas caídas del nido sobre las vigas de cedro para atildarse en el borde de la fuente o en las canaletas del pavimento, dado que el techo estaba colmado de pájaros que iban y venían por los paneles rotos de la galería. En general, eran mis únicas visitas, pero una mañana justo al amanecer me despertó el suave ruido de pies desnudos y vi, proyectados contra las paredes color crema, una procesión de ocho negros altos vestidos con túnicas de lino que se dirigían silenciosamente hacia el atrio como un friso de bronce móvil. En esa puesta sensacional y con el susurro de la hora del crepúsculo, la visión era tan igual al cuadro de una *Tragedia en el palacio del sultán* (*Seraglio Tragedy*), a algún fragmento de un Delacroix o Dechamps flotando dentro de la mente soñolienta, que casi creí haber visto fantasmas de los verdugos de Ba-Ahmed con un puñal y una cuerda volviendo al lugar de la escena de un crimen que había quedado impune.

Cantó un gallo, y desaparecieron... Y cuando cometí el error de preguntar qué habían estado haciendo en mi habitación a esa hora, me dijeron (como si fuera la cosa más natural del mundo) que eran los faroleros municipales de Marrakech, cuya tarea es rellenar todas las mañanas las doscientas lámparas de acetileno que iluminan el Palacio del Ministro Residente. Esos aspectos tan impredecibles, en esta ciudad misteriosa, hacen que las funciones domésticas más comunes brillen de un modo único.

(De *In Morocco*, 1920)

LOS *BAZAARES*

Marrakech es el gran mercado del sur; y el sur abarca no sólo el Atlas con sus jefes feudales y los rudimentarios miembros de los clanes, sino todo lo que yace más allá del calor y el salvajismo: el Sahara de los tuaregs con velo, Dakka, Timbuctou, Senegal y el Sudán. Aquí vienen las caravanas de camellos de Demnat y Tameslout, desde Moulouya y el Souss, y aquellos que llegan de los puertos del Atlántico y los confines de Algeria.

La población de esta vieja ciudad de la frontera sur siempre ha estado aún más mezclada que la de las ciudades del norte de Marruecos. Está compuesta por los descendientes de todos los conquistados de una larga hilera de sultanes que trajeron sus séquitos de prisioneros a través del océano, desde la España mora, y del desierto, desde Timbuctou. Incluso en la región más cultivada de la ladera baja del Atlas hay grupos de origen étnico variado, descendientes de tribus erradicadas por gobernantes pasados y que todavía conservan muchas de sus características originales.

En los bazares toda esta gente se encuentra y se entremezcla: mercaderes de ganado, agricultores de aceitunas, campesinos del Atlas, del Souss y de Draa. Hombres melancólicos del desierto, negros de Senegal y Sudán, negociando con mercaderes de lana, curtidores, comerciantes de cueros, tejedores de seda, armeros, y fabricantes de herramientas agrícolas.

Oscuros, violentos y fanáticos: así son estos estrechos *souks* (mercados) de Marrakech. Son meros callejones de barro techados con juncos, como en el sur de Túnez y Timbuctou, y las multitudes que pululan por ellos son tan compactas que a ciertas horas resulta casi imposible acercarse a los diminutos canales donde los mercaderes se sientan como ídolos entre sus mercancías. De inmediato se percibe que algo más que la idea del regateo –a pesar de lo inherente que esto es al corazón africano– anima a estas muchedumbres en incesante movimiento. Los mercados de Marrakech parecen ser, más que cualquier otro, el órgano central de una vida nativa que se extiende fuera de los muros de la ciudad, en las hendiduras secretas de las montañas y oasis lejanos donde se maquinan conspiraciones y se fomentan las guerras santas. Incluso más lejos, en los desiertos dorados desde donde llegan en secreto los negros a través del Atlas, hasta alcanzar este recóndito escondrijo donde el tráfico de carne y hueso de la antigüedad aún tiene lugar en forma subrepticia.

Todos estos hilos de la vida nativa, tejidos con codicia y lujuria, con fetichismo y temor y odio ciego hacia los extranjeros, forman en los *souks* una gruesa red en la que, literalmente, los pies parecen enredarse. Fanáticos con pieles de oveja resplandeciendo desde las protegidas entradas de las mezquitas; fieros hombres tribales con armas incrustadas en sus cinturones y los fuertes mechones de los luchadores que escapan desde los turbantes de pelo de camello; negros locos parados desnudos en los nichos de las paredes emanando conjuros sudaneses ante una multitud fascinada; judíos consumistas con una expresión entre patética y astuta en sus ojos grandes y labios sonrientes; vigorosas muchachas esclavas con jarros de aceites de la tierra pegados contra sus caderas oscilantes; muchachos de ojos almendrados conduciendo a mercaderes gordos de la mano; mujeres berberiscas de pies descalzos, tatuadas e insolentemente alegres, ofreciendo sus cobertores rayados, o bolsas de rosas y lirios para azúcar, té o algodones de Manchester. De todos estos cientos de personas desconocidas e irreconocibles, unidas por afinidades secretas o engañándose con odio oculto, allí emanaba una atmósfera de misterio y amenaza más asfixiante que el olor de los camellos y las especias y los cuerpos negros y las fritangas humeantes que están suspendidas como neblina debajo del techo cerrado de los *souks*.

Y repentinamente uno se aleja de la multitud y del aire turbio hacia una de esas esquinas silenciosas que son como las aguas estancadas de los bazares: un pequeño cuadrado donde un viñedo se extiende a través del frente de un negocio y cuelgan racimos maduros de uvas trepándose por los junquillos. En la silueta de las sombras de las uvas un burro muy viejo, atado a un poste de piedra, dormita bajo una montura apretada que nunca se saca; y muy cerca, en un rincón alfombrado, se sienta un hombre muy anciano todo vestido de blanco. Es el jefe de la comunidad de trabajadores de "pieles marroquíes" de Marrakech, los artesanos más hábiles de Marruecos en la preparación y el uso de las pieles a los que la ciudad les debe su nombre. Con estos cueros suaves, blanco crema o teñidos con pieles de cochinillos o granadas, se hacen las lujosas maletas de los bailarines Chleuh, las chinelas bordadas para el harén, los cinturones y arneses que se destacan dentro del comercio marroquí. Y con las más refinadas, en aquellos días, se preparaban las encuadernaciones de piel rojo granate de los bibliófilos europeos.

De este rincón tranquilo uno pasa al esplendor bárbaro de un mercado cargado de racimos plumosos de seda vegetal, marañas de cidra amarilla, carmesí, verde langosta y púrpura puro. Este es el reducto de los tejedores de seda, y al lado se encuentran los encargados del teñido, con grandes bateas hirvientes donde se sumerge la seda en crudo, y cuerdas sobre ellas donde se cuelgan las masas multicolores para secarlas.

Otra curva nos conduce hacia la calle de los trabajadores de metal y los armeros. La luz del sol ingresa a través de llamaradas de paja sobre los bordes redondeados de cobre trillado o brilla en las protuberancias plateadas de frascos de polvo y pistolas ornamentadas. Y no muy lejos está el *souk* de los hombres que se dedican a la fabricación de herramientas de labriego, lleno de campesinos vestidos con mantos Chleuh ordinarios a la espera que se les reparen sus arcaicos arados. En una hilera externa de chozas de barro, están los herreros. Los negros se acuclillan en el polvo y dejan ver sus vigorosas figuras desnudas, apenas cubiertos con taparrabos harapientos, mientras se agachan sobre el carbón en llamas.

Y así concluye el laberinto del *bazaar*.

ANNEMARIE SCHWARZENBACH ELLA MAILLART

UN ANGEL DEVASTADO EN LA RUTA CRUEL (EL CLAN DE LAS SUIZAS)

Suiza es un país pequeño, alejado de cualquier sueño marino, encerrado en la prodigiosa protección de los Alpes. En ese marco que parece situarlo fuera de todo espacio, la Confederación Helvética ha trascendido por algunas obsesiones cultivadas con puntualidad a lo largo de siglos: una pertinaz neutralidad que la coloca por encima de los dolores del mundo, la obstinada perfección de sus relojes –con los que parece controlar las leyes del tiempo– y la sencilla dulzura aparente de sus chocolates.

Aun cuando estas peculiaridades alejan la posibilidad de que los nativos nacidos bajo la bondad de sus cielos puedan sentirse inclinados a salir de allí, Suiza dio hacia la primera mitad del siglo XX una serie de mujeres que desafiaron la distancia con un desparpajo inusual. Podemos atribuir a la sangre eslava de Isabelle Eberhardt la razón de su inquietud, pero ¿cómo explicar, por ejemplo, a Annemarie Schwarzenbach? Hija de un próspero industrial, dueño de una fábrica de filaturas de seda en Thalwil, su abuelo materno fue el general Ulrich Wille, al mando del ejército suizo durante la Primera Guerra Mundial[1]. Tener como ascendiente a un militar del pequeño país neutral equivale de algún modo a acercarse a la quintaesencia del ser nacional.

Esa rigidez patriarcal, la asfixiante sensación de vivir entre las coordenadas de un tiempo suspendido, ¿alcanzaban a explicar la necesidad de huida, a buscar palabras allí donde la melancolía se reflejaba como una herida abierta en la nieve? ¿Era eso lo que muestra su rostro lánguido y a la vez hermoso? Tal vez. Las fotos nos revelan a una mujer de belleza tan extraña como increíble que, lo sabemos, cautivó por igual a hombres y mujeres de distintas clases y culturas, desde Carson McCullers[2] hasta una anónima joven turca, pasando por Blaise Cendrars a los hermanos Klaus y Erika Mann.

"Un ángel devastado", la bautizó el celebérrimo Thomas

---

1 Algo muy poco frecuente: en Suiza sólo se nombran generales en tiempo de guerra. Al finalizar el conflicto bélico el general Wille fue obligado a dimitir debido a sus estrechos contactos con Alemania.
2 Se conocieron en Nueva York en 1940, cuando Carson abandonó su Georgia natal al separarse de su marido, Reeves McCullers. Por entonces era una adolescente tardía de 23 años que había conocido la gloria literaria

Mann al conocerla. *"Un ángel inconsolable"*, añadió Roger Martin du Gard. Y este *ángel*, devastado o inconsolable, provista de múltiples talentos, pianista, historiadora, escritora, un alma errante que puede combinar un comentario sobre la revolución rusa con otro sobre las antiguas culturas de Sumaria, que se movió con la misma naturalidad entre los intelectuales del Berlín de entreguerras y Nueva York que con los colonos del Congo o los campesinos de Persia, vivió en la pesadilla de un tiempo que huía irremediablemente entre sus labios cortados por alcohol, morfina y amores desesperados.

Nació en 1908 en Zurich y allí creció, en la residencia de Bocken, una propiedad del siglo XVII ubicada en un paraje exquisito que da al lago y que emana buen gusto desde cada uno de sus rincones. A este lugar asisten con frecuencia conocidos industriales, o artistas como Gerhart Hauptmann, Richard Strauss y también los Wagner (al menos Sigfried y su esposa Winifred). El coronel Alfred Schwarzenbach, cuyos rastros familiares databan desde la Alta Edad Media, poseía en el país pero sobre todo en el extranjero un imperio textil que le reportaba enormes ingresos. Sólo una cosa anhelaba el padre de Annemarie: que lo dejaran tranquilo.

Eso hizo que su esposa, Renée Wille, una mujer de rasgos autoritarios y marcadamente masculinos, de temperamento explosivo, dominara su casa con la misma eficacia que un cuartel. Annemarie fue la presa favorita de su madre, por lo demás hábil amazona como lo prueban importantes premios obtenidos en competencias de equitación de Suiza, Alemania

---

repentinamente con su primera novela, *The Heart is a Lonely Hunter* (*El corazón es un cazador solitario*). La atracción que siente Carson no será correspondida por Annemarie, a pesar de —o quizás a causa de ello mismo— estar unidas por muchas afinidades. De cualquier modo, la fascinación de Carson quedará expresada al dedicarle su segundo libro, *Reflections in a Golden Eye* (*Reflejos en un ojo dorado*).

y Austria. Sometió a su hija a una férrea disciplina, aun cuando ella se entregara a placeres menos marciales, como la cantante de ópera Emmy Krüger, con quien compartió una íntima amistad durante muchos años. Renée llamaba a su tercera hija *Pulgarcito*, la obligaba a vestir pantalones de cuero y a mostrar una conducta dura. La hermana mayor de Annemarie, Suzanne Ohman, recuerda que su madre lamentaba no haber nacido varón, *"y sin duda proyectó de modo inconsciente este deseo en mi hermana, a quien vio desde el comienzo como a su doble, una réplica perfecta de sí misma. Por eso la vestía como a un chico, la llamaba 'mi pequeño paje' y alentaba todas sus tendencias masculinas, así como su atracción por las mujeres"*[3].

Los primeros quince años de su vida, Annemarie vivió bajo el total y completo yugo materno. En una obra posterior, la narradora dirá: *"¿Qué es 'mi hogar'? ¿Mi madre? Sí, mi madre es mi hogar"*[4]. Luego se matricula en una escuela privada de Zurich y comienza a vivir otros tipos de experiencias. La pulsión literaria y su interés por las jóvenes actrices de la ciudad no le dejan demasiado tiempo para los estudios. Los dos últimos años de secundaria los realizará en un instituto femenino de la Baja Engadina, donde se siente un ser de otro planeta. Es admirada y rechazada a la vez. Se concentra en los estudios y en el otoño de 1927 se matricula en la universidad de Zurich para estudiar historia y literatura. Un año más tarde viaja a París y el mundo comienza a adquirir un nuevo significado. Frecuenta los cafés donde se detienen los exiliados rusos (la atraen esos destinos sufridos), los humosos bares de Montparnasse, siempre plenos de pintores, actores y artistas de toda calaña.

---

3 Dominique Grente / Nicole Müller: *L'Ange Inconsolable*. París: Lieu Commun, 1989. Pág. 29.
4 *Pariser Noveller II* (1929). En este caso, la palabra "hogar" tiene una connotación mucho más amplia: país, mundo, universo de pertenencia.

También ella se ha convertido en la aspiración de uno: escribe febrilmente. Entre otras cosas, fragmentos tan reveladores como éste: *"Toda búsqueda es partida. Nos alejamos de nuestra madre... Y continuamos alejándonos de nosotros mismos: de lo contrario, nos sentiríamos desesperadamente perdidos"*[5]. La ruptura es el único valor vital que parece reconocer.

El 15 de octubre de 1930 se produce el milagro: Annemarie conoce a su alma gemela. Ella es nada menos que Erika Mann[6], hija de quien acaba de ganar el Premio Nobel de Literatura, y ya conocido en toda Europa como *El Mago* por obras como *Los Buddenbroks* o *La montaña mágica*. El contacto con los Mann le abrirá a Annemarie puertas inesperadas. A todo esto, el mundo de Bocken se torna cada vez más opresivo y sin embargo no puede rebelarse contra los designios de Renée, que desaprueba su relación con los hijos del gran escritor. Erika eclipsa de tal modo la vida de Annemarie que, por primera vez, Renée ve peligrar su dominio sobre *Pulgarcito*, quien de todos modos sigue sin atreverse a alzar su propia voz. *"Paso por momentos de cobardía, y tengo la sensación de que voy a hundirme"*, le escribe a su amiga. En otra misiva, esta vez a Klaus, le confiesa: *"Ya sabes que nada me hace feliz, ni me estimula, ni me tranquiliza, si no cuento con la aprobación de Erika"*[7]. La correspondencia entre Annemarie y los hermanos Mann será fluida e incesante hasta la muerte de la suiza, pero con su desaparición Renée juzgó oportuno quemar las cartas que su hija había recibido.

---

5 *Pariser Noveller I* (1928).

6 Existen dos versiones sobre la forma en que se conocieron Annemarie y Erika: pudo haber sido por mediación de Karl Vollmöller –autor del guión de *El angel azul* y escritor amigo de los Mann–, o a través de la amante de éste, Ruth Landshoff-Yorck, quien en 1921 sedujo al director F. W. Murnau y obtuvo un papel en *Nosferatu*.

7 Mann, Klaus: *Briefe und Antworten*, vols. I y II. M. Gregor Dellin, Munich, 1975. El presente fragmento pertenece a la carta fechada el 21 de diciembre de 1934.

Gracias a los Mann, Annemarie descubre un medio familiar infinitamente más tolerante y liberal que el suyo, sobre todo en esta época de convulsiones políticas y radicalizaciones extremas. Mientras que en Bocken se ve con buenos ojos cómo un tal Adolf Hitler conquista poco a poco esferas de poder, Erika y Klaus, más clarividentes que su padre, comprometen cuerpo y alma en su lucha contra el nazismo naciente. Erika funda su cabaret-concert El Molino de Pimienta, que habría de marcar toda una época, en tanto Klaus apoya a su hermana con sus escritos —su apellido hacía que no pasaran inadvertidos para nadie—, en los que denuncia la falta de discernimiento y la ceguera de muchos intelectuales alemanes y austríacos. Para los dos, el exilio se presenta como una salida inevitable. Mientras esto ocurre, Annemarie está cerca de ellos y los apoya tanto como puede, aunque ahora sumergida en otros dilemas. Amores no correspondidos, la poca relevancia que logran sus primeros escritos, la tensión ya casi insoportable con sus lazos familiares (es decir, su madre), la empujan primero hacia una iniciación en la droga (junto a Klaus), el alcohol y otros impulsos. No importa el lugar de destino que se trate, Berlín o Teherán, Moscú o Leopoldville, el paisaje de sus orígenes la devolverá como un imán al punto de partida para volver a expulsarla. Nunca deja de partir, porque nunca deja de regresar.

En 1932, Persia (Irán) irrumpe por primera vez en su vida. En mayo proyecta un viaje en auto por los Balcanes y Asia Menor con los Mann y Ricki Hallgarten, un amigo de la infancia de ellos, pero el suicidio de éste el día de la víspera frustra la expedición. Unos meses antes, Annemarie había leído fragmentos de una novela, *Aufbruch mi Herbst* (*Partida en otoño*), que nunca se publicará y acabará por desaparecer. Abrumados por la muerte de su amigo, el clan parte a Venecia. A su regreso escribirá *Cromwell*, un drama tampoco publicado y luego vuelve a partir para reunirse con sus amigos, esta vez en Estocolmo.

En octubre de 1933 los hermanos Mann se refugian en
Suiza con la ayuda de Annemarie, quien logra que Erika pueda reponer allí su Molino de Pimienta. Es entonces cuando se
decide a acompañar a un grupo arqueológico al Cercano
Oriente. Este primer contacto le deja una sensación de profunda melancolía: descubre una naturaleza inmensa y omni-
presente ante la cual el ser humano se ve por completo insignificante. Las drogas se hacen más frecuentes y variadas, dando forma a una dependencia que será definitiva. De cualquier
modo, a lo largo de los siete meses de su periplo, consigue escribir y publicar un diario de viaje llamado *Winter in Vorderasien* (*Invierno en Cercano Oriente*). Asimismo, a su regreso a Suiza escribe en un estado semejante a la euforia una serie de relatos basados en su experiencia asiática.

El clima asfixiante (particularmente en Bocken, pero
también en Suiza y el resto de Europa) la impulsan a partir
una vez más. En esta ocasión, asiste con Klaus Mann al Primer Congreso de Escritores Soviéticos, que se celebra en Moscú. Visita Leningrado, y luego, mientras Klaus parte hacia
Holanda vía Finlandia, ella vuelve a Moscú y allí conoce al do-
cumentalista Joris Ivens, cuyos filmes le causan una fuerte impresión. Planea viajar con el equipo del director a China, pero vuelve a modificar su rumbo. Cruza en tren la estepa rusa,
se detiene en Tbilisi, y desde allí inicia una segunda expedición al sitio arqueológico de Raghes (hoy Rey), cercano a Teherán, donde habrá de reunirse con el profesor Erich Schmidt,
con quien ya había trabajado. Mientras Annemarie excava en
Asia vestigios del pasado, el presente en Europa es cada vez
más aterrador.

Al regresar a Suiza, en diciembre, encuentra que Erika se ve envuelta en un escándalo mayúsculo y no son pocos
los sectores poderosos que piden su expulsión del país. La in-
tolerancia a los inmigrantes ya es manifiesta, y el cabaret de
Erika fue el alcohol que exacerbó la hoguera. Para colmo,

Renée Schwarzenbach parece tener participación activa en
los actos represivos. Erika ahora evita a Annemarie, a pesar
de que ésta tomó partido público a favor de su amiga en un
artículo publicado por el *Zürcher Post* y por el cual su familia rompe relaciones con ella. Annemarie quedó en el centro
de dos fuegos cruzados: su familia y sus amigos; dicho de
otro modo, en medio de una guerra en la que combaten sus
únicas pasiones. Todo se precipita hacia el desastre: deja de
comer, consume drogas en forma desenfrenada y nada parece contenerla. En enero de 1935 es internada para una cura
de reposo, en donde intenta suicidarse.

Decide volver a Persia, donde al menos alguien la espera. En su último viaje, el secretario de la embajada de
Francia en Teherán, un joven tímido llamado Claude Clarac,
le había propuesto matrimonio. Dada la situación que se vive en Europa y el caos que abriga en su interior, ¿qué más
da? A pesar de ello, dos días antes de su matrimonio Annemarie le escribe a Klaus Mann que no puede ser feliz lejos
de Erika, y que todos sus amigos de Teherán no pueden re-
ducir el aislamiento en el que se encuentra desde que se ha
separado de ellos. El matrimonio está muerto antes de nacer.
No obstante, Clarac hace lo que está a su alcance para hacer-
la feliz. Annemarie sigue escribiendo con fervor y logra terminar el ciclo de relatos orientales que había comenzado en
su viaje anterior. No obstante, a pesar de la influencia que
ejercen en su favor Thomas Mann y Stefan Zweig, los textos
son rechazados por varias editoriales europeas.

Deprimida y enferma de malaria, Annemarie se enamora de Yalé, una joven turca que pertenecía a la embajada de su
país en Teherán. Pero este amor está también signado por la
desgracia: la muchacha es víctima de un mal incurable. Por
invitación de la legación inglesa, los Clarac acampan en el valle de Lahr, a 2.500 metros de altitud y al pie del Demavend.
Este sitio vacío y desolado es conocido como *Valle Feliz*. Es allí

donde ella se enfrenta a su propio vacío, a su propia soledad y desesperanza, y es allí donde comienza a escribir *Todd in Persien* (*La muerte en Persia*). El paisaje, como un espejo impiadoso, la devuelve a su interior, y eso le otorga autenticidad y fuerza a su escritura. El ascenso a lomo de burro por la tristeza y el silencio de la montaña opera como la imagen invertida de esta caída en la nada que se repite desde hace meses, tal vez años. La vastedad "sobrehumana" de su entorno geográfico le devuelve toda su insignificancia. El "valle feliz"[8] se convertirá en una suerte de purgatorio personal en donde Annemarie siente que ha dejado de pertenecer al mundo de los vivos sin haber ingresado al reino de la muerte.

Al volver a Europa retoma el contacto con los Mann e incluso logra zanjar las diferencias que la habían separado de Erika, a la que vuelve a ver en Londres. Annemarie no se detiene: recibe una invitación de Barbara Hamilton-Wright (a quien había conocido en Teherán) para viajar a Nueva York. Su amiga americana le prometió abrirle posibilidades profesionales y esto le despertó grandes expectativas. Sin embargo, cuando los Mann la encuentran un mes más tarde, su estado es lamentable: un envenenamiento en la sangre por ingestión de una "sustancia" adulterada vuelve a colocarla en los umbrales de la nada. El doctor Martin Gumpert, viejo amigo de Erika, evita lo peor, pero la hija del Nobel ya no soportará más sorpresas: "*¡Qué ángel funesto y obstinado!*", le escribe a su madre.

De todos modos, vuelve a salir de esta crisis fortalecida y comienza un fructífero período de trabajo a través de varias ciudades de Estados Unidos. Firma una serie de reportajes sobre el país que tendrán muy buena repercusión bajo el apelli-

---

8 Cuatro años más tarde, Annemarie Schwarzenbach escribirá un "diario no íntimo" que tendrá una forma literaria más elaborada. La voz narradora aquí será masculina y su título, justamente, *Das Glükliche Tal* (*El Valle Feliz*).

do de Clark (adulteración de Clarac). Vuelve a Suiza por dos meses, y en mayo de 1937 parte una vez más, ahora para los países bálticos, estimulada por el éxito de sus notas. Después de visitar Danzig, Riga y Leningrado, llega por segunda vez a Moscú. Previo paso por Finlandia, se detiene en Estocolmo, donde vive su hermana Suzanne junto a su marido. Allí, gracias a la hospitalidad de los Ohman, se reúnen con Barbara Hamilton-Wright y su amigo, el bailarín Michael Logan. El trío vuelve a Suiza, hasta donde llega Klaus Mann y también Claude, el marido olvidado. Annemarie lo recibe pidiéndole el divorcio. En septiembre, vuelve a Nueva York con Barbara Hamilton-Wright y Klaus Mann. Recorre los estados del sur, Virginia, las dos Carolinas, Georgia y Alabama y, vivamente interesada por la problemática social de esta región, surgirá un artículo titulado *Das Drama der Amerikanischen Südstaten* (*El drama de los Estados del sur norteamericano*[9]).

En 1938 todo adquiere un ritmo frenético: se mezclan y suceden los viajes y el horror de la guerra, los desencuentros amorosos, la escritura desenfrenada, la depresión, las curas de desintoxicación, otros viajes, otra vez los desengaños, otra vez la droga, el vacío. Annemarie sólo tiene 30 años, pero ya no parece quedarle mucho más por vivir. Conoció todos los parajes, las mentes más brillantes de su generación, la pasión sin paracaídas. Era el momento de pensar en testamentos. Le deja a Erika Mann y Anita Forrer la responsabilidad de publicar los originales que lo merezcan, además de diez mil francos suizos durante diez años para la primera y las joyas a la segun-

---

9 Publicado en *Mass und Wert de Zurich* en marzo/abril de 1939. Dirigida por Thomas Mann, esta revista "bimestral de la cultura alemana libre" preconizaba un "humanismo militante". Aparecieron dieciocho números entre 1937 y 1940, y entre sus colaboradores más asiduos se contaron figuras como Hermann Broch, Robert Musil, Hermann Hesse y Annette Kolb, entre muchos otros.

da. Klaus Mann, Claude Clarac, Barbara Hamilton-Wright, Michael Logan y Therese Giehse son sus otros beneficiarios. Pero faltaba alguien más: Ella Maillart.

Aunque sólo era cinco años mayor que Annemarie, esta ginebrina ya era toda una celebridad en Suiza debido a sus capacidades deportivas. En 1924, en París, fue representante de su país en la primera ocasión en que los deportes náuticos tuvieron participación olímpica. Navegante apasionada, se destacó asimismo como una eximia esquiadora, y durante cuatro años formó parte del equipo internacional de esa disciplina. Un año antes de graduarse como bachiller, le anuncia a sus padres que abandona los estudios y que está resuelta a partir de ese momento a sostenerse por sí misma. Sus aires de independencia la llevan a París, Londres, Berlín, donde habrá de ejercer todo tipo de oficios. Pero la sed por lo desconocido no acaba allí. En 1930, Ella Maillart pasa seis meses en Rusia realizando encuestas sobre el joven cine soviético, y a su regreso escribe su primer libro[10]. Después de esta experiencia, recorrió el Turquestán ruso, la Manchuria ocupada por los japoneses, China, Tíbet, Cachemira, y en 1937 visita por primera vez Persia y Afganistán en condiciones algo más que peligrosas. Pero nada parece detener a Ella Maillart, quien parece obsesionada por *"encontrar a aquellos que aún saben vivir en paz"*[11].

Annemarie Schwarzenbach y Ella Maillart se conocieron en el invierno de 1938/9 cuando la *"vagabunda de los mares"* se detuvo en la casa de la primera, en Sils. Esquiaron juntas por la pendiente del Fextal y se fascinan contándose las alternativas de sus viajes respectivos. La descripción que

---

10 *Parmi la Jeunesse Russe. De Moscou au Caucasse*. París: Pasquelle Editeurs, 1932.
11 Con estas palabras le contestó a C. G. Jung cuando éste la interrogó sobre el verdadero motivo de sus viajes. Ella Maillart: *Croisières et Caravanes*. París: Editions du Seuil, 1951.

Ella hace de Annemarie es la siguiente: *"La mirada dejaba adivinar un alma apasionada por la belleza y que, a menudo herida por las discordancias del mundo, tendía a replegarse sobre sí misma. Aquellos ojos podían brillar de entusiasmo, también de cariño y de amor, respondían a la sonrisa del otro, pero nunca los vi reír"*[12]. Durante una conversación, Annemarie menciona que su padre le prometió un Ford, aunque no está en buen estado. Ella Maillart se entusiasma: es el auto ideal para seguir la nueva ruta hacia Afganistán y llegar a Kafiristán[13] que desde hace tiempo desea estudiar. Las amigas comienzan a planear la travesía, y se entusiasman mutuamente. No obstante, a Ella le preocupa la salud de Annemarie: no hace mucho que abandonó la clínica de Yverdon, ha adelgazado cerca de diez kilos y nadie puede asegurar que se haya librado para siempre de su adicción a las drogas. Y aun suponiendo que estuviese por completo restablecida, Maillart se pregunta: *"¿Cuánto tiempo podríamos soportarnos?"*. Annemarie intenta disipar sus dudas. *"Debo partir. No hay esperanzas para mí si sigo en este país donde ya no encuentro ayuda, donde he cometido demasiados errores, donde el pasado es una carga excesiva para mis espaldas. Pensé en marcharme a Laponia, pero preferiría infinitamente ir contigo a Afganistán. ¿Ves? Todavía no aprendí a vivir sola."* A esta descarnada confesión, añadiría luego en voz baja y ahogada: *"Tengo 30 años. Es la última oportunidad para corregir mi modo de vida, una última tentativa de disciplinarme. Este viaje no será una escapatoria loca, como si tuviésemos 20 años. Por otra parte, sería imposible con la actual tragedia europea"*[14].

El 6 de junio de 1939 el Ford se puso en camino. Una semana más tarde, las amigas arribaron a Sofía luego de esca-

---

12 Ella Maillart: *La voie cruelle*. Genève-París: Editions Jeheber, 1954. Pág. 14.
13 Hoy Nuristán, en el sudeste afgano.
14 Ella Maillart: op. cit. Pág. 15.

las en Trieste y Belgrado. Ella Maillart comienza a darse cuenta de que las dificultades no serán pocas: Annemarie ha tomado morfina. Las dos mujeres chocan entre sí y, no sin inconvenientes, comienzan a conocerse antes que a comprenderse. Un día Ella sufre graves quemaduras en su mano, pero logra pasar una noche aceptable gracias a una buena dosis de cognac. Sin embargo, Annemarie supone que su amiga sufre dolores insoportables y no consigue pegar un ojo. Maillart, sorprendida, se pregunta: *"Yo tenía que comprender por qué ella elegía el camino complicado, el cruel camino del infierno. ¿Era posible que prefiriera eso a una forma de vida más fácil? ¿Creía acaso que era la vía más rápida para suprimir y traspasar los límites de su individualidad?... Una cosa era cierta: creía en el sufrimiento. Lo veneraba como la fuente de toda grandeza"* [15].

Las ciudades continuaron pasando bajo las ruedas del Ford sibilante. Luego de un par de semanas en Teherán, donde escriben algunos artículos, reemprenden la marcha hacia Afganistán. Harat, Chibargana, Begram. Allí se reúnen con el arqueólogo inglés Joseph Hackin y su mujer Ria, amigos de Ella. Annemarie está enferma, pero Ria la cuida con tanto esmero que la suiza se enamora de ella. Por si algo faltara, en Europa estalla la guerra. En Kabul todo acaba por explotar y deciden separarse. Annemarie se dirige a Kunduz, en Turquestán, a reunirse con los Hackin, en tanto Ella viajará a la India, donde se quedará hasta el fin del conflicto bélico estudiando meditación con el sabio Ramana Maharishi. No obstante, las dos mujeres volverán a encontrarse tres meses después, el Año Nuevo de 1940, en Mandú. Annemarie estuvo a punto de morir en Kunduz, pero ahora parece repuesta y más equilibrada. Ha decidido regresar a Europa y ayudar a los más necesitados. Cuando sale de Bombay a bor-

---

15 Ella Maillart: op. cit. Pág. 78.

do del *Conte Biancamano*, que la depositará en Génova, Ella Maillart ignora que no volverán a verse.

Annemarie no se detendrá por mucho tiempo en Europa. En Sils conoce a Margot von Opel y decide vivir con ella en Estados Unidos, primero en Lowell (Massachusetts), luego en Nantucket, frente a las costas de Boston. Todo se acelera hacia la catástrofe: el alcohol y la morfina hacen estragos en su ya minada salud. Por entonces conoce a Carson McCullers y escribe dos artículos sobre *El corazón es un cazador solitario*. También comienza en Nueva York un largo poema en prosa, *Die Zärtlichen Wege, unsere Einsamkeit* (*Los caminos de la ternura, nuestra soledad*) que nunca será publicado. Y el desastre se desencadena en diciembre. Luego de un violento altercado con su amante en el hotel Bedford de Manhattan, es sacada de allí con camisa de fuerza, para ser internada en el Doctor's Hospital de Nueva York, primero, y luego trasladada al Psiquiátrico de Greenwich (Connecticut), de donde se escapa. A comienzos de 1941, es expulsada de Estados Unidos. Permanece un tiempo en Lisboa y vuelve a su hogar de Bocken, de donde su madre, para variar, la expulsa. En abril parte hacia el Congo Belga, pero tiene dificultades con las autoridades de Leopoldville (Brazzaville), que la encuentran sospechosa de espionaje. Viaja por el interior del país, llega al Chad y escribe un ciclo de canciones tristes tituladas *Kongo-Ufer*.

En 1942, todavía le quedará tiempo para escribir *Beim Verlassen Afrikas* (*Al dejar África*) durante la travesía que la lleva nuevamente a Lisboa, recorrer España, detenerse en Marruecos (Claude por entonces servía como embajador francés en Tetuán), escribir artículos, canciones, poemas en prosa, diarios, etc. A principios de agosto regresa a Sils, abrazando como proyecto un trabajo de corresponsal en Lisboa, pero el destino vuelve a jugarle una broma idiota: el 6 de septiembre se cae de una bicicleta, se golpea la cabeza contra una piedra y pierde el conocimiento. Al cabo de tres días en coma, al despertar ya no reconoce a nadie. Claude Clarac va en su búsqueda para llevarla a Tetuán, pero el médico le indica que es imposible que pueda hacer el viaje. En realidad, quiere ahorrarle el espectáculo de una mujer que *"ya no se comporta como un ser humano"*[16]. Su último viaje abarca un trayecto conocido: Bocken, y de allí Sils. Renée Schwarzenbach, piadosa, coloca a su servicio dos enfermeras, pero da órdenes estrictas de no dejar ingresar a nadie. El 15 de noviembre, Annemarie muere. Sola. Tenía, apenas, 34 años. Había llegado, quizás, al lugar que estuvo buscando con desesperación.

Ella Maillart, diez años después de su aventura afgana con Annemarie, escribió *La voie cruelle* (*La ruta cruel*), una suerte de novela y diario de viaje apasionante, en donde su amiga aparece bajo el seudónimo de Christine. Se trata de una obra cuya peculiar intensidad supera la energía natural de cuanto se relata: el alma de *Christine* se plegaba caóticamente a la cálida aridez del Asia Menor, mientras en la racional Europa se arrancaban el corazón. Ella Maillart vivió hasta los 94 años —murió en 1997 en su casa de Chandolin, Suiza—, y prosiguió su búsqueda hasta el final[17]. Además de sus viajes, sus libros, un fondo de más de diecisiete mil fotografías y objetos preciosos recopilados en sus travesías, dejó algo insustituible: la contagiosa calma del camino cuando la meta del viajero es *"encontrar a aquellos que aún viven en paz"*.

La ruta cruel abarca por entero a Annemarie Schwarzenbach, del mismo modo que lo hace con su autora: polos magnéticos invertidos, estas dos mujeres excepcionales, estas dos suizas, desafiaron la perfecta relojería de su naturaleza.

---

16 Dominique Grente / Nicole Müller: op. cit. Pág. 226.
17 Incluso en 1987, a los 84 años, atravesó el Tíbet de punta a punta en solidaridad con el pueblo ocupado por China.

EL SUEÑO

Cuando despierto de noche,
y mi mirada
atraviesa la oscuridad,
suspendida en el espacio denso,
parece ciega y
aniquilada.
Entonces empieza a tejerse
esta malla,
y mis manos están
mustias y mis pies distantes y ya
no me pertenezco,
y mi corazón palpita
en soledad,
murmurando
como las fuentes de la infancia.
Cuando, sometida a tales tribulaciones, debo
permanecer a la escucha, entonces
la muerte se eleva por encima
de las mágicas orillas del mundo,
sumido ahora en un profundo sueño.
Y dejo de
existir.

ANNEMARIE SCHWARZENBACH

(Ultimo poema antes de morir)

DEDICATORIA

a Annemarie Schwarzenbach

Christina, estoy privada de la profundidad que vivía en tu mirada, de tu universal exigencia, de tu inextinguible sed de lo absoluto. Cuando la noticia de tu muerte me hirió como una impostura, mi pensamiento trazó el camino que recorrimos juntas. Y lenta, penosamente, fueron aumentando el número de estas páginas. Aunque en algunas no aparezca tu evocación, estás presente en cada una de ellas: son un reflejo del tormento y el remordimiento que me unieron a tus pasos. ¿Podrás perdonarme mis torpezas y mis errores al recordar tus gestos? Conoces mi corazón, mi admiración y mi respeto por tu integridad... y sabes muy bien que es imposible pintarla. Ojalá me ayuden a recordar que sólo exigiéndolo *todo* podemos llegar a conseguir *aquello* sin lo cual, decíamos, la vida no tiene sentido.

ELLA MAILLART

(Trivandrum, 1945
Chandolin, 1948)

ANNEMARIE
SCHWARZENBACH

DE REGRESO...

*C*laude y yo cenamos con el capitán en la terraza del hotel Saint-Georges. El capitán había pasado sus vacaciones estivales en Chipre, en la casa de un amigo que se ocupaba de antigüedades en algún sitio del interior de la isla. Claude y yo nos encontramos en Beirut por casualidad. Desde hacía quince días estábamos viajando, primero por Persia, el lago Ourmia, Kurdistán, luego por el desierto iraquí y buena parte del sirio. Habiendo terminado por cansarnos del desierto, acordamos concedernos algunos días de reposo en Beirut. Era a fines de septiembre y la ciudad se había convertido en un auténtico sauna. El único sitio soportable era el hotel Saint-Georges, porque era nuevo y tanto el bar sombrío como el hall estaban frescos; asimismo, uno podía permanecer todo el día en el agua. El aire era tan húmedo que la ropa en los armarios aparecía mojada y manchas oscuras se dibujaban sobre los zapatos. Todo el tiempo uno tenía la impresión de ser una esponja. Por la noche llegaba algo de fresco. Cenábamos sobre la te-

Un talento atormentado

rraza suspendida por encima del mar —como el puente de un
barco—, viendo agitarse ligeramente el agua sombría y sintien-
do la brisa nocturna. Los camareros llevaban chaquetas blancas y servían todas las bebidas congeladas. Cada mesa tenía su
cubo de hielo ofrecido por una bodega alemana especializada
en vino espumante; la pared plateada pronto se cubría de va-
por y pequeñas gotas, como perlas. Las puertas del restaurante permanecían abiertas. Aquello estaba vacío, a no ser por la
orquesta que no cesaba de tocar.

    —Un sitio civilizado —dijo el capitán—. Podría decirse que
se trata de Juan-les-Pins. ¡Si tan sólo no hiciese tanto calor!

    —¿Cómo es Chipre? —preguntó Claude.

    —Demasiado caluroso, pero a pesar de ello, muy bonito.
Primitivo e idílico.

–¿Con vino y amor?

–Mucho vino y poco amor.

–Bah –dije yo–, es exactamente igual para nosotros: demasiado caluroso. No se puede esperar otra cosa de unas vacaciones estivales en Oriente.

Durante seis años, él estuvo asignado como encargado militar en los países orientales y en todo ese tiempo no había retornado a Europa ni una única vez. Se había casado justo antes de su partida y perdió a su mujer durante el primer año de su estadía en Kabul. Entonces pidió ser transferido y fue enviado a Bagdad para dos años más tarde volver a encontrar un nuevo destino en Persia. Allí comenzó a criar galgos. Luego de la guerra debió dejar de montar a caballo a causa de una conjuntivitis que había contraído el último año de combates en Turquía. Por lo general, esta enfermedad de los ojos –muy extendida en gran parte de Oriente– era debida a la desnutrición.

–En otro tiempo no pasaba un día sin que monte en silla –dijo el capitán–. No tenía dinero para comprar caballos, pero entrenaba los de un buen número de condes que poseían sus caballerizas en Saint-Cloud. Salía a las tres de la mañana y los hacía galopar de tal forma que el primer jamelgo caía agotado antes de que se levantara el sol.

Tenía recuerdos de antes y después de la guerra, pero estos últimos sólo comenzaban después de la muerte de su mujer. Al escuchar su relato se tenía la impresión de que la Francia de esa época ya no existía. No sólo debido a que los nombres de los ricos propietarios de las cuadras habían cambiado, sino porque todo lo demás era diferente: Saint-Cloud, la pista herbosa, lisa y seca, y después de una cabalgata, volver en auto a París a través de las calles recién bañadas. Las mañanitas de Saint-Cloud ya no existían.

–Sabe –le dijo a Claude–, no habría que pensar más en Europa. ¡Esa buena y vieja Europa tan sentimental!

—Yo amo algunos de sus aspectos sentimentales –afirmé.

—Pero no se puede vivir de ellos. Europa se niega a mirar la realidad cara a cara. Todos esos hombres, los políticos, a medias o totalmente conservadores, quisieran que Europa viva de la nobleza de sus sentimientos, de su piedad con respecto al pasado y de su creencia en el carácter eterno e inmutable de valores como la propiedad, los privilegios de clase y las prerrogativas de la educación.

—No –dijo Claude–, ellos sólo tienen miedo al cambio. Saben que las grandes transformaciones provocan desórdenes, desdichas y miserias; ellos no quieren asumir esa responsabilidad.

—Valientes avestruces de buenas intenciones –dijo el capitán.

—¿Avestruces? –pregunté.

—Pájaros de mal agüero –dijo el capitán.

—Vamos –replicó Claude–, beba otra copa de vino blanco. ¿Considera también que este palacio debe sus ventajas a la sentimentalidad de Europa? ¿Cómo eran las tabernas en Chipre?

—Existe la sentimentalidad, pero también está presente el sentido para los negocios –afirmó el capitán.

—Este hotel es obra del sentido comercial de los levantinos. Se aprovecha de aquellos que pueden pagar, y seguirá existiendo durante mucho tiempo mientras pueda conservar sus clientes.

—¿Pero cómo eran las tabernas en Chipre? –insistió Claude.

—Tenían vino griego y vino chipriota. Había vino aguado, vino dulce y un vino fuerte que podía aniquilar al bebedor más resistente. Los campesinos bebían con moderación, pero no podría afirmarse lo mismo de los pescadores. Estas tabernas eran de primera calidad y, al contrario del palacio Saint-Georges, son instituciones auténticamente inmortales. Un amigo me aseguró que en la edad de bronce el vino se mezclaba en los mismos cántaros que se utilizan hoy... Y además, estaban también esas eternas lámparas de aceite.

—Sentimentalidad oriental —dijo Claude.

—Malentendido banal y extensamente difundido. El Oriente está liberado de todo esto. Aquí se puede amar y beber sin el menor sentimiento. Aquí se puede caminar hacia el futuro sin necesidad de arrastrar detrás de sí el peso del pasado.

—¿Cree usted que el futuro le pertenece al Oriente? —le pregunté. En nuestra época no se puede hablar del porvenir sin que se instale un molesto silencio—. ¿Realmente ama la vida aquí?

—¿Por qué no?

—¿Es absolutamente sincero cuando dice esto?

—No seas indiscreta —intervino Claude.

—Aprovechemos en plenitud esta bella velada —dije yo—. Y bebamos.

El camarero justo acertó a pasar. Se detuvo, extrajo la botella del balde helado y la envolvió en su servilleta.

—No reemplace las copas —le dijo Claude—, complételas con agua mineral. Es así como debe ser, ¿no es cierto? —afirmó volviendo a nosotros—. Y bien, ¿por qué brindamos?

—Por un feliz retorno a Persia.

—Porque disminuya un poco el calor.

Ya era tarde. La orquesta tocaba ahora sobre la terraza lateral, donde se bailaba. Las mesas cercanas estaban vacías y los camareros comenzaron a llevarse las ensaladeras con los *hors-d'oeuvre*.

—¿Quiere bailar? —me preguntó el capitán.

—Gracias, pero evitémoslo si es posible.

Fue en ese momento que el mayor, acompañado por su familia, atravesó el restaurante sombrío y llegó a la terraza. Se detuvo, consideró las mesas vacías y de inmediato miró en nuestra dirección. Claude lo saludó. El capitán se levantó.

—Es Lesconte —dijo—. Creo que sería conveniente que vaya a verlo un instante.

El mayor Lesconte estaba sentado con su mujer, en tanto sus dos pequeños hijos y la niñera tomaron lugar en otra mesa, tan alejada a la suya que les resultaría imposible hablarse. Los dos niños estaban pálidos, como todos los niños que han pasado un verano en un país cálido.

—Hubiese preferido no encontrarlo aquí —dijo Claude.

—¿Por qué? ¿Qué ocurre?

—Oh, nada particular. Pero él ha sufrido muchas desgracias y nadie ha podido hacer nada por ayudarlo. Llegó a Teherán con la misión militar, y de inmediato el capitán dijo que él no era el hombre indicado aquí...

—Resulta difícil ser el hombre indicado aquí.

—Pero a pesar de todo, existe. Aunque resulta evidente que no es Lesconte.

Miré hacia la otra mesa. El capitán conversaba con Lesconte mientras su mujer miraba la carta. Llamó al camarero y consultó algo con su marido. Lesconte elevó su cabeza gris e hizo un signo con la mano. Un segundo camarero aportó un balde helado con dos botellas; las tomó por el cuello y las hundió en los vasos.

El mayor escuchaba al capitán mirando hacia el mar con un aire distraído.

—Las cosas han pasado como pasan siempre —dijo Claude—. Lo recibieron como a un profeta; tenía un ujier personal y plenos poderes, todo lo que quisiera. Luego, no aceptaban la menor de sus proposiciones y arrojaron sobre él la responsabilidad de todo lo que ha ocurrido.

—¿No se podía protegerlo?

—No. Los oficiales de la misión tienen contratos individuales. Ellos no son enviados por su país, sino que se presentan voluntariamente.

—¿Qué ventajas tienen?

—Están muy bien pagos.

–Pues son el avance a lo que ahora…

–Sí –dijo Claude–. Ellos hubiesen podido darle su dimisión y enviarlo de nuevo a casa. Para colmo, ha perdido a uno de sus hijos.

La música se detuvo definitivamente. Se podían escuchar las conversaciones y las risas de la gente que entraba al hall pasando el bar. La terraza por el momento continuaba vacía y las luces comenzaron a apagarse.

–¿El capitán es el hombre que hacía falta aquí? –pregunté.

–Lo ignoro –me respondió Claude–. En todo caso, es lo que él cree.

–Pero no se hace muchas ilusiones al respecto.

–Justamente: fue el mayor quien se hizo muchas ilusiones. Venía de un pequeño destacamento de provincias donde se moría de aburrimiento. Creyó poder recuperar el tiempo perdido. Pensó que esta era la posibilidad de su vida, y llegó con las ideas de un oficial europeo y una tonelada de energía, de dinamismo, de buena voluntad... Dale el nombre que quieras.

–Todo eso con seguridad no podría servirle a nadie aquí.

–Por supuesto –acordó Claude–, pero el problema es que él no quiso comprenderlo. Hasta el final…, aunque creo que todavía sigue sin comprender.

–Es horroroso, pero ahora al menos puede volver a su hogar –afirmé.

–Horroroso, como mínimo. Ha perdido un hijo. Y también dinero, por cierto.

–¿Han sido maltratados?

–Y cómo… De modo abominable. ¡Los militares pueden ser gente tan sensible!

–Todo se paga –concluí.

–¿Qué quieres decir?

–Durante mucho tiempo hemos humillado a los orientales. Ahora, ellos hacen lo mismo con nosotros.

–Sí, ahora pueden permitírselo.

–Es preciso saber qué actitud tomar frente a esto. Tú y yo, por ejemplo: ellos no pueden hacernos nada.

–¿Estás tan segura?

–¡Mira un poco a aquellos dos de allí! –señalé–. El capitán sufre a causa de Europa y el mayor por culpa de Asia. ¿No te sientes joven cuando los ves?

–Joven y feliz –dijo Claude.

El capitán se levantó. Mme. Lesconte le tendió la mano por encima de la mesa y luego volvió con nosotros.

–¿Le dio un poco de ánimo? –preguntó Claude.

–Pobre hombre... –respondió el capitán.

–¿No está contento por volver a su país?

–¿En estas condiciones?

–Quiero decir... por los niños. Además, él debe sentirse realmente bastante...

–Ya sabe –dijo el capitán–, su hija murió de tifus en el mismo momento en que él cayó en desgracia. Era su preferida, una niñita. Y ninguno de sus camaradas fue al entierro: ni uno solo se ha animado. Fui el único en acompañar el féretro; la pequeña fue despedida únicamente por su padre, el hijo mayor y yo. Hacía un calor infernal.

Guardamos un momento de silencio.

–¿Se levanta la sesión? –pregunté.

Pasamos ante la mesa del mayor. Claude se detuvo para desearle un buen viaje de regreso. Vi que nuevamente el mayor observaba el mar con aire distraído, sin reparar a Claude. En el hall, el capitán nos dejó.

–Creo que tengo necesidad de un whisky con soda bien helado –nos dijo.

No lo vimos entrar al bar.

–Podríamos caminar un poco por la playa –dijo Claude. Salimos. El café árabe al aire libre todavía estaba iluminado. Caminamos hasta el fin de la playa y dimos la vuelta. Luego concordamos en sentarnos en el café, en una mesa cercana al parapeto para ver el mar todo negro arrojarse contra las rocas y rociarlas de una espuma dulce y blanca.

Bebimos el café turco y descansamos. En una mesa lejana se encontraba un muchacho con la cabeza cubierta por una fez y una muchacha apoyada sobre sus hombros.

–¿Te sientes joven y feliz? –me preguntó Claude.

–¿Y tú?

–Creo que sí.

–No lo sé –respondí–. No deberíamos quedarnos mucho tiempo en esta parte del mundo.

(De *Orient Exils*)

CASI EL MISMO SUFRIMIENTO

*E*n el hall parecía coincidir una buena parte del mundo. Los invitados se reunían en grupos; algunos se dirigían a la sala de fumar –en realidad, la oficina del ministro–, y se hundían en los sillones "Bombay", tan profundos y confortables. El chico griego corría de un grupo a otro ofreciendo cigarrillos. Tenía trece años y se llamaba George; Madame lo había recogido en Constantinopla. Un capricho de su parte, un acceso de sentimentalismo maternal, o tal vez el simple deseo de poder hablar griego con el muchachito, puesto que esa era su lengua materna. Había sido una delicada señorita de Constantinopla y, al igual que los mosaicos bizantinos que parecían representar a sus ancestros, también ella tenía bucles sobre la frente y enormes ojos desamparados. Hoy ofrecía su primera cena en este país extranjero.

En 1931, posando junto al Victory

Se trataba de un gran acontecimiento, y más de veinte personas debían ubicarse en el estrecho comedor de la legación. Durante el día Madame no había osado mostrarse,
ni siquiera en la cocina donde dos cocineros cuyos nombres
ignoraba preparaban la comida. Madame no conocía todos
los secretos de su casa: se veía tiranizada por la gobernanta,
una armenia grande y fuerte. Hacía más de diez años que estaba en la legación y no había conseguido hacer valer sus
criterios sobre la gente que tenía a su cargo: por lo general,

las cosas se realizaban en el sentido exactamente opuesto a la forma en que Madame hubiese querido hacerlas. Anna levantaba un poco de polvo sobre los hombros de Madame cuando quería entretenerse con ella. Hablaba siempre en voz muy alta, y se tenía la impresión de que iba a sofocarse de indignación. Frente a ella, Madame se hacía pequeña y cedía ante todo. Aún no contaba con George para que la escuchase. *"Un bribón de Estambul"*: así lo llamaban —y ella lo sabía— los otros empleados de la casa. Pero ella sólo sentía indiferencia por los otros empleados, todos esos Alí, Mahmut y Hadachi Baba. Anna no tenía por qué asumir todas las molestias que ocasionaba ese personal. Ella siempre sabía hacer todo mejor que nadie.

Sólo a las nueve de la noche (todos los invitados con excepción de Su Excelencia, el jefe de protocolo, ya estaban allí), Madame se arriesgó hasta la puerta del comedor y miró hacia dentro. Vagamente, alcanzó a ver la gran mesa pero se detuvo sobre todo en las flores, un decorado hecho de pensamientos sin tallo (por supuesto, sus pensamientos, las únicas flores del jardín que ella amaba). Alrededor se distribuían las copas, las velas, los pequeños mantequeros y tostadas al lado de cada cubierto. Todo parecía perfecto. Escuchaba la voz de Anna alejarse sin ruidos a través de la puerta abierta. Dando pequeños pasos, atravesó el hall a toda velocidad y se deslizó, con la mirada baja entre los grupos de invitados.

"Ah, aquí está usted", dijo. Tomó mi mano con afecto. "Hay dos norteamericanos recién llegados", prosiguió. "Un señor y una dama. No están casados. El es arqueólogo. La dama… creo que es pintora. O en todo caso, es rica. No sé qué debo hacer con ellos. Pensé que usted quizá podría ayudarme."

Encontré a los dos americanos en la sala para fumar. Miraban viejas sedas, un paquete de pequeñas muestras ubicado sobre la campana de la chimenea.

—Buenas noches, mi viejo Gordon.

El se volvió, radiante. "¿También por aquí?", preguntó para luego añadir:

—Mrs. Batten, permítame presentarle: esta es la joven que ha trabajado para nosotros la última temporada.

Ella me tendió la mano como desde muy lejos. Era grande y tenía unos brillantes ojos marrones.

—¿Cuándo has llegado? ¿Este invierno te resultó difícil encontrar tiempo para cortarte la barba?

—En realidad, sí. No he tenido tiempo para nada. Estos cuatro meses han pasado volando.

Mrs. Batten observaba con sus grandes ojos bien abiertos.

—¿Es su segunda temporada en Persia? —me preguntó.

—¿Y usted? ¿Vino por placer?

—No lo sé aún.

—Mrs. Batten pinta —dijo Gordon.

—Eso es algo secundario, Gordon. Ya te he dicho que no deberías hablar de ello. Este país tiene sus colores. —Y volviéndose hacia mí:— ¿Tendría usted el *coraje* de pintar aquí?

—No —le respondí—, porque no sé pintar. Me dedico a la fotografía…

—Pero Gordon me ha dicho que escribe —me dijo con dulzura.

—A veces, circunstancialmente.

—Me encantaría hablar de Persia con usted. Gordon, déjanos solas.

Gordon se marchó. Nos sentamos en dos sillones de cuero cubiertos por una extraña tela. Mrs. Batten se ubicó de forma tal que quedamos frente a frente.

—Usted es tan joven —me dijo—. No alcanzo a comprender de dónde extrae el coraje necesario para volver a Persia después de haber hecho ya la experiencia una vez.

—Hay diversas cosas que me interesan —le contesté.

—¿La arqueología?

—Por ejemplo.

—Reconozco que alguien puede llegar a apasionarse por algo así. El instinto de los buscadores de tesoros.

—Olvida la curiosidad científica.

—No, lo he pensado. Mi marido es investigador en los Estados Unidos. Es médico e investiga en oncología.

—No puede comparar —dije sacudiendo la cabeza—. Lo que él hace no es provechoso para la ciencia, sino para los hombres.

—El no ve las cosas de esa manera. No se considera un benefactor de la humanidad, sino un investigador.

—Mientras que esto parezca una fuga...

—Ah, e incluso... —dijo ella alegremente—. Bien, creo que llegamos al corazón del problema.

—No. Y no vale la pena hablar de esto.

—¿Le resulta desagradable? Pero si siente esto, ¿por qué volvió entonces? El peligro en este país es demasiado grande, ya está en la naturaleza...

—Yo no he hablado de peligro.

—Bien, entonces seré yo quien hable de él. La naturaleza aquí es tan poderosa que llega a asesinar. Para poder soportarla es preciso dejar de ser un hombre ligado a sus contingencias humanas. Es preciso ser un poco desierto y un poco montaña, y un pedazo de cielo a la hora del crepúsculo. Es preciso abrirse, confiarse a este país y perderse en él. Vivir *contra* sus designios significa una audacia tan grande que uno muere de miedo con sólo pensarlo.

—Se deja de ser uno mismo después de vivir un tiempo aquí.

—Eso es lo peligroso —me dijo mirándome con sus ojos centelleantes.

—Es necesario hacer algo. Tener una actividad ayuda a salir.

—¿Cómo quiere creer en lo que usted hace? ¿Cómo quiere creer en el sentido de cualquier cosa en este país espantoso?

—Es necesario.

—La gente que nació aquí no hace nada. Resulta conmovedor verlos sentados al borde de un arroyo o bajo un árbol, sobre un tapiz, con el samovar a un costado, exactamente como las viejas miniaturas, pero apagadas...

—Usted olvida que la gente fuma opio.

—También lo fuma en China —dijo y volvió a mirarme a los ojos—. Pero allí es diferente. Esa gente ha hecho el país, dominan el arte del sufrimiento, lo cual explica por qué la pobreza y el dolor son menos terribles que aquí. Mi marido me ha permitido quedarme en Persia... para aprender, para pintar, para viajar. Quisiera ver los colores de este país, sus ciudades y sus jardines. Pero ahora sé que no podría quedarme. Oh, me protegeré bien e intentaré en China. Aquí no hay ninguna esperanza.

—Y sin embargo, es un país extraordinario, muy hermoso.

Ella se inclinó hacia delante con sus ojos refulgentes y colocó una mano sobre mi hombro:

—No hace falta dejarse tentar, no mucho, en particular cuando se es joven.

En ese momento mi amigo Gordon volvió con la mujer del ministro.

—Hablan de la belleza de Persia —nos dijo.

La mujercita hizo un gesto desesperado.

—¡Siempre la belleza de Persia, siempre el lado bueno de las cosas! —afirmó y, casi asustada, agregó como para excusarse—: Usted, Mrs. Batten, sólo está de paso por aquí. Pero sepa que todo es muy diferente.

Mrs. Batten sonrió cortésmente, antes de decir:

—No estamos acostumbrados a tanta magnificencia.

La mujer del ministro suspiró:

—Tres años en una ciudad como Teherán (o mucho más tiempo aún) y una se siente completamente perdida.

Nos levantamos para pasar al comedor. Eran cerca de las diez. El *bribón de Estambul* estaba parado en su uniforme nuevo ante las grandes puertas abiertas. Madame entró primero del brazo de Gordon.

Mrs. Batten seguía a mi lado. Atravesó el hall, hermosa y segura de sí misma.

—Vamos, joven amiga —me dijo—, preste atención. No se arroje a un combate sin sentido contra los molinos de viento de esta altiplanicie. No desaproveche su coraje.

Permanecí en silencio. Al fin y al cabo, ella sólo me dijo lo que yo ya sabía desde hacía tiempo. Gordon también lo sabía. Mrs. Batten prosiguió:

—En este ambiente, por supuesto, nadie duda de nada. Pero el país y sus secretos, seguirán siendo inaccesibles.

Vi a la mujer del ministro deslizarse entre las batientes de las puertas del comedor. Ella le sonreía a George con un aire triste, y él respondía con su rostro pálido y desvergonzado de adolescente.

—Quizá nos equivocamos —le dije a Mrs. Batten—. Lo que en verdad importa es que es casi el mismo sufrimiento.

(De *Orient Exils*)

NOCHES DE *RAGHES*, O EL *COMIENZO* DEL *MIEDO*

*L*as noches de Persépolis eran noches fáciles. Claras, y no siempre gracias a la Vía Láctea o la luna, que parecía verter oleadas de luz sobre la planicie dormida. Estaban esas conversaciones ligeras y tristes, la ansiedad leve y agradable provocada por el vodka. Así llegaban aquellos largos amaneceres por los que esperábamos en la terraza, mientras el viento soplaba dulcemente sobre nuestras sienes ardientes. Extendido sobre una cama de campaña, se podía soñar con los caminos futuros que serpenteaban a través de llanuras desconocidas hasta ganar las montañas de la esperanza. Se estaba allí, lle-

Una bella provocadora para la época

no de expectativas, emocionados por un deseo que se extiende al cielo como por una columna blanca; y allí en lo alto la alegría se reunía con la tristeza, y todo podía ser soportado con una sonrisa.

En Persia he conocido noches muy diferentes: todo se hundía en la más profunda negrura, sin salida. En Raghes, la ciudad muerta vecina de Teherán —de cuyas puertas la separa una simple nube de polvo—, había noches en la que no llegaba ni una sola voz amiga y el aire se llenaba de sonidos de un mundo desconocido. La nube de polvo que nos apartaba de la capital y sus animadas calles, resultaba casi infranqueable dado que la región que recubría de modo envolvente no era una tierra ordinaria. Durante muchos siglos no fue más que un campo asolado, pero luego del ataque de los mongoles nadie más pensó en establecerse allí. Ante cada golpe de laya, caían vestigios de muros, fragmentos y huellas de la gran destrucción.

La arena que cubría todo provenía del inmenso desierto de sal, último refugio de las mulas. Aun cuando puede recordar al agua e imita la ondulación de las olas, la arena no es más que un elemento muerto. Pero lo que resulta peor es que los muertos se entierran allí donde los vivos no quieren pisar, y por eso la región entre Raghes y Teherán se convirtió en un auténtico cementerio. Por lo general, cada tumba está coronada por un simple montón de arena de la misma forma alargada que el cadáver que se encuentra debajo. Las pequeñas tumbas de arcilla son poco numerosas, y las cúpulas azules que brillan al sol ofreciendo un engañoso resplandor resultan todavía más raras.

Al anochecer, cuando el sol está cerca de apagarse, aún es posible distinguir entre los árboles del oasis la cúpula dorada de Shah'Abdul'Azim, único signo de esperanza en medio de esta tierra desolada. Pero aquel que se encuentre en esta hora exangüe sobre la gran ruta que separa a las dos ciudades, se expone a codearse con la muerte: poco a poco el polvo le irá ocultando el rostro y se verá abandonado a un largo sueño, como aquel que muere de frío.

A veces es posible ver a lo lejos bandadas de buitres; esperan inmóviles, y sus cuellos desnudos tienen el mismo color amarillo rojizo de la arena. Primero se percibe una hilera y al verlos uno no puede dejar de sentir un escalofrío en la espalda, pero luego llegan grupos enteros y se multiplican con tal rapidez que crean auténticas visiones pesadillescas. Pronto toda la planicie se ve cubierta por los rapaces y al otro lado de la ruta no es posible descubrir más que tumbas y algunas mujeres ocultas bajo sus velos pasando furtivamente entre los muertos en señal de duelo, lo cual no resulta una visión menos horrible que la anterior. Es inútil intentar desviar la mirada para evitar confrontarse con esta terrible alternativa.

En los límites del cementerio —por lo tanto, no se extiende hasta el infinito— pasan los camellos, pues una de las más antiguas pistas de caravanas que existen en Persia va de Teherán a Veramine pasando por Raghes, muy cerca de nuestra casa; franquea el vado que se encuentra ante nuestra puerta y sigue a lo largo del muro de nuestro jardín. Por eso, a través de sus campanas, el sonido encantado de las caravanas frecuenta las extensas noches de Raghes: este sonido forma parte de las voces más nítidas de mi recuerdo. Las campanas se balancean canturreando a los lados de los camellos, o bien repican en torno a sus cuellos. Es extraño: aun siendo esta música muy lejana, siempre desprende la misma tristeza.

Por las mañanas nos despertaba la misma sonoridad. Los perros que tenían la costumbre de dormir sobre el felpudo cercano a mi cama, se levantaban de golpe y así comenzaba la jornada. Apenas tenía tiempo suficiente para ponerme los pantalones, la camisa y el chaleco de cuero. Ante la puerta ya estaba de pie Gellina, una vieja rusa, con la copa de té en la mano. *"Drink, my child"*, me decía. Siempre se dirigía a mí como *"mi niña"*, y cuando volví a Raghes después de un año de ausencia, me abrazó llorando. Se decía que antes de llegar a Raghes y emplearse como sirvienta, había tenido un burdel en Teheran. Pero qué importa: Gellina era buena y dulce, una mujer valiente. A menudo me decía que por las noches rogaba por mi alma... Y eso podía serme útil.

Durante los meses de verano las campanadas sonaban cada cuatro horas y en otoño cada cinco. El alba de los días otoñales sólo era la continuación de las noches. El degradé de la luz que cruzaba el cielo pálido resultaba emocionante. Partíamos en camión hacia las excavaciones, y allí encontrábamos a nuestros obreros recitando su primera oración del

día en dirección al poniente. En ocasiones hacía un frío glacial, pero a las ocho, al sonar la campana del desayuno, el
sol ya estaba ante nuestra tienda y mientras comíamos nos
íbamos despojando de nuestros chalecos. La mañana era larga, el día corto. La oscuridad invadía al museo mientras nosotros, encaramados sobre los taburetes, clasificábamos los
objetos numerándolos para el catálogo.

George ocupaba su puesto a mi lado; era mi mejor
amigo. Tiempo después, cuando los obreros fueron despedi-
dos, pasábamos el día entero en el museo para concluir el
trabajo. Había mucho que hacer. Fue por entonces cuando
Van comenzó a beber; solía pasarse toda la noche ante la
mesa de dibujo. También nosotros habíamos tomado la costumbre de trabajar después de la cena. Cada uno contaba
con una lámpara de petróleo cerca suyo; yo tipiaba las fichas
a máquina. George, a mi lado, realizaba un trabajo más difícil, más científico: descifraba al microscopio antiguas monedas. El director, con un montón de objetos apilados frente a él, escribía en el gran catálogo un texto que yo resumía
en las fichas. El director era un alemán celoso de su trabajo; bebía poco, no leía nada y trabajaba mucho. Su mujer,
una norteamericana joven y rica, a veces llegaba hasta el
museo y nos ofrecía vodka. Bebíamos durante el trabajo, ti-
ritando de frío. Así se escabullían las largas noches.

Atravesando el huerto de granadinas, George me acompañaba hasta mi cuarto. Aunque no intercambiábamos una sola palabra, él sabía que yo sentía miedo. Era un miedo extraño
e injustificado. Yo ya había pasado, completamente sola, por
peligros mayores que atravesar un jardín perteneciente a una
expedición norteamericana y rodeado por un alto muro de tierra. Bibenski, el ruso, no creía en mi miedo y me consideraba
una muchacha valiente. A veces, al caer la tarde luego de una
jornada de trabajo, lo alcanzaba en su barraca para fumar con él
una pipa de hachís. Nos quedábamos sentados en el suelo de

tierra con la espalda apoyada contra la pared. En ocasiones me daba un almohadón, pero no siempre, a veces parecía olvidarlo. Su sirviente cargaba nuestras pipas: una porción de hachís del mismo color amarillento de la arcilla, con un poco de tabaco por encima. Bibenski, flaco, los huesos de los pómulos salientes y los ojos relucientes de fiebre, fumaba aspirando profundamente el humo en los pulmones. Yo no podía: tragaba el humo y comenzaba a toser. Hassan, el sirviente, un muchacho de quince años, percibía mi esfuerzo con una sonrisa. El ruso se arrodillaba ante mí, abría los labios, inspiraba profundamente y me forzaba a imitarlo. Lo hacía, tosiendo hasta el vértigo.

—Nunca podrás hacerlo —me decía.

—Prefiero ir a dormir —le contestaba entonces, y salía al jardín. Afuera, todo era silencio... Pero ante la puerta del museo, entre las sombras, George esperaba.

—Voy a acompañarla —me decía el hombre que sin decir palabra adivinaba mi indecible miedo. ¿Miedo? En esa época yo ni siquiera entendía qué significaba este sentimiento nuevo. Más tarde, cuando me vi invadida por él hasta el punto de casi destruirme, lo comprendí. Y luego, como una nube de humo, una inexpresable angustia planeó sobre la espléndida y colorida desolación de este país, sobre su recuerdo semi-transfigurado, casi horrible.

Nuestro jardín era el huerto de granadinas de un persa rico. Entre los pequeños árboles se extendían nuestras parcelas fragmentadas, y cerca del camino fluía el sombrío arroyo de las tarántulas. Hacia el fondo, el muro de arcilla nos separaba del mundo exterior. ¿Pero a qué llamábamos "mundo exterior"? ¿La nube de polvo, la ruta de las caravanas, el vado, el cementerio, la planicie de los buitres, la invisible ruta a la capital?

Bajo la arena, lo sabíamos, se encontraban las ruinas, y nosotros cavaríamos en busca de preciosos fragmentos. Pero eso formaba parte del día y ahora era la noche.

George caminaba a mi lado por el jardín, junto a los grandes perros moteados que dormían cerca de mi cama cuando no cazaban ratas. Gellina dormía en la terraza. Antes de entrar en mi habitación tomé la lámpara de petróleo que se hallaba sobre la mesa. George me dio las buenas noches y su caluroso apretón de manos me calmó por espacio de un minuto. *"Ahora no sentirás más miedo"*, dijo. Su linterna alumbraba nuestro camino y el sombrío jardín que dejamos atrás. A veces subíamos al techo y nos sentábamos allí a fumar. A nuestros pies, el arroyo se extendía a lo largo del muro con reflejos plateados y atravesaba la planicie en dirección al Demavend. Se podía seguir su curso muy lejos, pero eso no significaba un verdadero consuelo. En este país no existe el verdadero consuelo. Y siempre he creído que sobre esas aguas plateadas, los peces flotaban a merced de la corriente exhibiendo sus vientres reventados vueltos al cielo...

Luego me encontré en mi cama y pude sentir las vigas que se hallaban sobre mi cabeza, y la paja entre esas vigas, y los perros moteados respirando tranquilamente a mi lado. Si yo me movía, ellos levantaban por un momento sus cabezas hacia mí. La noche de los sueños comenzaba. El muro de la pequeña casa, la pared de mi habitación, era a la vez una prolongación del muro del jardín; y si bien ofrecía cierta protección contra el viento y la lluvia, no me protegía contra el zumbido provocado por las campanas de las caravanas, contra los gritos de los nómadas que vadeaban a los camellos ni contra el lento murmullo del río plateado. Contra nada de eso existía protección alguna. No existía nada, y entonces yo lloraba la ausencia de mi madre. ¡Como si un alma mortal pudiese escucharme!

Lo comprendí lentamente: era el comienzo del miedo. Y nunca podría vencerlo, nunca olvidarlo.

(De *Tod in Persien*)

TRES VECES EN PERSIA

*I*ntenté por todos los medios vivir en Persia, pero fue un completo fracaso. En torno a mí veía gente que simplemente sólo intentaba vivir: luchaban contra los mismos peligros, y en tanto se trataran de peligros reales todo iba bien. Como yo, ellos superaban los grandes senderos montañosos, las noches en las orillas inundadas, los accesos de fatiga y desaliento. Como yo, un día retornaban a la capital, vivían en las embajadas, tomaban baños de inmersión, comían bien y dormían mucho.

Creían, al igual que yo, que esa era una forma de reposar y tomar fuerzas para nuevas aventuras. Lograban vencer a la disentería y las fiebres, bebían y salían todas las noches durante semanas, visitando preferentemente los tristes establecimientos de Teherán donde aún era posible encontrar whisky, música, bailarinas. Las cosas pasaban como en las ciudades europeas. Un día se recobraban… pero, ¿cuánto tiempo podía durar? Sobrevenía entonces la hora del imperceptible peligro: ya no se podía volver a tomar las mismas resoluciones de los mortales, y de nada servía hacer esfuerzos para ello.

El peligro tiene diferentes nombres. A veces se llama simplemente mal del país, porque el viento seco de las montañas ataca los nervios; en ocasiones era el alcohol y otras, venenos peores. A veces no existe nombre alguno, y entonces somos presa del miedo indecible.

Durante los primeros meses viajé con nuevos amigos y lo descubrí todo: Persépolis e Ispahán, los jardines de Chiraz, las ermitas de los derviches sobre las rocas, las grandes puertas de las mezquitas, las rutas que no tienen fin, y las llanuras que lo tienen menos aún. He pasado los puertos de montaña y seguido los caminos de herradura de Elburz. He visto las orillas del mar Caspio, la selva, los arrozales, cebúes sobre la

playa azotada por la tempestad, techos de caña bajo un agua-
cero, leñadores y pastores turkmenistanos, y las grandes plazas desiertas de Rascht y Babol. He visto la rica Mazanderan,
el símbolo más perfecto de la melancolía.

Dejé Persia partiendo del puerto de Pahlevi. Allí pasé
mi última jornada. Las caravanas de camellos venían de Tabriz
balanceando sus campanas a lo largo de las rutas grises por la
bruma. Los choferes esperaban ante el hotel a los viajeros provenientes de Bakou. En el corazón del albergue, encontré a un
hombre que tenía el aire de un aventurero europeo fatigado y
afectado de malaria. Me reconoció, aunque yo no alcanzaba a
recordar dónde lo había encontrado. Se llamaba (o al menos
así le decían) Shanghai-Willy y era un ingeniero danés.

—Me voy, y no volveré más.

—Es lo que todo el mundo dice —me contestó.

Bebimos juntos, hasta que se hizo la hora y me acompañó a la aduana. Un empleado le anunció que el barco tomaría un cargamento de arroz y no levaría anclas hasta las siete
de la tarde. Fumando, cubrimos los cien pasos entre montones de mercaderías. En el edificio de la aduana estaba prohi-
bido fumar; afuera también. Subimos a una barcaza y nos hicimos conducir hasta la laguna. Desde allí se podía contemplar el pequeño puerto y los navíos rusos, que en realidad eran
vapores chicos, aunque desde nuestra perspectiva parecían au-
ténticos colosos de mar. En la parte más estrecha de la laguna,
se percibían los primeros pilares del nuevo puente.

—Allí trabajo yo —dijo Shanghai-Willy.

Estaba orgulloso. Me pareció escucharlo explicar cómo
para cavar los hoyos destinados a las bases se hacía descender
a los obreros en depósitos herméticos. Me pareció escuchar
muchas cosas sobre los puentes que Shanghai-Willy había
construido en Turquía e Irak. Pero sobre lo que había hecho
en China durante ocho años, no me dijo nada. Regresamos
enseguida y atracamos cerca de su casa. Para alcanzar la es-

calinata era necesario trepar por vigas y bloques de cemento. En lo alto se podía observar a Nils, su ayudante, sentado ante su mesa de dibujo. Era un sueco de veinte años, de piel roja, pelambre amarilla y una gran boca infantil.

—Danos algo de beber —le ordenó su patrón.

Nils se levantó, se inclinó, fue hasta la habitación vecina, trajo vasos y una botella de whisky semivacía. Shanghai-Willy elevó la botella hacia la luz.

—¿No querrás decirme que me he tomado todo esto ayer por la noche, verdad?

—¡Sí! Es justamente lo que pretendo —dijo Nils.

Bebimos la segunda mitad de la botella. De tanto en tanto, yo iba hasta la ventana a echar una ojeada hacia el muelle donde estaba mi barco.

—Hasta que comience a humear, habrá tiempo suficiente para partir —dijo Nils con un aire de entendido.

Alcancé el puente en el último minuto. Shanghai-Willy y Nils estaban sobre el muelle con las manos en los bolsillos. Un remolcador de bandera persa nos acompañó durante un momento. De este modo dejé Persia por primera vez.

Cuatro meses más tarde, regresé por Rusia aterrizando nuevamente en Pahlevi. Pero ya he contado esto: fue un día siniestro. Luego, residí en Raghes, en el huerto de granadinas. En esa ocasión la vida no fue tan desagradable, trabajamos mucho. La alfarería islámica y los vestigios chinos nos ocupaban tanto tiempo que el sonido de las campanas de las caravanas apenas llegaban hasta nosotros. Rara vez pensábamos en el territorio muerto que se extendía entre las ciudades vecinas. Sólo durante las largas noches todo volvía a adquirir nueva vida, pero yo no llegaba a descubrir cuál era la auténtica diferencia con mis sueños. Lentamente, el mundo de los sueños acrecentaba sus dominios sobre mí y, aun con mayor lentitud, lo mismo hacía el miedo. Por entonces comencé a comprender la grandeza mortal de este país que nos encantaba todas las mañanas con sus bellezas y sus amaneceres sobrenaturales.

Esa fue la segunda tentativa de vida en Persia. Cuando dejamos Raghes, poco antes de Navidad, todavía ignorábamos qué era en realidad lo que quedaba atrás, pero no tocamos el tema. Durante los últimos días, embalamos treinta cajas para los museos de Boston y Filadelfia que habían financiado nuestra expedición a cambio de cerámicas islámicas. Embalamos copas pintadas al cobalto y lustradas, antiguas vasijas de gres decoradas con esmaltes y lunares; se las llamaba de modo inexacta *gabris*, lo cual significa "obras de los pirolatras". Se trata de grandes copas blancas y planas, a imitación de las chinas, y de otras a rayas turquesa sobre fondo negro. Utilizamos grandes cantidades de lana de vidrio y papel de diario, e inscribimos con pintura roja la dirección sobre las cajas cerradas. También embalamos fragmentos, cada uno de ellos provisto de un número que se detallaba en el inventario que acompañaba cada caja. Como el museo en el que trabajábamos era muy pequeño, debimos terminar de hacer las cajas afuera, en el viento glacial del otoño.

Un día, George partió con los dos camiones. Nadie lo envidiaba por tener que franquear las montañas y atravesar el desierto sirio para transportar treinta cajas hasta el Mediterráneo. Luego el grupo se dispersó con rapidez, y a partir de nuestro arribo a Teherán nos perdimos de vista, como si nunca hubiésemos estado juntos, al amanecer, sobre las excavaciones de Raghes...

Exactamente cuatro meses más tarde, volví a Oriente y desembarqué en Beirut. No había recibido noticias de la expedición y, asimismo, ignoraba la fecha en que se retomaron los trabajos de Raghes. Antes de dirigirme al hotel, fui directamente del barco a la aduana para informarme sobre mi auto. Allí volví a encontrar a mi amigo George en medio de un montón de cajas y bultos con objetos provenientes de Fila-delfia. Esto no fue más que una extraña casualidad y así lo entendimos: nos separamos rápidamente, pues cada uno te-nía sus propios asuntos que atender.

Por la noche, George vino a mi hotel y bebimos un cocktail en la terraza. Me dijo que había sido designado sub-director en Raghes y que había aportado dos nuevos Buick. El azar quiso que mi auto también fuese un Buick. George tenía poco tiempo, debía tomar el camino más corto pasan-do por Bagdad, mientras que por mi parte yo había previsto un gran viaje que debía conducirme hasta la frontera rusa, pasando por Mosul y el Kurdistán. George me dijo que le parecía un proyecto magnífico, que me envidiaba. No sé bien por qué, pero mientras hablábamos me sentí súbita-mente desalentada.

Hacía ya bastante calor en Beirut, y nos alegramos con el viento nocturno que soplaba desde el mar. Bebimos un se-gundo cocktail y prometí pasar a buscar a George al día si-guiente por su hotel. Iríamos de inmediato a probar mi nue-vo Buick sobre la ruta asfaltada de la costa. Pero él no vino: cuando pregunté por George, ya había partido a Damasco.

No era tan grave; al fin y al cabo, unas semanas más tarde volvería a encontrarlo en Teherán. De cualquier modo, nuestro encuentro en la aduana de Beirut sólo había sido fru-to de una casualidad. No obstante, esta sensación de total desaliento continuó persiguiéndome durante bastante tiem-po, y me dije que sin duda era simplemente debido al "azar" de nuestro reencuentro. ¿Y si le hubiese pedido a George que me llevara? Sé muy bien que él no se hubiese opuesto a ello. Pero no se lo pedí, y ahora era demasiado tarde.

Reflexioné entonces sobre los límites del azar. Sin du-da juega un rol muy importante, aun cuando resulta algo tramposo en estos países donde circulamos con una libertad aparentemente ilimitada. Una vez más, había elegido mi camino con toda libertad. ¿La vuelta a Kurdistán? ¿Adónde quería llegar en realidad?

Hoy me encuentro en este valle al que llamamos *"the Happy Valley"*, y que está situado con toda certeza al final de todos los caminos.

(De *Tod in Persien*)

ELLA
*M*AILLART

*K*ABUL

V imos las casas y los árboles de Kabul.

Habíamos llegado a un tramo en que la carretera se hallaba en buen estado, y nuestro poderoso Ford se deslizaba de manera regular y silenciosa, haciendo al fin valer su holgado dominio sobre el camino, como un navío indiferente a todo lo que ocurre por debajo de su quilla. Después de millares de kilómetros por abolladas carreteras, mi cuerpo distendido podía volver a alegrarse de ser consciente.

Al entrar en Kabul experimenté por un momento una sensación de triunfo. ¡Qué ingenuidad! Mi incesante vigilancia se relajó, cuando en realidad tendría que haberse intensificado. Comencé a rumiar proyectos. Como Christina aún se sentía enferma, nos dirigimos a la residencia del médico de la embajada británica. Tenía bronquitis y le prescribieron diez días de cama, y de ser posible, sin fumar. Los Hackin, que vivían en un pequeño departamento que pertenecía a la embajada de Francia, no podían alojarnos, por lo que nos conside-

Los rudos trabajos del Turquestán ruso

ramos muy afortunadas al poder instalarnos en el estudio de Marta y Gabriel, mis amigos de París.

Pese a que la tos continuaba, Christina hizo caso omiso a las indicaciones del médico. Fatigada, parecía aburrirse con todo, a excepción de cuando visitábamos a los Hackin. Al no sentir ya la necesidad de realizar nuestro plan como en el curso de los últimos meses, se volvió caprichosa y voluble. No tenía la menor fe en la medicina que le recetó el doctor, se negaba a verlo de nuevo y me obligó a comprarle un jarabe de codeína en la única farmacia de la ciudad. Por entonces, yo ignoraba con qué se elabora la codeína. Por otra parte, era preciso cortar los agotadores accesos de tos que nos impedían dormir.

Luego estalló la guerra en la lejana Europa. La incertidumbre se apoderó de nuestras vidas. Hackin y Gabriel se pusieron a disposición de su cónsul. A los extranjeros se les retiró el permiso de abandonar la capital para dirigirse al interior del país. Mi ansiado Kafiristán quedaba así fuera de todo alcance. A pesar de que con ello se esfumaba el objetivo principal, el espíritu de nuestro viaje revivía cuando visitábamos la ciudad.

La tumba de Babur era una sencilla estela de mármol en un jardín dispuesto en forma de terrazas. Como verdadero montañés, el Emperador no quiso ser enterrado en la India por entender que ese país carece de buenos caballos, buenos perros, buena fruta y, por consiguiente, buenos hombres. Comprendo perfectamente su punto de vista y siempre estaré de acuerdo con la fe que expresa en estas líneas: *"Si una espada arrancase la tierra de su sitio / No se cortaría una sola vena sin que Dios lo quisiese"*. Esto fue escrito porque el futuro emperador —cuando luchaba por la conquista de Kabul— recibió un sablazo de manos de Dost Sirpuli, del cual salió completamente ileso, hecho que nadie fue capaz de explicar. Babur significa *Tigre*.

Cerca nuestro, un conjunto de voces infantiles llenaba el aire. Nos recibieron con un grito disciplinado: *"¡Gu-ten-tak!"*. No comprendí su significado hasta darme cuenta de que se trataba de la escuela alemana. Algunos años más tarde, varios de aquellos niños llorarían al despedirse de sus queridos maestros germanos, obligados a abandonar Afganistán. Seguros de ganar la guerra, los maestros buscaban consolarlos diciendo: *"No llores, antes de cuatro años estaremos de vuelta"*.

(…) Afganistán se dividía entre antiguos y modernos. Agrupados en torno a los *mullahs*, los antiguos se oponían a toda innovación. En ocasión de un congreso al que asistieron casi mil *mullahs*, se redactó un programa de cuarenta puntos. Una de las demandas exigía cerrar las escuelas de niñas, ya que a su entender una educación moderna sólo puede turbar los cerebros femeninos. El gobierno se negó. Otro punto insistía en cerrar el cine, donde pude observar que los hombres, poco acostumbrados a sentarse en sillas, lograban instalarse con las piernas cruzadas en aquellos objetos tan incómodos. También esta demanda fue denegada por el gobierno, aduciendo que los filmes tienen un valor educativo: proporcionan una visión del mundo a quienes no tienen posibilidad de viajar.

El gobierno piensa que los *mullahs* deben convertirse a las nuevas ideas, para luego ser enviados a sus pueblos en calidad de agentes de propaganda del régimen actual. En estos momentos, ellos son los únicos capaces de proporcionar los cuadros necesarios para construir un nuevo país. En cuanto a los audaces "modernos", casi todos han vivido en el exterior y pertenecen al clan gubernamental. Sus esfuerzos tienden a fortificar al país para que no sufra una suerte parecida a la de Abisinia en 1935 o Corea en 1950. Diez años antes, cuando ascendió al trono Nadir Chah, no solamente no había ejército ni tesoro, sino que las reformas de Amanullah, demasiado precipitadas, provocaron una hostilidad general a todo cambio.

(…) Christina me preocupaba. Nerviosa, afiebrada,

fumaba como nunca y, a pesar de sus difíciles digestiones, no observaba el régimen prescripto cuando comía fuera de casa. El afecto que le profesaba no era suficiente para saber qué conducta seguir. Por el contrario, creía exasperarla y me preguntaba si no debía dejarla en paz. Ella no quería admitir que estaba enferma, del mismo modo que no podía distender su tensión para dejar actuar a la naturaleza. La inactividad le resultaba insoportable: le hacía pensar en la muerte. La horrorizaba la idea de estar inmóvil... Siempre surgía algún tipo de aprensión que le oprimía el corazón y la llenaba de angustia.

Traté de hablarle por última vez. No estaba segura de lo que tenía que decir, pero desde luego, debía ser enérgica. Cuando apelé a su sentido común, murmurando unas observaciones sobre las miserias de los polacos en una Varsovia en llamas, en respondió en tono desabrido:

—No quiero llegar a ser como tú, tan impasible. Las máximas creaciones del hombre nacieron del sufrimiento.

—Comprendo —le dije—. Te gustaría gemir como Musset: *"Los cantos más hermosos son los desesperados. Los hay inmortales que son sólo sollozos"*. Pero te deslizas por un terreno de arenas movedizas. Es una verdad a medias, pero terrible. Cuando un poeta crea una obra maestra, es porque ha superado su sufrimiento...

Arrebatada, con los ojos brillantes y duros, gritó:

—¡Entonces déjame sufrir!

Así lo hice. Más allá de lo que pudiera significar, aquel *"déjame sufrir"* sonó con tal intensidad y sinceridad que me obligó a reflexionar varias veces. Dejé de intervenir. Se instaló en la embajada de Francia en Kabul, donde consiguió que la invitaran gracias a la esposa de un amigo. Me dije que por lo menos allí dormiría entre sábanas, en una cama de verdad, que la buena vida, el silencio y el descanso que tanto necesitaba le haría bien. Era el momento de separarnos. Habíamos

1940. El fuego místico de la montaña de Arunachala

vivido juntas por inhóspitos caminos durante demasiados días y noches en los últimos meses.

Yo apelaba a todas estas razones para intentar ocultar mi egoísmo. Estaba cansada de Christina. Desde hacía seis meses, mis pensamientos no se habían alejado de ella y ya no podía seguir sosteniendo aquel esfuerzo. Me absorbía mi futuro inmediato. Una nueva hoja de ruta.

Deshicimos el equipaje y comenzamos a repartirnos nuestras pertenencias. De la maleta que contenía nuestras botas de montaña, sacó una aguja hipodérmica y me la dio.

—Este viaje me ha liberado de la droga —me dijo.

Resolví creerle.

Durante mi estancia en Kabul percibí un ligero malestar en mi interior. Sólo al cabo de unos meses pude definirlo con mayor claridad: *"He faltado a mi deber con Christina"*. Según nuestro pacto, resultaba evidente que no debía dejarla sola, pasara lo que pasara. Pero la intensidad que puse en mi afán por ayudarla terminó por complotarse contra mis propósitos. Aquella intensidad conllevaba una especie de fatigoso esfuerzo: mi viciado gesto compasivo me llevaba a pensar *"debo* conseguirlo", "es *preciso* que lo consiga".

Visitaba a Christina todos los días. Si las nubes me servían de sombrilla, caminaba –aunque a pesar de los 1.800 metros de altura, Kabul suele ser muy calurosa–; en caso contrario, me hacía transportar al trote de un alegre cabriolé, cuyo imperioso cascabeleo mantenía a distancia a la multitud de ociosos. Christina padecía no ya sólo de bronquitis, sino además de un triple forúnculo que le vaciaba la nuca (un verdadero cráter abierto que le impedía mover la cabeza y la desesperaba). A veces se extraía de él una materia semejante a la mecha de una pequeña bujía. Nunca se quejaba.

Aún paseaba, pues le gustaba encontrarse con un médico judío alemán o un suizo representante de comercio. Pero a veces tenía vómitos y continuaba perdiendo peso. El doctor Moody me llamó en privado y me dijo que estaba agotada, y que antes de reemprender el viaje necesitaba al menos dos meses de reposo y tratamiento. De lo contrario, aquella fiebre persistente degeneraría en tuberculosis. Christina había trabado gran amistad con Ria, quien vivía pendiente de ella y demostraba ser más humana de lo que yo hubiera podido serlo jamás.

Un día, estando en cama, Christina me pareció postrada. Era como si renunciando a rebelarse, no le quedaba más remedio que abdicar. Pero no: esa actitud le permitía no manifestar abiertamente la falta de franqueza que se había apoderado de nuestra relación.

Por fin habló. Y sus palabras no fueron otra cosa que la confesión de su inmensa miseria. En todo ese tiempo no había hecho más que mentir. La guerra se había llevado al demonio nuestros proyectos, y su demonio interior comenzó a levantar la cabeza. Comenzó por exigir codeína y luego, una vez más, se repitió la historia: con una audacia insensata, con una astucia salvaje, consiguió un gran número de ampollas. Ahora, que se encontraba tan enferma, ya agotada, se imponía una solución radical. No podía someterse a las dosis decrecientes que el médico alemán le aplicaba. Nuevamente, la única posibilidad era el remedio más terrible: abandonar la ciudad. Como no habían sido llamados a Francia, Ria y Hackin salieron para Kundus (tenían derecho a circular, pues trabajaban para los afganos). Christina resolvió reunirse con ellos, pero necesitaba de mi ayuda. Su rostro inexpresivo, que se esforzaba en ocultar su sufrimiento, me pidió que le perdonase su falta de confianza en mí. No obstante, yo me sentía responsable por ella. Después del incidente de Sofía, ya había optado por parecer dura y resuelta a no tolerar otra recaída. Por eso, Christina se sintió atemorizada frente a mí en el duro momento de la prueba. Elegí conducirme de esa forma porque pensé que resultaría más efectiva que la ternura demostrada por los amigos que me precedieron.

Me esforcé por disminuir su vergüenza, su desesperación, pero no encontré más palabras que aquellas tantas veces utilizadas: no es posible borrar en unos pocos meses un hábito arraigado desde hace años.

–No tengo dudas de que encontrarás algún médico de corto alcance siempre dispuesto a tentarte con algo creyendo que eso es ser compasivo. Por supuesto, habrá enfermedades o depresiones que demorarán tu resolución. Pero sabes muy bien que no eres toxicómana, que puedes abstenerte *perfectamente* por espacio de meses enteros. Con la misma seguridad que te estoy diciendo esto, sé que te curarás.

Podía haber estado hablando con la pared. Soy consciente que el papel y el tono de maestro de escuela pueden resultar exasperantes, a menos que el maestro sepa muchas cosas y en ese caso uno tiende a olvidar su personalidad para concentrar toda la atención en la verdad que enseña. Sin embargo, la triste mirada de Christina me irritó a tal punto que, antes de darme cuenta de lo que hacía, volví a insistir (y esta vez no era en sueños) con el mismo discurso de Estambul:

—¿Cuándo llegará realmente el momento en que sientas asco de ti misma? ¿Cuándo serás capaz de poner tus pies sobre la tierra, incluso más profundamente de ser necesario? ¿Cuándo vas a confesar todas tus bajezas? ¿Cuándo vas a reconocer que se acabaron todos tus recursos? Entonces, sólo entonces, cuando todas estas cosas de verdad ocurran, pedirás ayuda... Hay una parte maravillosa dentro de ti que ya te rescató de tus infiernos. No sólo debes vomitar la droga, sino esa maquinaria siniestra en la que se esconde tu falso yo...

No, eso era algo que no podía hacer. De esta manera, no. Todavía no. Tal vez se hallaba aún prisionera del ángel caído. ¿Comprendía mi angustia y adivinó mis lágrimas al verla estrangular de ese modo inútil la parte más brillante de su personalidad? Besé su frente y me fui.

Vi al doctor alemán, luego al doctor inglés, después al amigo suizo y a los viejos residentes de Kabul. El primero reconoció que lo había probado todo sin éxito; el segundo afirmó que mi amiga no podría viajar ni acampar ahora que el invierno reinaba en las montañas; el tercero me ayudó a reconstituir su extraña conducta; los últimos me advirtieron que nadie podría obtener una autorización para viajar por el interior... Me sentí deprimida. Entonces, la suerte acudió en mi ayuda. Conducido por Meunié, un vehículo llegó de Kundus en busca del material que necesitaban los arqueólogos. Le expuse la situación sin ocultarle que era una locura que Christina se trasladase a su campamento. Pero no veía otra solución. Mi amiga no mostraba ningún interés por los estudios que las dos habíamos podido emprender en la India. ¿Estaba dispuesto Meunié a asumir la responsabilidad de la decisión y llevarse a Christina?

Sí, aceptaba la responsabilidad. En cuanto a mí, ponía a mi compañera en otras manos...

Semejante a un fantasma, Christina salió a comer fuera. Al día siguiente la esperaba un viaje de dos jornadas con destino al Turquestán. Pieles de carnero, mantas, abrigos de cuero, todo estaba preparado. Sólo la ropa interior era insuficiente. En vano intenté explicarle que los inviernos asiáticos nada tienen en común con los de Engadina.

Fui con ella en el Ford hasta la casa donde iba a comer. Bajé del auto y me quedé parada en la pasarela de madera que cruzaba el foso; el agua inmóvil reflejaba las estrellas, precisas y brillantes. Christina llegaba con retraso y yo sentía un nudo en la garganta. Traté de decirles un *"¡Hasta pronto!"* animoso. Al alejarme, me envolvió el silencio de la noche de Kabul. Ella me llamó. Se había quitado la rígida máscara y volvía a ser ella misma. Mostrándome una vez más su cristalina sinceridad, me dijo:

–Nunca creí que sufrieras tanto como yo por nuestros meses de espera en Kabul. Me parecías distante y dura, pero sé que me equivocaba. Es cierto, estuve por mucho tiempo demasiado preocupada por mí misma. Kini, quería decirte algo: me sorprendes... No entiendo cómo puedes quererme.

–Christina, no lo sé. ¿Qué quieres que te diga? Intuyo en ti algo grande... ¿Esto significa lo mismo que cuando uno dice que ama a alguien *en Dios*?

(De *La voie cruelle*)

ISAK
DINESEN

LEONA DE *DOS MUNDOS*

*E*n 1966 la cadena televisiva norteamericana CBS comenzó a exhibir una serie de aventuras que narraba la historia de un médico de animales en Kenia. Dicho programa
tenía por título *Daktari* —"doctor" en swahili— y una de sus
máximas estrellas era un león bizco llamado *Clarence*[1], cuya
anomalía le otorgaba una visión deformada de cuanto le rodeaba, como si agregara una dimensión desconocida a los

---

1 La serie en realidad se filmó en Africa, California, un parque de animales
salvajes cercano a Los Angeles. El rol del Dr. Marsh Tracy estaba a cargo de
Marshall Thompson y el de su hija Paula le correspondió a Paula Miller. En

contornos de la realidad. El pobre *Clarence* no sólo desdoblaba los límites de su percepción sino que también solía ser percibido en forma equivocada por quienes no llegaban a conocerlo: su condición salvaje sólo era una máscara aterradora que ocultaba a un gato tan dócil como encantador.

La escritora danesa Karen Blixen nunca llegó a ver un capítulo de *Daktari*, y de poder hacerlo seguramente hubiese quedado sorprendida con algunas semejanzas entre esta ficción pueril y su vida. Al fin y al cabo, ella no sólo vivió durante más de tres lustros en Kenia sino que también amaba los felinos y, sin ser bizca, su existencia pendulaba en la distorsión de dos mundos disonantes. Los destinos de este viaje interior resultaban claros y fácilmente identificables: por un lado, el refinamiento de una mente racional, los vestigios de un universo positivista que se diluía en la cultura exquisita de las principales metrópolis europeas; en el otro extremo, el deseo insaciable de atrapar lo inesperado, el impulso de una aventura sin respuestas concebidas de antemano. En la distancia entre una y otra posición, Karen se detenía con fruición, como un extraño animal siempre a punto de saltar sobre su sombra. Y si bien sintió por la segunda postura una debilidad natural, supo cultivarla —muy en particular durante la última parte de su vida— con la sobriedad de un equilibrista que desafía los abismos sin red, aun cuando pocos se dieran cuenta de ello. En tal sentido, podría afirmarse que la Blixen fue durante por lo menos tres décadas lo más similar a una viajera inmóvil.

No faltaron señales biográficas capaces de explicar es

---

cuanto a Clarence, ya contaba con una experiencia cinematográfica: el film *Clarence the Crosseyed Lion* (Andrew Morton, 1965), también con Thompson como protagonista. El filme sirvió como base para la serie, que se mantuvo en el aire por tres temporadas, hasta enero 15 de 1969.

tas tendencias. Karen Christentze Dinesen nació el 17 de abril de 1885 en los campos familiares de Rungstedlund, Dinamarca. Era la segunda hija del matrimonio formado por el capitán Wilhelm Dinesen (de 40 años en el momento de su nacimiento) e Ingeborg Westenholz[2], once años menor que su marido. La influencia de la figura de su padre seguramente dejó huellas indelebles en la vida de Karen –conocida familiarmente como *Tanne*–. El capitán Dinesen fue un personaje pintoresco, descendiente de una antigua familia de hidalgos campesinos daneses. Luego de atestiguar en 1864 la derrota de su país contra el ejército prusiano, en 1870/71 participa en calidad de oficial francés de una nueva victoria de parte de sus enemigos en la guerra franco-alemana. Wilhelm publica sus experiencias bélicas en un libro que se llamará *Paris under Communen* y, *"con el corazón enfermo"*, según declara, en 1872 se embarca hacia Estados Unidos, donde sobrevive como cazador entre los indios que habitaban el estado de Wisconsin. Debido a la enfermedad de su padre, regresa a Dinamarca en 1876 e intenta –sin éxito– retornar a los campos de batalla para participar como oficial al servicio de los turcos en la guerra rusootomana de 1877/8. En 1879 Wilhelm Dinesen compra varias fincas al norte del país, entre ellas Rungstedlund, una antigua posada donde había vivido el poeta Johannes

---

2 Ingeborg Westenholz (1856-1939) nació en el seno de un hogar hidalgo de Matrup, Jutlandia. Fue la hija mayor de un próspero comerciante, Regnar Westenholz, luego ministro de Hacienda, y de Mary Mama Hansen, hija a su vez del consejero de estado A. N. Hansen. El 17 de mayo de 1881 contrajo enlace con Wilhelm Dinesen y la pareja se traslada a la residencia de Rungstedlund, en la aldea pesquera de Rungsted, donde Karen viviría hasta el final de sus días. Madre e hija cultivaron una relación muy estrecha, e Ingeborg visitó a Karen en Kenia en más de una oportunidad.

Ewald[3] entre 1773 y 1775, y donde habría de vivir hasta el final de sus días su hija Karen. Con su renta como hacendado, Wilhelm escribió con su propio nombre o bajo el seudónimo de *Boganis* varias obras, entre ellos los dos tomos de *Cartas Venatorias* (1889-1892), aún hoy considerado un clásico de la literatura danesa. Además, ingresa a la política y en 1894 es elegido diputado por Grenaa, Jutlandia.

Aunque no solía pasar demasiado tiempo junto a su familia, no es difícil sospechar el influjo que pudo haber ejercido la vida aventurera de Wilhelm sobre su hija, así como la intensidad intelectual con la que se abrazaba a sus proyectos literarios. Sin embargo, un hecho en parte inesperado tendrá un desarrollo crucial en la vida de la familia: el 28 de marzo de 1895 Wilhelm Dinesen se ahorca en un cuarto de pensión de Copenhague, donde solía alojarse durante el período parlamentario. Los motivos por los cuales tomó tan trágica determinación parecen estar relacionados con un revés político al cabo de una prolongada depresión luego de enterarse que podía quedar física e intelectualmente disminuido a causa de una sífilis contraída tiempo atrás.

Karen, por entonces de diez años, sufre el golpe con intensidad. La casa de Rungstedlund se ve poblada de niños y mujeres: además de sus hermanos[4], Ingeborg trae en su ayuda a *Mama* Mary y a su hermana, la tía Bess, cuyas ideas liberales respecto a la mujer, así como su poderosa posición dentro de la iglesia unitaria danesa, serán de especial signi-

---

3 Johannes Ewald (1743-1781) fue uno de los principales poetas románticos daneses. De los días que pasó en Rungsted quedó como excelente testimonio de su arte *Rungsted Lycksaligheder*, de gran influencia en la producción lírica de la época. Además escribió piezas trágicas y canciones que le valieron el reconocimiento del rey Christian.
4 Los Dinesen concibieron cinco hijos: Inger Bendicte (Ea, 1883), Karen, Ellen Alvilda (1886), Thomas Fasti (1892) y Anders Runsti (1894).

ficación para la vida de Karen. Además, no faltan mucamas, cocineras e institutrices que les brindan a los niños una educación poco sistemática, pero de profundo nivel cultural. La pérdida de Wilhelm se traduce en Karen como una firme aunque silenciosa resistencia ante las virtudes burguesas que esa fuerte atmósfera familiar femenina quiere imponer como modelo (el recato, el ahorro, una férrea moral) y, en cambio, añora aquellas historias de aventuras en los campos de batalla o cazando osos junto a los indios del Nuevo Mundo que solía narrarle su padre.

En 1899 la familia se radica por un tiempo en Suiza, donde Karen aprende a dominar perfectamente el francés y muestra enormes habilidades en la pintura. Cuando vuelve a Dinamarca habrá de inscribirse en la escuela de arte, y comienza a viajar por Europa: Holanda con la tía Bess y Ea en 1903, Escocia al año siguiente, luego a Londres como vicepresidenta de la Academia de Arte de Copenhague. Pero, además de su vocación plástica, otro lenguaje amanece en el horizonte de Karen: en 1907 comienza una irregular carrera como escritora. La revista literaria *Tilskueren* publica en su número de agosto un cuento titulado *El eremita* cuyo enigmático autor se esconde bajo el seudónimo de *Osceola*. Poco después, y bajo otro seudónimo, publica *El labrador* en *Gads Danske Magasin* y seguirán otros en *Tilskueren*. La necesidad de ocultarse bajo otro nombre aparece como síntoma de un viaje que la lleva de una existencia a otra. Frecuenta a gente del círculo aristocrático de Frijsenborg; los días se tejen entre la indolencia y la superficialidad de quienes componen este grupo y la sed de encontrar algo distinto. Lo encuentra, paradójicamente, en ese vacío: al círculo llegan sus primos mellizos, Hans y Bror Blixen-Finecke, hijos de un barón sueco que llevaban una vida excitante, de viajes, festivales y cacerías. Karen se enamora con locura de Hans, pero él no le corresponde en sus sentimientos.

Los 25 años sorprenden a Karen Blixen irritada, dominada por la melancolía de algo que desconoce y una inquietante desesperanza. En 1910 viaja con su hermana a París y permanece algunos meses estudiando en una nueva escuela de arte. Todo es inútil. En 1912 intenta una nueva salida y junto a su amiga Daisy Grevenkop pasa una larga
temporada en Roma, tan insatisfactoria como sus destinos
anteriores. Aun cuando Karen puede llegar a sentir placer
con los incentivos que le brindan las grandes capitales europeas, no encuentra allí las respuestas que su ansiedad procura. Londres, Amsterdam, París o Roma, e incluso otras
ciudades europeas de dimensiones menores pero con encantos semejantes, parecen ser parte de un mismo paisaje en el
interior de Blixen: una megalópolis brillante donde todo
participa de una idéntica religión.

Luego de unas vacaciones en Noruega, en 1912 acepta la propuesta de compromiso que le hace llegar el gemelo
de su antiguo amor, el barón Bror Blixen-Finecke de
Näshyholm, en el sur de Suecia. Bror era a todas luces menos brillante y culto que su mellizo Hans, pero al fin y al
cabo también se sentía atraído por la vida salvaje, los animales y, en definitiva, Karen no dejaba de ver en él a quien
había amado. Pero el parecido físico era lo único que podía
rescatar de su vieja pasión, y la naturaleza no parece ser un
pretexto lo suficientemente fuerte como para establecer una
pareja. De todos modos, la desventura que la aguardaba en
su unión con Bror tendría como compensación aquella respuesta que no le había sido revelada y que la marcaría hasta el fin de su existencia: Africa.

En 1913, Karen y su prometido debaten su futuro con
el tío de ella, Aage Westenholz, hermano menor de Ingeborg
y Bess, graduado en ingeniería y fundador de la Siam Electric
Corp. Influido por el relato de Mogens Frijs de Frijsenborg
(otro tío, pero en este caso común a ambos), sobre las perspec-

tivas económicas en las colonias, Bror había viajado al Africa Oriental Británica, concretamente la actual Kenia, donde toma conocimiento de la existencia de Mbagathi, una finca cafetera propiedad de unos suecos de Skåne. Karen adivina allí la oportunidad que estuvo esperando, y convence a su futuro esposo de instalarse en Africa. Aage Westenholz aporta el capital y es declarado presidente de la Karen Coffee Ltd., en tanto que Bror es nombrado director gerente, lo cual se revelaría luego como un tremendo error.

De todos modos, el 14 de enero de 1914 Karen Blixen arriba al puerto de Mombasa procedente de Nápoles a bordo del *Admiral*, y ese mismo día logra tres cosas largamente esperadas: casarse, un título de baronesa y haber encontrado ese lugar mágico que había entrevisto en tantos sueños. Una baronesa en la jungla. Hasta casi sonaba divertido.

Un par de meses después de arribar a Mbagathi, le escribe a su tía Mary Bess: *"Yo diría que es imposible escribir si debemos tomar en consideración a quienes nos pueden leer. De todas formas, tampoco creo que vaya a dedicarme a escribir. En general, pienso que en la vida o en el mundo no hay sitio para tantas consideraciones. Si no es posible soslayarlas, siempre queda como recurso desprendernos de todo ello y formar nuestro propio pequeño mundo, aunque con una condición: hay que hacer las cosas lo mejor posible, o lo mejor para alguien. La vida aquí es brutal y con seguridad te causaría una impresión mayor que lo peor de la vida danesa. Yo, sin ir más allá, prefiero esta vida, pero no por eso dejo de comprender la felicidad —y el encanto— de un lugar tranquilo, pacífico, que cierra la puerta y los ojos a todas las brutalidades. Sólo cabe una elección y la prueba..."*

Karen le contestaba así a su tía respecto a una comedia de marionetas que había escrito siendo muy joven, titulada *La venganza de la verdad*. Había hecho su elección y, ahora, sólo le quedaba someterse a *la prueba*. De todas formas, en este fragmento habría que hacer una puntualización: durante toda su estancia en Africa siguió escribiendo, y con deleite. No elaboró grandes proyectos literarios, pero sí se dedicó al género epistolar de modo convulsivo, y en sus cartas se concentran la pasión y el estilo que luego la convertirían en una de las más prominentes escritoras europeas de este siglo. En ellas, no hace otra cosa que dejar una pintura vívida, de colores brillantes, de su amor por Africa. Admira a los diversos pueblos de la región, en particular a los masais (*"Los apuestos masais, siempre tan amables, que miran directamente a los ojos, sin detenerse en las ropas o las facciones...*), pero también a los kikuyos y somalíes, en tanto que aprende a detestar sin ambages la soberbia y la estupidez de los ingleses. Sus relatos epistolares reflejan un Africa por completo diferente, alejado de los prejuicios de la época y los lugares comunes. No se detiene en el facilismo del exotismo sino que intenta con fuerza atrapar la esencia de ese continente que la fascina. En sus frases a menudo se mezclan el danés, el inglés y el swahili, como si la suma de todas estas lenguas fuera insuficiente para expresar lo que ve. Se siente feliz en ese ambiente tan alejado de las normas y reglas con las que había crecido y, aun sin dejar de aceptar algunas de ellas, se abre a las leyes de su nuevo paraíso sin juzgar.

Pero en aquella comedia de marionetas (no un poema, cuento o novela) que se demora en ver la luz[5], su título operará como una condición profética: la venganza de la verdad no tarda demasiado en revelarse y será mucho más dura que lo previsto en su ficción. En agosto de aquel primer año se declara la Primera Guerra Mundial y, en parte debido a su origen o a la abierta animadversión que Karen declara sentir por los representantes del poder colonial, los Blixen son acu-

---

5 *La venganza de la verdad* se publicará por mediación del crítico danés George Brandes en *Tillskueren*, en su número de mayo de 1926, con su verdadero nombre.

sados sin fundamento alguno de germanofilia. No obstante,
lo peor no estaba allí. Poco después de su casamiento, se entera de que su marido la ha contagiado de sífilis. Reaparece
el fantasma de Wilhelm, pero respecto a Bror sólo hay resen-
timiento. El hecho de no haberle confesado nada y ser depo-
sitaria de la enfermedad más temida a tan pocos meses de su
boda le provoca un quiebre a su relación ya incapaz de supe-
rar. Primero se somete a un tratamiento con pastillas de
mercurio sin mayor resultado, pero al año de su arribo a
Africa debe retornar a Dinamarca para iniciar un tratamiento especializado. Estará tres meses internada en el Hospital
Nacional y luego vive con su madre. En este período escribe
un largo poema, *Ex Africa*, donde describe el dolor que le
provoca haber abandonado su Tierra Prometida.

En noviembre de 1916 retorna junto a su marido a una
nueva finca, más confortable, ubicada en la periferia de Nairobi. Su matrimonio con Bror se desangra agria y lentamente,
al mismo tiempo que él se muestra por completo incapaz para administrar la finca, y Karen presiente que o bien ella se
hace cargo de aquélla, o la quiebra económica parece ser el
destino más seguro. Por si sus desgracias fueran pocas, toma
conocimiento de que su amiga de la infancia, Daisy Greven-
kop-Castenskiold, se suicida en Londres, donde su marido
ejercía como embajador danés. De todos modos, Africa parece compensarla del dolor del mundo. Así debe haber interpretado, el 3 de abril de 1918, la aparición de Denys Finch Hatton, un apuesto, refinado y algo excéntrico oficial británico de
31 años, aviador y aventurero, condecorado por la reina debido al heroísmo demostrado en el frente francés. Denys gustaba exactamente de las mismas cosas que Karen: el sabor del
peligro, los animales salvajes, el aire y la tierra, los desafíos
naturales. Por supuesto, la relación con Bror se reduce a un
punto insignificante en tanto que la relación de los amantes se
consolida. El barón Blixen no permanece ajeno a esta relación,

y en alguna visita social donde se los encuentra a los tres juntos no duda en presentar a Finch Hatton como *"mi mejor amigo y el amante de mi mujer"*.

En 1921 el estado financiero de la finca ya era absolutamente caótico. Aage Westenholz, presidente en definitiva
de la Karen Coffee Co., viaja a Kenia para tomar una decisión
sobre su futuro. Como consecuencia, se despide a Bror Blixen
de su cargo de director gerente y Karen es nombrada en su lugar, a condición de que éste renuncie a todos sus derechos sobre la finca. Era el fin. Bror retorna a Europa y exige el divorcio (que le será concedido en 1925) acusando a su esposa de no
haberle dado hijos. Con todo, tuvo un gesto: le permitió seguir utilizando el título de baronesa. Ella vive libremente su
pasión con Denys, pero sin embargo él luchó con denuedo para conservar su independencia y, como escribió Karen, *"era feliz en la finca, porque sólo la visitaba cuando quería hacerlo"*. Un
aborto espontáneo y la imposibilidad de no poder atrapar a
Finch Hatton en una relación más estable sumen a Karen en
la desesperación. En 1924 escribe un ensayo titulado *El matrimonio moderno y otras reflexiones*[6].

Al mismo tiempo que el destino de la finca parecía dirigirse hacia un estrepitoso final, la relación con Denys también comienza a desgastarse. Las discusiones son más frecuentes, los intervalos entre las visitas más prolongados. Las exigencias de un compromiso afectivo mayor parecen asfixiar al
aventurero británico, y el último encuentro de los amantes, en
mayo de 1931, culminará con una violenta disputa. Pocos
días después de dejar a Karen, un desperfecto mecánico preci-
pitó a su avión en la selva en medio de las llamas. La muerte
fue inmediata, y Denys Finch Hatton fue enterrado en las co-

---

6 Fue publicado por primera vez a título póstumo en danés en Blixeniana,
el anuario de la Sociedad Karen Blixen, en 1977.

linas Ngong, exactamente el lugar que había elegido junto a Karen para que ambos se reencuentren en el reposo final. El golpe fue terrible. Ella no hará mención de Denys ni en cartas posteriores ni en su obra literaria (en *Out of Africa* es mencionado sólo casualmente). Casi paralelamente, la sociedad familiar decide vender la finca después de varios años de crisis financiera. Karen se compromete a dejar la empresa en buen estado, recoger la última cosecha de café y garantizar el porvenir de sus *boys*. Se ocupará con obsesión por la suerte de cada uno de ellos, e intentará garantizarles el futuro de acuerdo a sus deseos. Finalizada la tarea, se habla de un intento de suicidio, creyendo que su vida había sido *"un completo desperdicio"*.

En una carta que su madre le dirige a su hermano Thomas aquel fatídico mayo de 1931, escribe: *"Durante toda mi vida, en la medida que me ha sido posible, he intentado comprenderlos, y puedes estar completamente seguro de que también ahora comprendo a Tanne. Siempre he sabido que las circunstancias que le ofrecía en casa no encajaban con su carácter ni con sus aptitudes y talento, y esto ha sido para mí un gran dolor, pero no me era posible cambiarla hasta el punto de que no fuera feliz. Tal vez Tanne, por su parte, no tuvo la voluntad suficiente para encontrar la felicidad en tales circunstancias, pero aun violentando su carácter para que llegara a encontrarse a gusto con lo que llama, de modo acertado, una existencia burguesa, buena parte de lo que ella vale se desaprovecharía"*.

El 31 de agosto de ese año, *Tanne* se instala nuevamente en Rungstendlund. Tiene 46 años, está económicamente arruinada, y sus mayores afectos vitales (Africa, Denys) definitivamente perdidos. No sabe qué le puede deparar esta vida nueva, aunque tampoco espera demasiado. Y entonces, comienza su nuevo viaje. Con enormes esfuerzos, consigue terminar de escribir un libro de relatos (¡escritos en inglés!) que pensó en titular *Nueve cuentos*. A través de su hermano Thomas, toma contacto con la escritora norteamericana Dorothy Canfield Fischer, quien luego de leer el manuscrito recomien-

da su publicación al editor Robert Haas, de Nueva York.
Aunque los relatos convencen al editor, se niega a publicar a
una escritora europea desconocida. En 1933, cuando Blixen
visita en Londres a la editora Constant Huntington de la casa
Puntman, ésta se niega siquiera a mirar el manuscrito. Finalmente, Haas accede a publicar el libro, que ha reducido su número a siete relatos y, por consiguiente, el título será *Seven
Ghotics Tales*. Algo más: la edición estará firmada, contra la
voluntad del editor, por Isak Dinesen. El 9 de febrero de 1934
Karen recibe un telegrama de Haas donde le dice que su obra
fue elegida como el libro del mes en los Estados Unidos, por
lo que la edición será mayor y, en consecuencia, sus derechos
de autor aumentarán. Al mismo tiempo, la editorial inglesa
Puntman, descolocada por el seudónimo, compra la misma
obra que se había negado a leer, y obtiene un gran éxito.

Un nuevo viaje había comenzado sin haber terminado.
Rungstendlund, en las puertas de Escandinavia, será la extensión de noches y aromas africanos. En su honor, la autora con-
cibe en 1937 *Den Afrikanske Farme*, título original de *Out of
Africa*, y con esta obra el nombre de Isak Dinesen ingresa en
la historia como uno de los clásicos de la literatura danesa.

No hacía falta más. Como *Clarence*, aquel león bizco que
buscaba su identidad en los estudios de Africa, California,
también Karen Blixen asimila su sino danés como un puente
que la conecta a sus años felinos. Residirá hasta el final de sus
días en "su jaula burguesa" de Rungstendlund, Dinamarca,
escribiendo relatos "europeos", pero sin dejar jamás de sentir
el perfume, la música y la sensibilidad de ese misterio llamado Africa. O dicho de otro modo, una leona de dos mundos
jugando en la nieve de su jungla particular.

MEMORIAS
DE NGONG

*Tengo la sensación de que en el futuro, me
encuentre donde me encuentre, me pregun-
taré siempre si estará lloviendo en Ngong.*

Karen Blixen (Isak Dinesen),
carta a su madre, fechada el
26 de febrero de 1919.

A Ingeborg Dinesen

Ngong, 29 de junio de 1918
   …Ayer hubo una gran reunión de ancianas *kikuyu* para
rogar. Algunas de ellas parecían restos de tiempos antiguos a
medio desintegrar, como si las hubiesen sacado de la tumba para pedir por un poco de lluvia. Resultaba trágico escuchar sus
gritos al cielo implorando por la muerte de sus hijos, por la
muerte de sus *shambas*. Yo intenté poner en marcha un "samari-
tano de niños". Es intolerable ver el hambre de los pobres pequeños; precisamente acaban de traerme uno a punto de morir de
sed. Nunca en mi vida he visto algo parecido: no es más que piel
y huesos, con las glándulas terriblemente hinchadas. Pensé que
estaba muy enfermo, pero sus padres me dijeron que solo se trataba de hambre, dado que en los últimos días no pudieron inge-
rir más que hierba. Ojalá pudiésemos conservar a algunos con vi-

La aristócrata danesa

da… He hablado con lord Delamere[7], que está tratando de matar a todas las cebras de su finca (a causa de una epidemia) y enviarlas a Nairobi. Cobra cinco rupias por pieza, pero dado los gastos de transporte en la capital pueden llegar a costar el doble. Tienen el tamaño de un caballo pequeño, y casi siempre están gordas y cebadas, pero no sé si los niños de aquí la comerán. En tiempos normales, ningún *native* come cebra, y los *kikuyus* y los *masais* no prueban ningún animal que sea salvaje. Tampoco los blancos pueden comer cebra. En una ocasión intenté hacer una sopa hecha con cebra, pero el sabor era insoportable. Hoy voy a hablar con el doctor Burkitt –un tipo muy excéntrico que vive aquí, un irlandés medio loco pero genial (lo cual los ingleses por cierto no son), así como un verdadero hombre de ciencia–, que es buen amigo mío, y trataremos de organizar las cosas lo mejor posible. Tenemos que hacer algo… Nuestros primeros intentos ya han tenido cierto eco en los artículos de fondo de la prensa. La mayor parte de los blancos se toman muy poco en serio lo que ocurre con sus *natives*, ya que de algún modo los consideran sus enemigos naturales. Incluso, si no están capacitados para considerar este problema desde una perspectiva humanista, por lo menos deberían tomar en cuenta que el porvenir de esta tierra depende en gran medida y sin duda alguna de su *native labour*. Aunque más no sea por esto, deberían cuidar a sus niños como cuidan de sus terneros o sus potros…

A Ingeborg Dinesen

Ngong, domingo, 4 de febrero de 1923
  …Aquí todo el mundo está ocupado con *the indien ques-*

---

7 Hugh Cholmondeley Delamere (1870-1931), propietario de la finca Soysambu, junto al lago Ementeita, fue uno de los pioneros que alcanzó enorme relieve en la vida política de la Kenia colonial.

tion[8], y no faltan quienes piensan que este problema puede acabar en una revolución. Lo que dicen es que no quieren convertirse en *"peones del ajedrez político"*, es decir, del juego que el gobierno inglés practica ante la India. A mi modo de ver, esto es lo que no tienen más remedio que sentir si realmente están tan entusiasmados y llenos de fe en *the Empire*. En lo personal, creo no albergar sentimientos racistas, por lo cual no siempre me resulta posible comprender a los británicos. Siento que las diferencias con los *natives* son mucho más de clase que de raza, y preferiría por mucho vérmelas cara a cara con un jefe árabe o un sacerdote hindú antes que con un camarero danés...

Es tristísimo oír lo difíciles que son las cosas para todos. Sólo poco a poco una llega a darse cuenta de los efectos terribles de la maldita guerra. Casi más que los sufrimientos personales, lo que a una la llena de honda angustia es ver cómo toda esta era está cayendo tan bajo que no queda otro interés que no sea el de encontrar el pan de todos los días (...) La época del mercado negro fue bastante mala, sobre todo por la crueldad con que aquella gente extraía oro de la sangre ajena; pero también pienso que la gente tiene a nivel individual cosas buenas que dar. En tiempos difíciles como los que corren, cuando todo parece que se está viniendo abajo, esto adquiere mayor importancia...

A Ingeborg Dinesen

Ngong, 29 de abril de 1923
...Farah y yo hemos puesto a su hermano, el pequeño Abdullahi, en un colegio de Mombasa: yo pago una cierta cantidad mensual para tenerlo allí. Nos da mucha alegría;

---

8 En 1923 se agudizó el problema hindú (*"the indien-sic-question"*) al autorizar el gobierno de Londres el derecho a voto para los 35.000 hindúes que vivían en Kenia por aquel entonces. Los 10.000 europeos se opusieron a ello con tanta energía que el gobierno inglés tuvo que retirar el proyecto.

sus maestros lo elogian y dicen que es muy concienzudo y aplicado y que está deseoso de aprender. En otros tiempos tuve muchos deseos de poner aquí una escuela, aunque en el fondo no sé si no sería mejor dejar que los *natives* conserven sus ideas primitivas. Por supuesto, esto está *out of question*. La civilización acabará apoderándose de ellos de una forma u otra, y lo único que se puede hacer es procurar que ocurra de la mejor manera posible. A mí me gustaría muchísimo cooperar, sobre todo enseñándoles algún trabajo manual, alguna artesanía y, desde luego, mejores condiciones higiénicas. Ellos por lo general tienen interés en aprender, pero son *terriblemente* inconstantes. Yo diría que para un *native* es una verdadera tortura dedicarse al mismo trabajo durante bastante tiempo seguido, como no sea a esta triste especie de agricultura a la que ya llevan acostumbrados diez mil años.

Yo misma he podido comprobar esto con mis modelos: se quejan y se retuercen en cuanto tienen que posar mirando siempre a una misma cosa durante un lapso. A primera vista cabría pensar que es un trabajo ideal para ellos, pero... Casi he terminado el retrato de una muchachita *kikuyu*; estoy bastante satisfecha con el resultado...

A Thomas Dinesen[9]

Ngong, 24 de febrero de 1926
Queridísimo Tommy:
(...) Con el mismo correo recibí una carta muy simpática de Jonna, a la que contestaría de saber qué novedades le intere-

---

9 Además de ser hermano mayor de Karen, Thomas Fasti Dinesen (1892-1979) fue su más cercano confidente y, junto a su madre, un continuo interlocutor epistolar. En 1925, luego de serle concedido el divorcio de Bror,

san de esta parte del mundo para ella desconocida. Si ocurriera algo, como por ejemplo que los leones sacasen a rastras de su casa al señor Dickens y a su mujer con su *baby* y todo y yo me encontrase con los cadáveres a medio devorar en la llanura, que no tenga dudas: en ese caso se lo contaría enseguida[10]. Mientras tanto, haz el favor de darle mis más sincera gratitud por su carta. Me conmovió realmente que me escribiera.

Te mando muchísimos saludos de todos los *natives*, somalíes e hindúes, en quienes tienes los más leales amigos. No hay uno solo que no me haya preguntado por si piensas volver, y todos han suspirado y se entristecieron al saber que es muy poco probable que eso ocurra pronto. Cuando les digo que has *"pattat ndito"*[11], ellos me preguntan: *"¿Modja tu?"*[12]; lo que quieren decir, claro, es que te mereces diez. Farah dijo que eres *"very good, very good, very good, all people say this"*[13]. Y cuando le dije que sí, que no eres *kali*, él contestó con arrogancia:

----

los hermanos Blixen retornan a Dinamarca en barco desde Mombasa. Luego de un breve período de hospitalización, Karen permanece en Rungstedlund. El hecho trascendental en la familia es el casamiento de Thomas con Jonna Lindhardt. El día de Navidad Karen se despidió de sus parientes y amigos; su hermano, una vez más, la acompañó hasta Amberes, donde abordó el Springfontein rumbo a Kenia. El 1° de febrero de 1926 arribó a la finca, y esta es la primera carta que escribe a su regreso. En 1974 Thomas publica en Dinamarca Tanne. Min Söster Karen Blixen.

10 W. H. Dickens era un sudafricano que durante muchos años trabajó como capataz de la finca de Karen. En *Out of Africa* aparece bajo el nombre de Nichols. Por fortuna, nunca se supo que él o algún miembro de su familia hayan sido mordidos por leones u otros animales salvajes, lo que hace suponer que Karen debió encontrar algún otro tema de interés para su cuñada.

11 En swahili en el original: "Encontrado novia".

12 En swahili: "¿Solamente una?".

13 Aden Farah nació en Somalía hacia 1885 y pertenecía a la tribu de Habr Yuni. Estuvo al servicio de Karen Blixen en África como mayordomo desde 1914 hasta 1931. Murió durante la Segunda Guerra Mundial. La frase, en inglés en el original, señala: "Muy bueno, muy bueno, muy bueno, todo el mundo lo dice".

Con su hermano Thomas

"Not this, many people not kali, *but Thomas quite different, his word more good than big contract with other white men"*[14]...

Para terminar te diré algo de mí. Pienso que tenías razón y que hice bien en volver aquí. Es decir que mi porvenir se encuentra aquí, porque para mí está claro que volver a Africa era necesario. Aquí es donde tengo mi vida y aquí es donde de-

---

14 "No es esto, mucha gente no es *kali* (malo), pero Thomas es completamente distinto; su palabra mejor que gran contrato con otros hombres blancos." Farah hablaba inglés con muchas dificultades, y Karen intentaba reproducir exactamente el sentido de sus frases respetando la forma original en que sus palabras fueron pronunciadas.

bo estar. En esta tierra permanece gran parte de mi corazón; es más: casi diría mi corazón entero. De modo que no tengo más que acostumbrarme a la soledad y otras cosas. Lo que en realidad me inducía a ir a Dinamarca, es decir, no tener *shauries*[15], incertidumbres y dificultades, en cierto modo vivir como entre algodones, en verdad no me interesa en lo más mínimo. Sólo quiero pedirte una cosa, en la medida que te sea posible —tampoco te pediré algo sobrehumano—: que me ayudes a seguir aquí. Otro cambio más es algo que *ya no soportaría*, sería demasiado para mí. Sí, en serio, pienso que moriría, o el esfuerzo y el sufrimiento que implicaría sería lo mismo que morir. Si no fuera porque cuando estuve en casa pensé en la posibilidad de quedarme allí, no me habría sido tan duro iniciar el viaje de vuelta, ni me habría significado un esfuerzo tan grande retornar a estas tierras. De veras, en ocasiones tengo la sensación de que *estoy* en Dinamarca y que esto es algo imaginario. O sea, que el centro de gravedad no ha cambiado en verdad de sitio todavía, aunque no tardará en cambiar. Cuando decía que "odiaba" esto no me refería al país o a la gente o a las circunstancias —no los odio, los quiero, como bien sabes—, sino a la situación de incertidumbre en que he vivido aquí y que ya no puedo soportar. Y ahora que mi corazón ha vuelto a echar raíces en todo esto, ya no lo puedo desarraigar.

Me has comprendido y me has ayudado en esta vida más que ninguna otra persona; ahora debes comprenderme y ayudarme en la medida de que te hagas cargo de que (siempre y cuando las circunstancias no me obliguen a otra cosa) ya no puedo moverme de aquí. Tienes que apoyarme en la idea de que una bala sería más digna que seguir viviendo en este mundo como en movimiento continuo.

---

15 Palabra de origen swahili muy utilizada por la autora, que significa problemas, inconvenientes.

Sopla el viento de las *plains* de Athi y las hienas ululan muy cerca. Hay verde por doquier porque ha llovido y me llena el aroma de los bosques y los maizales. La luna acecha detrás del cafetal, hay grandes nubes blancas por todo el cielo: debes recordar estas noches africanas. Todo te saluda, porque saben de tu presencia desde otro tiempo.

Siempre, siempre, tu vieja y segura amiga

Tanne

A Ingeborg Dinesen

Ngong, 10 de julio de 1927

… Thaxton[16] se va el 1° de diciembre. La verdad es que de algún modo lo esperaba, porque tiene tierras en Tanganica y se expone a perderlas si no las ocupa antes de fin de año. En mi contrato con Dickens, que ahora voy a renovar, pienso estipular que no podrá tener otros intereses en Africa. Esto de tener fincas en otros sitios es un pésimo negocio…

Se ha producido un terrible asesinato en la hacienda; con seguridad debe haber sido obra de un *kavirondo* que forma parte del "personal" de la *duca* de Farah. La manera de pensar del asesino me resulta un notable e interesante tema de estudio. Este hombre asegura haber visto a otro cometer el crimen –a Jerogi, de quien Tommy debe acordarse, ese *boy* que pasa por ser un gran Don Juan y que estando Tommy aquí iba a los *ngomas* con mis viejos postizos rizados–. Bueno, en el juicio dio detallada cuenta de todo lo que había visto, y parecía que todo coincidía con los datos disponibles. Pero luego resultó

---

16 El norteamericano Horace Thaxton trabajó como administrador de Karen Blixen hasta el otoño de 1927 y luego se instaló como agricultor en Naivasha. En *Out of Africa* aparece representado como Belknap.

Dennis Finch Hatton en Kenya.
Aristócrata, excéntrico y cazador de safaris

que Jerogi, como de costumbre, aquel día había estado en una
ngoma ubicada en otro sitio, con lo cual quedó claro que el asesino no era él. Todavía no se ha emitido juicio, pero el caso ya
está en la *High Court*, y Abdullahi[17] se encuentra en Nairobi
para poder presentarse como testigo...

Estoy esperando —como supongo te puedes imaginar— a
Denys hoy aquí; su safari se desplaza del sur al norte. Ritchie
vino a verme cuando estaba enferma y me comentó con preocupación el perjuicio que los leones han causado al ganado de
los *masai*. Incluso a los propios *masai*, ya que en la reserva les

---

17 Joven somalí al servicio de Karen Blixen entre 1907 y 1926. En 1919
la acompañó a Dinamarca.

han quitado las armas y ahora los leones se los comen. El cree conveniente abandonar el mantenimiento de una reserva de caza. Habrá que hacer algo por los desdichados *masai*...

A Mary Bess Westenholz[18]

Ngong, 13 de julio de 1927
  Queridísima tía Bess:
  ...Contigo tengo pendiente una discusión sobre el matrimonio, eso me queda claro.
  ...Yo diría que la felicidad conyugal consiste con mucha frecuencia en que la gente compra la aprobación y la admiración de otra persona en forma permanente –y absurda– con una permanente –y absurda– admiración y aprobación por esa otra persona. Finalmente, ninguno de los cónyuges lo consigue. ¿Y qué consiguen entonces? No quiero afirmar que en determinadas ocasiones el matrimonio no tenga validez, sobre todo cuando uno o ambos cónyuges tienen una vocación o una actividad fuera del vínculo. Entonces, el matrimonio se convierte en un refugio donde este cónyuge reposa o acopia fuerzas para su vocación, aunque muchas veces también puede suceder que esta vocación entra en conflicto con la felicidad de la pareja, o bien ésta termina embotando o reduciendo la vocación a algo menor de lo que debería ser. Una amistad, aun cuando no sea tan apasionada, o una "relación libre", no tienen, a mi modo de ver, que sufrir estos peligros porque ninguna de las dos interviene de modo tan profundo ni tienen autoridad sobre nuestra vida

---

18 Mary Bess Westenholz (1857-1947) era hermana de Ingeborg Dinesen y tuvo un contacto cercano con su sobrina Karen. Fundadora de la Sociedad de la Iglesia Libre, también publicó algunos libros bajo el seudónimo de Bertel Wrads. Uno de los más conocidos tuvo por título *Fra mit Pulterkammer* (*Desde mi trastero*).

cotidiana, sobre nuestros gustos, intereses o principios, como sí parece ocurrir en el seno del matrimonio. Con mayor frecuencia, por cierto, fuera del vínculo conyugal suele darse la situación inversa: una vocación común, o bien gustos o intereses comunes, lo cual a menudo conecta a dos amigos y condiciona su amistad hasta lograr una estabilidad afectiva absoluta...

Escribiré algo que ya he pensado decirte en relación a lo que manifiestas en una de tus cartas: no entiendo de dónde sacas una fe tan ciega —ya que me da la impresión de que la tienes— en la idea de que toda la gente se esfuerza por ser felices a través de conseguir una felicidad *burguesa*, una felicidad segura, reconocida, normal, doméstica. En teoría no puedo decir nada concreto contra esto; pero mi experiencia personal no me indica que sea eso justamente lo que busca la gente en esta vida, ni lo que los satisface en lo más mínimo. Por el contrario, yo diría que la mayor parte de la gente si en verdad se decidiera a ello, sería más feliz yendo por los mercados con un mono. De ese modo podría experimentar algo distinto, recibiría nuevas impresiones y emociones, en vez de contar con una renta segura en una casa segura, donde cada día se parece al anterior. Cuando dices que Helene Prahl se equivoca profundamente tanto respecto a sí misma como en general cuando afirma que ella prefiere "tener admiradores" en vez de vivir para su hogar y sus hijos (a la vez que te doy la razón: es extremadamente estúpido *decir* ese tipo de cosas), lo único que puedo contestar es que a mí me parece que podría ser así porque ella ha llegado al conocimiento de la verdad. Sí, en realidad resulta un poco pesado ver cómo para la sociedad actual la palabra "aventura" equivale a decir casi siempre "una aventura amorosa". Para esta especie particular de experiencia no toda la gente (ni muchísimo menos) está preparada. La vida se ha ido organizando poco a poco de manera tal que este es el único sentido posible de aventura con que puede tropezar un ser humano. Sin embargo, a mí me parece que hoy la mayor parte de la gente siente de manera inconsciente que hay más alimento para el alma y el espíritu en el peligro, en la más loca esperanza, en arriesgarlo todo, antes que en una existencia tranquila y segura. Lo cierto es que no tienen mucha oportunidad de satisfacer este anhelo, aun cuando darían casi cualquier cosa por recibir este tipo de alimento.

Compruebo a diario este amor salvaje por la aventura y las nuevas experiencias en mis somalíes. Podría decir que la raza entera es feliz *con lo que* sucede: basta con que suceda *algo*. Lo que realmente los desespera es una existencia sin que pase nada, sin suceso alguno. Y esto puede afirmarse también de casi todos los *natives*.

A Ingeborg Dinesen

Ngong, domingo 8 de enero de 1928
  Queridísima oveja:
  Lo más notable que ha ocurrido esta semana fue que tuvimos un terremoto el viernes por la noche. Como puedes imaginar, se trató de poca cosa, pero para los que nunca vivimos un terremoto resultó, a pesar de todo, una experiencia muy extraña. Yo estaba en el baño, preparándome para acostarme, y lo primero que pensé fue que un leopardo –no sé cómo– se había subido al techo. Pero cuando la casa entera comenzó a tambalearse, tuve que explicarme la situación de otra manera. Aunque en realidad se trata de una situación muy desagradable, tiene algo, si puedo expresarlo así, de embriaguez: todo lo que uno había considerado hasta ese momento como inanimado, de pronto comienza a moverse.

  Juma dice que ya había conocido uno así en Uganda, ¡y ese mismo día murió el rey Edward! De modo que, ya ves, debemos prepararnos para acontecimientos importantes…

  La policía da vueltas en torno a la casa porque piensa

que en la finca se esconde una banda de ladrones. Anteayer en Limoru mataron a un hindú y a un *native*. Ayer vino a vernos un *askari*[19] y dijo que había un *kikuyu* dispuesto a contar a la policía dónde tenía la guarida si le dábamos veinte chelines; me pidió que se los diera, pero a mí la cosa me pareció tan *mean*[20] que no quise mezclarme en ella. Me resulta tan espantoso ver quitarle la libertad a alguien, que cuando observé las esposas en manos del policía, me sentí *prepared* para avisarles a los asesinos. De haber sabido dónde estaban y que no iban a matarme, me habría gustado mucho, en serio, ir a buscarlos. La gente desesperada siempre tiene algo atractivo...

Ha llegado la mujer de Farah[21] y la verdad que es encantadora. A la pobre no le resulta fácil adaptarse a este ambiente extraño. No sabe una palabra de swahili –la joven esposa de Alí le está dando lecciones de este idioma–, y además, puedes creerme, Farah se reveló como un terrible tirano doméstico. La mayor parte de las mujeres somalíes tienen una cierta dignidad que resulta por demás atractiva. Fahtima no es bella, pero está muy bien formada, tiene hermosos pies y manos, y sabe moverse muy bien...

A Ingeborg Dinesen

Ngong, martes, 24 de abril de 1928
    ...Quiero contarte algo realmente divertido que ocurrió ayer. Dickens vino temprano por la mañana y contó que dos leones habían estado dentro de nuestro *boma* de bueyes –ya sabes, cerca de la casa de Farah– matando a dos preciosos bue-

---

19 Policía en swahili. También el nombre de uno de los perros de Karen.
20 Ruin.
21 Fahtima, tercera mujer somalí de Farah.

yes jóvenes. La cosa no tenía nada de especial. Denys y yo seguimos las huellas bajo una lluvia tremenda hasta un pequeño bosque junto a la casa de Thaxton, pero allí las perdimos. En fin, volvimos sobre nuestros pasos hasta donde estaban los bueyes muertos y los llevamos a la rastra un trecho, hasta el cafetal, para ver si se nos presentaba una oportunidad al anochecer. Por la tarde estuvimos en Nairobi y volvimos a casa cuando comenzaba a oscurecer. Pasamos algún tiempo en la *shamba* del café viendo desde dónde podríamos disparar sobre los leones, que estarían junto a los bueyes. Fijamos bien la dirección y la distancia con pedazos de tela blanca atados a los cafetos. Dickens estaba desesperado, y muy irritado porque no quisimos poner estricnina en los restos de los bueyes –uno se encontraba medio comido y el otro intacto–. No nos parecía oportuno: queríamos cazar a los leones como es debido.

Había un poco de luna, pero se ocultó demasiado pronto como para sernos de alguna utilidad. Además de Denys con un 350, nuestro *shooting-party* lo formábamos Farah y yo, cada uno con su linterna eléctrica. No eran tan buenas como cabría esperar, pero de todas formas arrojaban una luz bastante fuerte, y Denys contaba también con una lámpara eléctrica sujeta a su cinturón. A las nueve salimos. Estacionamos el auto junto a la escuela y marchamos lo más silenciosamente que pudimos, en fila india, primero a lo largo del camino del Kilimanjaro y luego entre dos hileras de plantas de café, guiados por nuestros trapos blancos que resplandecían en la oscuridad. Teníamos al *kill* más o menos delante de nosotros, pero aún habíamos andado muy poco –avanzábamos muy lentamente, como te puedes imaginar, ya que cada dos pasos nos deteníamos a escuchar– cuando oímos un gruñido de aviso de un león que se hallaba algo más allá, sobre la derecha. Inmediatamente después volvió a reinar el silencio, pero al cabo de un par de minutos lo oímos de nuevo, esta vez más fuerte. Denys me hizo una señal de apuntar la luz en esa dirección, y cuando ésta llameó en blanco entre los cafetos, nos

EL CAMINO DE LAS DAMAS

mostró primero a un pequeño chacal deslumbrado por la luz que nos miraba con desconcierto. Luego, al volverme un poco sobre la izquierda, apareció ni más ni menos que su majestad Simba: era de un tamaño casi sobrenatural, y se encontraba a unas veinticinco yardas de distancia, echado en tierra, con la cabeza apoyada sobre las pezuñas y la mirada fija en nosotros.

No puedo explicarte lo grandioso que era su aspecto brillando en plena oscuridad. Todo es posible cuando la noche revela un espectáculo así en la *shamba* del café. No es tan sencillo apuntar y mantener la luz de una lámpara eléctrica contra un objeto; era evidente que el león se estaba moviendo y temíamos que muy pronto se desviara hacia un lugar fuera de nuestro alcance. Sin perder un instante, Denys disparó y el león se derrumbó con uno de esos gruñidos o rugidos roncos que parecen el eco de un disparo. Con la rapidez del rayo, Farah y yo barrimos con nuestras linternas la *shamba* inmediata, y allí, un poco más alejado, estaba en pie otro león, algo menos claro pero de todos modos iluminado, con ojos verdes y relucientes. Tuvo tiempo de volverse y desaparecer entre los cafetos —por lo general las *shambas* de café no son precisamente el terreno ideal para cazar, ya que es suficiente con que el animal se sitúe detrás de un arbusto para alterar el ángulo de tiro—, pero corrimos hacia la hilera siguiente y pudimos volver a iluminarlo. También se derrumbó con el primer disparo. Después hubo varios minutos llenos de emoción porque, naturalmente, no podíamos estar seguros por completo de si estaban muertos o heridos. Por otra parte, teníamos a los dos en un perímetro de cincuenta yardas y sólo podíamos vigilar un círculo iluminado muy pequeño en la inmensidad de la noche africana. Tuvimos que apuntar con las linternas a uno de ellos, corriendo el riesgo de que el otro nos sorprendiera por la espalda. Fueron necesarios otros dos disparos para acabar con el segundo, en tanto el otro había muerto de inmediato.

Eran dos jóvenes leones machos, ambos con pequeñas melenas negras y fuertes pezuñas. Muertos tenían un aspecto espléndido, y nunca olvidaré su imagen, todavía vivos, brillando en la oscuridad absoluta de la noche. Ya puedes imaginar que la escuela entera acudió en tropel a verlos, y el entusiasmo fue enorme. Los despellejamos y regresamos a casa a las once (todo no nos llevó más de dos horas) para, como corresponde a una aventura semejante, bebernos una botella de champagne.

A Ingeborg Dinesen

Ngong, 17 de marzo de 1931[22]
    Ya debería haber contestado el telegrama que me enviaste, al igual que el de Tommy. Lo que ocurre es que todo resulta muy inseguro. Me resulta casi imposible ocuparme de mis propios planes en este momento, ya que hay todavía tantísimas *shauries* por cuestiones relacionadas con la finca: reuniones en Nairobi, etc., y por supuesto, mis negros. Hasta que no queden resueltos sus problemas –en la medida de lo posible, y la verdad es que no tengo la menor idea cuál es esta medida– carezco de fuerzas y tiempo para decidirme a poner en orden ninguno de mis asuntos. Mis *boys* corren detrás mío cuando voy a pie o a caballo por la finca, diciéndome: *"¿Por qué te vas? No debes irte. ¿Qué va a ser de nosotros?"...*
    Y luego están Farah y su familia. Abdullahi y todos mis *houseboys*, a quienes tengo que ver la forma de ayudar. Farah no

---

22 En 1930 se selló el destino de la finca africana: los accionistas daneses acordaron vender la Karen Coffee Company Ltd. Fue vendida como una unidad (Karen se negaba a partir la tierra), aunque el comprador, por supuesto, invirtió en la plantación con la intención de parcelarla cuanto antes. De todos modos, llegó a un acuerdo con Karen para que ella siguiera viviendo allí y pudiese dirigir el trabajo de la última cosecha así como cuidar del porvenir de sus *"black brothers"*.

Karen de cacería en 1914

quiere quedarse en esta tierra, dado que posee su *duca*. Juma desea volver a la reserva –a la reserva *masai*: fue una suerte que tiempo atrás yo haya tomado la precaución de inscribirlo como *masai*–, y allí construir una casa que le he prometido pagar. En una palabra: tengo muchísimo que hacer.

No creas que pienso que, aunque haya terminado de modo tan catastrófico, mi "vida aquí ha sido un desperdicio", o que quisiera cambiarme por alguna de las personas que conozco. Como la tía Lidda, pienso que es en verdad sorprendente lo que teniendo en cuenta mi capacidad me ha sido posible llevar a cabo. La tía Lidda no dijo esto refiriéndose a mí en particular, sino a ella misma en comparación con la tía Bess, que pensaba que no le había extraído a la vida todo lo que habría debido.

De todos los idiotas con los que me he tropezado en mi existencia –y bien sabe Dios que no han sido pocos ni pequeños–, creo que yo misma he sido la más grande. Pero mi "demonio" fue cierto amor *a lo bestia*, un amor que no se rendía y al mismo tiempo ha ayudado a mantenerme en pie. Y he tenido infinitas experiencias muy encantadoras. Aunque Africa se haya portado más suavemente con otros, a pesar de todo estoy convencida de que soy uno de los *Africas favorite children*. Un gran mundo de poesía se me ha abierto y me ha metido en su seno, aquí, y yo lo he amado. He mirado a los leones a los ojos y dormido bajo la Cruz del Sur, y he visto incendiarse la hierba en las grandes praderas que se cubren de fina hierba verde después de las lluvias. He sido amiga de somalíes, kikuyus y masai, he volado sobre las Ngong Hills –*"Corté la mejor rosa de la vida; loada sea Freya por esto"*–[23]. Mi casa, según creo, ha sido una especie de refugio para caminantes y enfermos, y para todos los negros el centro de un *friendly spirit*. En estos últimos tiempos las cosas han sido más difíciles, pero también lo es ahora el mundo entero.

Farah es muy listo y amable, como te puedes imaginar, y ha dejado de lado sus fantasmagorías; me resulta de mucho consuelo y utilidad. He sufrido pesadillas, al punto de sentirme completamente aterrorizada. Es una ironía del destino que la lluvia haya llegado tan temprano y copiosa. Cuando pienso en las veces que durante la estación salía de la casa para ver si comenzaba a llover, y no llovía, ahora me resulta muy extraño estar echada oyendo caer esta lluvia torrencial sabiendo que ya no va a servir de nada.

En este momento ustedes deben tener un tiempo pre-

---

23 Cita extraída de la segunda estrofa de *Min hjelm er mig for blank og tung* (Mi casco me parece demasiado blanco y pesado), canción del cuarto acto de la tragedia *Haghbarth og Sinne* (1815), de Adam Oehlenshläger.

cioso en casa; pienso que la primavera temprana, con todas sus decepciones, posee un encanto y una delicia indescriptibles e incomparables.

Mil saludos a todos, y muchos, infinitos saludos a ti, mi queridísima y maravillosa madre.

Tu Tanne

A Thomas Dinesen

Ngong, 7 de mayo de 1931[24]
Queridísimo Tommy:
	...En este momento no tengo una idea clara de lo que debo o puedo hacer, de modo que no empezaré siquiera a explicártelo. Sigo pensando en que has hecho bien en no venir aquí; creo que no hubieras podido ayudarme a resolver las *shauries*, puramente prácticas, que tengo aquí, dado que no estás enterado de todos los detalles. Estoy intentando vender los muebles, lo cual es un verdadero fastidio, ya que la gente viene a cualquier hora del día y de la noche y tengo que enseñárselos. En los tiempos que corren no se paga nada por estas cosas, y la verdad es que no puedo decir que me esté tomando con mucho entusiasmo todo este asunto. No me encuentro con mucho ánimo para ello, pero debo hacerlo, ya que no puedo dejarlos aquí en la casa o amontonados en la carretera de Ngong. Además, tengo que arreglar

---

24 En realidad, la carta es del 7 de junio y será la penúltima que Karen escribe en Ngong (la última será una breve esquela dirigida también a su hermano el 7 de julio). En momentos de escribir la presente, Karen se hallaba aún bajo un fuerte impacto emocional debido a la muerte de Denys Finch Hutton el 14 de mayo: su avión cayó en Voi y fue enterrado al día siguiente en las colinas de Ngong, las mismas que tantas veces había sobrevolado con Karen.

distintas cuestiones de mis *boys*, en particular de Farah, algo que me preocupa de verdad. Todo esto es también muy duro para ellos, ya que si Denys aún estuviera vivo podrían haber recurrido a él y estoy segura de que los hubiese ayudado, no sólo por mí, sino también porque en cierto modo también los consideraba suyos. Con su muerte todo ha quedado abandonado y en desorden. Los tiempos son asimismo difíciles para ellos, en especial para los somalíes, que son muy impopulares entre la clase de blancos que ahora tenemos en esta tierra. Todos sus viejos amigos (Mac Millan, Berkeley, Galbraith, Charles Gordon, los Northey) se han ido, y ellos se sienten *up against it*[25]. En cualquier caso te ruego que recuerdes que Farah ha sido mi mejor amigo aquí, y que Saafe es *the apple of my eye*[26].

Si hubieras venido con tiempo y dinero para pasar un mes de safari habría sido otra cosa. Me habría gustado mucho, para despedirme de Africa con una sonrisa, con todas las *shauries* que he tenido en este último año. Habría sido como en los buenos tiempos. Si me siento con fuerzas y las circunstancias me lo permiten, a lo mejor me atrevo sola, y estoy segura que a esto me ayudarás. No quiero cazar, sino sentarme ante una hoguera. Sólo me harían falta Farah y un par de *boys* más; pasaría un mes entero en un sitio al que nadie se le ocurriría buscarme. Mohr[27] considera que no es una buena idea, pero tampoco puedo exigirle que se haga cargo de cómo me siento en estos momentos. Me importa muy poco si parece una tontería: no implica riesgo alguno y tengo la impresión de que me hará bien; por otra parte, no se

---

25 En oposición, o en contra de algo (en inglés en el original).
26 Mi favorito, la luz de mis ojos.
27 Gustav Lous Mohr (1898-1936), hacendado de Kenia nacido en Noruega, buen amigo de Karen. Uno de sus hermanos, Hugo, se destacó en la pintura.

me ocurre nada mejor. De cualquier forma, antes tengo que dejar resueltas todas las *shauries* de la finca y la casa. Te telegrafiaré sobre esto más adelante.

Muchos saludos para ti y a todos ustedes.

Tu Tanne[28]

¿POR QUÉ NO?[29]

E*n 1960 Karen Blixen publica en Dinamarca e Inglaterra un nuevo volumen de sus recuerdos en África,* Sombras en la Hierba*, al tiempo que la autora participa en la fundación de la Academia Danesa de Letras. Su salud se ve deteriorada, y sufre una nueva hospitalización. Del 25 de junio al 9 de julio de 1961 realiza su último viaje, a París.*

La televisión danesa decide realizar una entrevista con Karen Blixen y encarga el trabajo a la productora Minerva*. Se realizó el verano de ese año en la residencia de Rungstedlund, cuyo edificio principal había sido restaurado por completo el año anterior. Las primeras imágenes muestran diversos espacios del complejo (hoy convertido en museo), sobre todo exteriores. En ellos es posible observar a la baronesa Blixen hamacando un niño, jugando con un perro, cortando unas flores. Es una mujer delgada, de rasgos duros, pero que a primera vista cuesta imaginar enfrentando leones. La bucólica sensación*

---

28 Tanne nunca llegó a sentarse ante una hoguera: el 19 de agosto arribó a Marsella desde Mombasa a bordo del *S/S Mantola*, siendo recibida por Thomas. Al cabo de varios días de estancia en Montreaux, Suiza, donde Karen Blixen repuso algo de sus fuerzas en la clínica Valmont, continuaron el viaje a través de Europa. El 31 de agosto regresó a la residencia materna, Rungstendlund, la casa donde habría de vivir hasta 1962.

29 La presente entrevista permanece inédita para cualquier medio gráfico, tanto en su versión original como posibles traducciones.

que brindan los parques de Rungstedlund contrastan con la idea que cualquiera puede hacerse de la selva africana.

La entrevista (inédita hasta el momento para cualquier medio gráfico) se desarrolló en una de las habitaciones del edificio central, posiblemente el estudio. Una mesa separaba a Karen Blixen de su entrevistador, un hombre que siempre aparece de espaldas a la cámara pero que da muestras de haber superado los 50 años. Ante cada pregunta, la escritora responde con firmeza y seguridad sin dejar de fumar casi en ningún momento. Cuando rememora ciertos episodios de Africa, su mirada se pierde en algún punto escondido en el espacio que la cámara no consigue descubrir. Cuando la entrevista comienza, ella está en un sillón acariciando la panza de un gato...

—*¿Recuerda a Baudelaire y sus gatos? ¿Tiene la misma relación con ellos?*

Karen Blixen (*sin dejar de acariciar al animal*): Sí, pero los gatos de Baudelaire eran un poco irritantes; éste es algo más tranquilo. Pero lo cierto es que son animales notables. Cuando se sale de caza en busca de alguna presa, uno puede sentir desde muy lejos la presencia de un gato deslizándose suavemente entre la maleza. Ellos nunca dejan de ser salvajes.

—*¿Se refiere a los gatos de Africa, no es verdad?*

KB: Sí, a los grandes gatos, leones y leopardos. Son hermosos: sus movimientos son únicos.

—*¿Y este pequeño por qué se llama Tombo?*

KB: Es un homenaje a uno de mis muchachitos negros allá en Africa... Siempre me han gustado mucho los animales. Siendo niña llegué a tener diez perros. Eran de diferentes razas, y cada vez que yo salía a algún sitio, ellos me seguían. Hoy pienso que no puede existir algo peor que tener diez perros...

—*La relación entre personas y animales... Usted ha escrito sobre la vivisección, baronesa Blixen...*

KB *(algo fastidiada)*: Eso pasó hace ya mucho tiempo...[30]

–*¿Cuál es la razón por la que hay que ser compasivo con los animales? ¿Es por los animales en sí mismos o...?*

KB: No. Cuando me veo autorizada a hablar sobre estos temas es muy común que se tomen mis propios argumentos para darlos vuelta y utilizarlos en mi contra. Me sucedió, por ejemplo, cuando intenté defender el derecho de los negros en Africa. Los blancos de allí eran extremadamente racistas, y en cuanto me escucharon hablar dijeron que yo era una *native*. Lo único que dije de terrible fue que *"no podíamos comportarnos así"*, y entonces me respondieron: *"¡Hablas como si el problema fuera de los blancos!"*. Y el problema era de los blancos, que estaban usurpando los derechos de los legítimos dueños de las tierras que ocupaban. Con respecto a esta cuestión ocurre lo mismo: *"¡Hablas como si fueran seres humanos, pero son animales!"*. Para ser honesta, a mí no me preocupaba tanto el sufrimiento de los negros como la desvalorización de nosotros mismos. Cuando escuché que cien negros se habían ahogado durante una inundación, naturalmente me conmoví como ante cualquier pérdida humana, pero me preocupé y me vi exaltada cuando supe que un hombre blanco ató una piedra al cuello de un chico nativo y lo arrojó al río. Eso me pareció mucho más terrible que la inundación: porque nos involucraba a *todos* en un acto de salvajismo que no tiene calificativos. Yo puedo soportar que una catástrofe natural mate a cien perros, pero no tolero que nadie haga algo que esté por debajo de nuestra dignidad como seres humanos. Y menos viniendo de gente con la arrogancia, la soberbia y la insolencia que demostraban los blancos de Kenia.

---

30 En 1952 Karen Blixen participó en un debate sobre la vivisección, contra la que está abiertamente en contra, dando lugar a una viva polémica en la opinión pública danesa.

—¿Y esa superioridad no deviene de la seguridad que da el poder…?

KB: Es posible, pero de ser así ese poder está condenado al fracaso. Debemos ser mucho más dignos. En los países civilizados todavía se estila que, ante un naufragio, las mujeres y los niños sean los primeros en descender a los botes salvavidas. Y esto no es porque alguien supone que las mujeres y los niños son más valiosos que los hombres sino, por el contrario, para conservar cierto ideal humano. Como dije, siempre he querido mucho a los animales, pero con el tiempo he aprendido a respetar y amar mucho más a los salvajes que a los domesticados.

—¿Siente lo mismo con respecto a la gente primitiva?

KB: Sí, en cierta forma sí. Ellos tienen estilo. Cuando observo a la gente de aquí, a menudo me pregunto: *"¿Adónde quieren llegar con esto? ¿Qué quieren demostrar?"*. Algunas actitudes de nuestra gente me resultan un enigma. Pero la gente en Africa realmente tiene estilo. Utilizan sus antiguas joyas y… Cuando se visten con ropas europeas, se ven terribles…

—Es gente muy hermosa.

KB: Sí, la gente de la costa occidental es muy distinta a los afroamericanos. Son muy delgados. Los masais, un pueblo guerrero, son muy hermosos. Yo los quise mucho. Aunque no tenían muy buena reputación, hice muy buena amistad con ellos.

—¿Los africanos son la gente más hermosa que ha conocido?

KB: Sí, por lo menos a mi modo de concebir la belleza humana. Ellos tienen un estilo extraño, son como animales salvajes…

—¿Armonía? ¿Es eso lo que quiere decir?

KB: Sí. Así es como un bello ejemplar humano debería verse.

—¿Y esta belleza tiene algo que ver con el ritmo de su existencia? No pienso sólo en la forma en que se mueven sino en la forma en que encaran sus vidas.

KB: Sí... Nosotros estamos muy apurados. Ellos tienen excelentes modales, lo cual los hace más hermosos. Cuando yo llegué, los blancos les habían quitado sus armas a los masais; no podían pelear y en consecuencia comenzaron a deprimirse, no encontraban sentido a su existencia. Aunque no pelearan con nadie, sus armas tenían un fuerte peso simbólico: les recordaban quiénes habían sido y quiénes eran. Algo similar ocurrió con los zulúes, otro pueblo guerrero. Hay que comprender que desde hacía siglos toda su sociedad creció con base en la idea de la guerra. En verdad, entre los blancos tampoco es tan diferente...

—*¿Usted considera injusto que les hayan quitado las armas?*

KB: Es difícil de responder a esto... Si alguien quiere tener vacas, no puede soñar también con tener leones, aunque éstos sean más hermosos y majestuosos...

—*Lo que decíamos respecto al ritmo de los africanos, Baronesa... ¿Usted entiende que nos manejamos de forma equivocada con nuestro tempo?*

KB: Yo no puedo decir si es equivocada o no. En definitiva, se trata de una cuestión de gustos. A mí en particular no me gusta la velocidad, pero los jóvenes la adoran.

—*¿Nos perdemos de algo por vivir así?*

KB: Claro, por supuesto. Mi sobrino favorito conduce un avión caza en los Estados Unidos y eso lo hace muy feliz. Ha llegado a volar a una velocidad de novecientos kilómetros por hora. Yo no alcanzo a comprenderlo ni creo que tampoco sea necesario. Yo he sido feliz, tanto o más que él, y podía alcanzarme con la máxima velocidad que mi caballo estaba dispuesto a desarrollar. O, simplemente, con sentir mis pies en la planicie...

—*¿Considera que este ritmo hace nuestra existencia más mecánica, menos espiritual?*

KB: No sé si se puede afirmar algo así. En última instancia, es lo que prefiere una generación frente a otra. Pero es cierto que la idea de velocidad está introduciendo algo nuevo a nuestras vidas. Hace tan sólo ciento cincuenta años atrás comenzaba un nuevo *tempo*, ingresábamos en una nueva era, en la mañana de una época que acababa de nacer. Toma tiempo antes de que los nervios de una persona se adapten a esto, por lo menos, históricamente siempre fue así. Yo tengo algunas amigas entre las jóvenes escritoras danesas y ellas bromean a menudo conmigo diciendo que debo tener como tres mil años. En cierto sentido tienen razón: siento que no pertenezco a ningún tiempo determinado. Es preciso mirar siempre un poco más atrás. Cada generación se incorpora sobre las espaldas de la anterior, y si además de mirar hacia delante observamos qué es lo que viene ocurriendo desde hace uno o dos siglos, tendremos una mayor y mejor perspectiva para entender el futuro. Negar nuestro pasado es viajar directamente hacia un choque seguro.

—Su vida, Karen Blixen, ha girado en torno a dos núcleos: por un lado, aquí en Dinamarca, donde se podría decir que ha crecido en un entorno casi equiparable al de los tiempos del feudalismo...

KB: En efecto, era una sociedad feudal, sí...

—Sí, y no sé si todavía no quedan algunas huellas que intentan proteger sus restos. De todos modos, yo citaba como ejemplo al feudalismo porque deseaba preguntarle si usted no considera como algo paradójico en su vida la experiencia realizada en Africa. ¿Pueden equipararse en algún punto su vida allí con la que realiza aquí?

KB: No, por supuesto, las diferencias son enormes. No obstante, yo me siento en casa también en ciudades como París o Londres cuando las comparo con Copenhague, y existen asimismo diferencias entre ellas. Cada tanto se hace necesario que uno revise su vida para saber bien dónde se encuentra. Desde un primer momento Africa significó un ideal de lo que yo buscaba en mi vida, claro, muy distinto de lo que tenía en Dinamarca. Las distancias entre un mundo y otro eran enormes. Allí, por ejemplo, uno no tenía una muchedumbre com-

Junto a su madre, su gran interlocutora

pacta encima, algo que ocurre en todas las grandes ciudades. En las praderas era posible sentir la más completa libertad.

—*Antes hablábamos sobre la velocidad, Baronesa. Usted me contaba acerca de su sobrino aviador...*

KB: Sí, él ama mucho su trabajo. Supongo que cosas así deben estar muy bien para nosotros pero, sabe usted, los nativos no se dejaban impresionar en absoluto por nada que viniera de los blancos. En Europa presumen que se entusiasman con cualquier cosa que uno les muestre, pero nada está más alejado de la realidad. Ellos simplemente no comprenden nuestra forma de vida: ni siquiera la juzgan. Lo único que pude notar que les provocaba cierta reacción fueron los fósforos. Y puedo entenderlos perfectamente: los fósforos les permitían hacer fuego en la pradera, lo cual es vital para su sistema de vida. Los fósforos son algo magnífico. Ellos pensaban que se trataba de algún truco de magia, según creo, o algún tipo de brujería. De cualquier forma, preguntaban: ellos quieren saberlo todo, y si no consiguen una respuesta satisfactoria a sus demandas, entonces pierden interés en el asunto. Por ejemplo, los aviones... Recuerdo que en una ocasión pasaron volando seis aviones que llegaban desde El Cairo. Era la primera vez que se sobrevolaba Africa y yo estaba muy excitada con todo el asunto. Para mi sorpresa, mi gente permanecía con total indiferencia sobre la cuestión de los aviones y seguía haciendo su trabajo. Cuando se los comenté, me dijeron: *"Sí, sí, claro, son muy bonitos, pero ya habíamos visto otros pájaros antes".* Y si uno lo piensa bien, hay algo mucho más impactante en los pájaros que en los aviones: los primeros no se caen. Mi buen amigo Denys Finch-Hutton tenía un pequeño avión, un Gipsy-Moth, y para divertirme casi todos los días dábamos una vuelta en él. Esto despertó en algo el interés de la gente, pero no por el aparato en sí mismo, sino porque de algún modo también les pertenecía a ellos. De tratarse de una vaca o un caballo hubiese sido lo mismo. Recuerdo que en una ocasión, luego de sobrevolar las colinas Ngong, notamos al descender que un grupo de gente seguía nuestro vuelo. Al aterrizar, se nos acercó un viejo kikuyo y nos dijo: *"Estaban tan alto, men-sahib, que sólo podíamos escucharte como el zumbido de una abeja".* "Sí, estábamos muy alto", le respondí. Entonces él me dijo: *"¿Y viste a Dios?".*

"No, no lo hice." Se quedó meditando en mi respuesta, y al fin señaló: *"Entonces no estaban lo suficientemente alto".* Y luego agregó: *"¿Crees que tu pájaro puede subir tan alto como para llegar a ver a Dios?".* "No lo sé", respondí. Se volvió hacia Denys y repitió la misma pregunta, para obtener una respuesta idéntica a la mía. El viejo kikuyo pensó un poco y nos dijo: *"Si no*

pueden subir lo suficiente para ver a Dios, entonces no entiendo para qué vuelan dando vueltas de esa forma".

–*Usted ha tenido una vida muy emocionante, según creo, muy rica en experiencias de todo tipo. ¿Existe alguna sentencia que pueda sintetizar toda esa experiencia?*

KB *(riendo)*: No, no se me ocurre una sentencia que pueda ser un resumen de mis experiencias. Sin embargo, debo confesar que a lo largo de mi vida hubo tres frases, o consignas, que me sirvieron como guía. Cuando era muy joven fue muy importante para mí esa sentencia latina que dice: *"Navigare necesse est, vivere non necesse".* El origen de esta leyenda cuenta de un romano que necesitaba navegar hasta Cartago, pero la tripulación estimó que había mucho viento y que si se daban a la mar sus vidas corrían peligro. Entonces él les contestó: *"Es necesario navegar, no es necesario vivir".* Me pareció muy acertada la idea: mientras naveguemos, estamos vivos. Luego, cuando conocí a la familia Finch-Hutton, noté que en su escudo de armas figuraban unas palabras en francés antiguo: *"Je reponderay".* Me gustaron mucho. Significan que se posee tanto la capacidad de responder (y no hay muchos que puedan hacerlo) como que uno es responsable por lo que hace. La utilicé por muchos años, pero ahora cuento con otra predilecta. Hace un tiempo, en un puerto lejano y sin motivo aparente, me quedé observando a un barco que se alejaba. En un determinado momento, el barco comenzó a hundirse y en el medio de esa situación trágica se me reveló su nombre: *"Pourquoi Pas?".* El barco hundido participaba de una expedición científica. Desde entonces, esa expresión se quedó conmigo para siempre. Cuando la gente lo único que hace es preguntar *"¿Por qué? ¿Por qué? ¿Por qué?",* a mí me parece mucho más atinado preguntar: *"¿Por qué no?".*

APENDICE

La presente lista abarca a algunas de las escritoras viajeras más
destacadas a través del tiempo. Esta relación no agota la especialidad,
ni implica un orden de privilegio respecto a quienes no pudieron ser to-

NOMBRE	LUGAR Y TIEMPO
BARKER, lady Mary Anne	Inglaterra (1831-1911)
BEDFORD, Sybille	Estados Unidos (1911-?)
BELL, Gertrude	Inglaterra (1868-1926)
BIRD BISHOP, Isabella	Inglaterra (1831-1904)
BRIDGES, Mrs. F. D.	Inglaterra (ca. 1840-?)
BREMER, Fredrika	Finlandia/ Suecia (1801-1865)
BLUNT, lady Anne	
BULLOCK WORKMAN, Fanny	Inglaterra (1859-1925)
BOWLES, Jane Auer	Estados Unidos (1917-1973)
CABLE, Mildred	Inglaterra (1878-1952)
CATHER, Willa	Estados Unidos (1876-1947)
CALDERON DE LA BARCA, Frances Erskine Inglis	Escocia (1806-1882)

madas en cuenta. Simplemente, pretende ser una ayuda complementaria para todos aquellos interesados en el tema, a la vez que ilustrar de algún la riqueza de los caminos transitados por las Damas.

TERRITORIOS RECORRIDOS	OBRAS PRINCIPALES
Nueva Zelanda, Australia, Mauricio.	*Station Life in New Zealand*
México.	*A Visit to Don Otavio: A Mexican Journey* (1953). *A Legacy* (1964).
Arabia Saudí, Irak, Siria, Turquía.	*Diwan of Hafiz* (1897). *The Desert and the Sown* (1907). *The Palace and the Mosque of Ukhaidir* (1914). *Letters* (1927).
Estados Unidos, Hawaii, Japón, Malasia, Corea, China, Tíbet, Persia, Kurdistán.	*Six Months in the Sandwich Islands* (1875). *A Lady Life in the Rocky Mountains* (1879). *Unbeaten Tracks in Japan* (1880). *The Golden Chersonese* (1883).
Grecia, Egipto, India, China, Japón y Estados Unidos.	*Journal of a Lady's Travels Round the World.*
Estados Unidos, Cuba, Suiza, Italia, Grecia, Turquía, Palestina.	*Livet i Gamla Världen* (1860-2). *Livet i Gamla Världen: Palestina* (1864).
Inglaterra Oriente Medio, Egipto.	*Bedouin Tribes of the Euphrates* (1879).
Argelia, España, Ceilán, India, Tíbet, China, Java.	*Algerian Memories* (1895). *In the Ice World of the Himalaya* (1900). *Peaks and Glaciers of Nun Kun* (1909).
Marruecos, España.	*Two Serious Ladys* (1942).
Australia, Nueva Zelanda, China, Mongolia, Sudamérica.	*The Gobi Desert* (junto a Francesca French).
Francia, Italia, Suiza, Inglaterra.	*Pioneers! Shadows on the Rock. In Europe* (1956).
México, Centroamérica, España.	*Life in Mexico during a Residence of Two Years in that Country* (1843).

CLARK, Eleanor   Estados Unidos1 (1913-?)

CRAWFORD, Mabel Sharman   Inglaterra (ca. 1830-1860)

DAVID-NEEL, Alexandra   Francia (1868-1969)

DAVIDSON, Robyn   Australia (1950-?)

DODWELL, Christina   Inglaterra (1951-?)

DIDION, Joan   Estados Unidos (1934-?)

EDWARDS, Amelia Blandford.   Inglaterra (1831-1892)

FISCHER, M. F .K.   Estados Unidos (1908-1992)
(Mary Frances Kennedy)
GELLHORN, Martha   Inglaterra

HAHN, Emily   Estados Unidos (1905-?)

HOBSON, Sarah   Inglaterra (1947-?)

LEE, Andrea   Estados Unidos (1953-?)
LEONOWENS, Anna   Inglaterra (1834-1914)

LOGAN, Pamela   Estados Unidos (1947-?)

MACAULAY, Rose   Inglaterra (1881-1958)

MacEWEN, Gwendolyn   Canadá (1941-1986)

Africa Sahariana.	*Tamrart: Thirteen Days in the Sahara* (1982). *Baldur's Gate.*
Estados Unidos, Argelia.	*Life in Tuscany* (1859). *Through Algeria* (1863).
Japón, Birmania, Corea, Buthan, Tíbet, China.	*Voyage d'une Parisienne à Lhasa* (1927). *A l'Ouest Barbare de la Vaste China* (1947). *Journal de Voyage* (2 vls., 1975).
Australia.	*Tracks* (1980). *From Alice to Ocean: Alone Across the Outback* (1992).
Africa, China, Papua-Nueva Guinea.	*Travels with Fortune: An African Adventure* (1979) *An Explorer Handbook* (1984).
América latina.	*The White Album* (1979). *Salvador* (1982).
Austria, Italia, Egipto.	*Untrodden Peaks and Unfrequented Valleys* (1873). *A Thousand Miles up the Nile* (1876). *Pharaohs, Fellahs and Explorers* (1891).
Francia.	*Dubious Honors. Long Ago in France* (1991).
Checoslovaquia, Finlandia, India, China, Africa oriental.	*Travels with Myself and Another. The Third Winter. The Weather in Africa.*
Congo Belga, Europa, Hong Kong, China.	*Times and Places* (1937). *China to Me* (1944).
Irán en particular, y el resto del mundo árabe.	*Through Persia in Disguise* (1973).
Rusia.	*Russian Journal* (1979).
Sudeste Asiático (en particular, Tailandia).	*The English Governess at the Siamese Court.*
China, Tíbet.	*Among Warriors-A Martial Artist in Tibet* (1992).
España y Portugal.	*The Towers of Trebizond. The Fabled Shore* (1949).
Grecia, Oriente Medio.	*Mermaids and Ikons: A Greek Summer. Noman's Land. Views of the North* (1990).

McCARTY, Mary   Estados Unidos (1912-1989)

MEAD, Margaret   Estados Unidos (1901-1978)
MARKHAM, Beryl   Inglaterra (1902-1986)
MARSDEN, Kate   Inglaterra (1859-1931)

MONTAGU, lady Mary Wortley   Inglaterra (1689-1762)

MORRIS, Mary   Estados Unidos (1947-?)

MURPHY, Dervla   Irlanda (1931-?)

NORTH, Marianne   Inglaterra (1830-1890)

NUGENT, lady Maria   Inglaterra (¿1771?-1834)

O'BRIEN, Kate   Irlanda (1897-1974)
O'SHAUGHNESSY, Edith   Estados Unidos (1870-1939)

PAINE, Caroline   Estados Unidos (1820-¿1880?)

PFEIFFER, Ida Reyer   Austria (1797-1858)

PHILIP, Leila   Estados Unidos (1962-?)
RENAULT, Mary   Inglaterra

SACKVILLE-WEST, Vita   Inglaterra (1893-1962)

Italia.

Pacífico sur.
Africa occidental (Kenia)
Nueva Zelanda, Medio Oriente,
Turquía, Unión Soviética.

Turquía, Italia.

China, Hong Kong, Rusia,
Europa, Australia.

Etiopía, India, China, Tíbet,
Nepal, Camerún, Kenia,
Zimbabwe, Madagascar, América
latina y Europa oriental.

Turquía, Siria, Egipto, Estados
Unidos, Canadá, Jamaica, Brasil,
Ceilán, India, Australia.
Caribe.

España.
México, Francia, Austria.

Egipto, Africa del Norte, Turquía.

Bulgaria, Turquía, Palestina,
Escandinavia, Brasil, China, Irak,
India, Indonesia, Estados Unidos,
Madagascar.
Japón.
Sudáfrica, Zanzíbar, Grecia, Irán.

Oriente Medio, Rusia, Irán,
Afganistán.

Stones of Florence. Venice Observed.
Memories of a Catholic Girlhood.
A Way of Seeing (1970).
West with the Night (1942).
On Sledge and Horseback to Outcast
Siberian Lepers (1893). *My Mission*
to Siberia: A Vindication (1921).
Embassy to Constantinople. Town
Ecologues (1747).
Nothing to Declare: Memoirs of a
Woman Traveling (1988). *Wall-to-*
Wall: From Beijing to Berlin by
Rail (1991) *Hong Kong* (1993).
In Ethiopia with a Mule (1968). *On*
a Shoestring to Coorg (1976).
Muddling through in Madagascar
(1985). *Transylvania and Beyond*
(1992).
Recollections of a Happy Life (2vls.,
1892). *Further Recollections of a*
Happy Life (1893).
A Journal of Voyage to, and
Residence in, the Island of Jamaica,
from 1801-1805 (1834).
Farewell Spain (1987).
A Diplomat Wife in Mexico (1916).
Diplomatic Days (1917). *My*
Lorraine Journal (1918).
Tent and Harem: Notes of an
Oriental Trip (1859).
Journey to Iceland. A Lady's Voyage
Round the World (1850). *Chinese*
Feast of Lanterns (1852).

The Road Trough Miyama (1989).
The Laste of the Wine. The Mask of
Apollo. The Persian Boy.
Passenger to Teheran (1926).

SHELDON, Mary French   Estados Unidos (1847-1936)

STARK, Freya   Francia (1893-1993)

TAYLOR, Annie   Inglaterra (1855-?)

TROLLOPE, Fanny   Inglaterra (1780-1863)

TWEEDIE, Ethel Brilliana   Inglaterra (ca. 1860-1940)

WATTEVILLE, Vivienne de   Inglaterra (1900-1957)

WEST, Rebecca   Escocia (1892-1983)
(Cecily Isabel Fairfield)
WINTERNITZ, Helen   Estados Unidos (1951-?)

WOLLSTONECRAFT, Mary   Inglaterra (1759-1797)

WOOLSON, Constance Fenymore   Inglaterra (1840-1894)
WRIGHT, Irene Aloha   Estados Unidos (1879-?)

Africa occidental.	*Sultan to Sultan: Adventures among the Masai* (1892).
Turquía, Líbano, Irak, China, Nepal, Afganistán, Arabia, Kuwait, Yemén, Egipto.	*The Valley of Assasins* (1934). *The Southern Gates of Arabia* (1936). *Baghdad Sketches* (1937). *Travellers Prelude* (1950).
China, Tíbet.	*Diary* (en *Travel and Adventure in Tibet*, de William Carey, 1902).
Estados Unidos.	*Domestic Manners of the American* (1832).
Escandinavia, Estados Unidos, México.	*Through Finland in Carts* (1898). *A Girl's Ride in Island* (1904). *Women the World Over* (1916). *Mexico as I Saw.*
Kenia.	*Speak to the Earth: Wandering an Reflections Among Elephants and Mountains* (1940).
Yugoslavia.	*Black Lamb and Grey Falcon* (1941).
Congo, Etiopía, Africa oriental, Palestina.	*East Along the Equator. Season of Stones* (1990).
Escandinavia.	*Letters Written During a Short Residence in Sweden, Norway, and Denmark.*
Egipto.	*Cairo in 1890* (1917).
Cuba.	*Cuba* (1910).

BIBLIOGRAFIA

I. Margery Kempe
La mística

KEMPE, Margery. *The Book of Margery Kempe*. Londres: J. Cape, 1936.

— *The Book of Margery Kempe, Fourteen Hundred and Thrity-Six*. Editor: W. Butler-Bowdon. Nueva York: The Devlin-Adair Co., 1944.

— *The Cell of Self-Knowledge: Early English Mystical Treatises*. Nueva York: Crossroad, 1981.

— *The Book of Margery Kempe*. Traducción e Introducción: B. A. Windeatt. Harmondsworth (England): Penguin, 1985.

— *The Book of Margery Kempe*. Traducción e Introducción: John Skinner. Nueva York: Image, 1998.

Fuentes secundarias:

ATKINSON, Clarissa W. *Mystic and Pilgrim: The Book and the Word of Margery Kempe*. Ithaca: Cornell University Press, 1983.

CHOLMESLEY, Katharine. *Margery Kempe, Genius and Mystic*. Nueva York: Longmans, Green, and Co., 1947.

COLLIS, Louise. *The Apprentice Saint*. Londres: M. Joseph, 1964.

— *Memoires of a Medieval Woman: The Life and the Times of Margery Kempe*. Nueva York: Harper Colophon Books, 1983.

LOCHRIE, Karma. *Margery Kempe and Translations of the Flesh*. Philadelphia: University of Pennsylvania Press. 1991.

McENTIRE, Sandra J. *Margery Kempe: A Book of Essays*. Nueva York: Garland, 1992.

STONE, Robert Karl. *Middle English Prose Style: Margery Kempe and Julian of Norwich*. The Hague: Mouton, 1970.

SUMNER, Rebecca Louise. *The Spectacle of Feminity: Allegory and the Denial Representation in the Book of Margery Kempe, Jane Eyre, and Wonderland*. University of Rochester, 1991.

THORNTON, Martin. *Margery Kempe: An Exemple in the English Pastoral Tradition.* London: S.P.C.K., 1960.

WATKIN, E. I. *On Julian of Norwich, an In Defense of Margery Kempe.* Exeter: University of Exeter, 1979.

II. Flora Tristán
El itinerario de la Paria

TRISTAN, Flora. *Nécesité de Faire Bon Accueil aux Femmes Etrangéres.* París: 1836.

— *Petition pour le Rétablissemente du Divorce à Messieurs les Députés.* París: Chambre Dép., Pétitions, 20 de diciembre de 1837.

— *Mémoires et Pérégrinations d'une Paria (1833/34).* París: Dieu-Franchise-Liberté, 1838.

— *Peregrinaciones de una Paria.* Lima: Editorial Cultura Antártica, 1946. Traducción, Edición e Introducción de Jorge Basadre.

— *Peregrinations of a Pariah.* Boston: Beacon Press, 1986. Traducción, Edición e Introducción de Jean Hawkes.

— *Pétition pour l'Abolition de la Peine de Mort à la Chambre des Députés.* París: Archives National du France, 10 de diciembre de 1838.

— *Lettres de Bolívar* (según F. T., escritas por su madre, Thèrese Laisney). París: Le Voleur, 1838.

— *Mephis (Roman d'une Proletaire).* París: L'Advocat, 1838.

— *Promenades dans Londres.* París: Delloye, 1840.

— *Paseos en Londres.* Lima: Biblioteca Nacional, 1972. Estudio Preliminar de Estuardo Núñez.

— *The London Journal.* Londres: Virago Press, 1982. Traducción, Edición e Introducción de John Hawkes.

— *L'Union Ouvrière.* París: Prevot, 1843.

— *Le Tour de France: Journal Inédit 1843-1844.* París: Editions de la Tête de Fueilles, 1973. Prefacio de M. Collinet. Notas de J-L. Puech.

— *L'Emacipation de la Femme ou le Testament de la Paria* (Póstumo, fue completado por Alphonse Constant). París: 1845.

Fuentes secundarias:

ABENSOUR, León. *Le Féminisme sous le Régne de Louis-Philippe.* París: Plon, 1913.

ARCINIEGA, Rosa. *Flora Tristán, la Precursora*. México: Cuadernos Americanos, 6, 1948.

BAELEN, Jean. *La Vie de Flora Tristán: Socialisme et Feminisme au XIX Siècle*. París: Seuil, 1972.

— *Une Romantique Oubliée: Flora Tristán*. París: Bulletin de l'Association Guillaume Budé. 4ta. Serie, diciembre 1970, págs. 505-561.

BLANC, Eléonore. *Biographie de Flora Tristán*. Lyon: 1845.

BRION, Hélène. *Une Méconnue. Flora Tristán, la Vrai Fondatrice de l'International*. Lyon: Editions Epône, 1918.

DEBOUT, Simone. *La Geste de Flora Tristán*. París: Critique, 308. Enero, 1973.

DESANTI, Dominique. *Flora Tristán: La Femme Revoltée*. París: Hachette, 1972.

FALCON BRICEÑO, Marcos. *Teresa, la Confidente de Bolívar*. Caracas: 1955.

FREIRE DE JAIME, Carolina. *Flora Tristán: Apuntes sobre su vida y sus obras*. Lima: Anales de Literatura, 1876.

FRYDE, Irena. *Flora Tristán*. París: Université de la Sorbonne, 1913.

GATTEY, Charles N.: *Gauguin's Astonishing Grandmother: A Biography of Flora Tristan*. Londres: Femina Books, 1970.

GOLDSMITH, Margaret L.: *Seven Women Against the World*. Londres: Methuen, 1935.

IVRAY, Jean D'. *L'Aventure Saint-Simonienne et les Femmes*. París: 1928.

JANIN, Jules: *Paris depuis la Revolution de 1839-Mme. Flora Tristán*. París: La Sylphide, Enero, 1845.

LASTRES, Juan B.: *Dos Mujeres de Pasión: Flora Tristán*... (Cf. *Una Neurosis Célebre: el Extraño Caso de "La Mariscala"*). Lima: 1945.

MARX, K. y ENGELS, F.: *La Sagrada Familia* (Defensa de Flora Tristán contra Bauer).

MICHAUD, Stephane: *Flora Tristán et les "Promenades dans Londres"*, en VALLETTE J., y otros: *Les Utopistes et l'Action*. Grenoble: Presse Universitaires, 1978.

MICHAUD, Stephane: *Flora Tristán: Un Fableux Destin*. Dijon: Actas del I Coloquio Internacional Flora Tristán (Dijon, 3-4 Mayo, 1984). Editions Universitaires, 1985.

PORTAL, Magda. *Flora Tristán, la Precursora*. Santiago de Chile: 1944.

PUECH, Jules L. *La Vie de Flora Tristán*. París: Revue de Paris, Diciembre, 1910.

— *Une Romancière Socialiste: Flora Tristán*. París: Revue Socialiste, Febrero, 1914

— *Flora Tristán et le Saint-Simonisme.* París: Riviere, 1914.

— *La Vie et l'Ouvre de Flora Tristán.* París: 1925. Revue Internationale de Philosophie, Número Especial sobre las Utopistas, 1962.

RUBEL, M.: *Flora Tristán et Karl Marx.* París: La Nef, 14, Enero, 1946.

SANCHEZ, Luis Alberto: *Una mujer sola contra el mundo: Flora Tristán, la Paria.* Buenos Aires: 1940 (Reed.: Lima: 1957 y 1961, sin consignar Nombre de Editor).

SCHELER, Lucien. *Flora Tristán: Morceaux Choisis. Precédés de la Geste Romantique de F. T.* París: La Bibliotèque Française, 1947.

TAMAYO VARGAS, Augusto. *Dos rebeldes: Flora Tristán y Manuel González Prada.* Lima: Librería Gil, 1946.

TAYLOR, Barbara. *Eve and the New Jerusalem. Socialism and Feminism in the Nineteenth Century.* Londres: Virago Press, 1983.

THIBERT, Marguérite: *Feminisme et Socialisme d'après Flora Tristán.* París: Revue d'Histoire Economique et Sociale, 1921.

III. Mary Kingsley
La reina africana

KINGSLEY, Mary. *Travels in West Africa, Congo Français and Corisco.* London: Macmillan, 1897.

— *West African Studies.* Londres: Macmillan, 1899.

— *The Story of West Africa. The Story of the Empire Series.* London: Horace Marshall, 1900.

— *Notes on Sport and Travel.* De George Kingsley. Edición e Introducción de Mary Kingsley. Londres: 1900.

Cartas y artículos:

KINGSLEY, Mary. *Travels on the Western Coast of Equatorial Africa.* Edimburgh: The Scottish Geographical Magazine. Marzo, 1896.

— *Fishing in West Africa.* London: National Review. Mayo, 1986.

— *A Lecture òn West Africa.* London: Cheltenham Ladies College Magazine. Otoño, 1898.

— *West Africa from an Ethnographical Point of View.* London: Imperial Institute Journal. Abril, 1900. (Reimpreso como *Imperialism in West Africa,* en *West African Studies,* 2da. Edición. Londres: 1901).

— *The Negro Future.* Londres: The Spectator. Diciembre 28, 1895.

Su correspondencia se encuentra repartida en diversas colecciones de distintos puntos del mundo. Las más importantes se encuentran en *The Bodleian Library* (Oxford); *The British Library* (Londres); *The National Library of Ireland* (Dublin); *The Rhodes House Library* (Oxford); *The Royal Commonwealth Society* (Londres); *The South African Library* (Ciudad del Cabo).

Fuentes secundarias:

ALEXANDRE, Caroline. *One Dry Season. In the Footsteps of Mary Kingsley.* Nueva York: Alfred Knopf, 1989.

BIRKET, Dea. *Mary Kingsley. Imperial Adventures.* Londres: Macmillan, 1992.

BLUNT, Alison. *Travel, Gender and Imperialism: Mary Kingsley and West Africa.* Nueva York: Guilford Press, 1994.

FRANK, Katherine. *A Voyager Out.* Boston: Houghton Miffin Co., 1986.

GLYNN, Rosemary. *Mary Kingsley in Africa. Her Travels in Nigeria and Equatorial Africa Told Largely in her Own Words.* Londres: George G. Harrap, 1956.

GWYNN, Stephen. *The Life of Mary Kingsley.* Londres: Macmillan, 1932.

HOWARD, Cecil. *Mary Kingsley.* Londres: Hutchinson, 1957.

KEARNS, Gerry. *The Imperial Subject: Geography and Travel in the Work of Mary Kingsley and Halford Mackinder.* Cambridge: Electronic Transactions. Institute of British Geographer. Vol. 22, Issue 4, 1997.

MIDDLETON, Dorothy. *Victorian Lady Travellers.* Nueva York: Dutton, 1965.

MYER, Valerie Grosvenor. *A Victorian Lady in Africa: The Story of Mary Kingsley.* Southampton: Ashford Press Publishing, 1989.

NASSAU, Robert Hamill. *Fetishism in West Africa.* Nueva York: 1904.
— *My Ogowe.* New York: 1914.

WALLACE, Kathleen. *This is your Home: A Portrait of Mary Kingsley.* Londres: Heineman, 1956.

IV. Isabelle Eberhardt
La flor más salvaje del desierto

1901
"Carta sobre el atentado de Behima." *La Dépêche Algerienne*, 18 de julio.
"Maghreb." *Les Nouvelles d'Alger*, 19/20 de julio.
"Printemps au Désert." *Les Nouvelles d'Alger*, 19/20 de julio.

1902
"Yasmina." *Le Progrès de l'Est*, 4 de febrero (separata).
"Heure de Tunis." *La Revue Blanche*, julio.
"Le Magicien." *Le Petit Journal Illustré*, 2 de noviembre.
"Nuit de Ramadan." *Akhbar*, 28 de diciembre.

1903
Artículo autobiográfico, *La Petite Gironde*, 23 de abril.
"Les Enjôlés." *Akhbar*.
"Le Marabout." *Akhbar*.
"L'Arribe du Colon." *Akhbar*.
"Le Cheminot." *Akhbar*.
"Criminel." *Akhbar*.
"A l'Oubi." *Akhbar*.
"Exploits Indigènes." *Akhbar*.
"Trimardeur." *Akhbar* (separata), del 9 de agosto al 1° de noviembre.
Reportaje sobre los combates de El Moungar, *Akhbar*, del 9 de agosto al 1°
    de diciembre.
"Fatima Zohra, danseuse de Djebel Amour." *La Dépêche Algerienne,* diciembre.

1904
"Reportage sur El Moungar." *Akhbar*, enero/junio.
"Tableaux du Sud-Oranais." Akhbar, del 1° de enero al 5 de junio.
"Trimardeur." *Akhbar* (separata), del 17 de enero al 10 de julio, y del 13 de
    noviembre al 4 de diciembre.
"Coeur Faible." *La Dépêche Algerienne*.
"Fleurs d'Amandiers." *Akhbar*.
"Tessaadith." *Akhbar*.
"Deuil." *La Dépêche Algerienne*.
"Les Enjôlés." *Akhbar*.
"Ilotes du Sud." *Akhbar*.
"La Derouicha." *Akhbar*.

Obras publicadas a título póstumo:
Dans l'ombre chaude de l'Islam. París: Fasquelles, 1906. Edición de Victor Ba-
    rrucand.
Pages d'Islam. París: Fasquelles, 1908. Edición de Victor Barrucand.
Notes de Route. París: Fasquelles, 1908.
Trimardeur. París: Fasquelles, 1911.

Mes Journaliers. París: La Connaissance, 1923.

Contes et Paysages. París: La Connaissance, 1923.

Au Pays des Sables. París: Sorlot, 1944. Prefacio de R-L. Doyon.

Yasmina. París: Liana Levy, 1986.

Ecrits sur le Sable. Oeuvres Complètes I (Journaliers, Notes de Route et Vagabondages). París: Grasset, 1988. Edición de Marie-Odile Delacour y Jean-René Huleu. Prefacio de Edmonde Charles-Roux.

Lettres et Journaliers. Arles: Actes-Sud, 1989. Edición de Eglal Errera.

Ecrits sur le Sable. Oeuvres Completes II (Contes et Nouvelles). París: Grasset, 1990.

Ecrits Intimes: Lettres aux Trois Hommes Plus Aimés. París: Payot, 1991 (reed.: 1998).

Rakhil. París: Boîte & Documents, 1996. Presentación de Danièle Masse.

Fuentes secundarias:

AJALBERT, Jean. *Poussières d'Afrique.* París: La Nouvelle Revue, 1° de octubre de 1917.

ANGELINI, François. *Le Drame de Béhima.* Argel: La Dépêche Algerienne, 20 de enero de 1901.

— *Anthologie des Ecrivains Françaises du Mahgreb*, bajo la dirección de Albert Memmi. París: Présence Africaine, 1969.

AUDISIO, Gabriel. *Isabelle Eberhardt.* Argel: Algéria, N° 53, julio de 1937.

BARRUCAND, Victor. *Notes sur la Vie et les Oeuvres d'Isabelle Eberhardt*, ultílogo a *Ombre Chaude de l'Islam.* París: Fasquelles, 1906.

— Prefacio a *Notes de Route.* París: Fasquelles, 1908.

— Prefacio a *Pages d'Islam.* París: Fasquelles, 1920.

— Prefacio a *Trimardeur.* París, Fasquelles, 1922.

— *Le Vrai Visage d'Isabelle Eberhardt.* Argel: La Dépêche Algérienne, 13 de enero de 1934.

BELKACEM, Kheira. *Traces et Jalons Anticolonialistes dans l'oeuvre de la passionnée de l'Islam.* Revue des Langues Vivantes Etrangères de l'Université d'Oran, N° 1, 1979.

BRAHIMI, Denise. *Requiem pour Isabelle.* Argel: Office des Publications Universitaires, 1983.

BRUN, M. *Il y a Vingt-cinq Ans Mourait Isabelle Eberhardt.* París: Les Nouvelles Litteraires, 1° de febrero de 1930.

CELARIE, Henriette. *Lyautey et Isabelle Eberhardt.* París: Le Temps, 9 de agosto de 1934.

CHARLES-ROUX, Edmonde. *Un Désir d'Orient. La Jeunesse d'Isabelle Eberhardt (1877-1899).* París: Grasset, 1988.

— *Nomade, J'Etais. Les Annés Africaines d'Isabelle Eberhardt (1899-1904).* París: Grasset, 1995.

DEBECHE, Djamila. *La Vie Tourmentée d'Isabelle Eberhardt.* Méditerranée, N° 37, 9 de noviembre de 1946.

DEJEUX, Jean. *Bibliographie de la littérature algérienne des Français.* París: Editions du CNRS, 1970.

DELACOUR, Marie-Odile; HULEU, Jean-René, *Sables.* París: Editions Liana Levi, 1986.

— Presentación a *Yasmina.* París: Editions Liana Levia, 1986.

DEMBRI, Mohammed-Salah. *Isabelle Eberhardt: Est-Elle Algérienne?* Argel: Algérie Actualités, N° 265, 25 de octubre de 1970.

DOYON, René-Louis. Prefacio a *Amara-le-Forçat, l'Anarquiste.* París: Les Amis d'Edouard, 1921.

— *La Vie Tragique de la Bonne Nomade* (introducción a *Mes Journaliers*). París: La Connaisance, 1923.

— *Infortunes et Ivresses d'une Errante* (introducción a *Au Pays du Sables*). París: Sorlot, 1944.

EAUBONE, Françoise d'. *La Couronne du Sable.* París: Flammarion, 1968.

ENSLEN, Denise. *Isabelle Eberhardt et l'Algerie.* University of South California, 1979.

ERRERA, Eglal. *Isabelle Eberhardt Raccontée par ses Lettres et Journaliers.* París: Actes Sud, 1987. (Traducido al castellano por José Aguirre e Isabel Núñez como *Isabelle Eberhardt-Cartas y Diarios.* Barcelona: Circe, 1988.)

FERRY, J. *A Propos d'Isabelle Eberhardt.* Argel: Bulletin de Liaison Sahariènne, N° 6, octubre de 1951.

GOUVION, Marthe. *Isabelle Eberhardt.* Argel: Eribala, marzo/abril de 1935.

HENRIOT, Emile. *Une Femme Passionnée par l'Afrique.* París: Historia, N° 152, 1959.

KINGSMILL HART, Ursula. *Two Ladies of Colonial Algerie: The Lives and Times of Aurelie Picard and Isabelle Eberhardt.* Ohio University Press, 1987.

KOBAK, Annette. *The Life of Isabelle Eberhardt.* 1989.

LEBEL, Roland. *Isabelle Eberhardt.* París: Larose, 1925.

MACKWORT, Cecily. *Le Destin d'Isabelle Eberhardt* (traducción, prefacio y notas de André Lebon). Orán: Fouque, 1956.

— *The Destiny of Isabelle Eberhardt.* Nueva York: Ecco Press, 1986.

MALLEBAY, Ernest. *Isabelle Eberhardt et Victor Barrucand. Cinquante Ans de Journalisme.* Argel: Fontana, Tomo III, 1938.

NOEL, Jean. *Isabelle Eberhardt, l'Aventureuse du Sahara*. Argel: Baçonnier, 1961.

NOUEL, Elise. *L'Etrange Carrière d'Isabelle Eberhardt*. París: Histoire pour Nous, octubre de 1976.

— *Carré d'As aux Femmes*. París: Guy Le Pratt, 1977.

RANDAU, Robert. *Sur Isabelle Eberhardt*. Argel: La Renassaince Nord-Africaine, N° 1, 1903.

— *Isabelle Eberhardt, Notes et Souvenirs*. Argel: Charlot, 1945.

REZZOUF, Simone. *Etat Présent des Travaux sur Isabelle Eberhardt*. Argel: Annuaire de l'Afrique du Nord, 1982. París: CNRS, CMESM, 1986.

— *Isabelle Eberhardt*. Argel: Office de Publications Universitaires, 1985.

ROBERT, Claude Maurice. *L'Amazon des Sables*. Argel: Soubiran, 1934.

ROGER, G. *Les Premises d'une Vocation* (Cartas inéditas en árabe traducidas por M. Rodinson). París: Europe, julio de 1956.

SIMPLEX, André. *Histoire d'une Collaboration ou les Procédes Littéraires de Victor Barrucand. Déddie à la Presse Parisienne*. Argel: Imprimerie Casabianca.

STEPHANE, Raoul. *Isabelle Eberhardt ou la Révélation du Sahara*. París: Albin Michel, 1934.

VREGNIOT, Olivier-DRUNOT, Christine. *Victor Barrucand, un indésirable à Alger*. Argel: Revue de l'Occidente Musulman et de la Méditerranée.

Filmes:

ISABELLE EBERHARDT (Australia/Francia, 1991) *Dirección:* Ian Pringle. *Guión:* Stephen Sewell. *Música:* Paul Schutze. *Producción:* Les Films Aramis. *Duración:* 115 minutos.

Intérpretes: Mathilda May *(Isabelle)*, Tcheky Karyo *(Sliméne)*, Peter O'Toole *(Mayor Liautey)*, Arthur Dignam *(Cauvet)*, Wolfgang Harnmisch *(Trophimowsky)*, Nahbi Massad *(Ibrahim)*.

THERE WAS AN UNSEEN CLOUD MOVING (Estados Unidos, 1995). *Dirección:* Leslie Thornton. *Duración:* 60 minutos (Video-Arte Documental).

V. Edith Wharton
El perdido encanto del flâneur

WHARTON, Edith. *The Decoration of Houses* (con Ogden Codman Jr.). Nueva York: Scribner's, 1897.

— *The Greater Inclination*. Nueva York: Scribner's, 1899.

— *The Touchstone*. Nueva York: Scribner's, 1900.

— *Crucial Instances*. Nueva York: Scribner's, 1901.

— *The Valley of Decision* (2 vols.) Nueva York: Scribner's, 1902.

— *Italian Villas and Their Gardens*. Nueva York: Century, 1904.

— *The House of Mirth*. Nueva York: Scribner's, 1905.

— *The Fruit of the Tree*. Nueva York: Scribner's, 1907.

— *Madame de Treymes*. Nueva York, Scribner's, 1907.

— *A Motor-Flight through France*. Nueva York: Scribner's, 1908.

— *Artemis to Actaeon and Other Verse*. Nueva York: Scribner's, 1908.

— *Ethan Fromme**. Nueva York: Appleton, 1912.

— *The Reef*. Nueva York: Appleton, 1912.

— *The Custom of the Country*. Nueva York: Scribner's, 1913.

— *Fighting France, from Dunkerque to Belfort*. Nueva York: Scribner's, 1915.

— *The Book of the Homeless*. Nueva York: Scribner's, 1916.

— *Xingu and Other Stories*. Nueva York: Scribner's, 1916.

— *Summer*. Nueva York: Appleton, 1917.

— *The Marne*. Nueva York: Appleton, 1918.

— *French Ways and Their Meaning*. Nueva York: Appleton, 1919.

— *The Age of Innocence**. Nueva York: Appleton, 1920.

— *In Morocco*. Nueva York: Appleton, 1920.

— *The Glimpses of the Moon*. Nueva York: Appleton, 1922.

— *A Son at the Front**. Nueva York: Scribner's, 1923.

— *Old Nueva York*. Nueva York: Appleton, 1924.

— *The Mother's Recompense*. Nueva York: Appleton, 1925.

— *The Writing of Fiction*. Nueva York: Scribner's, 1925.

— *Here and Beyond*. Nueva York: Appleton, 1926.

— *Twelve Poems*. Londres: The Medici Society, 1926.

— *Twilight Sleep*. Nueva York: Appleton, 1927.

— *The Children*. Nueva York: Appleton, 1928.

— *Hudson River Brucketed*. Nueva York: Appleton, 1929.

— *The Gods Arrive*. Nueva York: Appleton, 1932.

— *A Backward Glance**. Nueva York: Appleton-Century, 1934.

— *The Buccaneers*. Nueva York: Appleton-Century, 1938.

— *The Collected Short Stories of Edith Wharton* (Editadas por R.W.B. Lewis). Nueva York: Scribner's, 1968.

— *Fast and Loose*. Charlottesville: University Press of Virginia, 1977.

— *The Letters of Edith Wharton* (Editadas por R.W.B. Lewis y Nancy Lewis).

Nueva York: Macmillan, 1988.
— *The Cruise of the Vanadis.* Amiens: Sterne Presses de l'Ufr Clerc Université Picardie, 1991.

Artículos:
The Three Francescas. North American Review 175, julio de 1902. Págs. 17-30.
The Great American Novel. Yale Review 16, julio de 1927. Págs. 646-56.
A Little Girl's Nueva York. Harper's Magazine 176, marzo de 1950. Págs. 356-64.
Memories of Bourget from Across the Sea. The Edith Wharton Review 8, primavera de 1991. Págs. 23-31.

Fuentes Secundarias:
AMMONS, Elizabeth. *Edith Wharton's Argument with America.* Athens: University of Georgia Press, 1980.
AUCHINCLOSS, Louise. *Edith Wharton.* Minneapolis: University of Minnesota, 1961.
— *Edith Wharton: A Woman in Her Time.* Nueva York: Viking, 1971.
— *The Vanderbildt Era.* Nueva York: Macmillan, 1989.
BELL, Millicent. *Edith Wharton and Henry James.* Nueva York: Braziller, 1968.
BENDIXEN, Alfred. *Edith Wharton: Nueva Critical Essays.* Nueva York: Garton, 1992.
BENSTOCK, Shari: *Women of the Left Bank: Paris, 1900-1940.* Austin: University of Texas Press, 1986.
— *No Gifts form Chance: A Biography of Edith Wharton.* Nueva York: Charles Scribner's Sons, 1994.
BOURGET, Paul. *Sensations d'Italie.* París: Alphonse Lemerre, 1892.
— *Outre-Mer.* Nueva York: Scribner's, 1895.
DWIGHT, Eleanor. *Edith Wharton. An Extraordinary Life.* Nueva York: Harry N. Abrams, 1994.
EDEL, Leon. *Henry James. Selected Letters.* Cambridge: Belknap, 1987.
GOODMAN, Susan. *Edith Wharton's Women: Friends and Rivals.* Hanover/Londres: University Press of Nueva England, 1990.
GOODWYN, Janet. *Edith Wharton: Traveller in the Land of Letters.* Londres: Macmillan, 1990.
HONOUR, Hugh; FLEMING, John. *The Venetian Hours of Henry James.* Boston: Little Brown, 1991.

HOWE, Irving (Ed.). *Edith Wharton. A Collection of Critical Essays*. Engle-wood Cliffs: Prentice Hall, 1962.

JAMES, Henry. *William Wetmore Story and His Friends*. Boston: Houghton Mifflin, 1906.

— *The Letters of Henry James* (Editadas por Leon Edel. 4 vols.) Cambridge: Belknap Press of Harvard University Press, 1974-1984.

— *The American Scene*. Bloomington: Indiana University Press, 1987.

JOSLIN, Katherine. *Edith Wharton*. Nueva York: St. Martin Press, 1991.

— *Wretched Exotic: Essays on Edith Wharton in Europe*. Nueva York: Peter Lang, 1993.

LEWIS, R.W. B. *Edith Wharton. A Biography*. Nueva York: Harper and Row, 1975.

LUBBOCK, Percy. *Portrait of Edith Wharton*. Nueva York: Appleton Century, 1947.

NEVIUS, Blake. *Edith Wharton. A Study of Her Fiction*. Berkeley: University of California Press, 1953.

NORTON, Charles Eliot. *Notes of Travel and Study in Italy*. Boston: Houghton Mifflin, 1881.

PAGET, Violet. *Euphorion*. Boston: Roberts, 1884.

— *Studies of the Eighteenth Century in Italy*. Londres: Unwin, 1887.

POWERS, Lyall, ed. *Henry James and Edith Wharton Letters: 1900-1915*. Nueva York: Scribner's, 1990.

TINTNER, Adeline. *The Cosmopolitan World of Henry James*. Baton Rouge: Louisiana State University Press, 1991.

TUTTLETON, JAMES, et al. *Edith Wharton: The Contemporary Reviews*. Nueva York: Cambridge University Press, 1992.

WAID, Candice. *Edith Wharton's Letters from the Underworld*. Chapel Hill: University of North Caroline Press, 1991.

WOLFF, Cynthia Griffin. *A Feast of Words: The Triumph of Edith Wharton*. Nueva York: Oxford University Press, 1977.

VI. Annemarie Schwarzenbach
Ella Maillart
Un ángel devastado en la ruta cruel

SCHWARZENBACH, Annemarie. *Beiträge zur Geschichte des Oberangadins im Mittelalter und zu Beginn der Neuzeit* (Tesis Doctoral). Zürich, 1931.

— *Freunde und Bernhard (Los Amigos de Bernhard)*. Zürich: Amalthea, 1931.

— *Das Buch von der Schweiz. Ost und Süd.* Münich: Pipper Verlag, 1932.

— *Das Buch von der Schweiz. Nord und West.* Münich: Pipper Verlag, 1933.

— *Lyrische Novelle (Relato Lírico).* Zürich: Rowohlt, 1933. Edición de Roger Perret. Bâle: Lenos Verlag, 1988.

— *Nouvelle Lirique.* París: Verdier, 1994.

— *Winter in Vorderasien. Tagebuch einer Reise (Invierno en el Cercano Oriente. Diario de un Viaje).* Zürich: Rascher & Cie, 1934.

— *Lorenz Saladin-Ein Leber für die Berge (Lorenz Saladin-Una Vida dedicada a la Montaña).* Berna: Hallwag Verlag, 1938.

— *Das Glückliche Tal (El Valle Feliz).* Berna: Morgarten-Verlag, 1940. Edición de Charles Linsmayer. Münich: Huber, 1987.

— *Bei diesem Regen.* Edición de Roger Perret. Bâle: Lenos Verlag, 1989.

— *Orient Exils.* París: Autrement, 1994.

— *Tod in Persien (La Muerte en Persia).* Edición de Roger Perret. Bâle: Lenos Verlag, 1995. *La Mort en Perse.* París: Editions Payot, 1997.

Obra inédita:

Una buena parte de la obra de Schwarzenbach permanece aún inédita, a pesar de los esfuerzos del editor Roger Perret por publicarlos. Relatos dispersos, poemas, canciones, artículos de todo tipo y buena parte de su correspondencia-en particular con Klaus y Erika Mann, se encuentra en la Biblioteca Nacional de Berna. Las obras culminadas que permanecen inéditas son las siguientes (se consigna año de elaboración): *Pariser Novelle I, II* (1929) y *Paris III* (1930). *Der Falkenkäfig (La jaula de los halcones,* 1934). *Die Zärtlichen Wege, unsere Einsamkeit (Los caminos de la ternura, nuestra soledad,* 1940). *Die 40 Säulen der Erinnerung (Los 40 pilares del recuerdo,* 1940). *Das Wunder des Baumes (El milagro del árbol,* 1941). *Beim Verlassen Afrikas (Al dejar Africa,* 1941). *Aus Tetuan (Desde Tetuan,* 1942). *Marc* (1942).

MAILLART, Ella. *Parmi la Jeunesse Russe. De Moscou au Caucase.* Ginebra: 1931. Laussane: Editions 24 Heures, 1989. París: Payot, 1995.

— *Oasis Interdites.* Londres: 1936. París: Payot, 1990.

— *Gypsy Afloat.* Londres: William Heinemann, 1942. *La Vagabonde des Mers.* París: Payot, 1991.

— *La Voie Cruelle.* Ginebra: Editions Jeheber, 1954. París: Payot, 1989.

— *Cruises and Caravans.* Londres: Travel Book Club, 1951. *Croisières et Caravanes.* París: Editions de Seuil, 1951. Payot, 1993.

— *Des Monts Célestes aux Sables Rouges.* París: Payot, 1990.

— *La Vie Inmédiate.* (Album. Fotografías de E.M. y textos de Nicolas Bouvier.) París: Payot, 1991.

— *Ti-Puss.* París: Payot, 1992.

Fuentes secundarias:

AAVV. *Voyage vers le Réel.* (Misceláneas dedicadas a Ella Maillart). Ginebra: Olizane, 1983.

DERIAZ, Anne. *Chère Ella-Elegie pour Ella Maillart.* París: Actes Sud, 1998.

GRENTE, Dominique / MÜLLER Nicole. *L'Ange Inconsolable.* París: Lieu Commun, 1989. *Annemarie Schwarzenbach.* Barcelona: Circe, 1991.

LANDSHOFF-YORCK, Ruth. *Klatsch, Rhum und Kleine Feuer.* Colonia/Berlín: 1963.

MANN, Erika. *Briefe und Antworten,* vols. I-II. Münich: A. Zanco Prestel, 1984/5.

MANN, Klaus. *Briefe und Antworten,* vols. I-II. Münich: M. Gregor-Dellin, 1975.

— *Der Vulkan.* Berlín: Rowohlt, 1981.

— *Der Wendepunkt.* Berlín: Rowohlt, 1984.

— *Treffpunkt mi Unendlichen.* Berlín: Rowohlt, 1987.

MANN, Thomas. *Briefe,* vols. I-III. Frankfurt: Erika Mann, 1961/5.

MEIENBERG, Niklaus. *Die Welt als Wille und Wahn.* Zürich: Limmat Verlag, 1987.

NAUMANN, Uwe. *Klaus Mann.* Berlín: Rowohlt, 1984.

RILKE, Rainer M. / FORRER, Anita. *Briefwechsel.* Münich: Insel, 1982.

SPENCER CARR, Virginia. *The Lonely Hunter. A Biography of Carson McCullers.* Nueva York: Doubelday, 1975.

VII. Isak Dinesen**
Leona de dos mundos

DINESEN, Isak. *Seven Gothic Tales.* Nueva York: Random House, 1934. Londres: Putnam, 1934. *Syv Fantastiske Fortælinger* (traducción de Karen Blixen). Copenhague: Gyldendal, 1935.

— *Den Afrikanske Farm (Memorias de África).* Copenhague: Gyldendal, 1937. *Out of Africa.* Londres: Putnam, 1937. Nueva York: Random House, 1938.

— *Vinter-Eventyr (Cuentos de invierno).* Copenhague: Gyldendal. Londres: Putnam. Nueva York: Random House, 1942.

— *Gengældelsens Veje* (escrito bajo el seudónimo de Pierre Andrézel y traducido como *Vengadoras angelicales).* Copenhague: Gyldendal, 1944. Londres: Putnam, 1946.

— *Sidste Fortællinger (Ultimos cuentos).* Copenhague: Gyldendal. Londres: Putnam. Nueva York: Random House. Estocolmo: Bonniers Förlag, 1957.

— *Skæbne Anekdoter (Anécdotas del destino).* Copenhague: Gyldendal. Londres: Putnam. Nueva York: Random House, 1958.

— *Skygger paa Græsset (Sombras en la hierba).* Copenhague: Gyldendal, 1960.

— *Essays.* Copenhague: Gyldendal, 1965 (Nueva Edición: *Samlede Essays,* 1985).

— *Efterladte Fortælningar (Cuentos póstumos).* Edición de Frans Lasson. Copenhague: Gyldendal, 1975. Nueva Edición: *Karneval og Andre Fortælningar.* Copenhague: Gyldendal, 1977, 1994.

— *Carnival. Entertaiments and Posthumous Tales.* Londres: Putnam. Nueva York: Random House, 1977.

— *Breve fra Africa 1914-1931 (Cartas de Africa 1914-1931).* Edición de Frans Lasson y Thomas Dinesen. Copenhague: Gyldendal, 1978. *Letters from Africa* (traducción de Anne Born). Londres: Putnam. Nueva York: Random House, 1981.

— *Karen Blixen i Danmark. Breve 1931-1962.* Copenhague: Gyldendal, 1996.

Fuentes secundarias:

AIKEN, Susan Hardy. *Isak Dinesen and the Engendering of Narrative.* Chicago: University Press, 1990.

BJORNVIG, Thorkild. *Pagten. Mit Venskab med Karen Blixen (El pacto. Mi amistad con Karen Blixen).* Copenhague: Gyldendal, 1974.

BRIX, Hans. *Isak Dinesens Eventyr.* Copenhague: Gyldendal, 1949.

BRUNDBERG, Else. *Isak Dinesen. Kvinden, Kætterer, Kunstneren (Isak Dinesen. La mujer, la hereje, la artista).* Copenhague: Gyldendal, 1985.

— *Isak Dinesen-Women, Heretic and Artist.* Nueva York: Know Ware, 1995.

DINESEN, Thomas. *Tanne. Min Söster Karen Blixen.* Copenhague: Gyldendal, 1974.

DONELSON, Linda. *Karen Blixen i Afrika.* Copenhague: Aschehong, 1998.

HENRIKSEN, Aage. *Isak Dinesen og Marionetterne (Isak Dinesen y el teatro de marionetas)* Copenhague: Gyldendal, 1952.

— *Den Guddommelige Barn og Andrea Essays om Isak Dinesen (La criatura divina y otros ensayos sobre Isak Dinesen)*. Copenhague: Gyldendal, 1965.

HENRIKSEN, Liselotte. *Isak Dinesen. En Bibliografi/Karen Blixen*. Copenhague: Gyldendal, 1977.

LANGBAUM, Robert. *The Gaiety of Vision. A Study of Isak Dinesen's Art*. Copenhague, Nueva York, Londres, 1964.

LASSON, Frans; SELBORN, Clara. *The Life and Destiny of Isak Dinesen*. Copenhague, Nueva York, Londres, 1970. Chicago: University Press, 1976.

SELBORN, Clara. *Notater om Karen Blixen (Notas sobre Karen Blixen)*. Copenhague: Gyldendal, 1974.

THURMAN, Judith. *Isak Dinesen. The Life of a Storyteller*. Nueva York: Random House, 1982. *Isak Dinesen. En Fortællers Liv* (traducción de Kirsten Jörgensen). Copenhague: Gyldendal, 1983.

TRZEBINSKI, Errol. *Silence will Speak. A Study of Life of Denys Finch Hatton and his Relationship with Karen Blixen*. Londres: Grafton, 1985.

WESTENHOLZ, Anders. *Kraftens Horn. Myte og Virkelighed i Karen Blixen's Liv*. Copenhague: Gyldendal, 1982.

* Los textos marcados con asterisco están traducidos al español y publicados por Editorial Tusquets, aunque de *Ethan Fromme* existe una versión del Centro Editor de América Latina (Buenos Aires, 1977) llevada a cabo por Marta Guibourg para una edición anterior de Plaza y Janés.

** La casi totalidad de la obra de Isak Dinesen está traducida al castellano por Alfaguara, aunque es posible también encontrar otras versiones, como *Ultimos cuentos*, publicado por Debate (Madrid, 1990), en versión de Alejando Vilafranca del Castillo y con prólogo de Javier Marías. En vida, los libros de Karen Blixen aparecían simultáneamente en danés e inglés, siendo ella misma la responsable por las dos lenguas. Los derechos de su obra están manejados por la Rungstedlund Foundation, hoy sede del Museo Karen Blixen.

AGRADECIMIENTOS

Este viaje no hubiese sido posible sin el cariño y la colaboración inestimable de las siguientes personas: Sergio S. Olguín, Pedro B. Rey, Elvio E. Gandolfo, Roberto Appratto, Alvaro Buela, sin cuya amistad, inquietud y talento no sería posible aventura alguna y todos los mares ya se habrían secado.

A Roberto Martínez, Claudia Pasquini, por su comprensión, calidez y afecto.

Y un agradecimiento particular a Patricia Kupchik, mi hermana y amiga, por saber traducir algo más que los enigmas anglosajones.